北岳 · 中国文学年选
（丛书主编：续小强　王朝军）

《名作欣赏》杂志鼎力推荐
权威遴选　深度点评
中国最好年选

陈克海 ◎ 主编

2019年
散文随笔选粹

Selected Prose

山西出版传媒集团
北岳文艺出版社
· 太原 ·

图书在版编目(CIP)数据

2019年散文随笔选粹 / 陈克海主编. —太原 : 北岳文艺出版社, 2020.1
(2019·北岳·中国文学年选 / 续小强, 王朝军主编)
ISBN 978-7-5378-6094-9

Ⅰ. ①2… Ⅱ. ①陈… Ⅲ. ①散文集 - 中国 - 当代
Ⅳ. ①I267

中国版本图书馆CIP数据核字(2019)第294547号

书名:2019年散文随笔选粹	策　　划:王朝军	责任编辑:王朝军
主编:陈克海	项目统筹:赵　婷	书籍设计:张永文
	高海霞	印装监制:郭　勇

出版发行　山西出版传媒集团·北岳文艺出版社
地　　址　山西省太原市并州南路57号
邮　　编　030012
电　　话　0351-5628696(发行部)
　　　　　0351-5628688(总编室)
传　　真　0351-5628680
网　　址　http://www.bywy.com
E - mail　bywycbs@163.com
经 销 商　新华书店
印刷装订　山西人民印刷有限责任公司

开　　本　787mm×1092mm　1/16
字　　数　294千字
印　　张　18.5
版　　次　2020年1月第1版
印　　次　2020年1月山西第1次印刷
书　　号　ISBN 978-7-5378-6094-9
定　　价　53.00元

序

/陈克海

这一年人事荒乱，读书不似往年。纸质书全用纸箱子打包，好像时刻准备逃离。多数时候，只是在手机上乱看一气。到头来，终是感觉面目可憎，语言无味，这才老老实实坐到桌前。

先是翻见柴静的文章《非如此不可？非如此不可》，里面谈起顾准，谈起他在特定年代的操守、做学问的努力，摘了一句他的原话："观察，而不是愤慨，可观察与记录的就多。"想着平日被种种情绪左右，除了牢骚，一无是处，便想找他的书养养性子。兜兜转转，在网上找到《顾准文存》四册，逐字读了一遍，有些话随手抄了下来："要继续革命，就要在任何环境下继续观察思考和研究。自暴自弃，何以对死者？"那个年代，众人操心的是口腹之欲，他每天也记录吃掉的胡萝卜、烤红薯，关心怎么弄到红糖和饼子好消肿，但脑子里想法不断："在劳动队的艰苦的日子里，凭站岗的时间写，凭田野休息的时候读，仅有的资料是《人民日报》，也不曾中断我的观察与研究，今后还有什么困难环境可以难倒我呢？"

八月份，巫宁坤先生去世，网上有纪念文章，见推荐《一滴泪》，迫不及待下载，好几个早晨，就在公交车上读完了。半天回不过神来，为人竟曾有那样的遭遇。后来，不知怎么又转到微信公众号"丁东小群"，听两位老人谈并不遥远的文化掌故，也是惬意。丹萍的"生活小事"也是看了好几个下午。普通日常，她讲述得别有情致；公众问题，她只是记录，不做轻率的评判。

平日闲翻，遇见"正午故事""谷雨计划""故事硬核""新世相""真实故事计划"之类公众号上的文章，不管看不看，都要点开。那些故事不论有无虚构成分，读的时候总是捏着把汗，为里面的人事纠结。

总是这样。遇见动心的文章，随时就收藏了。真的到了年底编辑年选，翻报刊，网上搜索，恨不能把这一年有意思的文章全都搜罗进来。到最后，有的因为版权，有的联系不上作者，有的文章过长，只好放弃。

编了几年散文随笔，看到文章越写越长，越写越幽暗，也有困惑。某一天，读孙犁《欧阳修的散文》，他对散文的现状不满，说近世散文，多成了散文诗、散文小说。篇幅动不动就几千字，甚至上万。内容也脱离社会实际，多是主观幻想。为什么会造成这样的文风？他没有找社会风气的原因，只是拿来和古代的散文对比。古人的文章为什么写得明白，不外乎下笔都有具体对象。就是发挥自己的见解，也有所依凭，不会枝蔓无边。

我一度以为他解决了我的问题。后来才意识到，孙犁写那篇文章是在二十世纪八十年代，针对的是当时文章的浮夸和华丽。时间又过去了四十年，经过一代又一代人的努力，散文写作还能是过去那般样子？

前些日子读帕慕克《天真的和感伤的小说家》，谈古代小说和现代小说的区别，说我们读冒险小说，看骑士小说，翻通俗小说，目的非常简单，就是为了看到故事下一步的发展。但阅读现代小说不一样，是为了感受作家营造的氛围。

> 我们走向前去，小说中每一个新词，每一个物品、人物、主人公、交谈、描述、细节，语言和文体的每一种属性，叙述的每一次转折，都隐射并指向某种没有直接显露的东西。因为确信小说拥有一个中心，我们会认为某个看起来无关紧要的细节也许是重要的，感到小说表面每件事物的意义也许是另一番样子。小说叙述会引发种种内疚、偏执和焦虑的感觉。

把这段话里的“小说”替换成“散文”，是不是能更好地理解当下的散文？突然意识到，为什么过去阅读的过程中我总会不安。太想知道作者的目的了，却忽略了作者精心营造的氛围。叙述本身，也是内容之一。或者说，过去我总是拿着古典散文的尺子比对，结果硬生生误读了。

心有惶恐，也有欣喜。因了大量集中阅读，看到还有那么多人在耐烦做自己喜欢的事情，感觉这世上也不单是喧哗和骚动。也总想起导演伊斯特伍德的话。年近九十的老人又拍了部《骡子》。记者问他，在一个没有变得更好的世界里，你对人们有什么建议？老人回答：去工作，别去承诺你没有的东西。然后对人多一些理解，而不是对每一个人指手画脚。这话实在令人感佩。那么多写散文的人仍在苦心经营，我还是少说为妙，安安静静读读他们的文章，就好。

2019年10月12日

目录

辑三

辑四

辑五

辑六

辑一

野花六种

/郑保纯

益母草第一

七八月回老家荡路，算不上一个好主意。我出门跑步，要么是早上五点，天已放亮，小澴河里下鳝鱼的人都已经查遍篓子，将盘曲的大小黄鳝塞到摩托车斗里，突突突去涂河集赶集去，河堤上云蒸霞蔚，气象万千，排练出盛大的仪式，将伏天的太阳由东边的大别群山里捧出来，金丸跳出金神庙村的树影，炙手可热，光华万丈，将稻田与棉田里流动的一点点夜凉驱散一净，你总不能戴着草帽跑步吧，不想晒成非洲小伙，六点钟就得打折返，回家托蔽于空调的清爽。晚上七点出门的话，太阳还斜斜地悬在舒家塆大澴河堤上呢，昏头涨脑地闯进万丈金光里，或者稍等片刻，撞入条条飞舞的蚊柱，沉沉暮紫、粥粥星空，还有在蝉蜩与蟋蟀的鸣叫里提灯赶路的萤火虫，这些都是美的，但在蚊虫堆里跑出一身热汗如瀑，还是令我望之生畏，要痛下决心才行。

所以一连数日的雨天，就显得特别可贵。在三楼的躺椅上翻书、抽烟、喝茶，听着白雨飘打屋瓦，雨水哗哗悬垂在屋檐，梦露泡影一般，浮沤阳台，风吹动枫杨与水杉的树冠，将西南方稻田的泥腥气味吹入门框，这样藏在无意识中的乡村雨气，真是久违了。等到雨脚稍停，将智能手机插在牛仔短裤的口袋里，撑着黑伞出门，由村巷走到队部，再由梅家塆的长坡走上小漟河堤，雨水在大大小小的沟渠里，携着鱼虾泥鳅欢快地流淌，天上的乌云一垛接着一垛，散聚无常，鲸奔象舞，谋划着下一场白雨。这样的盛夏，好像被雨水中止了片刻，蝉又开始叫，白鹭又开始飞，作物与树木，吸足了雨水，又开始恣意地膨胀生长。你这个返乡客，又可以看花识草，将自己弄得像普里什文与梭罗附体似的，他们的感官与六识，博物学的本领，多么了不起，而你，也只有一个装入了各种App的手机罢了。

远处藕塘里亭亭的荷花不用说，就是棉田里的棉花，其实也挺好看的，有一点像木芙蓉，轻绡粉缬，发到朋友圈里，含露带怯；稻花也不错，嫩绿细碎，玉雕粉琢，有清雅的香气，但它们沾惹上实用之后，就很难得有审美的立场。你将视线转向河堤上下的野草，一片片的小雏菊，随风起伏的狗尾草，一汪汪白花花的蛇床，结紫黑籽粒的垂序商陆，你能由无穷尽的无名植物里，辨识出来的几种，好像是由满天的繁星里，认出来的那几颗星星。这也没有关系，它们本来就是无名无识的，生长在天地之间，从前是没有文字来描述它们的。文字本来就是多余的，勉强的。

这种紫色的野花应该是最近几年才传入本地，没有紫娇花那么娇艳，也不像飞廉草浑身是刺，与马鞭草像，但马鞭草的花瓣是细细的轴突，我查过“形色”，原来它们就是益母草，一片一片地生长在白杨林下的河曲里，将舒家塆大漟河以下的堤坡弄成了一片片紫色小草原。益母草又叫溪麻、野芝麻，细长的叶子、钟形的花萼，又叫九重楼，它的小紫花一层一层开上去，的确也是八九重的样子，福建人将它叫鸭母草，是因为它展开的嫩叶很像鸭子的羽绒吗？之所以定名为益母草，大概是最后由中医们试验出，它的确是可入选“妇女之友”的良药——可促进产后子宫的收缩，治疗痛经、闭经、月经不调。眼下的乡村日益沦为荒野，妇女孩子们的伊甸园，当然，是长满荒草的伊甸园，不同的野草重新返回，或者滋生出来，不同的地域，拥入的野草，并不一样，我去年夏天在黄陂区的一个村镇，看到大片的荆条，荆之楚之的标配，我们老家就没有。

雨天固然是好，但也有麻烦，大小漟河里管雨的龙王兴之所至，常常忘掉关上阀门，这时候，大雨持续三五个日夜，河里就会水位暴涨，平陆连江，当日蜿蜒如鳅鳝的河流会涌现成为浑黄凶暴的巨龙。这时候，我们在堤上散步，会有一点心惊胆战：洪水会冲破河堤，涌入到我们的“伊甸园”里吗？园中的渍水排不出来，会淹掉拐上高速的铁路涵洞吗？因为堤面被洪水淹没，平时在河洲里啃草的黄牛水牛，都挤到堤面上来，将黑乎乎的牛屎糊得到处都是，还得小心那些游累了在堤边休息的肥绿水蛇，穿雨靴也许是更好的选择……我们继续往前走，在舒家塆那棵堤边的大枫杨树下，在早晨七八点钟村里升起来的炊烟里，那个七十来岁的老太太还在哭。“这个老婆天天哭，迟早要将眼睛哭瞎的。”老婆的意思，是老得很厉害的婆婆，堤下舒家塆里端着早饭的中年女人叹息道。

那天我们由舒家塆下河堤，趟水经过何砦村的时候，遇到另一位中年女人，她认出我是“国平”家的老大，和我妹妹在初中做过同学，与我攀谈了半天，她是回家来看洪水的，判断要不要将两个孩子接到孝感城里去。她神秘地问我：“你知道那个老婆在哭什么吗？”是呵，几乎每天早上，我们经过那棵枫杨树的时候，都可听到她“数过”的悲迓腔。

“她哭她做军官的儿子，有一天，也是澴河里发大水，儿子由部队坐飞机回来，在孝感十五军的机场下飞机，坐吉普车回来，妈妈在做饭，他一个人去看水打旋，沿着堤坡往水里趟，就在那个杨树下，被水卷走了。妈妈被叫出来时，一盘瓠子刚放盐，都没炕熟。”

那片堤坡，往下，我读初中时，也常来玩，一片沙滩上，种满了开水瓶大小的白萝卜，这次洪水来之前，我看到栽白萝卜的地方，已经扩展成为益母草的花原。花原之上，原来还藏着这样一个故事。

“你看那个坟，水泥封的，碑，大理石，是部队派人来修的，上面还有五角星。”何砦的女人戴着草帽，紫黑的圆脸，啧啧地说，她羡慕的，公家人嘛。

白花菜第二

白花菜算野菜？我妹妹第一个就不会同意。虽然种在田头地脚，但毕竟也是在正经的菜地呵，夏天里，隔几天去掐一大把回来糅制成咸菜，等到八九月，让它们余下的花枝结出荚果，留取细密的种子明年再种，这是一般种白菜、苋菜、菠菜、红萝卜的路数，哪里野了？“那你想想山墙下的菊芋，想想挂在榆树上的瓠子，想想院子里的南瓜，想想村里的麻雀，我们家逃走的猫，想想塘里的鱼，这些，都算是‘家’的吗？”我与妹妹磨嘴皮子，获胜的概率并不大，自小就是被她降输了唉。妹妹在陶盆里糅白花菜，想了半天，回答我："你说的这些，说家里养的吧，性子又野，说是野生的吧，它们又不太像，你们读书人，就是麻烦。"唉！又怪到我读书上，好像我读书，也将自己读野了。

将已经着花的白花菜梗切碎，太嫩的话，就是一泡水，太老，又像嚼树枝似的，妹妹不放心我，要自己去菜园掐，切好了堆在陶盆里，二三十年前，我们就在用的陶盆，和面，做米酒，做咸菜，淘米，与前几天我在西安半坡博物馆看到的红陶盆的形式、颜色并无区别。加多少盐，妹妹也是驾轻就熟，一层一层地将墨绿的汁水挤出来，将渍盐的菜团放到保鲜袋，一半放进我们刚刚买回来的冰箱里，另外一半，用筷子一点一点塞进三个农夫山泉矿泉水瓶子，拧紧瓶盖，她下午会带到朋兴集的申通快递店，寄到南宁我父母那里去。我给他们寄桃子、萝卜、白菜什么的，他们都会打电话抱怨快递费贵，不划算，但白花菜一样，豆腐底子一样，他们不会抱怨的。孝感人嘛，走到哪里，都忘不掉过年炸的豆腐底子，伏天里腌的白花菜，如果一定要再多加几样，还有黑白菜、红萝卜、米酒、麻糖，这些有没有，倒也无所谓，我妈在小区里跳完舞回来，会在微信里语音留言说："小红，白花菜下饭，我又多吃了一碗！"

白花菜会在由集装箱、菜鸟驿站、快递小哥的摩托车的接力中坏掉吗？这么炎热的夏天，全国上下一盘棋……其实并不会，经过三两天腌制的白花菜，取出来炒鸡蛋，炒油盐饭，绿褐色，苦味消退，青涩辛香，味道刚刚好。之前父母在老家，讲到村里不懂厨艺的傻子，讲得最多的"梗"，一是城里回来的将小麦认成韭菜的学生：让你去夜雨剪春韭，结果是割一把绿油油的麦苗回家，气得他老子掀桌子打板凳；一是地主家的少爷听说白花菜好好吃，结果去掐新鲜的白花菜回来炒肉，白花菜固然是像苦瓜一样，苦不能食，将好好的五花肉，也弄得苦无下箸，肉多金贵呵，也跟着糟蹋了，结果地主妈舍不得，在碗柜里放了几天，又忽然变得好好吃！所以说，白花菜的味道是会变的，它的性子野吗，像菊芋一样，新鲜的菊芋并不受待见，它们必须在盐的加持下，经过一段发酵，才能变成珍味，而这个秘诀，一条美味的叙事弧，也只有我们本地人才晓得。对，这个本地人，应是扎根在泥土与日常里，读书不多，也不游手好闲的家伙，我？唉，在妹妹看来，以前是，现在不是，修正主义——在南宁的父亲也许会补一刀。

不仅是制法与味道，白花菜的长相，其实也是野的。种在田头地脚，乱蓬蓬，无拘无束，特别像一种我们用来做扫把的茅草，只是白花菜苦涩味重，一闻就知道罢了。我去过的满世界，除了我们孝感市，我再没有遇到过白花菜，就是在我们孝感，大概也只有孝南区、云梦县、安陆市三地有，原来安陆府、安州、德安府的区域有种植，就是老家所在的孝南区，一过京广线，到东边丘陵红土的“冈上”，比如我外婆家，也不会种白花菜。外地人吃不惯，比如一些人不喜欢荆芥、鱼腥草、芫荽之类。吴其濬在《古今植物图谱》里“白花菜”的条目，只写了一行，说明这种“野菜”长在江西，其味苦臭。哎，吴状元，白花菜哪里苦哪里臭了，你这个河南侉子……

我自己分析出来的原因，觉得除了地域的区隔之外，大概也是一方水土养一方植物吧，白花菜太老太嫩，太枯或者太肥，都不算好吃，它可能也需要在盛夏的湿热里，很快地成长，这样的环境，大概也只有云梦泽边的湿地，我们七八月的酷热与豪雨交织的小气候，才能让它们爽利地生长出来，被妹妹们掐了一轮又一轮。与之相对应的是苋菜，它们长在我们的盛夏里，清腴可口，在北方或者更南方，都是少见的。苋菜又有白苋菜与红苋菜，我们老家的一种白苋菜，被行家称为“芝麻叶苋菜”，好处是它的娇嫩多汁，茎秆轻轻“啪”的一折，就断掉了，其他苋菜会长出来的筋络，它一丝一毫都没有。妹妹们去采摘这种白苋菜，也是像摘白花菜一样，摘取主茎周边的侧叶，等到主茎秆长到食指粗细，折断，加干辣椒炒食，其实是夏天下粥小菜里，与炒白花菜并列的第一名。这样的苋菜茎，如果放到瓮里腌制，就可以得到汪曾祺力荐的中国第一“臭”菜：腌苋菜梗。无论如何，这样的茂盛与娇嫩，可能只有在云梦土地上，在云梦的三伏天烈日繁露里，才能够宠幸得出来。

大中午时，将三瓶腌好的白花菜装进车斗，妹妹要赶回孝感工厂里上班，一边戴草帽，一边要求我将陶盆里绿汪汪的菜汁倒掉，一边骑摩托车突突走远。菜汁稠绿，带着白花菜的苦香，我忽然想起小时候，妹妹与姐姐，也常用这个陶盆来挤揉桑叶，将一提篓桑叶的绿汁挤出来清洗她们的头发，据说，用桑叶水洗头发，可让头发又黑又厚。姐姐妹妹们现在头发虽然比我多，也日见枯干，但小时候，却是好的，乌发如云，可以扎两根很粗的辫子。

“桑之未落，其叶沃若。”五月的桑叶，六月的芝麻叶苋菜，七月的白花菜，大概都有这样“沃若”的感觉吧。

金银花第三

津津有味谈完白花菜，接下来想到的，是金银花，这个有一点奇怪。一个是苦香好吃，一个是清香妙闻，一个实用，一个审美，被我联想到一块，大概是它们都开出细密的白花，都与姐姐妹妹们相关吧。

所以时间线要推回到四五月，三十多年前。天刚蒙蒙亮，我跟姐姐背着书包去上何砦初中的早学，朝阳在东边小澴河的堤树上兴起，将霞光投射在我们的后背。如果我们抄近路，走田野中间的麦田的话，会在乱蹦的蛐蛐土蛤蟆中，踢到一脚的露水，将力士鞋沾满草叶，谁在乎呢？麦苗正在扬花，气味清甜，麦田中间的野豌豆、豆荚已经鼓起来脸颊，稍后放学，可以顺便扯一把回家去了。小路由肖家坝村后面的荷塘边绕过去，坡上是藤蔓交缠的树墙，绕过肖家坝，就可以看到我们的教室，在一排挂着亮绿翅果的枫杨树与松果簌簌掉粉的杉树中间。

树墙上正在开放的是芽芽碰，后来我知道它们是野蔷薇——荼蘼，开到荼蘼花事了嘛，白粉蝶在单瓣的花朵上飞舞，与它们结伴的是小灰蝶与蜜蜂，花朵的气味、粉蝶的气味，都是微甜的、腻腻的，冲鼻子。这种粉腻的“结界”终于有一天，会被金银花清丽的香气破除掉。我们姐弟俩由林莽间走过的时候，姐姐会深吸一口气，说金银花开了，我抬头去看，就会发现细瘦的三四束小白花，点缀在油绿的藤蔓顶端，逆着点点光线，它们的香气，能够束缚住蔷薇的粉腻，一线幽香，钻入鼻翼里。这一线香气，似乎是夏天的开始，接下来，是第一支荷花开了，第一只蝉叫了，第一架蜻蜓飞来稻场了，第一只萤火虫在池塘边提灯，插下第一株秧，摘下第一朵棉花，第一次去池塘游泳，第一次吃新麦馒头，爷爷为割麦子磨出来的第一把镰刀寒光闪闪，打开期中考试的第一张卷子，老师们星夜用蜡纸用力刻写油墨印出来的卷子，散发出清新怡人的香气……

姐姐会指使我摘花，她比我年纪大呵，还知道那么多我在学校捣蛋的秘密，我当然是要施展我爬墙上树的本领，去将那第一条开花的金银花藤折下来献给她。腿脚被挂到没啥，手掌扎进去刺，姐姐也会负责用缝衣针拨出来，怕的是树墙后面的人家。树墙往上的房子前面，有一口铸铁的压水井，问号一般的铁手柄，井栏有绿苔，井边有鹅，还有一条黄狗，它们的主人，是一个下肢瘫痪的女孩。后来我看到《孔乙己》，孔乙己背着蒲团用手走来喝酒，会想到她，听到张海迪的故事，也会想到她，她坐在草垫上，每天早晨，看着我们上学路过。她眼神有一点慢，年纪与我们差不多，只是她可能一天学堂的门都没有跨进去过，也没有去放过牛、游过泳、摸过鱼什么的，她手撑着草垫，能够挪动的范围，大概就是水井周围的散发着金银花香气的这么一块地方。那条负责任的黄狗，毫不犹豫地冲过来，在白鹅的鼓掌（翼）欢呼里，冲到我脚下，眼看就要将我的力士鞋叼到嘴里。救我的不是姐姐，而是那个草垫上的女孩，她喝住她的狗，脸上憨憨笑，露出来白白的牙齿。

前几天，我们出门去散步，大路不走走小路，由田野往肖家坝走去。盛夏时节，田园里的小麦早已收入仓廪与瓦瓮，棉花开得五颜六色，朵朵盏盏，与菜地、瓜地交错在一起，跳过我们布鞋的土蛤蟆褐色蛐蛐，已经进化了三十多个世代，其实也没啥变化。远处何砦初中已关闭十余年，枫杨与杉树长得更加壮观，怡然自处在荒草之中。肖家坝上的人家，井灶犹在，那个用手撑着草垫，率领着鹅与黄狗的女孩子，当然是不见踪影，她的卑微的一生，大概很早就掩埋在附近的一丛荒草之下吧，一个未婚的残疾女孩子，可能连立坟头的机会都没有，不会有《四个春天》里大姐的待遇。绿暗绵密的树墙上，蝉鸣如织，将树墙变得像蝉声的新毯子，金银花已经过了盛花期，仍有零星的几朵开放，香味清淡，不敌蒿草汁勇猛的气味。我摘一朵给她看，在杭州的时候，我们也在高银巷的粉墙上摘过金银花。那一朵金银花夹在一本食谱里，被我们保存了很多年。

那时候，姐姐也会将折下的金银花养在窗台下的罐头瓶里，开头几天，一日三五次，换水很勤的，但这样的宠溺，很快也会过去，接下来，一两周之后，栀子花登场，这乡间夏日的正旦，会将金银花变成嫋嫋青衣。罐头瓶里的花瓣，在凋谢前，会变成黄色，呼应着它名字里的“金”字，这样的黄，轻柔温和，其实也是有珍珠的润泽的。

艾蒿第四

八月是艾蒿的开花时节，一串串细碎的小白花，破絮似的挂拉在叶片上，不好闻，也不好看的。之前我没有注意过艾蒿的花，就像种萝卜的时候，很少能看到清明节前萝卜开出的淡紫花串，八月桂花开了，也很少去关心它结出的黑墨的种子，我们这些又实用又势利的家伙，观花赏叶，闻香吃果，哪里会去管植物的生生死死、春夏秋冬的细微变化。所以，可以吃的萝卜是“家”的，开花的萝卜是“野”的，所谓家与野，就是我们这些“多情”的人一点自私的移情罢了，有移情是“家”，无移情是“野”，多么的爱憎分明。回到艾蒿林，我们还不如蜻蜓呢，我们去澴河堤上散步，黄昏里，蒿草离离，薄翅蜻蜓在河堤上下的蚊柱里纷飞，吞食这一批同样刚刚离开水面的蚊子，为它们的交尾预备体力，累了，就休息在艾蒿林里。两个月前，艾亦柔止时，是这样，现在，艾蒿开花老迈，头发斑白，秋意初生，也不弃不离，并不介意它们浓烈而刚强的气味。秋风吹起来，艾蒿林枯黄，蜻蜓会卷飞去哪里？这个已经离题了，不管它。

所以端午节前，母亲去田野里扯回来的艾蒿抱，大概是在它们刚刚成年的一刻，绿叶剪剪，根株修长，枝叶具足，气味辛香，就像水虿由河流里爬上来，成为蜻蜓，孑孓由湖荡里飞出来，变为蚊虫，蝉猴子由泥土里钻出来，变成神气的“秋铃”（蝉），像由金神庙捉回来准备阉割的小猪仔，像长出弯弯角的小牛，像准备往小母鸡背上跳的公鸡，它们已经长出了修长的尾翎。像十七八岁即将远行的少年人，走在人前，已经活脱脱是父亲的“形模”。所以作为“还阳草”的艾蒿，端午节前后采摘下来的药效最好，也是因为它与上面列举出来的事物一样，有着充分的“阳气”吧。母亲将这一抱“知慕少艾”的艾蒿挂在由厨房通往卧室的木门的门柱上，由它们风干，变成黄褐色，晚上我们在灯下吃饭，会闻到它的气味，父亲有时候也将红艳艳的“农历”册子挂在那根木柱上，那个农历，当然是主导着我们春夏秋冬耕作收获的“时间线”。

我后来弄武侠，看武侠小说，常看到一堆侠客为包治百病的神药打得头破血流，争得死去活来，这个会被我母亲笑话吧。在她看来，天下没有什么病是艾蒿治不好的，如果真治不好，那就去金神庙找更了不起的王大夫吧，王大夫也没办法，这个……天收你的时刻来了，也没得什么好抱怨的哎。所以，大侠们你们是为几把艾蒿打得鼻青脸肿么？我们兄妹几个，谁咳嗽，嗓子疼，“出蛾子”，妈妈会淡定地刷锅烧开水，由木柱上摘一撮艾蒿叶扔进锅里煎水，让我们喝下去，淡淡的苦味，加一点红糖压压。谁感冒，妈妈用嘴唇试试额头，烫得哎，也是这一碗神仙汤咕嘟嘟下肚。在外面被虫虫咬到，过敏，身上起“风疙瘩”，无非煎一大锅艾蒿水，倒到木盆里，由她一边抱怨，一边洗澡。之所以抱怨，除了我们的顽皮不小心，大概也是用掉了她好大一把艾叶吧！她作为母亲的“法力”，西王母的分身，大概有一半是艾蒿赋予，当然，还有其他的一些法术，比如，连续的猛烈的咳嗽，也许得让爸爸去茅厕里，捞到最深处的石头，借助于它的阴寒，煎出恶魔一般的汤水。高烧不退的感冒，也许与遇到了不该看见的东西有关，妈妈会领着爸爸出门去“叫魂”，我有一年掉进粪坑里，她为了祓除我的晦气，执意要领着我去讨“百家米”，吃“百家饭”，不知道我现在吃上“公家饭”，与她的这一段“作法”有没有关系。我之所以成为“木剑客”之类的“大人物”，跟小时候喝了太多的艾草汤，洗了太多的艾叶澡，也有一点点关联吧？

我在武汉，每年端午节，除了在沈阳路市集上买一堆清水粽，也会顺便买一把艾蒿回家，郁郁葱葱，挂到阳台洗衣机上面的墙壁上，年岁既久，慢慢地也占去了一面墙。最终还真派上了用场。有一次，沧海大哥在小区里汗水淋漓地野回家，手臂胸腹上也风疙瘩摆成长蛇阵，他百度去查是过敏，看到被一碟花生酱误了卿卿性命之类的故事，自然是惊恐交加，觉得掉到又麻又痒的地狱，我自告奋勇煎了一点艾蒿水，用洗碗巾帮他擦了几遍身体，褐色的汁液未干，就被他妈妈送去医院打抗生素。艾蒿发挥了作用没有，像堂吉诃德打败大风车。谁知道呢？三十年过去，当今世界，抗生素才是“还阳草”，包治百病哎。艾灸馆好像也流行起来，年轻的姑娘们穿着粉红色白色的护士服，在袅袅艾条的仙气里接待被电脑、手机、办公椅、羽毛球馆弄得腰酸背疼的都市客。艾草性温，祛寒除湿，调理经络，培本固元，李时珍《本草纲目》郑重其事，由他的家乡蕲春县收集的“蕲艾”，在武汉的超市也特别有名。有用吗？我没有试过，这些“作法”的姑娘们，与童年时“作法”的母亲比较，可能还是要稍逊一筹。母亲有两道药引，是她们没有的，母亲对不死神药的绝对信任，向生病中的我们投注的焦灼又温和的目光，这些可能才是真正的“法”吧。

我们还喜欢河岸上胜利桥边的那一片艾蒿林。黄昏里，夕阳西下，晚霞燃烧在远处的汉十高速公路桥上，巨大的积雨云被染成金山银山，远远堆在地平线上，由某军用机场飞出的训练飞机三三两两在蓝天上盘旋，由天河机场起飞的客机银光闪闪地由高空经过，带着忙碌的乘客奔赴世界各地。枫杨与白杨列阵的河滩平原上，半人高的艾蒿林密密麻麻，绵延不绝，好像能供无数的田鼠、野兔与黄鼠狼游戏。黄蜻与蝙蝠飞舞在它们的白花绿叶之上，河流、荒滩、植物、动物，在盛夏蒸腾出来的千百气味混杂在一起，为艾蒿的浓浓辛香所主导，正是大自然配制出来的夏天的气息，我与她的乡土的气息，满世界独一无二。远处的峭陡公路边，奶奶与妈妈领着孩子们晚饭后出来散步，洗完了澡，穿着新衣服。一个牙牙学语的小女孩向我们跑过来，并不警惕我们这样的陌生人。我心里想，他们的澡盆里，会有艾叶调制的神仙汤，他们的脖梗里，也会被母亲们扑上滑腻清凉的“痱子粉”，“老马入和”，他们童年的盛夏，还会沉浸在母亲的巫术与艾草的法力里。我们的孩子，也会。

我们继续往前走，黄昏落幕，金星跳闪，黑暗中澴河幽幽发光，沉默在枫丹白露派的郁郁画风里。我们由附近的魏家河石桥过澴河，穿行在河滩湿地中间的曲折土路，河桥下石缝里的鳜鱼啪啪拍尾，惊动草丛中的戴胜鸟顶着花冠起落盘旋。我们举着手机，用虚白的光线照亮脚下的路，再向路两边看的时候，一时目瞪口呆：在小路两边，梦境一般地密植着一人多高的蒿林，高粱一般，箭雨一般，气息凝结成墙，暗夜里绿如翡翠，令我们产生出错觉，好像穿行在海底交缠的绿藻里。一点点恐惧消散后，我们又惊又喜。这样自足而狂野的艾蒿，终于从人类的实用里摆脱出来，由李时珍《本草纲目》的伟大系统里摆脱出来，真正地成为“本草”——自我呈现的草，反身的草，有主体性的草，在它们的生态区位上达到鼎盛。是的，在母亲们的伊甸园里，欢迎枫杨，欢迎艾蒿，欢迎鸟兽鱼虫，自然而然地蕃育在四围的河堤之内。

卷耳第五

由保刚家的门前大枫杨树下土坡，向南，沿着一条小路，就可以走入我们村南的旱田，所谓旱田，是与西边的水田对应的，地势要稍高一些。我读陶渊明的诗“平畴交远风，良苗亦怀新”，会想到这一块“南头地”；读“贫居依稼穑，戮力东林隈”，会想到种水稻、油菜的“西头地”。八月立秋，南头地里，棉花可谓“碧玉妆成一树高”，盏花朵朵，棉桃结实，芝麻的钟形白花也节节开到了最高处，棉花与芝麻之外，是黄豆田、花生田，是一畦一畦的菜地，黄瓜茄子、豆角瓠子、辣椒番茄、土豆红薯，我自一口真气足，都在收获的要紧关头上。

二三十年前，这条田间的小路，会被各家各户修整得平滑如绳，我在稻场学会骑自行车，升级的教程，就是沿着这条羊肠一般的小路，骑去魏家河村拜访同学。现在它当然是被吞没在种种杂草里，艾蒿、益母草、车前子，一蓬蓬垂序商陆，离离的狗尾草，新生的构树苗，交错纠缠在田埂上下，如同一首野花野草的交响乐，如同老巴赫以对位法演绎出数个声部，我们这样叶公好龙的花草爱好者，评鉴拍照，当然是乐在其中。今天的收获，是辨认出来一种细弱成簇、团成一片、高一尺左右、开出白色小花的野草，“形色”告诉我们的名字是“卷耳”。它熟悉而又陌生的样子，我凝视既久，忽然明白过来，这就是早春的时候，生长在荠菜旁边的“猪耳朵”嘛。

所谓“采采卷耳，不盈顷筐”，童年里，吹面不寒杨柳风的二月花朝，姐姐妹妹挽着竹筐，筐里放着小锄头，来“南头地”里挑野菜，目标大概是两种，一是荠菜，还未抽薹，鲜嫩可食，挑回家给妈妈炒菜；一种是“猪耳朵”，一寸之萌，娟娟可爱，会与糠麸混合在一起，浇开水拌好喂猪。因为是正牌的猪食，它占去了猪的“姓”，由刚刚回暖的大地上长出来，也的确如一丛丛细小的耳垂似的，好像在谛听旁边麦苗拔节的声音。有人说，春雨绵绵的晚上，麦苗拔节的声音是可以听见的，我可能是听力不好，没有听到过，相信“猪耳朵”们，一定是能听出来的。

“不盈顷筐”的原因，除了采摘的女子心如撞鹿地怀念“良人”，另外的原因，可能是初春的卷耳实在是太细弱了，得有足够的耐心，一点一滴地摘取，才能慢慢让筐子充满起来，这样的耐心，与放牛时观察黄牛与水牛的肚皮时的忍耐，是可以等同的，姐姐有，我没有。怀想良人的女子，在恋爱里？新婚里？我猜她大概也是十六七岁的年纪。“采采卷耳”是赋比兴的“兴”，兴发情感，但也未必没有“比”在里面，春风多厉的田野上，卷耳又朴素又娟秀，又细弱又坚韧，与乡村的女子是像的，它的叶片，有一点像耳垂，叶片上细小的绒毛，与她们耳垂、脸颊上的绒毛，也是像的，所以卷耳还特别有一点童贞的意味。

浇灌这一片田野的澴河与涢水（府河），是江汉的支流，在大别山以西的江汉平原，从前是屈原、宋玉行吟的云梦泽国，在更早的西周春秋，是《诗经·国风》中的周南与召南。周公召公治理南方的公侯，采集民歌，有《周南》十一首：《关雎》《葛覃》《卷耳》《樛木》《螽斯》《桃夭》《兔罝》《芣苢》《汉广》《汝坟》《麟之趾》；《召南》十四首：《鹊巢》《采蘩》《草虫》《采蘋》《甘棠》《行露》《羔羊》《殷其雷》《摽有梅》《小星》《江有汜》《野有死麇》《何彼襛矣》《驺虞》。二十五首诗里，多半是情感真挚的情诗。郑玄孔颖达《毛诗正义》讲“以二国之诗，以后妃夫人之德为首”，是因为南方表现出在周召治理下温驯服从的“后妃之德”。这当然是扯淡了，就是在今天，去南方之南的西南山岭里，也能听到三苗九黎、百越南蛮之苗裔热烈的情歌，南方本来就是女性的、情感的、热烈的、桃花源的。

我们习惯了卷耳毛茸茸童稚的样子，不太认得它开花结果的成年样貌，也就不足为奇，这也像我们现在，在村庄里遇到回娘家的女人们，这些童年的玩伴，变得陌生而疏远，丈夫们长年在外面打工，留下她们在乡间劳作，照料老人孩子，生活的辛苦令她们显得憔悴苍老，嗓门如同雷鸣。就是这样，我坐在窗下，听她们在村巷里讲话的时候，还是能分辨出来，这个雷鸣般的嗓音，它曾经有过的青涩的童声，是我熟悉的。

那天我们继续往田野走，绕过蔺家台子的荒村，转向公路，路边已经有苍耳的果子田鼠仔一样抱生出来，招惹到它们，就会粘连在我们的裤子与裙角。卷耳与苍耳，并不是同一种野草。卷耳在石竹科的卷耳属，细叶，五瓣小白花，种子如豆。苍耳在菊科苍耳属，长得有一点像小构树，开淡紫的钟形小花，结出来的苍耳子花生米大小，有毒，可以榨油，自带千百钩须，衣物纤维惹上它，就很难拔除下来。

公路由南向北，由肖家坝的西边经过。在一个打理网购快递的小商店前面，紫红木槿花丛里，一群人在聊天，旁边有一张轮椅上坐着一位中年女人，齐耳的短发，大声地讲话，我认出来她就是当年水井边喝住黄狗白鹅，送我们金银花的小女孩。她并没有死掉，如我凭空猜想的那样，成为田野中的一个坟垅，而是活下来，一改当年的沉默，声音洪亮，心安理得，兴高采烈。

泽珍珠第六

今年认得的最美的野花，是泽珍珠，认得它的地方，也并不是在老家的田野上。我们在乡村生活之外，自然还要在城市求生，所谓“倾身营一饱，少许便有余”。在武汉作息，我早睡早起，主要还是为了清晨能在沙湖公园跑跑步。春夏间，沙湖周边的植物由疏离转向繁盛，湖岸边莲叶渐圆，起立成为朵朵风荷，湖岸之上的楼林，就像沙湖这只武昌之眼的假睫毛一样。

我解读的沙湖公园计划者的雄心，大概是要将它打造成一个湿地、池沼，在城市中心还原出云梦泽的雏形，除了梅、樱花、碧桃、木兰、海棠、木芙蓉这些四季轮流开放的名木奇卉，他们还特别种植有一些野花野草，除了湖边的芦苇、水葫芦之外，又特别引进了一个“中法野花种植”的项目，一片片种出许多我无法叫出名字的欧陆野花来，我用“形色”认出来的几种，最喜欢的是野亚麻，蓝色单瓣花，轻俏飞扬，真的是梦一样，其风致有一点像虞美人。但野亚麻是金发碧眼，虞美人是娉娉婷婷。还有一种，我也是喜欢的，他们由大别山里移来不少乌桕，长长短短立在水边，深秋里火烧火燎，显露出它们在山岭间的野性。营造者的“野化”方案，在我看来也是成功的，飞鸟用它们飞还的翅翼赞同，青蛙用它们的鼓噪赞同，亿万蚊子结成蚊柱赞同，朝晖夕阴里，人们聚集在这里，结成不同的社团锻炼与娱乐，其声势比起我们在乡下，何止热闹百倍。与我们在乡下人烟渐少的桃花源比较，沙湖公园大概是一个人声鼎沸的乌托邦吧！

有一天我跑过湖北大学家属楼后的池塘，在一片正在朝阳中开放的垂丝海棠下停下来，吸引我的，倒不是娇媚崇光的海棠花，而是花下草丛里，好像一夜之间生出来的一种白花，它们单株开放，聚合有一点像蒲公英，半尺来高的样子，总状花序，白花密集，每一株上大概有二三十朵簇生在一起，朴素平易之外，又特别的精致有序。我喜欢的是它的花瓣，珠白、温润、简单，好像是刚刚结构出一朵花的样子，再不愿多花一分力气，多走一步，去求新求变求美，与野亚麻虞美人的俏丽，自然是没有办法比较的。哪怕不学野亚麻的色，它有金银花、栀子花、茉莉花的香气，也不会如此寂寂无闻，让我只好掏出“形色”来请教吧。“泽珍珠”这个名字多好听，在湿地里，开放出来的有着珍珠光泽的小白花，在繁盛的海棠花丛里，高高低低，有疏有密，像另外一首朴素的曲子去配合似的。它好像还有另外一个名字，叫“星宿菜”，大概也与眼前这样星星点点银河一般的花海有关。《本草纲目》的介绍，是泽珍珠“性味”辛、涩、平、苦，也是女人们活血调经的良药。

我由“星宿海”里摘了二十来枝泽珍珠，捏在手里继续跑步，自然是引得路人侧目不已，唉，这大概是“三言二拍”里爱花成痴的灌园叟秋先才会干的事情。回到家，洗完澡，找出一张宣纸，将这二十来枝泽珍珠裹好，去“菜鸟驿站”，寄给彼时在外差旅的她，我想她收到打开宣纸的时候，这几十根野花，多半也会枯萎掉，但泽珍珠干枯的样子，也会是平实好看的，珍珠的光泽还会在。两三天后，我看到微信里她拍出来的照片，她将它们放到水杯里，泽珍珠们得到水，又重新舒展开，宛然回到它们在朝阳清露里的样子，虽然说不上“神女应无恙”，起码也是清溪小姑，神韵犹在，点点珠光，温润黄白，由我掀起的一场无妄之灾里，稍稍振作，重生过来。

因为有千里寄野花这样的花痴事件，以后每次跑过那片“星宿海”，都不免会多看几眼，泽珍珠的花期很长，陪伴了池沼上三四月各色名花的兴起与凋谢，期间我还看过三叶草的花海、紫云英的花海，在乌桕树与水杉树林里，都不错，三叶草是太雅致，紫云英是太热烈，皆不及这一片珍珠光芒的“星宿海”，倒是有一天，我看到三叶草花海上，一棵苦楝树开出的淡紫花冠，紫玉莹莹，让我徘徊好久，苦楝花也有着跟泽珍珠一样朴素无华的光。

“五一”之后，公园里的园艺工人们勤快起来，唉，五月也是我们这些大学老师最勤快的时候，勤快得多巴胺上头，难免就会折腾。有一天早上跑过“星宿海”，就看到一位全副武装的中年男人，工装裤的背上背着电机，右手伸出割草机的飞镰，墨镜，戴耳塞，网球帽，帽子的后檐里露出来他束的小辫子：一位朋克风的除草师大哥，气定神闲地踏着晨露，清理繁花尽谢的海棠树下的泽珍珠花海。我想不出劝阻他的理由。第二天再去跑步的时候，“星宿海”当然是大地茫茫一片真干净，其他路边的野花，已经结出豆荚的野豌豆、带小钩蒴果的窃衣、打出白絮伞的蒲公英、开花的一年蓬、狗尾巴草，都被勤快的朋克除草家消灭掉了，我想这位大哥，一定有在老式理发店里，由理发师咔嚓咔嚓剪去他的小辫，刮尽他下巴上庄严地蓄出来的浓黑的胡茬的快感吧。

可是，野花呢……在推进“中法野花种植项目”的沙湖公园，叶公好龙的公园，还是逃不掉园林的美学的轮回。好好的大观园，只许留公子小姐，不许有丫鬟仆役……我们在城市里希望的野性，大概就是：将鲸鱼抓进水族馆，将油菜花种进校园，将老虎狮子关进动物园，将乡村的草木移进公园，将国外的花草归化到园圃，由城市的泥地里长出来的飞鸟、甲虫、野花野草，我们其实是拒绝的。

六月我准备返乡，之前最后一次去沙湖公园跑步，奇迹是那一片被朋克大哥攻灭的“星宿海”上，泽珍珠的花海又兴起了，虽然每一株都比之前要矮小，花序也疏落，但依旧星星点点地生长出来，在海棠树下的晨光白露里，漾出点点珠光。

我已经不太爱赞叹这个了不起的重生奇迹了。也算妇女之友的泽珍珠，它的归宿，应是老家大小澴河堤里的桃花源，它应该与益母草、艾蒿、白花菜、金银花、卷耳们，一起去重建一个女性的、身体的、野性的、荒芜的、繁盛的新的家园。

选自《长江文艺》2019年第3期

评鉴与感悟

读郑保纯的《野花六种》，遇见寻常植物，总能唤醒他的生命体验，读着读着，便心生艳羡。细致入微的笔墨里，有诗，也有一唱三叹的赞歌，纯净，却也温馨，这是他笔下的乡土中国。

爱与黑暗的故事

/吴佳骏

郊野

那天的气温和暖，光线也很柔和，从早晨到中午再到暮晚，都是吉祥和光明的一日。我从床上起来的时候，受了那照进窗棂的阳光的牵引，想要去郊野走一走。我在屋里是待不住的，哪怕外面再热，我都幻想着走出去。我想看看这盛夏的骄阳到底能把多少事物烫伤——昨天或者前天，它已经把一湾河流烫得泪水涟涟，把一座茅草房烫出了炊烟，把一个人的青丝烫成了白发，把一条蚯蚓烫死在了路上……

我在郊野上迟缓地走着，暑气从草间升起，四周一派肃穆。马桑子殷红的穗粒像众多的火柴头聚在太阳底下采集火焰，有三两只昆虫在上面爬上爬下，鬼鬼祟祟的，像几个自然界的盗火者。不远处的田塍上，长着几株棕树。棕皮包裹着树干，也包裹着时间。往常，年年都会有农人来剥棕皮，拿回家缝棕垫或织蓑衣。现在没有人稀罕这个了。村庄空了，床也空了，棕垫自然没人要了；到了雨季，也再不见有人披着蓑衣在雨中行走。蓑衣成了雨水的老物件。我盯着那几株棕树看，我看棕皮如何一层一层将自己的骨骼包紧，看棕叶究竟在等待谁的手来将它割去做成蒲扇后，又为谁送去一夏的清凉。

在我的记忆和印象中，郊野从来都是充满朝气和活力的。我沿着郊野的一条小路走，两旁的野草在我的脚背上亲来亲去。我想去探望一棵黄杨树，我时常在梦中见到它。我感觉它是我的一个亲人，让我惦记和挂怀。我不知道它现在长得好不好，秋风有没有扫光它的叶片，积雪有没有压断它的枝条。多年前的一个午后，我从家里跑出来，我想站在一个高处，把自己像月亮一样挂在树梢。我费了很大的劲，才爬上那棵黄杨树。我在树上睡了一觉。黄杨树是我梦中的梯子。我站在梯子上，看见夕阳在发高烧。它那绯红的脸庞，跟我被灶火映红的母亲的脸庞一样红。我还看见，黄昏打着火把，在替我赶夜路的父亲照明。

那棵黄杨树，见证了我的爱与黑暗的故事。我走了大约十分钟，终于又见到了它。它还和从前一样，只是树干比过去粗壮了许多，伞盖也比过去宽了不少，还多了几分沧桑和荒寂。我站在树下，像站在旧时的梦的阴影中。我好想再次爬上树，去眺望一次落日，或等待一场风，但我怎么都爬不上去。人的年龄越大，失望就越多。那些年少时干过的事、做过的梦都随着时光远去了，剩下的只有追忆和喟叹。

我在树旁坐下来，抽了一根烟，袅袅的烟雾丝线般将树缠绕。汗水在我的额头滚动，我却感觉不到炎热。我得陪树多坐一会儿。我相信在我离开它的这几十年中，它一定是非常寂寞的。它要独自面对黑夜和旷野的风，要独自承受雷电的袭击和被盗伐的危险。我和树都是大地的孩子，我们都出生在同一个故乡。不同的是，我选择了出走，它选择了扎根。我走的时候，它望着我远去的背影沉默不语；我归来的时候，它仍是沉默不语地看着我满身的疲惫。

探望完黄杨树，我还想继续在郊野走一走。夕阳还未卸妆，离天黑还有一段时间，尽管暑气蒸湿了我的衣衫。我一边走，一边想一个女孩。也是在多年前，也是在这片郊野，我跟那个女孩在晚照下奔跑。那是春天，野花正在盛开。我们跑到哪里，野花就开到哪里。那个女孩特别爱笑。她一笑，脸上就现出一个小酒窝；她再一笑，那个小酒窝就装满了黄金。我记不清我们都在郊野干过些什么，唯一记得的是，她用摘来的野花插满自己衣服的破洞，还亲手编织了一条草项链挂在我黑黑的脖颈。我们还一起用背篼将星星提回过家，将鲜花献给过鸟群，将歌唱献给过晚风，将心跳献给过初吻。可后来我们都相继离开了郊野，去了陌生的远方，从此彼此都不知道彼此的下落。我只依稀听人说起，她去远方后，遭到一个流氓的玷污。她没脸见人，想去死，被另一个男人救活。再后来，她便跟着这个救她的男人去了另一个更远的远方。

我在郊野上走着，郊野空空的——空空的郊野是记忆空空的坟场。

夜歌

夏天将尽的时候，我又听到了那支夜歌。清丽而舒缓，没有一丝杂质。这歌是一只草虫唱的。我不知道草虫的名字，也从未见过它。它永远躲在我看不见的草丛深处。有许多次，我跑去寻找过它和它的叫声。我在黑夜里走着，它的叫声指引我来到一片草地，一个河湾，一块豆荚地，一排乱坟岗……我想看看它到底长什么样子，有几条腿，几根触须。翅膀是薄还是厚，头是大还是小。它飞起来的时候，它的歌声是否也在飞，灵魂是否也在飞。但我想了很多办法，最终还是没能找到它。我没靠近它的时候，它的歌声可以穿透黑夜，到达月亮和星星的耳朵。我一旦靠近它，它就瞬间噤声，把琴弓藏好，夜重又恢复平静和孤寂。我猜不透它为何要这样，是它长得太过丑陋，怕见人呢，还是甘愿做一个低调的、平凡的和隐士般的大自然的歌者？

我是喜欢听那草虫的歌唱的。我想起那些夏夜，常常莫名地睡不着觉，心里煞是空虚。大人们都不知干什么去了，没有人跟我在夜里说话。月光从天空照下来，树枝和小路上都敷了银灰色的粉霜。我从屋子里走出来，抬起头，盯着月亮看。月亮也在离我很遥远的夜空看着我，它的眼睛跟它近旁的那颗孤星一样令人惊恐。我渴望获得安慰。那时，我还只是一个八岁，或者十岁的孩子。我没有能力使自己变得强大起来，也没有能力穿越独属于我的暗夜。我在院坝边的磨刀石上坐下来，那块石头磨过不少的刀，凹下去一个深槽。我坐在上面，我把自己也想象成一把刀。我要把自己磨出刀锋来，我要把漫长的黑夜砍成两段，一段给黄昏，一段给晨曦。这样，世界上就没有黑暗了，我也将不再害怕失眠。我只能通过这种方式来缓解对黑夜的恐惧。可我越是胡思乱想，恐惧反而越强烈。我的身子开始战栗，月光救不了我，幻想也救不了我。就在我快被黑夜掩埋的时候，那只草虫唱响了它的生命之歌。它就藏在我身后的夜来香中。它的叫声比月光还要明亮，比星辰还要透明。我的心顿时安静下来，我的战栗也变成了它歌声里的节奏和旋律。

那只草虫，用歌声点亮了一个怕黑的孩子的夏夜。那晚过后，我一到睡不着觉的时候，就跑去屋外聆听草虫的歌唱。我每晚出去，它每晚都唱。有时在屋后的藤蔓间，有时在屋前的草堆里，它仿佛是要唱给我一个人听，而我大概也是它唯一的听众。它知道我穷，是个可怜的孩子，故从不收我的演唱会门票。它弹唱的夜曲，我也不知道叫什么名字，有古典的味道，有民歌的风格。偶尔，它也会唱几首忧伤的歌，歌声凄婉、苍凉。这让我知道，一只会唱歌的虫子，也有沉重的心事和绝望的夜晚。

有一次，我照例去屋外听草虫唱歌。那是一个没有月光，也没有星辰的夜。农人们大都进入了梦乡，只有极少数的几户人家，还在点着灯火忙这忙那。我围着屋子转了几圈，都没有等来草虫的歌唱。我担心它是不是生病了，或者拉断了琴弦，又或者唱哑了嗓子。我焦急地等待着，像等待着月亮和星星升起，直到村里最后几户忙碌的人家都熄了灯火睡觉去了，草虫还是没有来。我那晚等来的，是一个女人断断续续的哭声。

那个女人坐在屋外晒场上的酸枣树下哭，长一声短一声地哭，远一声近一声地哭，明一声暗一声地哭。我不知道她在哭什么。我只知道，她在几个月前失去了丈夫。她被婆家人赶了出来，她现在住在娘家，带着一个三岁的孩子。我从她身旁走过，我想起被人捣坏了巢的小鸟和无家可归的狗。她的母亲心疼她，摸黑来叫她回屋。她不听母亲的劝告，仍在伤心地哭。她的哭声像一把锯子，在锯着黑夜的肌肤和潮湿的夜露。

我不想听女人的哭声，我只想听草虫的歌唱。这之后的日子，我依旧夜夜跑出来寻找那只失踪的草虫，但我再也没有找到过它。它从黑夜里消失了。草虫消失后，我也长大了。我不再害怕黑夜。我从黑夜里出发，去了很远的地方。如今几十年过去，我又听见了草虫的歌唱。这歌唱，使我不自然地想起曾经那个哭泣的女人来。我不知道她现在何处，过得好不好，也许，她早已经死了吧。不然，那只草虫怎么会又唱起歌来了呢？

六月

六月里的一天。也许是孤独，也许是时光过于慵倦。我从家里走出来，像从一个漫长的回忆里走出来。我不知道要去哪里，只那样随意地走着。没有目的，也没有方向。路边的草泛绿，间或有一点鹅黄，被阳光注射了青霉素似的。没有人出来割草，割草的人和割草的刀都不知去向。我在一条土路上走着。我想把鞋子脱下来，挂在一棵树上，让它替我记住些什么。在这条路上，只有这双鞋，是我唯一熟知的事物。记住它，也就记住了我所走过的路。

我是出过远门的人，我深知需要磨破多少双鞋，才能把一条遥远而弯曲的路走完。就像一个水手，他深知要呛多少口水，才能摘取属于自己的浪花。清风吹拂我的头发，野草般凌乱。我试图用手指将头发理顺，却越理越不顺。我的头发跟我的思绪是纠缠在一起的。好在我的头发现在还没有变白。如果哪一天我的头发白得像风中的芦苇，或夕阳下的巴茅草，那我所有走过的路，干过的事也必将打满晨霜。

现在是六月，六月是夏季的壮年。季节的壮年跟人的壮年颇为相似。我在六月里走着，我感到空气是清新和透明的。无论是远眺或近看，都没有冬日的肃杀和凋敝之象，但我的心还是有丝丝的不安。我知道这是一条寂寞的路，已经许久没有人走过了。我也没有在路上碰到我曾经所熟悉的场景——那个手握弹弓的男孩，和他总也瞄不准目标的眼神，以及被他的弹弓射出去的石子惊飞的鸟雀，和鸟雀遗落下的一片羽毛。那个在落日余晖笼罩下吹蒲公英的小姑娘，和随蒲公英飘远的背影，还有那些印在土路上的狗的脚印、羊的脚印、牛的脚印、猫的脚印……

我渴望再次与他们相逢，也渴望与另一个自己相逢。我是一个在六月里寻找六月的人。我从六月里走过，像一棵草从草丛里走过，一朵花从花丛中走过，一个梦从梦境里走过。我沿着六月的方向走，我想把自己走成两个自己。一个自己从六月走向七月、九月和十二月，这是向前的；一个自己从六月走向五月、三月和一月，这是朝后的。我是我的两个极端，相互排斥，又和谐统一。我是我的白天，我也是我的黑夜。我是我的水，我也是我的火。

朝后走的时候，我的记忆是模糊的，心情是惆怅的。我只依稀记得我站在五月里的蓝天下，望着一棵生虫的梨树发呆。那棵梨树都快枯死了，却还在努力结出果实。我盯着树上不多的几个梨，像一个饥饿的孩童盯着母亲干瘪的乳房。我还在三月里与一株桃花相逢。它生长在野外，孤孤单单的，花朵却粉红一片，比我邻居家的姐姐——那个没钱上学的姑娘用红纸蘸水涂抹在脸上的假胭脂还要红。我也在一月的料峭春风里吹响过竹笛，那是我父亲送给我的礼物。我父亲是个沉默寡言的人，但他送给我的竹笛却会唱歌。我现在都还能想起父亲在我的笛声中老去的样子——他的样子是我无法言说的哀伤。

朝前走的时候，我的心情是美好的，记忆如马车般拉着我不停地奔跑。我先是尾随七月跑向了郊野。我在郊野看到了七月的流火，还看到有两只蜻蜓，站在草叶上做爱，它们把躁动的痛苦变成了宁静的幸福。九月比七月要安静许多。九月的安静是山冈的安静，黄杨树的安静和土地的安静。我跟着九月散步，一个老人牵着一个小孩也在跟着九月散步。老人手拿一朵野菊花，小孩手拿一束野菊花。他们要去祭奠一个亡人。他们想把野菊花插在亡人的坟头。十二月是刮风和下雪的季节，这个时候不适宜远行。我走着走着就不想走了，我在路边蹲下来。我抱来一捆干柴，生旺一堆火。我希望那些同在十二月里赶路的人看到这堆火后，能停下脚步，过来烤一烤。我们并不认识，但可以相互说说话，说说寒冷和温暖，说说风尘和日月。什么都不说也行，纯粹是烤烤火，然后离开，各走各的路。

六月里的一天，我从家里走出来，我顺着六月朝后走，也顺着六月朝前走。六月是我的月份牌，也是我的分水岭。我渴望在行走中与诸多熟悉的或陌生的场景相逢，也渴望与另一个自己相逢。我不知道要去哪里，我就那样随意地走着，没有目的，也没有方向。

树佛

他从家里走出来。走向一片林子。那林子不大。他第一次去林子的时候，那林子还不是林子——只有矮矮的几株小树苗，四株，还是六株，他记不大清了。那时候，他也还是个孩子，跟树苗一样年轻。但他认得出其中有松树和柏树。剩下的几株，他叫不上名字。他曾想搞清楚那到底是几株什么树，还问过村里年龄比他大的人，也没能获得准确的答案。有人说那是许愿树，也有人说那是月亮树，还有人说那是彼岸树。他越听越糊涂，后来就干脆不再去想了，只每天跑去树底下坐一坐，或转一转。渐渐地，那些树也把他认熟了。要是哪天他生了病，或情绪不好没有去看树，树就会闯入他的梦中，向他表达思念之情。

每每遇到这种情况，他第二天起床后做的第一件事，就是跑去向树道歉。树只要看到他打着赤脚来向自己谢罪的样子，又很自责，认为不该去搅扰一个贫穷孩子的清梦。树知道这个孩子过得很艰难，心里装满了愁绪。他住的房子是村子里最破旧的，泥巴做的墙壁裂开了缝，屋顶上盖的茅草经常被风卷走。室内只有一张床，两把椅子，三个碗和四双筷子。床是石头垒砌的，椅子是祖上留下来的。碗有一个是他的，另外两个是爷爷和奶奶的。筷子他们三个人一人一双，余下的一双是他亲手用竹签做的。每到逢年过节，他都会用这双筷子来祭奠他那死去的母亲。他担心母亲在阴间没有筷子，会抢不到饭吃。他曾多次在睡梦中，看到母亲蓬头垢面地来找他，向他伸手讨要一双筷子。他母亲说，没有筷子，会被小鬼看不起。他的母亲是被饿死的。活着时缺一双筷子，死了还是缺一双筷子。

树想帮帮这个孩子，一直在拼命地生长。它们想等自己长粗长壮了，就让孩子砍回去做房梁，重新把屋子修葺修葺。孩子大概看懂了树们的心思，每次去都给树们一个拥抱，磕一个头，下一次跪。树不想孩子活得太沉重，希望他快乐一点，就请来各种鸟雀给他唱歌。孩子记得很清楚，树先后给他请来过画眉、斑鸠、麻雀、大山雀。树本来还想请来些嗓音更优美的鸟儿，可它们太金贵了，树请不起。树跟孩子一样，都生长在贫瘠的土地上，但孩子已经感到很满足。他在画眉的歌声里步入过春天，看到过野花开满山坡的景象。那些野花红红绿绿，很像他梦想中的颜色。他在斑鸠的歌声里步入过夏天，看到过金色的麦浪滚过田畴。他被麦浪包裹着，遍地飘满了麦香。他在麻雀的歌声里步入过秋天，看到过果实缀满枝头的样子。他站在果树下，站成了秋天里的阳光。他在大山雀的歌声里步入过冬天，看到过白雪覆盖山野的苍茫。他在雪地里撒野，奔向山野之外的远方。

这一晃多少年过去，那些树早已长到了可以做房梁的年轮。那个孤独的孩子也早已人到中年，但他没有把树砍回去。他仍然跟当年一样贫穷。他住的屋子仍然跟当年一样破旧，甚至越来越破旧。树曾多次跑去梦中央求他将自己伐倒，他被树感动得泪水滂沱。有好几次，他也的确提着生锈的斧子去了树林，但从来没有举起斧子砍过。他只要一动砍树的念头，耳边就会响起画眉、斑鸠、麻雀和大山雀的歌唱声。他在歌唱声中如痴如醉，他也在歌唱声中长声哭泣。他知道自己很穷，他更知道再穷的人也不能忘恩负义。

树想帮帮这个中年男人，知道他下不了手，就不断地在周围长出新的树木。它们在风中长，在雨中长，在日光下长，在暗夜里长。它们生长的速度跟这个男人衰老的速度一样快。短短几年过去，一片林子形成了，翠绿的伞盖像一个大大的绿太阳。树们想，既然他不愿砍伐自己去建房，那就让他住进树林里来，由它们来替他遮风挡雨。

他很听话，他不想辜负树们的爱心。在一天黄昏将尽的时候，他果断地走进了树林，再也没有走出来。他很高兴，终于有了自己的新房子。而且，他还把爷爷和奶奶的尸骨安放在了树林里，他要让每一棵树都成为死去的人的墓碑。

他住进去没多久，林子里就出现了一个垂暮的老人。老人瞬间变白的头发，既是黑暗中的一道道闪电，又是从墓碑上生长出的常春藤。

天问

太阳就要落山了。他从家里走出来，他有许多问题需要得到解答。这些问题困扰了他一生。他想把它们弄明白——那些问题既简单又复杂。他是一个老人，也是一个孩子。

他先是来到一棵树下。那棵树就生长在他的房屋旁。他不明白那棵树为何一直站在那里不走。无论白天还是黑夜，春秋还是冬夏，它都安静地站着。当村里一个又一个的人都先后走了——有的去了远方，有的去了西方，那棵树为何就是不走呢？它是在等一片落叶，等一阵风，等一场雨，等一只鸟，等一次日出，等一夜星光，还是在等一个启示和召唤，等一回抗争和祈祷，等一次苏醒和复活？

他从树下走过，他绕过了树，却没有绕过困扰着他的问题。他来到一条河边。那是一条很长又很窄的河流。河里的水很浅又很清澈。他站在河流边，他看到自己的影子也跟着河水在流淌。流过了上游和下游，流过了村前和村后，流过了昨天和今天。他不明白这山中的河水要流到哪里去，是要流向地下，还是要流向天上。他看到河水越流越瘦，瘦得把骨骼都裸露了出来，伤疤也裸露了出来，最终只剩下一条贫瘠之躯。

他不想跟着河流跑，他把自己的影子打捞上岸，去到河对面的山丘。那座山丘不高也不矮，山的颜色不黄也不绿。很多次，他都想翻越这座山丘，但一次都没成功。他不明白这座山丘为何要阻止他翻越，既不给他留一条上山的路，又不给他翻山的勇气。他站在山脚下，垂头丧气，像一个追赶时间的人终于被时间打败。

他返回身，朝家的方向走。他意识到家已经离自己越来越远了，他必须要赶在太阳落山之前回去。他凭借记忆按照来时的路往回走，他想再次经过那条河流、那棵树，可他走了很久都没有找到。他怀疑自己迷路了，他有些心焦，他不停地朝回走。在路过一个转角时，他看见一片草地。他低下头，把嘴贴近草的耳朵。他想问问草，他的家在哪里，该怎么走？草摇摇头，对他爱理不理。他只好跟草跪下来，让草爬上他的膝盖和头顶。他不明白那些荒草为何如此傲慢，非要把一个人掩埋了，才肯告诉他回家的路在哪里。

他沿着荒草蔓延的方向继续朝前走。他走一步，荒草就长出一寸。他不敢走太快，太快了，他就会把自己走成一根草。他小心翼翼，尽量把长出的草踩下去。他希望自己走过的地方能出现一条路，他希望把这条路留给后来那些迷路的人。

太阳就要落山了，他在荒草中孤独地走着。他听见草丛里有蛐蛐的叫声，那叫声嘶哑，不很明亮，发了霉似的。他想蹲下来，问蛐蛐几个问题——他想问那些被草覆盖的良田是怎么荒芜的？良田上的高粱和大豆被秋风的手摘去了哪里？那一朵一朵的向日葵的笑脸被谁给盗了去？那张插在良田上的犁铧被谁的记忆收藏？那些金黄色的稻子和小麦被谁关进了粮仓？那些滚过田野上的童谣还在谁的口中传唱？那些被太阳晒成古铜色的庄稼人如今都去了哪里？那一把把铮亮的弯镰现在还挂在谁家的墙壁？……

他还想问蛐蛐更多的问题，可他还没蹲下身，蛐蛐就噤声了。蛐蛐知道他要问什么。在他尚未到来之前，就已经有很多人问过蛐蛐了。那些先来的人问的问题，跟他的问题一样多，一样复杂，又一样简单。蛐蛐的声音就是在回答人的提问中变得嘶哑的。它不想再回答任何人的提问。有些问题，它也回答不了。它只是一只蛐蛐，一只荒草丛中的蛐蛐。它没有能力去解答那些“天问”式的问题。它只能保持沉默。它的沉默是另一个问题，永远解答不了的问题。

他直起身，朝家的方向走。他决心要走出这片草地。他发誓要找到来时看见的那条河流、那棵树。他还要继续问它们很多的问题。他的行走和发问都显得有些悲壮，有些义不容辞，有些责无旁贷。

太阳就要落山了。他想把有些问题弄明白。他是一个孩子，也是一个老人。

选自《芙蓉》2019年第3期

评鉴与感悟

“空空的郊野是记忆空空的坟场。”这是佳骏兄的句子。我还记住了一句：“我要把自己磨出刀锋来，我要把漫长的黑夜砍成两段。”习以为常的场景，一旦经过他的专注审视，好像都暗藏着隐喻，有我们生活的象征。但我还是愿意相信，那些爱与黑暗的故事，那些对记忆的挖掘，对逝去岁月的回望，更像是成年的童话。他在追问，在筛选，书写关于时间的寓言。

马兰花开二十一

/罗南

一

二姐不如意的时候就会声讨我，她总喜欢提往事。她说，你小时候，我背你上学，你一哭，老师就叫我出去。我背着你，在操场上转。你总是哭，我便总是在操场上转。你小时候特别爱哭。

关于这些，我一点儿记忆都没有了。我的记忆更多的是家门前那片空地，白天的时候，那里常常空无一人。我独自坐在门槛上，漫无边际地发呆。丫字形的马路在我眼前不远处，岔向另一个方向，我知道往左是学校，往右是一个名叫沙里的乡镇。父亲常去那里赶圩，他卖老鼠药。我清晰记得他有一只黑色的人造革挂包，拉链坏了，父亲用麻线缠绕成扣搭，钉上两颗黑色的纽扣。我不知道父亲的包哪儿来的，也许是从某一处垃圾堆里捡来的，——垃圾堆里常常有一些稀罕的东西，我就曾捡到一个缺了胳膊的漂亮洋娃娃。父亲将老鼠药放到包的最里层，依次才是肚里塞满稻草的老鼠和一把把老鼠尾巴，它们全被晒得枯瘪难看。——这些全都是父亲的战绩，他骄傲地把它们摆放在摊位上，赶圩的人一看，就知道他的老鼠药很厉害了。

父亲赶沙里圩，也赶伶站圩，或朝里圩。凌云县有十个乡镇，父亲一个圩一个圩地赶下去，挂包里的老鼠药就变成零零散散的纸币或硬币。我们家的米缸常常是空的，母亲需要钱买很多很多的米。

每天清晨，天还没亮透，父亲就挎着包，走出家门了。我躺在床上，迷迷糊糊地听到门吱地打开，又吱地关上。父亲挤在一辆拖拉机上，人很多，就像母亲在秋天里从山上背回来的玉米，一棒紧挨一棒，层层垒插在背篼里。我和五姐特别喜欢翻父亲的包，老鼠药卖得好的时候，就会从那里面翻出几个好吃的芭蕉或甜瓜来。这样的日子真叫人快乐。直到有一天，父亲乘坐的拖拉机翻下路坎，和他同车的六堂哥被车压在胸口，再也不会醒来。六堂哥卖烟丝，他也赶圩，翻下路坎那年，他十九岁。家里一片慌乱。小婶婶哭得撕心裂肺。父亲沉默了好几个圩日，又挤坐在拖拉机上，像往常一样，一个圩一个圩地赶下去。

马路对面是一片菜地，半人来高的石围墙，攀爬着许多带刺的植物，它们会开一种小小的好看的红花。山逻街的孩子都不去碰这种花。山逻街的老人说，触摸过花的手再去揉眼睛，就会变成瞎子。

弓着背，身材矮小的汤家婆婆从街头走下来，她的小脚颤颤，却每一步摇得飞快。我们小孩子都害怕汤家婆婆，她骂人太厉害，哪个小孩子不小心冒犯到她，她能一路恶骂着追赶到家里来，就算躲进床底也无济于事，她会拿一根长长的竹竿，不停往床底来回挥扫。小孩子在床底腾挪身子，不论躲到哪里，都会被竹竿打中，最后痛得受不了，只好乖乖钻出来让她骂。

独自走在路上的汤家婆婆是那样的孱弱，她单薄得甚至一阵风都能刮跑。她熟练地打开菜园用荆棘做成的门，进去掐一把菜，然后再慢悠悠地走回街头去。

我坐在门槛上，看着汤家婆婆的背影消失在路的拐弯处，丫字形的马路便又寂寥起来。一头拖着长长奶子的花母猪大模大样地走过来，它的身后跟着一群长得和它一模一样的花猪仔，它们从我眼前走过，在一堆垃圾里乱拱。几只大黄狗你追我赶，从马路另一头飞快跑过来，消失在路的尽头。我不知道它们从哪里来，又到哪里去。

我百无聊赖地等待傍晚来临。我喜欢傍晚。那时候，姐姐哥哥们从学校回来了，母亲从山上回来了，父亲从圩场回来了，我们家便热闹起来。姐姐和她的玩伴，在门前的空地上画方格，玩跳房子的游戏，母亲和巴修还有一群邻居坐在另一头，交头接耳说着别人家的闲话。萤火虫三三两两飞过，一群孩子跑到马路中间，快乐地尖叫着跃身扑捉。他们提着用作业簿折叠成的灯笼，萤火虫被困在窄小的纸空间里，闪烁着绿莹莹的光。哥哥已经读小学五年级了，他得意扬扬地说，古时候，有个读书很用功的人，晚上没有灯的时候，就是用这种办法看书的。

哥哥懂得很多稀奇古怪的事，全是从书本上看来的。不捉萤火虫的时候，他和姐姐趴在火油灯下写字。那些包有好看书皮的课本，非常惹眼地摊在饭桌上。我看了一眼，又看了一眼，终于没忍住，抓起笔，胡乱在书上画横线竖线，他们便尖叫着，朝我头上重重拍来巴掌。我便也尖叫着，大声哭。父亲远远地看过来，母亲远远地看过来，不咸不淡地吼骂几声，低头继续剥手中的玉米棒。我们弄不清被吼的是谁，便都心安理得地认定，父母吼的是对方。屋子里再次安静下来，只剩下铅笔划过字本沙沙的声音。

二

大的姐姐有很多秘密。她们谈论山逻街的男青年女青年时，总要撵走我和五姐。她们不让我们听。小孩子的嘴巴漏风，会把她们的秘密传出去。我们还是偷听到，二姐恋爱了，对象是伍。

我喜欢伍。他在糖烟酒公司工作。那间光线昏暗的房子，人还没跨过门槛，就已被糖果饼干的味道裹挟。伍站在高高的柜台后面，看见小孩子走进来，只远远瞟过来一眼。小孩子大多不买东西，他们蹲在地上，眼睛像筛子，四处寻找水果糖的糖衣，——这些糖衣，对裁开来，就可以折成一曲一折的长链子，挂在门窗上当帘子，有人走过，用手撩开，那些糖衣链子便五颜六色地旋转着，像美好的梦。小孩子更喜欢的，其实还是站在巨大的玻璃瓶前，盯着那些花花绿绿的糖果吞口水。伍有一头微卷的短发，说一口软糯的桂柳话。山逻街从来没有姓伍的人。

知道二姐的秘密后，再次见到伍，便无端端觉得，他瞟过来的目光里，流淌着热滚滚的黏稠的东西。其实伍的眼睛里什么也没有，是我自己想出来的。罗家那么多姐妹，伍看都看不过来，怎会知道那个流着黄鼻涕、整天不开口说一句话的脏小孩是谁呢。二姐的笑容倒是明显的不同，她呼呼地踩着缝纫机，有时候就会停下来，莫名其妙地傻笑一阵。二姐会裁缝。大的姐姐们都会裁缝，她们有一双巧手，做得出山逻街最漂亮的衣服。

我天天盼着伍迎娶二姐。二姐却失恋了。她蜷着身子蹲在火塘旁，像一只惧怕寒冷的猫。火塘里燃烧的火，在深夜里渐渐熄灭，最后变成灰烬。二姐蹲在冰冷的黑暗里，勾着头，一动不动。家里的人从她身旁进进出出，每个人都把心悬起来，不敢跟她说话。二姐的心是空的，这个家便也空了。

关于这些，我什么都不知道。我只看见那条裙子，那些花瓣一样层层叠叠的裙摆，被二姐从缝纫机里踩出来。当她剪断最后一根线，将裙子在我眼前抖开，我便被那抹鲜艳的红晃痛了眼睛。

那块料子，是货郎从很远的地方带到山逻街来的。山逻街每隔一段长长的日子，就会突然出现一两个遥不知处的外乡人，他们带来山逻街从来没有过的东西。我还记得，那些光滑的布料，大红大绿地从货郎的手臂柔软地悬下来，阳光闪闪烁烁地落在上面，山逻街妇人们的眼，便再也无法挪开。

我从没见过这么漂亮的裙子。我敢肯定，山逻街的人都没见过这么漂亮的裙子。后来才知道，那是给伍姐姐的孩子缝制的。伍只有一个姐姐，他曾无数次在二姐面前提到她。伍与姐姐的感情很深。只可惜，自那以后，二姐再也缝制不出这样漂亮的裙子。

从山逻街到凌云县城，要蜿蜒一条长长的路，要坐在汽车里，颠簸很长时间。二姐带着裙子，忐忑不安地见到了伍的家人。伍带二姐去见家人了。伍想让二姐变成他的家人。相爱着的人总会想到天长地久。

二姐眉眼温顺，轻言慢语的样子很讨伍父母喜欢。这样的喜欢是短暂的，他们的热情在问清二姐的身份后戛然而止。很多年后，我才知道，原来人的身上贴有很多标签，这些将会在人生无数个表格里出现的标签，像一块抹擦不掉的阴影，横亘在一个人与另一个人之间。伍的非农业户口和二姐的农业户口之间是鸿沟。伍无法跨越，二姐也无法跨越。除非时光能倒流，除非很多年前，二姐没有背着我，在别人都坐在教室里听课的时候，独自在操场上晃来荡去。

蹲在火塘旁的二姐没有了魂儿，她的眼睛再也看不见我们，她的耳朵再也听不到我们。她勾着头，一言不发地蹲在黑暗里，像一只惧怕寒冷的猫。

母亲拿着鸡蛋和纸钱，在一个傍晚，穿过长长的街道，走到街头去找神婆烧胎。在山逻街，那些丢失的魂儿的秘密，全都被花母娘娘藏在鸡蛋里。神婆念动咒符，将鸡蛋放到火旁，鸡蛋嘣地裂开。神婆看一眼深浅曲折的裂纹，就知道谁的魂儿遇到了谁，又被谁丢到哪里去。

我不知道，二姐的魂儿是否被神婆找回来了。从火塘边醒过来，二姐的身上就长出了刺。她的目光有刺，声音有刺。让她不顺眼的东西，似乎在一夜之间长了出来，铺满我们家的每一个角落。

三

母亲和巴修聊起山逻街的往事时，我总以为很遥远，那都是我出生之前发生的事了。可当故事中的人，赶着一群暮归的鸭子，或是背着山一样高的柴火，从我们家门前走过，他们笑盈盈地和母亲打招呼，笑盈盈地抚抚我的头，那些遥远的往事，便又一次从他们身上长出来，鲜活地伸到我眼前。我一直都在故事中。山逻街的每一个人都在故事中。

街头。街尾。山逻街的人在谈论自己和别人时，总喜欢这样划分。其实不过是同一棵大树抽发出来的枝丫，街头和街尾，亲亲戚戚，盘根错节了千百年，早就很难分得清彼与此。可街头街尾究竟还是不一样的，街头的人总会嫌弃街尾的人太懒，而街尾的人却嫌弃街头的人太尖。懒的，像蛇。尖的，像油蚂蚱。街头街尾的人喜欢这样打着对方的比喻。

姐姐们常和汤家婆婆吵架。也许是瓜蔓攀爬过地界的事，也许是夜间稻田放水的事，记不清了。在山逻街，几句闲言碎语，甚至一个眼神，都能吵上三天两天。母亲嘴笨，不会吵架，姐姐们就替她把山逻街所有属于罗家的架都吵遍了。

罗家女孩子多，从大伯伯家到小叔叔家，一摆出来就是十一个高矮不等的女孩子。大的姐姐，叉着腰站在马路上，和汤家婆婆，街头街尾地吵过来吵过去。三姐和八堂姐吵得最凶，她们四两嘴八两牙，吵得汤家婆婆脸泛青。架吵完了，亲戚照样走，家里米缸空得一粒不剩的时候，母亲仍然让姐姐们拿着空口袋，走到街头借米。姐姐们不情不愿，却也不得不硬着头皮走上街头，下次再吵架的时候，便会更凶。小叔叔坐在火塘边喝酒，几盅廉价的木薯酒下肚后，就会笑嘻嘻地说，人穷气短，马瘦毛长。

山逻街已经有些不一样了，也许是因为机器的轰鸣声。汤家婆婆家的碾米机，让山逻街的人几乎想不起碓的存在。

母亲背着刚刚打下来的谷子，弓着身往街头走。碾米机房前，早排有长长的队。母亲把谷子放到别人家的谷子后，便坐到一堆妇人中聊天。轰隆隆的碾米声，割切得她们的声音支离破碎。汤家婆婆的大孙子和小孙子手脚忙碌，米尘飞扬中，他们半眯着眼，微张的嘴让原先就已痴的门牙显得更痴。汤家的孩子都长着尖突的嘴，细长的眼，往外暴起的门牙，分明是汤家婆婆一个模子倒出来的。

不久，街头的肖家、欧家、田家也有了碾米机，汤家婆婆家又有了榨油机、压粉机。他们家甚至还有制雪条的机器。五分钱一根雪条，在一个体型庞大的机器里，成排成箱地生产出来，馋得小孩子从早到晚想往他们家跑。

此起彼伏的机器声，让山逻街变得繁忙起来。傍晚的时候，母亲再也没有坐到家门前，与邻居们闲闲地聊天了。她从汤家领回刚从机器压下来，还结成一团一团的米粉，坐到火油灯下搓，——这些结成团的米粉，还得用手把它们搓分离，变成丝丝缕缕，各不相连，才能挂到竹竿上晾晒。汤家没有那么多手，只好花钱雇罗家的手。我们一家人围坐到一起，边搓边聊天，大的姐姐便会提起汤家婆婆的小孙子，笑话他尖突的嘴能挂起二两火油。

姐姐们长得周正，她们喜欢穿很窄的衣服，让腰和胸显出来。被火钳烫出弯度的刘海，显示出一副执意与整个山逻街决裂的不屑。姐姐们嫌弃汤家婆婆的孙子，却也知道自己被别人嫌弃着，——山逻街的妇人背地里议论，找儿媳决不找罗家姑娘，那家人养的女儿，整天只会打扮。姐姐们满不在乎，她们受的白眼，垒堆起来怕有几座山高了。白眼多了，便也没有了杀伤力，就像身上的虱子多了，一点儿也感觉不到痒。母亲很忧伤，她想不明白，为什么她养的孩子，与别人家的不一样。

有一天，街头突然响起锣鼓声，原来汤家当上了万元户，政府领导给他们家送大红花来了。山逻街沸腾了好长一段时间。只有罗家波澜不惊，我们离万元户太远了，几家人挤住在一起的茅草房，已经倾斜得太厉害。

茅草房很老了。祖父建起它的时候，祖父还很年轻。现在，祖父不在了，住在茅草房里的人，从一家，变成了三家。像一棵树，从自己身体里，分离出很多棵树。祖父从自己身体里，分离出四伯父、小叔叔和我父亲。

而祖父的孩子，又分离出更多的孩子。只有茅草房还是原来的，它只是倾斜得太厉害了。

一天中午，一根横木塌下来，砸到三姐身上，她煞白着脸尖声大叫。好在只是一根楠竹，它的另一头还挂在梁上。那一晚，父亲和母亲躺在床上，窸窸窣窣说了一夜话。四伯父和小叔叔打算推倒茅草房，建砖瓦房，可是父亲没有钱。父母的声音很低，像蚊子，在黑暗中，嗡嗡嗡，我迷迷糊糊睡着了。

邻家婶子在一个傍晚走进我们家，汤家小孙子看中三姐，托她做媒来了。母亲有些意外。她当然不会忘记，姐姐们在火油灯下，损汤家小孙子时的刻薄。

结亲这样的大事，母亲做不了主。她从来就做不了她女儿的主。母亲把这事告诉三姐，她满以为，她那挑剔的三女儿会用尖锐的声音，恶狠狠地嘲讽一番。不曾想，三姐没半点犹豫，便应承了下来。其他几个姐姐收拢惊诧的嘴，从此再没提汤家小孙子那突起的嘴。

汤家很快下聘礼，拿走三姐的生辰八字。暗藏有三姐前世今生所有秘密的八字，被他们牢牢地锁进箱底，这让他们很放松，一个女孩子的命运，已经被他们死死地握在手里了，就像煮在锅里的鸭子，就像折了翅膀的鸟儿。这门婚事绵绵长长地订了很多年。有一天，一个大巴司机走进我们家门，他从百色市来。好几个月前，大巴司机偶尔来到山逻街，偶尔见到三姐，便一发不可收拾地喜欢上三姐。这次，他是来向三姐提亲的。汤家突然意识到危机的存在，原来锁住一个人的生辰八字，再也不会像老一辈人那样，就能死死锁住一个人的一生。如今的女孩子更像鱼，线放得太长，鱼迟早会脱钩。

汤家开始频频催婚，强硬地定下一个很近的吉日，把三姐娶进了家门。几年后，三姐生下一个男孩子和一个女孩子，汤家婆婆的龅牙，总算被罗家的基因稀释不见了。

四

尽管我回忆不起，二姐背着我在操场上转的情景，却也知道那一定是真的。我还曾在三姐、四姐的背上待过。山逻街孩子的童年，大多是在姐姐们的背上度过的。

我的记忆，大约是在四岁时长出来的。那时候，我已经从姐姐们的背上下来了。在山逻街，四岁的孩子是可以被放养的，他们像小狗，能自个儿出去玩，也能自个儿找回家来。我终究比别的孩子笨，离开姐姐们的背，我的世界复又陷入混沌。我整天坐在门槛上，一旦离开，便会失去方向。

巴修又一次把我送回家来。我捂着眼，一路号啕大哭。

那天晚上，我独自在街头游荡，走到一个地方，便突然魔怔了。黑暗中，一束束好看的光，蓦地从地上长出来，又蓦地消失不见。我兴奋得心怦怦乱跳，拔开脚就跑，在光源处，看见汤家叔叔蹲在地上，一张脸藏进面罩里。他将一根细长的灰条儿伸出去，光便从手端长出来，变成好看的花。我蹲下身子，眼不眨地盯着那些花，长生，消失，再长生，再消失。

我不知道时间。直到我眼睛生痛，越来越痛。光的花像是爬进我眼睛里，恣意生长，占据所有的空间。我睁不开眼。我的眼珠子似乎要掉出来，或是陷进去。它们在燃烧，想要挣脱我，离开我。我很害怕，捂住眼睛，哇地哭出声来。

巴修不知道从哪里钻出来，她也许是刚好路过。看见我捂眼哭，惊叫着说，天老爷呀，这孩子的眼睛，怕不是瞎了吧！

父亲差五姐跑去找四伯父。四伯父来的时候，手里捏着一把已被捶成泥的散血丹，敷到我双眼上。一股冰凉快速潜进我眼睛里。那些四处攀爬，熊熊燃烧的火花迅速熄灭，熄灭。我的眼珠子从很远的地方，慢慢潜回来，重新回到原来的位置。四伯父是山逻街有名的郎中，他知道一双被电焊灼伤的眼睛怎样对付。

那年九月，父亲突然决定，提前把我送进学校。也许，对于我的笨拙，他已经没有信心了。我一次次迷路，一次次被巴修送回来，让他很无奈。

五姐带着我往学校走。五姐说，等下老师问你几岁，你要说七岁。老师让你摸耳朵，你的手要往后脑伸。五姐每说一句话，都要把眼睛往我脸上剜。她不放心我，她早就厌烦我的迟钝。

书包干瘪，斜斜地从我肩上挂下来，贴在屁股后，一路悄无声息。这是哥哥的旧书包，他已经读初中了。哥哥说，等老师发下新书，他还会送我他的旧铅笔盒，我的书包就会鼓起来，走路的时候，就会不停拍打我的屁股，“多多多”，“多多多”。

我以为老师会问一大串问题，其实并没有。他只是将眼睛从我头顶灼烧到我脚尖，最后停留在我脸上。他开口说的第一句话果然是，你几岁啦？我心头猛然一阵狂跳，那个老早就卡在喉咙间，憋得我快要窒息的数字，此时却不肯从我嘴里走出来，七岁。五姐在一旁说。她的眼睛又往我脸上剜了。我低头看鞋尖，没忍住，泪水从眼里掉出来。七岁。我在心里默念。我背得熟溜的数字，在最关键的时刻却在我嘴里艰难打结，——它实在是太羞怯了，根本无法坦然面对任何一个陌生人。很多年后，当我变成少年，青年，中年，我面对陌生人时，仍能感觉到舌头拧进身体深处，在没有人看到的地方，艰难打结。我心的某一处角落里，一直躲着一个羞涩怯懦的孩子，她从来不肯长大。

那天早上，我站在老师面前，努力把手臂往脑后绕，企图让指尖碰到耳的轮廓。我是那么的紧张，害怕老师发现我在作弊。可老师并不看我，他低着头，在本子上沙沙沙地写字。他说，好了，明天按时来学校。

我就这么轻易地拥有一个年龄。读书的年龄，七岁。我的另一个年龄被藏在心底，在后来漫长的日子里，被父亲淡忘，被母亲淡忘，被所有的人淡忘。我常常在一个年龄与另一个年龄之间犹豫，不知道哪一个才是真实的自己。

我的世界，混沌的东西开始有了形状，我第一次知道，原来，数字可以捕捉看不见的东西，比如时间。我记住了这一年，1983年。

那年九月，我始终没听到书包拍打屁股的声音。老师没发新书给我，他让我坐到五姐身旁，姐妹俩共用一本课本。我不知道为什么别的孩子有新书，而我没有。五姐没问，父亲和母亲都没问，似乎那是一件理所当然的事。

老师在黑板上写“a、o、e”，她用一种好听的声音教我们念。五姐似乎很容易就能听懂老师的语言，而我却还需要一长段时间。那种语言，在山逻街完全来自另一个阵营，那是丫字街旁逸出来的街道，不属于街头，也不属于街尾，它只属于机关单位，或是山逻街人称之为“布哈”的汉族人。据说他们的祖先从很远很远的地方来，他们的肩膀挑着担子，担子一头是年幼的儿子，另一头是祖宗灵牌。他们来到山逻街，不说走，也不说不走，就这么一直停留下来。他们称自己是“客人”，称山逻街人是“本地”。一百多年过去，他们早如一根攀爬过地界的藤蔓，长出根须，抽出枝条，开出花，结出果，可他们仍然称自己是“客人”，称山逻街人是“本地”。

我仍然时常发呆，独自蹲在草丛间，或是坐在教室里。五姐和伙伴们在操场上跳皮筋，她们身形跃动，轻盈得像蝴蝶。每个人嘴里，随着跳跃的节奏，快活地唱，马兰花开二十一，二五六，二五七，二八二九三十一……我远远看着，心像一只小兔，快活地跟着唱。五姐不喜欢我，她的眼睛像刀，远远剜过来，就能割断我想要跟上她的脚步。

1983年在我记忆里，还下了一场大雪。雪是夜里下的，我们都没看见雪落下来的样子。铺在我和五姐眼底的，是静止得无比张扬的白。在山逻街老人们的记忆里，这样的雪极少见。

我颤着冻紫的唇，和五姐走在路上，刺人的风不断从衣服破洞穿过。我很难受，头痛得厉害。五姐越走越快，她不时回头拿眼剜我，催我快走。最后不耐烦了，蹲下身子，恶狠狠地说，快来，我背你。我趴在五姐背上，白惨惨的雪在我眼底飞快旋转，我感觉屁股一暖，知道自己尿裤子了，吓得全身绷紧。垂下头，看见五姐踩在一洼浑黄的积水里，破的水鞋张开口子，水不断往里灌。我的脚长长地悬下来，几乎快碰到地面了，五姐每走几步，便使劲提提我的屁股。她嫌弃地说，妹，你又尿裤子了。

我没忍住，眼泪掉了下来。似乎不是因为委屈，还有更多，我一时也说不清楚的东西。我突然发现，五姐那么凶，我却如此依赖她。

五

山逻街的年，是从腊月二十三开始的。母亲送完灶王，年的味道便再也藏不住，活泼泼地从每一种物件弥漫出来。大人小孩的过年新衣，一件接一件，越来越密地被姐姐们从缝纫机里踩出来。五姐只看了一眼，便开始抽抽搭搭地哭。她嫌弃那件新衣服。和我一模一样的新衣服。那是同一匹布剪下来的，二姐将布料对折，一剪刀就裁出两件一模一样的衣服来。五姐很不满意，她早就讨厌和我穿同样的衣服，剪同样的头发了。

除夕夜，大人小孩洗净身子，拿出新衣，准备熬到天亮，就穿着走出家门。大年初一是个显摆的日子，每个人都要穿上新衣新裤，在丫字形的街道上走来走去。五姐坐在火塘旁哭，她的声音绵长，似乎有足够的耐心，要把整个年哭完。全家人的心被她哭得长出了草。那年大年初一，五姐是穿着旧衣服过的，也就是从这一年开始，五姐获得了自由，她可以做自己的主，选择与我不一样的衣服，剪不一样的头发。

时间仿佛是静止的，在我和五姐之间。只有山逻街越来越拥挤了。不知什么时候，圩场多了很多外地人，他们操着天南地北的口音，大声吆喝着卖狗皮膏，卖跌打药。居然还有卖老鼠药的，他们的摊位上，同样摆着一把把老鼠尾巴，和肚里塞满稻草的老鼠。父亲很生气，向每一个走过他摊位前的顾客宣扬，那些外地人卖的全是假药。

我和五姐都盼着圩日。热闹的声浪，从我们还没睁开眼，就从马路那边不断传来。住在峒场里的汉族人瑶族人，一大早赶着马，挑着猪，从我们家门前走过，他们高声大气地和母亲打招呼，把马桩深深打进我们家门前的空地上，几匹肥壮的马便被固定在那里，一边啃食青草，一边拉下热气腾腾的粪便。

圩日的一切都是闹腾的，让人的心安定不下来。那一早的课便过得很是敷衍，放学后，我和五姐快步穿过熙攘的人群，来到父亲的摊位前。父亲把老鼠和老鼠尾巴丢给我们，便背着手，在圩场里乱转。父亲需要我和五姐来换班，这样，他才能脱身前去考察同行，谁家的老鼠药卖得好，或卖得不好，回来后，他都要唠叨半天。

穿制服的收税人走过来，看见两个小孩子，问，你们家的大人呢？见我们摇摇头，便把票收起来，走到别的摊位前。来买老鼠药的顾客走过来，看见两个小孩子，扫了几眼老鼠和老鼠尾巴，也走开了。等父亲回来，我们把这些告诉他，他便时而庆幸，时而惋惜。

我和五姐都不太喜欢守父亲的摊，那里太沉闷了，左右两旁，全都是卖酒曲和卖中草药的男人，摊主与摊主之间，一个不搭一个的腔。我们更喜欢守母亲的摊。有一段时间，母亲卖糍粑，又有一段时间，母亲卖面条和粉丝。她的左右两旁，永远是巴修和娅番，她们和母亲一样，一阵子卖糍粑，一阵子卖面条和粉丝。我和五姐坐在她们中间，听她们聊山逻街的婆婆媳妇，男人女人。四邻八乡来赶圩的人，挨挨挤挤，从我们眼前走过去，走过来。圩场那些油炸粑的味道、煎龙凤的味道、狗肉稀饭的味道，便跟着他们，在我们鼻子底，飘过去，飘过来。

在那个男孩子来到山逻街之前，理发只是一件很随便的事。三两个老年男人扛着一把椅子，在圩场尽头，一面镜子，一把推子，一把梳子就可以打理全山逻街男人的头。女人的头发是无须修剪的，它们可以恣意生长，直到被主人编成辫子，傻愣愣地吊在身后，或缠到额头上。

是那个男孩子让理发变得隆重起来的。那间发廊就开在街中心的大榕树旁，我和五姐上学放学，从大榕树下走过时，总忍不住扭头看一眼。那间窄小的发廊里，男青年女青年挤坐在沙发上，每个人的头上都卷起一层波浪。他们的身后，一墙的明星画报，同样卷起一头波浪。

山逻街的波浪，越来越密集，像被劲风吹倒一地的玉米。只有二姐还是原来的样子，粗黑的大辫子，直挺挺地吊在身后。与其他几个姐姐的张扬不同，二姐更愿意把自己藏起来，太惹眼的装扮会让她浑身不自在。二姐固执，这一点随父亲，二姐羞涩，这一点随母亲。一个傍晚，二姐突然顶着一头波浪回来，在家人惊讶的目光中，匆匆忙忙穿过堂屋，趸进房间里。也许就是从那一天开始，二姐恋爱了。

那个男孩子走进我们家的时候，母亲显得忧心忡忡。他实在太打眼了，全身上下，流动着不安分的气息。母亲看了一眼二姐，欲言又止。这些年，二姐一直不恋爱，母亲便一直提心吊胆，好不容易等到一个男孩子走进家门。她害怕一开口，二姐的婚事就这么永远悬下去。

男孩子比二姐小三岁。也许是三岁的差距，让男孩子觉得很吃亏，他常挑剔二姐的不足。不描眉，不涂唇，不穿高跟鞋。她几个妹妹的时尚风情，二姐一点儿也没学会。二姐低眉浅笑。她不敢动气。她按照男孩子喜欢的样子，小心翼翼地装扮自己。每次看到二姐穿着尖细的高跟鞋，坚忍地行走在路上时，我总感觉到特别累，仿佛是我，而不是二姐，将一双平足，拼命堆挤在鞋的狭小空间里。

五姐一直与我同桌，从小学到初中，九年时间里，她有很多理由离开我，可不知道为什么，她没提，我也没提。初中毕业后，五姐去供销社上班，我去读师范学校。每个月，五姐都会寄五十元给我，那时候，她的工资是六十元。

五姐很少给我写信。只有一次，她梦到仍然和我同桌，醒来，觉得自己还是喜欢学校更多些，而在这之前，她一直以为自己不喜欢学校。于是，便写信告诉我。那天，我站在校园的林荫下，红艳艳的三角梅从我头顶攀过。我读着信，眼前是五姐被老师罚站的倔强样子。五姐经常被老师罚，中午不趴在学校的课桌上午睡，课间开小差，跟男同学打闹，或上课迟到，老师都罚她站到讲台旁，木头一般杵在那里。全班五十几双眼睛，每每都得越过她，才能到达黑板。五姐笑嘻嘻的，一副无所谓的赖皮样子。

所有的人都认为五姐不喜欢读书，包括我，我们都只看见她的顽劣。五姐的信，让我的心迅速坍塌出一个大坑，红艳艳的三角梅在我眼前变得模糊不清。

一直盘算着，等我也挣了工资，就不让父亲卖老鼠药了。事实上，父亲的老鼠药一直卖到他临终前。父亲喜欢别人夸他的老鼠药厉害，别人一直夸，他便一直卖下去。

七十八岁那年，春节刚过完不久，父亲就去世了。父亲走得太突然，没来得及告诉我们，剩下的老鼠药怎么办。哥哥清理了好几天，把那些老鼠药装在一个大袋子，一包一包，全都送了出去。

选自《广西文学》2019年第11期

评鉴与感悟

我其实喜欢像以赛亚·伯林《列宁格勒记忆》之类的文章，朴素的追述却有历史的底色在那里。如果只是纯粹记人述物，个体的价值除了情感包裹，好像也难以引起他人共鸣，无所凭依。不过罗南却不管不顾。情感足够浓烈，她也没有纯粹倾泻。关于童年，关于个人体验，她写得确定。隔着几十年的时光往回看，幼年记忆似乎隐藏着人生的所有秘密，要不然那些艰辛的回溯，仔细的鉴别，它的意义到底在哪里？

布谷，布谷

/安宁

在所有的鸟叫声里，我最喜欢布谷鸟的声音。那能穿越无数个村庄的“布谷布谷”的歌唱，好像来自永远无人能够抵达的茂密的森林，那里道路险峻，野兽出没，群鸟翱翔。它们是大地上的精灵，只需一声辽远的呼唤，就将万物瞬间推进热烈的夏天。村庄里对农事再愚钝的人，听见布谷鸟从大地深处穿越而来的叫声，都会下意识地抬头，看看云蒸霞蔚的天空，自言自语地说一句：麦收就要到了。

但我不关心麦收，那是大人们的事。我只想寻找一只布谷鸟。它的叫声让我在春天里觉得忧伤。它究竟在呼唤什么呢？一声一声，那么执拗。好像它生在这个世间的所有使命，就是为了追寻一些什么。

大路的两边，是粗壮的杨树，也不知是什么年月种下的，一棵紧挨着一棵，枝叶相触在云里，形成两堵绿色的墙，风吹过来，墙便涌动起来，发出哗啦哗啦的声响，像有千万只手，抚过静寂的江河。如果我变成一条小小的蚯蚓，一头扎进大地的深处，一定还可以看到这两排高大挺拔的杨树，它们遒劲有力的根，正热烈地缠绕在一起，用力地从泥土里吸取着浓郁的汁液。这是地下暗涌的河流，沉默无声，却又浩浩荡荡。而在更高的风起云涌的地方，正有布谷鸟苍凉的鸣叫，从巨大的虚空中，一声声传来。

我发誓要找到那一只布谷鸟，问问它究竟来自何处？为何每年的春天，都要飞到我们的村庄，站在我从来都追寻不到的地方，悲伤地鸣叫，好像它曾经在这里，丢掉了自己的魂灵。

我于是一直一直走，穿越疯狂拔节的无边无际的麦田。最后，我走到了与邻村交界的河边。那条河叫沙河，每年的秋冬时节，它都会枯萎断流，裸露出河床，于是惨白的太阳下，遍地都是孤寂的沙子。我不知沙河从哪里来，又最终抵达何处。反正很久很久以前，它就环绕住了村庄，成为所有小孩子捡来的地方。

我问母亲，娘，我从哪儿来?

从沙河里捡来的。母亲顶着满头的豆秸碎屑，漫不经心地回复我。

弟弟也问，那么我呢?

当然也是从沙河里捡来的。母亲拍打拍打围裙上的白面，随口应付弟弟。

姐姐朝锅底下撒了一把棉花秸，不屑一顾地“哼”了一声。她已经16岁了，不懂得死，却朦胧地知道了生。她从骨子里瞧不起我和弟弟，就像我从骨子里，对一字不识的弟弟，也充满了鄙夷。

此刻，我站在沙河边，看到水正欢快地从某一个遥远的地方奔来。这是春天，大地早已解冻，河水在阳光下闪烁着耀眼的光泽，那里一定漂浮着晶莹的冰粒，从冬天历经漫长的跋涉，依然没有融化的冰粒。因为当我蹲下身去，将手浸入河中，我立刻感觉到沁骨的凉。那是来自源头的凉。我想如果我能一直逆河流而上，一定可以寻到一个了无人烟的地方。在那里，村庄停止了脚步，炊烟灭绝了印记，一切声音都消失不见。无边的河流，正从神秘的山谷里喷涌而出。而在山谷的上空，我会看到那只穿越无数的时空，最终抵达我们村庄的布谷鸟。

可是，我却停在邻村的对岸，再也没有向前。

那时，黄昏已经降临，田野里吃草的牛，正哞哞地呼唤着孩子，跟它一起回家。村庄被夕阳环拥着，宛若襁褓中天真微笑的婴儿，向着世界袒露毫无保留的纯真与赤诚。邻村的街巷上，女人们正在穿梭来往，寻找着一天没有着家的儿子，或者男人。一群鸭子拍打着湿漉漉的翅膀，排队走上岸边。河水缓慢下来，大约奔波了一天，它们也觉得累了，需要安静地休息一晚，才能在黎明的微光中，继续奔腾向前。

而那只鸣叫了一天的布谷鸟，始终没有出现。

我到家的时候，弟弟正坐在院子里，就着黄昏最后的光，用铅笔刀专心致志地削着一根拇指粗的树杈。母亲喊他吃饭，一连好多声，他都没有回应。他完全沉浸在他的伟大的事业里，尽管我并不明白，他将一根树枝削得溜光水滑，究竟要做什么。

很快，我便弄清了他的意图，原来是要做一把不知用来射人还是打鸟的弹弓。村子里差不多每一个像他这样大的男孩，都有一把弹弓，用榆树或者柳树的木杈，外加一根从旮旯里翻出的废旧自行车车胎，便能够百步穿杨。

你做弹弓打什么？我瞪他。

就是玩。他正打磨得带劲，听见我问，怯怯地回了一句。

哼，你肯定是跟着别人行凶，打了麻雀烤着吃！我一口咬定。

没，我……最怕吃麻雀了……他红着脸为自己辩解。

还狡辩！蚂蚱，青蛙，豆虫，你比耗子还厉害，逮啥吃啥！

弟弟终于在铁打的罪行面前不说话了。他低着头，用力刮着弹弓的手，慢了下来。他并不敢直视我，但我却感觉到他的视线，落在了我的球鞋上。他就这样心不在焉地为他的武器做着最后的打磨，然后在我终于懒得搭理他转身离开的时候，他“哎哟”叫了起来。

我看见一滴鲜红的血，从他的左手拇指上涌了出来，并渗入到新鲜的刚刚刮掉树皮的榆木弹弓上。

我本想骂他一句“活该”的，看他疼得龇牙咧嘴的样子，便忍住了。母亲正绣着花样，扭头看见，叹了口气，去院子里掐了一小片芦荟丢给他。弟弟将芦荟叶子细细捻着，很快有黄褐色的汁液滴落在伤口上，那殷红的血，便慢慢淡了颜色。而滴落在弹弓上的那一滴，却渗透进去，变成难以祛除的暗红。

天慢慢热起来了。正午的时候，整个村庄的人，都陷入昏睡之中。只有弟弟，每天提着弹弓，在村外的小路上游来晃去。他射杀一切感兴趣的东西，树叶、花朵、苍蝇、蝗虫、蚂蚱、麻雀、斑鸠、鸽子。我在路上遇到过他，一个人隐在一棵粗壮的柳树后，眼睛犀利地注视着茂密枝叶间某个闪闪发光的地方，那里正有一只麻雀，在欢快地叫着，丝毫没有注意到步步逼近的危险。

片刻后，我听到一声惨叫。那叫声不是来自麻雀，而是弟弟。因为技术不佳，石子击在了树干上，又迅速弹了回来，并落在弟弟的手臂上。那枚锋利的石子，当然不会轻饶了他。而他的惨叫，也惊动了那只怡然自得的麻雀，让它迅速地飞离，隐没在有万千细碎的金子跳跃的稻田里。

麦收正在逼近。布谷鸟的叫声，也愈发地响亮、频繁，似乎它们就近在咫尺。那叫声催得人心慌，至少让大人们着急起来，好像一场大战即将来临。只有弟弟这样毫无用处又让大人们觉得碍事的小孩子，才会有闲情逸致，每天在乡间小路上四处摇晃。他已经可以很熟练地使用弹弓，看到眼前飞过一只苍蝇，会气定神闲地掏出石子，迅速断其性命。那把沾染过他自己鲜血的弹弓，究竟打死过多少苍蝇、飞虫、青蛙或者麻雀，我并不清楚，但从他看到麻雀时，贪婪地咽下口水的细微动作上，我却知道，他已经迷恋上了这种杀生的游戏。

我忽然间有些恐慌，在一声声激荡着鼓膜的“布谷——布谷——”的叫声里。我怀疑我还没有来得及见到那只神秘的布谷鸟，弟弟就将其残忍地射杀在旷野之中。

到底有多少只布谷鸟，在村庄里啼叫呢？我数不清。但我总是固执地认为，所有的叫声，都来自同一只布谷鸟。每年的春天，它都从遥远的南方，飞越几千里，抵达我们的村庄，只为催熟铺天盖地的麦浪。而一旦使命完成，它就消失不见。没有人知道它们去往何处，就像无人知晓它们来自何方。它们从不像麻雀或者屋檐下的燕子，喜欢扎堆生活。它们总是孤独的一只，在广袤的平原上，在无人注意的高高的大树上，发出悲凉的鸣叫。老人们说，布谷鸟是一个苦命的女人，因被人虐待，哭泣而死，后化身为鸟，在死去的春天里，日日悲鸣。

只是，它们提醒着日渐丰腴成熟的大地，提醒着人类对于五谷丰登生活的向往，却始终与人保持着距离。似乎，传说中生而为人的布谷鸟，在受尽了人间的苦痛之后，再不肯信任人类，于是用高高飞翔的姿态，保持着对这片曾经眷恋的土地若即若离的忧伤注视。

可是，人类并不因此而放过它们。很显然，弟弟与他的同伴，在布谷鸟可以穿透一切尘埃的啼叫声中，忽然生出了好奇，想要知道这样一种鸟，究竟与麻雀、燕子或者鸽子，有什么不同。于是他们掉转了弹弓的矛头，在日头盛烈的正午，大人们都昏沉睡下的时候，满怀着无处发泄的热情，开始了寻找一只布谷鸟的旅程。

而我，坐在偶尔有一两声蝉鸣漏下的庭院里，侧耳倾听着从太阳升起的地方，传来的布谷鸟的鸣叫，忽然生出强烈的预感，早晚，它们中都会有一只，惨死在弟弟和他的同伴的弹弓之下。

这让我觉得绝望。在这个村庄里，难道只有我认为，布谷鸟的叫声，是来自生命深处，来自大地深处，来自我永远不会抵达的神秘的山林深处吗？难道所有人都是瞎子，只埋头于对田地的耕种与收割，而丝毫不关心一只鸟来自何方，栖息于何处，又老死在哪一个角落吗？难道它们不是属于村庄的一个部分，不是抚慰了春种秋收所有人间烦恼的精灵吗？

整个村庄都在烈日下沉沉地睡着，没有人听到我的心，正不安地跳动。在村人正午短暂的睡梦之中，就连唤醒大地的布谷鸟的声音，也无法进入。所有的人，都陷入短暂的死亡。除了弟弟。

弟弟是一个人悄无声息地溜出家门的。我听见他的脚步声，幽灵一样消失在南墙根下。一只猫不知是不是做了一个噩梦，忽然从陈年的麦秸垛上，跳了下来，但很快它又神秘地消失掉了。院子重新陷入安静之中，可以听到一只蚂蚁屏着呼吸，踩过一片树叶的声音。一只麻雀，“啪嗒”一声将“天屎”遗落人间。父亲在房间里，翻了一下身，嘟囔一句什么，又打着呼噜睡去。我回身进屋，躺在凉椅上，看着房梁下两只眯眼睡去的燕子出神。窗外，布谷鸟响彻大地的鸣叫，正一声一声传来。

我在这样的叫声中，想象弟弟带着威严的弹弓，一脸孤傲地游荡在田野里。风一阵一阵地吹过来，撩拨着他脑后细长的“八岁毛”，也撩拨着他“嗜杀”的欲望。这一次，他想要射杀的，不再是随处可见、永远也消灭不尽的麻雀，而是从未现身过、却将叫声传遍整个北方的布谷鸟。

于是我做了一个噩梦。梦里渗入弟弟弹弓上的那滴已经发黑的血，忽然间变成红色的暴雨，弟弟在没有遮掩的大道上，疯狂地奔走、呼号，却始终没有人前来相救。天地间除了呼啸而至的血雨，就是穿透重重红色雨幕的布谷鸟的悲鸣，复仇一样的悲鸣……

我很快从梦中惊醒。窗外依然是燥热的，天空有些阴沉，好像真的要有一场红色的血雨倾盆而下。我擦擦额头的冷汗，忽然想去寻找弟弟。

我走遍了整个的村庄，又将东西南北四条大道，都飞快地搜寻了一遍，我还爬到高高的土坡上去，俯视起伏的麦田，试图在金黄的麦浪中，发现苍蝇一样隐匿的弟弟。我又穿过无边的苹果园，寻找那双瘦弱的小腿。可是，一无所获。

事实上，整个的村庄，都陷在沉入湖底一样深深的睡眠中。那些平日里跟弟弟呼来喊去的男孩们，此刻也正在自家的床上，四体横陈，呼呼大睡。

“布谷——布谷——”，那嘹亮的叫声，又响起来了。我忽然忆起寻找布谷鸟未果的那个午后，我想我要跟随着这只杳无踪迹的布谷鸟的鸣叫，一直走，一直走。只要跨过那条河流，我一定可以找到梦中哀啼的布谷鸟。当然，更能够找到在血雨中呼号的弟弟。

我最终在一大片桑园旁边，遇到了弟弟。桑园距离沙河，只有百步之遥。有邻村的女人，踩着石头蹚过河来，去村头哑巴家买黄豆芽。又有男人去白胡子家的小卖铺，采购几把镰刀，或者捎一块磨刀石。来来往往的路人里，只有一个背弓的老头，赶着一头黑牛，闲闲地扫了一眼蹲在地上的弟弟。

可惜了一只布谷鸟，叫得好好的，一个石子过来，就没了命。

老头自言自语地一边嘟囔，一边挥一下手中的鞭子，以便让那只试图钻进桑园的黑牛，回归正道。

而片刻前还一脸迷惑的弟弟，忽然就在这句话之后，惊慌起来。

弟弟想要逃走，却一起身，看到幽灵一样站在身后的我。

姐姐……我……想打一只毛毛虫……却……

弟弟涨红着一张脸，支支吾吾地想要解释一些什么，最后却被我冷冷的逼视，给吓住了。就连他的“八岁毛”，也惊在了半空。

忽然，天空中一阵喧哗。我抬头，见一群鸽子正呼啦啦路过，并朝炊烟缭绕的地方飞去。

就在我仰头注视着鸽子，飞过大片大片晚霞的时候，弟弟已经随着赶牛的老头，一起消失掉了。

我蹲下身去，久久地注视着那只寻找了很久的布谷鸟。它已经奄奄一息，眼中带着知晓自己将不久于人世的哀伤，麻灰的身体，在轻微地颤动。它的小小的脑袋，枕在一块坚硬的石头上。我轻轻地将石头挪开，那上面已经沾染上红色的印记。它的脑袋，很快地低下去。它在这个世间最后的力气，就是那样平静地，孤独地，看我一眼。

沙河的水，依然在哗哗地向前流淌。这是村庄最普通的一个黄昏。牛在大道上哞哞地叫着，粪便从它们的身后，热气腾腾地坠落下来。女人们也在热烈地叫着，呼唤她们的“牛犊”们回家吃饭。夕阳将扛着锄头的农人的影子，拉得很长很长。

没有人为一只布谷鸟的死亡，觉得悲伤。

一切都在喧哗之中。这让人无法喘息的喧哗。

选自《人民文学》2019年第6期

评鉴与感悟

看开头，还以为又是梭罗式的《瓦尔登湖》，再读下去，又像是约翰·巴勒斯的《醒来的森林》，快到结尾才意识到，安宁在重绘她的梦境：乡野大地，回不去的故乡。被压抑的抒情里，有她深沉的凝望。

辑二

猿与鹤

/李修文

猿

那年春天，在云南，一座小县城里，他见到过一只猿。为了谋生糊口，他跟着几个人来这里，劝说一位企业家给他们投资拍电影，企业家好吃好喝地招待，但就是不松口。这几个人反正也吃了上顿没下顿，干脆便乐不思蜀，成天在小旅馆里睡到黄昏，天黑之前，再赶到企业家的庄园里去喝酒，他们来的时候，花都还没怎么开，倏忽之间，不管走到哪里，梨花樱花海棠花的花瓣已经落得人满身都是了。

小旅馆所在的巷子走到尽头，再往西，过了一个废弃的水果市场，就来到了一座无人问津的动物园。据说，这动物园是民办的，即将改为房地产开发项目，但是手续还未齐全，所以，就还有一天没一天地开着，那些孔雀、大象和云豹，也只好有一天没一天地继续在这里打发时日。

一旦起得早，又或心乱如麻的时候，他便去看那些无所事事的动物，当然，他并不买票进园子，每回都只是远远地站着，隔着铁栅栏去眺望它们，大多都只是影影绰绰，但是他知道，自己根本不需要将它们看得多么清楚，似乎是只要看见动物们是在厮混与无所事事的，他就放心了，因为瞬时之间，他也原谅了自己的厮混与无所事事。

话虽如此，说不清道不明的焦虑终究还是如影随形：花瓣们落下来的时候，只要有一朵落在他身前，他便用脚去踩，神经质般，一脚一脚地，直到将花瓣踩成了齑粉和烂泥。

然后，他就看见了那只猿——一个下雨天，他亲眼见到它被五花大绑运进了园子，他以为，这只是暂时的，毕竟，初来乍到有可能令它愤怒。哪里知道，他天天去看，发现它天天被绑着。直到他在铁栅栏外面遇见饲养员，终于忍不住好奇，去问饲养员，那只猿为何在这里是这般下场。哪里知道，饲养员竟然对他说：那只猿，是一只终日里都在寻死的猿。来这园子之前，它在四川的一个游乐场里，成天表演钻火圈和踩自行车，在观众鼓掌的时候，它还得作揖和做鬼脸，一只被驯养过的猿，过这样的日子难道不是应该的吗？可是，那只猿的自尊心却特别强，从第一天登台表演，它就不愿意，不驯服，终于有一天，它就开始寻死了，好几度被人救下，但它却执意要死，没办法了，游乐场的老板将它送给了眼前这座园子的老板，可是，新老板也拿不准它会不会再寻死，只好一样将它终日里五花大绑起来。

他被震惊了，不知道被什么人砸了一拳，这一拳砸得他的太阳穴炸裂般疼痛。自此之后，管他是在喝醉了的迷幻中，还是在睡着之后的梦境里，饲养员对他讲起过的一幕，便不时在他的脑子里电影场景一般闪过：游乐场，暴雨，闪电，高耸的假山上，那只猿，爬到了假山的顶峰，闭上眼睛，而后，头朝下，纵身一跃，跌入了山下；但它却发现自己并没有死，而它只是要死——它爬起来，重新上山，仍然是暴雨，闪电，仍然是闭上眼睛，头朝下，纵身一跃。

它始终都没死成，然而，它竟然一直都还在寻死。

夜晚里，他又和同伴们一起，去企业家的庄园里喝酒，企业家叫来了一帮姑娘跟他们喝，自己却并不喝，为了让企业家早日痛下决心，他和同伴们一如既往，全都拼尽了气力去和姑娘们喝酒，间或还要给企业家说上几个段子：皇帝与宫女的段子，奥巴马的段子，赤脚医生和母猪的段子，等等。他不擅长讲段子，只好一次次起身，给那些姑娘敬酒，第三轮敬过的时候，一道闪电当空而下，照亮了庭院，还有庭院里的假山，他打了个冷战：闪电里，他似乎见到那只猿就站在假山之巅。

一瞬间，他觉得自己像个小丑，而且，那只猿正在见证着他如何扮演一个小丑，他竟然慌张得要命，差点捂住自己的胸口，只好硬下心肠，对幻觉视而不见，再去敬酒。又一轮敬过，他坐下来，面红耳热，喘着粗气，身边的同伴，尤其是那帮姑娘们，大都喝得神志不清了。这时候，企业家端起了酒杯，让他和同伴们先走，他自己接着和姑娘们喝。

他的一个同伴原本以为今晚能够带走其中的一个姑娘——那姑娘甚至已经跟他聊过了杨德昌和阿巴斯，现在，自己却要先行离开，他当然心有不甘，于是大声吵嚷了起来，哪里知道，企业家的几个手下冲进来，不由分说，将那同伴，还有他，一个个的，全都生拉硬拽了出去；他在假山底下摔倒，接着呕吐，呕吐的间隙，一抬头，他又看见了那只猿，那只猿也在冷漠地看着他，他们对视着，但他知道，他正在被鄙视。

也许是，他需要更加真实地被鄙视，大雨中，他竟然丢下同伴，一个人发足狂奔，奔向了那座隐秘的、无人问津的动物园。

铁栅栏上了锁，他就去攀爬那铁栅栏，雨水滂沱，闪电接连而下，掉落在地上好几次，他仍然一心一意地去攀爬，看上去，他就像一个心如死灰的盗贼，临死之前要再大捞一把；越过了铁栅栏，他在黑暗里环顾，辨认了好一阵子，总算找到了那只猿被关押的所在——一座高大的、从前曾经关押过长颈鹿的铁笼。铁笼的一步之隔，有一棵苦楝树，他便马不停蹄，跑到苦楝树下，抹去脸上的雨水，现在，他终于可以领受真实的被鄙视了，似乎唯有如此，他才能够继续自轻自贱，才能跟自己说：什么都没用的，继续这么混下去就好。

然而，那只猿根本不曾理会他，它只是安静地端坐于铁笼之内，全身上下都是湿漉漉的，它当然看见了自己，却跟没看见一样，在它眼里，似乎众生已然平等，他和一株苦楝树别无二致。这下子该怎么办呢？他未能满足，却也不至于去激怒它，就横下了一条心，持续不断地去和它对视，也不知道时间过去了多久，他终究未能在那只猿的眼神里找出自己和苦楝树的区别。雨越下越大，他不断地打着寒战，一个闪念袭来，他的身体里却骤然生出了崭新的震惊：实际上，他有可能真正是配不上那只猿的鄙视的——现在的它，是尘缘了断的它，是一身清凉的它，所谓的隘口与关卡，它早已渡过了，证悟和执迷，故乡和他处，等等等等。确切的是，这世上的一切语词，语词背后的迷障，都和它一干二净了，现在的它，只剩下死亡一件事。

雨水继续浇淋苦楝树和他，当然还有那只猿，猛然之间，他开始仇恨那只猿，他嘲笑它：想死还不容易吗？你倒是绝食啊！说来说去，你还是智力不够，绝食这么简单的事情都没想到嘛！可是，一念既罢，他觉察到了自己的脏，于是，他如坐针毡，在雨水里茫然四顾，最终，他仓皇着，从苦楝树底下跑出去，再次翻越了铁栅栏，一步步，落荒而逃。

鹤

鹤归空有恨，云散本无心；鹤飞蝉蜕总成尘，欲报明珠未得伸；犬因无主善，鹤为见人鸣；昔人已乘黄鹤去，此地空余黄鹤楼；月出溪路静，鹤鸣云树深；鹤笙鸾驾隔苍烟，天上哪知更有天——其实，他有一个隐秘的习惯：不管在哪里，一旦心慌意乱，他便要找出笔纸，下意识地写写画画，每逢此时，他写下的，多半是那些他能想到的、关于鹤的句子。

也许，他的身体里的确住着一只鹤。许多次，他想象过那只鹤从自己的身体里破空而出，飞向了天际，再从天际里往下看，但见绿苇丛生，又见渚清沙白，它便忍不住唳叫，利箭一般，直直地插入云霄，而后搅动云团，腾越出来，一意低头，径直冲向苇丛，在其中厮磨，在其中翻滚，身下所碾压的，再无别的什么，只是巨大的、一直铺排到了天边的绿；过了一会，它被苇丛边的河水吸引，内心涌起令自己更加清洁的渴望，于是展翅入河，闪电般击穿波浪，波浪消散，一遍再遍，任它投入和疾驰，就像是那河流早就在等待着它，因为它的清洁，那河流将变得更加清洁。时间到了，好似是命定的召唤来临，它浮出水面，重新跃入天空，张开翅膀，是的，作为一只鹤，唯一的命定，即是飞翔：唯有飞翔，它才能飞越了山河，又扩大了山河。

他在许多地方见过那只鹤。在火车车厢里，他往外看，那只鹤刚刚掠过车顶，飞入了满天的霞光和被霞光照耀的甘蔗林；在北京的石佛营，后半夜，天快亮的时候，路边小摊，酒冷火残，那只鹤在楼群与楼群之间翻飞，最后，径直朝着那小摊扑面飞来，却像是一块提前到来的鱼肚白；还有沈阳铁西区的废弃工厂，那只鹤在车间里飞，在烟囱边上飞，他眺望着它和辽阔而枯寂的厂区，竟然一阵眼热，似乎它只要飞下去，炉火便会重燃，机器便要重新轰鸣，一个赤膊流汗的年代便会重现在满目萧瑟里。

然而，事实上，他只见过一只真正的鹤——那年春天，他幽闭在一座荒岛上，终日去写一部似乎永远也写不完的剧本，当然，与其说是在写作，不如说，下意识里他是在躲避：他怕追稿的人在他平日生活的城市里找到他。荒岛上养着数百只鸡，他就是在这群鸡里，见到了那只真正的鹤。据鸡群的主人所言，这只鹤打幼小时从山谷里跌落至此处之后，就跟公鸡母鸡们一起长大，公鸡母鸡们能飞多高，它也就只能飞多高，它的胆子，实际上比鸡还要小，是啊，它早就忘了自己是一只鹤了。

可是他知道，这不过都是障眼法，现在的那只鹤并不是真正的它，那只是谎言里的它：一个黄昏，他一个人在河滩里打转，被河对岸漫无边际的芦苇荡所迷醉。因为是春天，世间万物都有新鲜和狂妄之美，所以，世间万物都叫人苏醒和悔恨。他还正在胡思乱想，突然，苇丛里飞出了那只鹤，它先是踏踩于芦苇之巅，在随风起伏的芦苇荡里忽隐忽现，其后突然振翅，唳叫着飞向了半空；在半空里，它一时如剑客舞剑，端的是疾风骤雨，一时又如画布上被水洇开的墨汁，缓慢地流淌，直到静止，因为这静止，眼前山河竟然被扩大到了无限辽阔的地步；最后，它可能是发现了有人在偷窥它，趁他还迷离着，竟然在疾飞里收拢翅膀，一意俯冲，扎入水中，再也消失不见。

所以，鸡群里的它，只是谎言里的它。到了傍晚，鸡群从山林里现身，纷纷归笼，他又看见了那只鹤，现在的它与芦苇荡里的它相比，显然是判若两物。他走近它，蹲下来，抱着它，再逼视着它，它却蓬头垢面，卖乖卖傻，看上去，就像是一场审讯。而那铁了心的特工偏偏不肯露出原形，甚至学起了鸡叫，费尽了气力，想要从自己的手中挣脱出去。

一时之间，他怒从心起，抱着它，在密林里穿行，一路狂奔着，从荒岛上唯一的一条石阶上跑下去，跑到河滩边，再将它放下，对它吼叫，命令它飞起来，可是，它却只有慌张，瑟缩着向后退，一只脚退到河水里，竟然像是被烙铁烫了，龇牙咧嘴地抽回了脚；他当然不信，干脆重新抱起来，再将它的全部身体往河水里按下去，终究，它只是发出了几声鸡叫，无力地扑扇了几次翅膀，他只好颓然放过了它，不再折磨它。

但是，他确信自己认得另外一个它，哪怕化成灰也认得它。在满天的夕照之下，他和它，相顾无言，越是相顾，他就越是想念那只芦苇荡里的鹤，那只半空里疾飞或静止不动的鹤，他感到，一只鹤从他的身体里飞了出去。

猿

那么，开始吧。钻火圈，踩自行车，作揖，做鬼脸，开始吧。

北京，光华路的一间密室，窗帘被拉下，他怀揣着巨大的不祥之感，打开电脑，演示PPT。为了得到这个机会，他甚至请人找了许多插图，精心地安置在每一页上。“好吧，《港岛沦陷》的电影故事框架是这样的：整个故事分为三段，第一段，写的是日寇在圣诞节那天入侵香港，一个罪犯趁机越狱，和一群逃难者同行，可是，同行者为了活命，只好刺死了那个已经变成英雄的罪犯；第二段，写的是一群民众向日寇出卖了营救他们的英国飞行员——”

伴随着他的演示和讲述，在座的那些香港人，全都紧缩了眉头，他心里暗暗叫着不好，也只好吞着唾沫，硬着头皮继续往下说。终于，有人忍耐不住，扔掉手里的咖啡杯，质问他：“这是什么鬼?!”更多的人跟上，纷纷质问：“这是什么鬼?! 这是什么鬼?!”他强自镇定，不再讲述情节，谈起他心目中这部电影的风格和调性，众人仍然无动于衷，眼神里尽是嘲讽。不要紧，他终于找到了准确的表达：“《无耻混蛋》，诸位听我说，这故事就是香港版的《无耻混蛋》啊!”

有人截断他的话，怒吼起来：“我看你才是他妈的无耻混蛋!”

众人纷纷起身离席，他慌忙起身，跑到会议室门口，拦住大家，央求他们再给自己一个机会：其实，他的电脑里，还有另一版故事。众人迟疑着，互相打量着，最后还是不耐烦地坐下，听他去讲另一版故事：“圣诞之夜，日寇的枪炮声惊醒了沉睡在浅水湾海底的怪兽，怪兽一怒而起，对日寇大开杀戒，最后，被拯救的市民和怪兽共度圣诞，面对满天的烟花，市民和怪兽的眼眶里都涌出了热泪。”

他怀疑自己听错了，仔细听了一会，他终于确信，的确有人在给他最后讲出来的故事鼓掌，如此，他和同来的香港导演对视着，终于松了口气；然后，出品人先行离席，并且通知他和导演一小时后上楼，去他的办公室里谈合同。他和导演连连称是，鞠躬，欢送大佬们离开，然后，导演走到窗边，拉开窗帘，跟他商量，此次项目可以给他钱，但不能给他署名，因为导演早就已经对媒体宣布过他将自编自导，如果他不同意，那么，现在就可以滚蛋了。

好吧，他呆愣了一会，透过窗缝，眺望着大街上的人流和各色招牌，时而又听见自己吞唾沫的声音，他回转身来对导演说：“好吧。”

好吧，继续吧。钻火圈，踩自行车，作揖，做鬼脸，继续吧。

过了半年，那个《港岛沦陷》早已沦陷，直至烟消云散。他去了重庆郊县，到一个剧组里打杂，听说他写过东西，剧组就让他去伺候一个正好在此度假的作家：这部剧是根据这位作家的长篇小说改编的，而且，作家的下一部长篇小说的影视改编权也被出品方购买了，听说作家已经开始了下一部的创作，剧组干脆将他请到了风景还算宜人的拍摄地来动笔。他其实看过这位作家的小说，那是他小时候，为了防止他驼背，他的父亲每天让他睡硬板床，连枕头也是用几本小说装进布袋里做成的，每天晚上，他都会偷偷地从枕头里掏出小说来看，这其中，就有这位作家的作品。

作家的居处，正对着嘉陵江，按照剧组的规定，作家不出门，他也不能出门，寥寥可数的出门时间，就只有上街去为作家买烟买酒的时候。这一天黄昏，趁着作家去嘉陵江边散步，他也忍不住想出去晃荡，可是，路过作家的房门时，他发现房门只是虚掩着，突然，一股强烈的好奇心袭来，使他推开了房门：他想去看一看，作家的新作到底在写什么。

那勾了他的魂的新作，写的竟然是一个旧社会马戏团的故事，没看两页，他的老毛病就犯了，又走神了，对着窗外的嘉陵江发呆，脑子里倒是开起了一座马戏团：小丑，王子，大象，狮子，还有猿，全都纷至沓来。他甚至在想，要是他来写这部小说，他会怎么写，不知不觉，他就忘了时间。当作家的怒吼声在身后响起时，他吓坏了，慌忙上前解释，说自己其实也写东西，偷看他的稿件只是因为好奇，但作家根本不信，拿起手机就给剧组打电话，要他们赶紧通知他自行滚蛋。

夜里，他被发配到拍摄现场里去做场工。戏份是县太爷骑马出行，但是并没有马，县太爷得坐在一左一右两个人的肩膀上，先去了一个场工，还差一个，没有人愿意去，场工们坐在屋檐下躲雨，却都纷纷地看向他，他受不了这尴尬，当然，终究是舍不得这份生计，他站了起来，朝县太爷走过去，一边走，他一边想起了云南小县城里的那只猿：也许，它离开四川前往云南的时候，也跟此时此刻差不多？这么想着，他和同伴抬起县太爷往前走，道路湿滑泥泞，为了不让县太爷摔倒，每走一步，他都得使出吃奶的气力，再夸张地侧支着身体，继而，重重但却不为人知地踩出双脚，看上去，就像一只真正的猿。

猿与鹤

他真的是写过东西的，远的不说，就在这几天，他还写过两个小说的开头，虽然只是两个开头，但毕竟聊胜于无，他总是忍不住想：要是写够一百个小说的开头，弄不好，他就能重新写完一整篇小说了吧？

《猿》："从小旅馆往东，有条小路，这小路将到尽头的时候，有一座动物园。动物园里，有一棵苦楝树，苦楝树正对着一座高大的铁笼，笼子里坐着一只猿。且不说那只猿，先说动物园。这动物园，早已破败得寒酸，除非走错了，几乎不会有人来。奇怪的是，有人非要死皮赖脸地付租金，拿下了一个摊位，卖气球，卖饮料，卖方便面，租下这摊位的人，打四川来，早前也是一个饲养员，他饲养过的，正是笼子里的那只猿。他怎么就舍不得那只猿，大老远地从四川跟到了云南？有人问他，他也说不出话，因为他是个哑巴。这哑巴，说是在摆摊，实际上，他根本就没管过自己的摊位，一天到晚，只顾带着一堆吃喝去讨好铁笼里的那只猿，铁笼里的猿却不理会他，成天都闭着眼睛；这样，哑巴就在笼子外头唱歌，唱又唱不出声，咿咿呀呀，咿咿呀呀，听得人想死，听得那只猿也想死，只好睁开眼睛，厌烦地对哑巴嘶吼，它一嘶吼，哑巴就掉起了眼泪……"

实际上，这篇小说如果能够继续写下去，他大致会这么写：一个饲养了那只猿半辈子的哑巴，从四川千里奔赴云南，为的是去帮助那只猿完成自杀。可是，一如既往，他没能写完。

《鹤》："沈姓男，家住安康，春来耕种，秋尽渔猎，每猎于山中，必于古槐之下献祭，多为粟米瓜果，奠罢行猎，多有小获，不获亦不以为意。忽有一日，断崖跌足，几欲丧命，幸得少年搭救，沈姓男作揖道谢，少年连称不必，言谈之间，多有英豪之气。当夜，沈姓男睡至方酣，忽听得山林间风云大作，一惊而起，却见那少年正持弓射箭，一箭既毕，白雉翠雀，纷纷坠地，眼见得林动如哮，鼠狼奔突，于埂，于谷，于溪涧，少年朗笑三声，再张弯弓……”

这一篇，之所以文白夹杂，大概是他实在百无聊赖，又实在想写，便想起了蒲松龄的《王六郎》，反正他也不知道小说该怎么写才算好，于是就干脆对着《王六郎》仿写了起来，他想写的是：一个猎户，无意中用粟米瓜果搭救了一只白鹤，结果，那白鹤修行既毕，便化作山中少年，和他结下了旷世情谊，而后又长亭作别，再无相见之期。可是，一如既往，他仍然没能写完。

既然无法写完一篇小说，那么，就好好在剧组里混日子吧。不曾想，剧组里的日子也混不下去了：这一天，被剧组请来此地的那位作家前来拍摄现场找导演聊天，一眼看见了他，将制片人招至身边，耳语了几句，随后，制片人就来通知他：“现在，你可以从这个剧组里消失了。”他想不明白，这究竟是为何，制片人到底心软，跟他说了实话，他便径直去找那作家，跟他说，那天偷看他的小说仅只是好奇，绝无任何恶意，还有，他的女儿才半岁大，等着他挣了钱拿回去买奶粉。可是，那作家双手一摊，对他说：“我打听过你了，当初也是小有名气的青年作家，正所谓一山不容二虎，你倒是说说看，一个剧组，岂容两个作家？”

那一天，当他离开剧组，在嘉陵江边的河滩里往前走的时候，他的眼眶里确实涌出过泪水，但那绝非因为欺辱，而是欺辱到了头，于是，真真切切的喜悦之泪便到来了：自此之后，钻火圈，踩自行车，作揖，做鬼脸，以上种种，你我一别两宽就好，我不是不知道，钻完火圈，踩完自行车，我有可能换来一顿吃喝；我也不是不知道，作完揖，做完鬼脸，我又有可能得到几颗糖果。可是，不要了，那些不曾得到的，我不要了；那些没有写完的小说，我要将它们写完。此一去后，无非是自取灭亡，无非是哀莫大于心死，但又不去死。这么想着，心底里竟蓦然一惊——他之不死，和那只猿之要死，岂非就是一回事？

在嘉陵江边的河滩里，他清晰地看见了那只猿，它就站在满天夕光的照耀之下，等待着他去走近，眼神里绝无任何鄙视之意。现在，他们变作了同路的兄弟。所以，当他靠近那只猿，只是会心地和它对视了一眼，再并排一起朝前走。这时候，一阵山风从嘉陵江对岸袭来，河滩上的杂树摇曳了片刻，立刻静止下来，还有那些江水里的石头，根本纹丝未动，一如世间的信心。

当然，那时的他并不全然知晓：就算满目里都遍布着信心，但是，在那信心所及之处，出租屋中，小旅馆里，当他开始写下那些他真正想写的东西，还会有另外一张血盆大口在等待他，那便是无能，那种深深的、令他几乎痛不欲生的无能。就算身体里已经装下了吃定的秤砣，他终究无法写完一篇小说。每逢此时，他难免会想起那只苦心等死的猿：于它而言，死亡当然是一场盛大的节日，为了这个节日的到来，它一再被救下，被绑缚，被幽闭，真正是将这些磨折当作了通往正果的九九八十一难。可是，要是他一直等不来那场盛大节日，就像他，这一生里都注定了再也无法写完一篇小说，他和它，又该如何是好呢？

还有那只从身体里飞出去的鹤，他已经有多久没有看见过它了？

鹤

北京，石佛营的出租屋里，正是后半夜临近结束、黎明正在到来的时候，他看了看自己写下的那些白纸黑字，不由得一阵心慌气短：好不容易，他总算写完了一整篇。可是，他清楚地知道，这并不是他一直想写出的那种小说，也许，能够算作一篇散文？

他在微光里出门，想去碰碰运气，看看这时候是否还能填饱肚子。不承想，他熟悉的那家路边小摊竟然还没收，一群喝得醉醺醺的人仍在对着老板大呼小叫：肉筋，脆骨，大腰子！他点了自己想要的，找了个角落坐下。不承想，有人奔过来按住了他的肩膀，他回头，发现对方竟然是嘉陵江边拍摄的那部电视剧的出品人，再去定睛看，这才看清楚，那群喝得醉醺醺的人，无一不是影视大佬。从前，他只是在各种媒体上见过他们，显然，如果不是为了追忆一下青春，大佬们是不会来到如此穷寒之处的。

那出品人按住他的肩膀，还没开口，径自先笑起来，他哈哈大笑着告诉大佬们："这个人不愿意做编剧了，非要当作家！对对，作家！作家！哈哈，作家！"不知道究竟是什么触动了大佬们的笑神经，他们全都大笑起来，他反正也闲着，就跟着他们一起笑——此时的他，早已经被另外一场忧虑所裹挟：他刚刚写下的那一篇，究竟是小说还是散文？还有，为什么哪怕是写散文，他都害怕得要死，拼命担心写完这一篇就没了下一篇？

正笑着，不经意去看远处的时候，他突然便想起了一件事：有一回，也是在这小摊边，他目睹过身体里奔出去的那只鹤曾经在楼群与楼群之间翻飞，最终，它径直又朝着小摊扑面飞了回来。恍惚之间，它觉察到了某种救命的东西正在等待他，于是，他做了一个决定：他要再去那荒岛上，他要再去见见那只鹤。

天亮之后，他奔往西客站，坐上了向南去的火车，一千多公里后，他下了火车，再换乘汽车，驱车几百公里，来到了一条大江之畔。这时候，已经又是后半夜快要结束、黎明正在到来的时候。在大江边，他好说歹说，又加了价钱，终于说动了一个早已入睡的船夫，发动小船，将他送往了那座荒岛。在那荒岛上下船之后，沿着石阶，他一步步朝上走，再去辨认曾经熟识的周遭，只觉得一切都恍如隔世。好在是，他已经听到了公鸡的打鸣，不由得加快步子，直至在石阶上奔跑，跑向那个已经久违了的鸡群的主人。

蒙蒙雾气里，鸡群的主人却告诉他：那只鹤，早就死了。

世间人事，无非如此。他张大嘴巴，惊诧地看着鸡群的主人，对方不以为意，根本上，对方就是在对他说一件再微小不过的事情。他便再一遍在心里对自己说：世间之事，无非如此。终了，他忍不住，又问对方那只鹤是怎么死的。答案却更加吊诡：“可能是在鸡群里待的时间太久了，那只鹤，竟然是染上了鸡瘟而死的。”

“但是，要说它就是染上鸡瘟死的，倒也不是——”鸡群的主人继续说，“那只鹤，像是死到临头才想起来，自己并不是一只鸡，自己是一只鹤。于是，哪怕只剩下了一口气，它也要做回它的鹤。它突然就张开了翅膀，拼命飞上了天，你是不知道啊，它真的飞上了天，活生生跟山上的一块大石头撞在一起，掉在地上，没死，撞晕了，哪知道啊，一醒过来，再往天上飞，飞了没几步，又撞在那块大石头上了，这一回，彻底死了。”

原来如此，他一边听，一边打起了寒战，那鸡群的主人多少觉得诧异，不明所以地看着他，而他却只顾死命地盯着河水的对岸去看，疯子一般，就好像那双眼可以变作双脚，瞬时之间，便要踏破这横亘于前的茫茫雾气。

鸡群的主人啊，你有所不知：事实上，他已然踏破了雾气，重回了那一年的春天，在春天里，世间万物，都生发出了新鲜与狂妄之美，那只鹤，先是在天空里舞剑，而后又像一滴墨汁般去流淌，直至静止；过了一会，他突然发足狂奔，穿过雾气，穿过举目皆是的山毛榉，跑下了一千二百级石阶，来到河水边，没有片刻犹豫，二话不说，他便跳进了河水。鸡群的主人啊，你有所不知：唯有奔跑起来，再不停奔跑，他才是那只鹤；唯有跳进河水，再继续埋首，他才是那只鹤——那只身在天空里的、剑客和墨汁一般的鹤。

选自《芙蓉》2019年第3期

评鉴与感悟

马戏团里，一只猿不甘于成天表演钻火圈和踩自行车，还企图寻死，被五花大绑送进了动物园。剧组里的作家，跑到云南，试图去劝说企业家投资电影。他和猿，到底谁才是真正的小丑？跑到荒岛上写剧本，却看到了鸡群里的鹤。一猿，一鹤，与不想继续在剧组里混日子的作家相遇，会有怎样的故事？作家真正想写的小说总是烂尾，而被捆绑的猿早已没有心思要去自杀，而鹤意识到自己不属于鸡群，试图飞翔，数次尝试，最终摔死在石头上。谁是谁的幻象？看似普通的情感，不被人注意的尊严，经历着实实在在的撕扯。都像是警世寓言。

流动的社区

/徐枝扬

1

在社区办理入职后，可能是实习的缘故，分配给我的工作内容并不固定。事务是琐碎的，我常穿插在各个部门之中，在工会办公室值晚班，给慈善基金会办公室写文案，或者，在人手紧缺时，帮忙社工机构设计举办活动，以及应对各种突发事件。

比如此刻，我遇到一个棘手的难题，是一群突如其来的闯入者，他们兴师动众的架势，摆明了来者不善。在领头人的带领下，二楼的玻璃门被粗暴地甩开，弹起，发出哐当一声巨响。然后办公室的每个人便看到，一团快速移动的黑云直奔我们而来。因为距离玻璃门最近，首当其冲的是我。领头人在我跟前停住，居高临下地冲我发问：你们这里是劳动调解室？我有些心慌，刚来社区，我还是第一次遇到这种情景。他那敌视的眼神让我的脸开始发烫，我能预料到，如果肯定他们的疑问，我将无法承受他们接下来的震怒。庆幸的是，负责调解的不是我，我相当艰难地伸出手，指向隔壁办公间。空气里凝聚的气势为之一滞，他们转身朝向另一个方向。脸上的灼热感这才得以减弱，我感到一阵如释重负。

隔壁的同事老陈专门负责劳动纠纷问题，与我不同，应付这种阵仗，他显得驾轻就熟。这群气势汹汹的闯入者还没上前，他就已经靠在桌前，环抱着双手，先声夺人：你们找谁？有什么事情？这完全出乎了闯入者的预料，他们面面相觑，气势上反而输了半截。

他们原来是企业的劳工，在工作期间因操作机械意外负伤，在赔偿后续事宜上企业方草草了之，所以来这里讨个说法。老张打太极，表示自己做不了主，只能尽量让企业方和劳工双方座谈解决，时间和地点需要交涉协调。他态度略显敷衍，劳工们似乎并不满意这个有推诿之嫌的解决方案。老张没有与他们过多纠缠，他说，那你们就走劳动诉讼程序，在法庭上解决吧。

在这个时候，我才注意到，闯入者当中，一个年轻小伙的胳膊和腰腹上，缠着一层又一层的绷带。他看起来很小，刚刚成年的年纪，紧抿着嘴唇，像一个被欺负过的小孩。这群闯入者从起初进来，就一直将他隐蔽地包围保护在中间，以至于让人忽视掉他的存在。他们看起来并不甘心，但也别无他法，于是集体沉默下来，垂头丧气的样子。争执了一会儿，事情依然没有谈拢，在离开的过程中，我守在一旁，目送他们离开。不经意间，领头人瞟了我一眼。我想我可能看错了，他仿佛换了个人，完全不是刚才我所见的那副故露凶狠、野蛮慑人的模样，摘掉伪装后，我从他的脸上读到的，是愤怒、委屈，甚至还有一丝苍凉。

我的这位同事，在社区算是老资历。在我初来乍到、抱怨实习工资太低时，他曾经拍胸脯打包票，要帮我向上级单位进行申诉。虽然事后证明那只是打趣的玩笑，当不得真。在之后共事的期间，我慢慢发现，他连自己都是泥菩萨过河自身难保，身份颠倒过来，他反而常向我们吐苦水，抱怨自己在夹缝中生存，左右为难——干的全都是吃力不讨好的活儿，不仅讨劳工的一方嫌，企业方有时候也根本不买他的账。此外，由于没有正式编制，对自己过低的薪酬待遇，他也大为不满。为此佐证的是，我看到他在多方打听其他单位的招聘信息。

对于事务庞杂的社区服务中心来说，这次事件并没有产生什么余波，社区隔三岔五举办活动，人来人往纷纷扬扬，这闹腾的事并不鲜见。岗位的同事也在流动，我前脚刚到没几天，负责带我的前辈就在办理离职手续，去亲戚开的矿场做工程师，那是份肥差。很不可思议的是，在实习半个月后，我成了这个岗位上接收新实习生的老人。

月末的晚上，开完季度会议后，企业方的代表做东，宴请工会人员吃饭。作为实习生，我陪居末席。领导们与企业的工会代表相谈甚欢，圆润的场面话经推杯换盏在宴席上蔓延开来。有年轻女人在场的酒席，是男人的调味剂，而我的女同事们，通常也豁得下身段，即使被开一些露骨的玩笑，也只是露出半尴尬半礼貌的微笑，识趣一点的，仗着美貌撒撒娇套套关系。

领导们主导着话语权，话题一经铺开，心思灵泛的人见缝插针妙语连珠，同时还不忘教导游离在酒局之外的我，作为一个年轻人，要主动开放，不然很难混得开。紧随着指示，我跟着焖下职场第一口白酒，酒劲醇厚，辛辣味顿时钻进鼻子里，胃上下翻腾。接下来是轮番敬酒的第二三四五六杯。酒过三巡，场面渐入佳境，他们谈到接下来的活动，商讨更多的深入合作。我在一旁发呆，莫名其妙地，想到那群闯入者，那位负伤的年轻人，不知道他们如何，这原本不在我的事务之内，可我偏偏就想到了他。

没容我多想，我的主管领导提示我举起酒杯，酒杯稍稍倾斜，洒了点酒，不巧的还有溅落在桌上的油渍，以肉眼可见的速度，酒和油渍迅速混合，交融在一起。借助着绵绵的酒劲，那个如鲠在喉的年轻人就这样被不动声色地消融掉了。鲍鱼海鲜堪称美味，一个前辈吧嗒着嘴对我说，赶紧吃，比起菜谱单调的食堂，这是难得饱餐一顿的好机会。我赔笑了起来，是啊，于饥肠辘辘的我而言，今天真是有福了。

2

慈善基金会的办公室坐落在社区服务中心二楼的最里边，外面摆放着宣传的展架。基金会的会徽设计十分简洁，零零散散的小爱心，汇聚拼凑成一个完整的大爱心。我认识慈善基金会的阳理事，是在给环卫工人夏日送凉茶的活动中，他忙前忙后，维持秩序，忙得满头大汗。但实际上，与二楼其他业务繁忙的部门不同，基金会的办公室少有人问津。阳理事咧嘴笑称，这是好事，说明天下太平，没有人受难。

刚说这话没过几天，就有人敲基金会办公室的门。与上次不同，这次的来访者倒没有什么气势，她体形瘦弱，走路都有些摇摇晃晃，仿佛随时都可能栽倒在地。我赶忙上前扶她，第一感觉是很轻，轻如羽毛，在搀扶的过程中，小臂的骨头有些硌人。她银白的头发短垂到耳朵，脸上的纹路堆垒成一道道沟沟壑壑，眉角始终是皱着的，成一个“廾”字，凸显出生活的坎坷。

婆婆挨着椅子坐下，脸上没有什么气色。但还没来得及歇息片刻，她就反握住我的手，像抓住救命稻草一般：领导，你们这里是做慈善的吧，帮帮我们吧?

这让我微微有些羞赧，我并不是她口中大权在握的领导，对她的要求，我并不能提供有效的保证，只能先请她坐下来，并叫来负责人阳理事。她是为自己出事故的儿子前来寻求救济的，从另一个区，坐地铁转公交四处问路，走了两小时，才找到这里。她打开布包，里面装满一大沓资料，有法院判决书、交警责任鉴定单，还有医学诊断书，上面写满了各种看不懂的专业术语。

然后她就开始在两个素昧平生的人面前详细地讲述自己的苦难：去年年初发生在她儿子身上的车祸，是一切悲剧的开始。近两百万的赔偿金重压下，肇事者逃逸。车祸之后酿成的灾难大过车祸本身，她的儿子全身瘫痪，形同植物人，每天靠输液维持生命。她的儿媳妇，某一天终于承受不住这巨大的压力，带着孩子远走娘家，不告而别。讲到悲情处，我们忙给垂泪不止的她递纸巾。

我曾经无数次听到长辈叨唠平安健康的重要性，天灾人祸的可怕之处，这些在他们口中预演的悲剧，曾让我烦不胜烦。从时空上来说，这场发生在陌生人身上的车祸离我依然遥远，在此之前我不知情，它便不存在。可当它以富有冲击力的图片呈现，一条条罗列出来摆在我面前，从生理上，我感到不适。

为了巨额欠款，不仅是这个社区，她找遍了相邻范围内所有的NPO（非营利服务机构）组织碰运气，出于各种原因，等来的大多是失望结果，碍于漫长的申请流程，一些机构迟迟没有回复，她不死心，就一个个打电话追问。

这个故事让我的胸有些发闷，时不时有一股爆发的力量驱使我想跑出办公室。事情交代清楚，材料复印完毕后，老人走了，我大口呼出胸口积压的浊气，仿佛有一滴水从我后脑勺往下滑落，凉意从颈部开始，逐步泛滥到我的脊背，然后深入尾椎。虽然是盛夏，但我的躯干在发冷。

我知道，即便这次申请成功，社区的慈善基金会最多只能拨款两千到五千不等的专项基金，这远远填不满上百万的窟窿。或许她之后的出路，更多的是等待网络众筹上有缘人的捐助。按阳理事的话说，我们只能帮到这了。

3

社区的管辖范围内有三个工业园区，大大小小上百家企业，流动人口众多，滋生的异于常人者，有些闻所未闻，像从电影情节里走出来的人，有神经兮兮地幻想世界是个监狱的受迫害妄想症、洗到手脱皮流血还要继续洗手的工厂员工、早恋并和男友私奔的深二代，还有需要定时吃药控制狂躁的精神病患者。他们从不同的园区来，背负着未待解决的过去。通过预约，由唐老师给他们提供健康治疗服务。

唐老师是社区的心理咨询老师，我参观过她的心理治疗室，里面摆布着诸多玩具，有卡通人物、飞机火车的模型、珊瑚贝壳鹅卵石等。沙盘游戏是心理咨询师创造出的新世界，玩具的挑选、摆放，都暗藏玄机，每一个主观行为，都可以通过“心象”来解释缘由。对于我这个外行来说，这当然非常玄奥。治疗时间内，拉紧窗帘，对外全封闭，几个小时过后，治疗效果显著的，从一开始的敌视、沉默，到逐步敞开心怀交流。有些患者，常上楼和她聊近况，谈自己的改变，熟络得像相交多年的老友。

异于常人者毕竟是少数，为了做好心理预防，社区定期邀请唐老师做讲座，多是“为爱情把关，给婚姻疗伤”“隔代教育对孩子的影响”“心理健康与婚恋观”等课程，分别针对社区的妇女、老年人和企业员工。这些课程，上级工会事先打好招呼，企业方派人配合工作。每到一处会议室，我拉开红色的长横幅，贴在高墙上。摆好造型，镜头对焦，照相机发出响亮的“吱呀”一声。横幅底下，唐老师站在中心位置，周围围拥着笑容灿烂的厂房的员工。这些行为有些刻意做作，但是必备的步骤，是年终绩效考核不可缺少的证明材料。唐老师向我强调，不拍摄记录在案，没有人知道你做了多少实事。

我们到访过一家制作手机饰品的工厂，都是些年轻稚嫩的面孔，在车间的机床作业，上级主管进去吩咐，他们便排好队，一脸懵懂地走出车间。放下手中熟悉的模具和机械，面对陌生的人和抓拍他们的镜头，他们显得惊慌，多半是害羞地转过身，或用双手交叉着挡住正脸。会议室的讲课还没有开始，见他们在无所事事地发呆，我便上前攀谈，得知她们大多来自偏远地区，来深圳的理由也千奇百怪，有老乡介绍，家里供养不起辍学出来，甚至还有离家出走的。来到深圳后，她们迅速褪去乡土的气息，手染鲜艳的指甲油，用最新款的Iphone手机，我问她们将来的打算，普遍的理想是留在深圳。一个女孩认真地说，我要交一个本地的有钱的男朋友，这引起了好一阵哄笑。填写签到表时，几个聊得很开心的小姑娘嬉笑着问我，可以写英文名吗？我把名单收集好一瞧，上面填满了歪歪扭扭的英文名，有lily、lucy、andy，还有拼写错误的lawence。

讲课期间穿插好几个视频，有马云、王健林的演讲，这些富豪们功成名就后说着调侃的俏皮话；有励志人物的宣传片，激昂的背景音乐从音响传出，在每个人的耳边震荡。煽动性的旁白称，只要努力奋斗，你也能发家致富，每一个人都能创造出价值，实现人生梦想。视频的最后，在万众期待中，残障人士举起远超其体重的杠铃，他赢得比赛胜利，彩带飘落，欢呼声雷动。屋子里很暗，随着画面的切换，不同的色彩和光影在每个人的脸上流动，年轻人的眼睛发亮起来，照得他们手中的Iphone手机熠熠生辉。

4

六点钟下班，天色欲黑，对于社区的大部分工人，这是一天的结束，对于深圳这个都市来说，夜生活才刚刚开始。我和一个同学合租在街道的另一个社区，往租房的方向需要搭乘两路班车。车厢里的人重叠交错，运气好一些，到七点我会挤上一辆公交车。从寸步难移的中厢挤上车，人与人的距离只够弯曲伸展上肢，把一大把深圳通从车尾有序传递到车头刷卡。昏暗的车厢没有人说话，但每个人都具备足够的默契，陆陆续续地，一个接一个又给传回来。四十分钟的路途，我脑袋倚靠在扶手上，在每一个急刹车、启动的交替间，守住自己脚下的方寸之地，站台愈发靠近，人们到达下车，属于我的那一站还有很久很久，偶尔我睁开眼睛，人们都低着头，屏幕的幽光下，照出一张张疲惫发黄的脸。

车窗外的夜景是单一的，尤其当你看过太多遍。在无数个时刻，我长久地凝视黑夜，黑夜只是漆黑一片，没有亮光，连星子都没有。我曾很有感触地和人说过，黑夜会勾起人心中见不得光的欲望，也同样掩饰了人内心的脆弱。当初交谈的人，啃着包子、就着豆浆对我强调，不管有多难，她将在深圳继续奋斗下去。不知道这话，她是对我说的还是对自己说的，我看着城市上空，一大团一大团隐忍挣扎的野心藏在黑云里，无所归属地飘来飘去。

公车穿过不同的街道，万科第五园、华为基地、华为单身公寓、天安云谷，从静谧的住宅区到科技园区，在几条低凹不平的路段颠簸不止。有些地方的光暗了，婆娑的树影显得影影绰绰，阴影处更是张牙舞爪。途经的泛着粼光的高楼，对于大部分人来说，只是一个个无灵魂的表象，它可以轻易地唤起人的目光，却不足以让人长久地动情。城市的夜空，最明亮的不是星星，而是荧荧的灯火。灯火通明处，在黑暗里格外耀眼，像一个光标，吸引无数飞虫争先恐后飞过去。飞虫为什么对光情有独钟呢？冷冰冰的科学解释宛若真理：趋光性是长期自然选择的结果。

如果你在百科词条搜索社区的含义，里面有这样一句：社区是宏观社会的缩影。我实习的社区，位居深圳龙岗区，里面绝大部分的组成者，他们像水一样流动，普遍为更好的生活离乡背井，来深务工。下一个天亮，他们可能卷好铺盖，奔波在另一个社区、另一个工厂干活。眼前的生活不易，考虑更久远的成家立业是沉痛和艰巨的。劳动调解室的老唐，与劳工们交涉的那一幕仍历历在目，他仍在忙前忙后为自己的编制发愁，更心酸的是，已过三十岁还没有家室。慈善基金会的阳理事，租住在一栋将拆迁的楼房里，他们都是外地人，不是家境富裕、每天开着大奔来上班打卡的本地年轻人。阳理事的老婆分娩将近，是女儿。这件喜事同时也带来烦恼，他和我戏称，现在开销更大了，一块钱要掰成两半用，而母亲要从广西来带孩子，自己租的房子只是一室一厅，准备给她在同层另租一个单间，就他目前的薪资，这是更大的负担。

在社区服务中心实习的三个月，我只服务过很小一部分人，更大一部分群体，他们是隐形的、无名的，只有在统计报表的数字中，才能察觉到他们的存在。而我接待过的服务对象们，那位佝偻着行路的婆婆、腰腹缠绕着层层绷带的年轻人，他们有没有在网上筹集募捐，有没有打官司，这些后续我都无权跟进。手机饰品工厂的lily、lucy、andy，还有让人印象深刻的lawence，听了那堂励志的讲座后，他们的人生会发生一丁点的改变吗？至少当天晚上，他们会抱着对未来的希望入眠吗？我不知道。

隔壁的室友传来响亮的鼾声，那鼾声甜美而悠长。夜深了。

选自《广西文学》2019年第4期

评鉴与感悟

我读过布尔迪厄《世界的苦难》，日常生活中的困厄与痛苦，人与社会的矛盾纠结，总能透过社会学剖析，找出问题的根源。看了徐枝扬《流动的社区》，仍然不能确定，这也是我所生活的世界。“他们从不同的园区来，背负着未待解决的过去。”虽然只是宏观社会的缩影，现实的复杂却也远超人想象。他试图包容突如其来的闯入者，理解在社区工作的工人。故事的结局，他无权跟进，无从知晓。但因了善意，还有体恤，那些看似黑洞般的人生，好像也有了希望，变得不太一样。

乡医小语

/干亚群

被动进来的病人

自我来了后，童医生休息的日子一下子多了起来。隔几天，她就休息一天。数天后，她又跑到内科，往贴在墙上的出勤表上画几个圈，圈所对应的是她的名字。一个圈休一天，但童医生总止步于奥林匹克环前——最多不超过五天。也不知是不是这个原因，奥林匹克总被她念成“奥乱劈开”，引起同事一阵又一阵快活的笑声，而童医生自己则一脸庄严相，认认真真地看着一帮笑成歪瓜裂枣的同事，等他们笑够了，平静地问他们“奥乱劈开”什么时候举行。医院的屋檐下，笑声再次爆炸，把树上的麻雀惊到屋脊，也不叽叽喳喳，然后飞向天空，可能也是被惊飞的。

逢三与逢七，是小镇的市日，类似于我老家的赶集。这天，医院相对比较忙，病人把集赶了，顺带把自己的病也看了。童医生是没办法休息的。

后来，这条原本针对她个人的要求，变成了全院医生的纪律。我上班后童医生既像叮嘱，又似提醒，告诉我除了市日与集中绝育外（镇上每年会组织几次符合绝育条件的妇女进行集中结扎），随时可以调休。童医生还特意给我办公桌的玻璃板下压了一张宣传计划生育的年画，上面画着一位梳扎蝴蝶结的母亲，左手拿着烫红独生证，右手抱着小女孩，在一排“生儿生女一个样”的下面印着日历，每一个阳历对应着一个阴历，前者粗粗壮壮，似乎抱了一个冬瓜，而后者瘦瘦小小，跟头上顶着花的小茄子似的。

小茄子似的“三”与“七”把人们赶到了镇上，在几乎毫无遮拦的市场里，村民们与人讨价还价，用盯惯了鸡鸭屁股的目光挑肥拣瘦，掂斤捻两，最后以惊人的耐心杀价掐价。市场上的果蔬大多是自产自销，所以，他们买卖人的身份一个月里经常在换，轮到别人向自己砍价时，嘴上吵吵嚷嚷，但手上的秤早已捏了起来，秤尾往上一翘，顾客的头随之一歪，一桩生意就完成了。

太阳跳上树梢，把市场照得像块煎饼时，人们才各自完成买与卖，像是做完了填空题，然后周围的声音慢慢浅下去，摊位上的东西也渐渐薄起来，零乱的脚印，散落的垃圾，以及花花绿绿的鸡屎，跟灵感跑了一半的画似的。

仿佛是照应，市日把一撮人劝进了医院。他们带着集市的痕迹，来看病。他们把拖拉机的突突声拐进了医院的大门，手拉车“咕噜咕噜”，一个侧身依在墙角，自行车前架后搁，心事重重似的靠过来。医院的天井一点点被它们拥塞，似乎是它们逼着他们来的。

清洁工阿德挥舞着扫帚，指挥着拖拉机停这边，手拉车放那边，至于自行车，一律摆到车棚。似乎容不得商量，一旦有人把车放错了位置，阿德就提着扫帚跑过去，如果来人不配合，阿德的脸就开始涨红，话也结巴，好像血脉偾张。来看病的人都知道阿德，阿德在医院里已经扫了十多年的地，可他的癫痫一直没有治好，隔一段时间就会抽几下，抽前没什么预兆，突然间就倒地，口吐白沫，四肢僵硬。所以，大家对他都很小心，他怎么说就怎么做。如果有人来看病找不到医生，他会满医院地帮忙去找，一边找，一边大声咳嗽，似乎在打暗号。有时值班医生溜出去跑回家，阿德也装作不知道，仍从一个科室找到另一个科室，嘴里“咳咳咳”。

到了医院，买卖人变成了病人。只是，他们的病痛似乎是被医生唤醒的，或是回忆起来的。对他们而言，医院跟集市无非是换了个场景，仍用刚才吵吵嚷嚷的声音陈述自己身上的某个痛点。医生当然不会仅限于病人一句肚痛头晕就开方子，肯定要问清肚痛的来龙去脉、前因诱因。而病人翻来覆去跟烙饼似的停留在自己的痛点上，医生需要的信息仍云遮雾绕。于是，医生换个角度，从他市日的买卖聊起，两人像是街头偶遇的老朋友拉起了家常，饮食咸淡，起居习惯，病人渐渐进入角色，一股脑儿地把自己最近的生活史复习了一遍。就在病人絮絮叨叨时，医生的问话戛然而止，一张处方已递到病人面前。

像是积攒口袋中的钱，他们看过内科看外科，看过外科看牙科，一次次把自己劝到医生面前。临近中午，有人忽然想起闷在编织袋里的两只鸡还没喂过水，于是，赶紧跑到注射室讨了一只空盐水瓶，灌了水，三步并作两步，心急忙慌地解开尼龙绳，一把捏住鸡脖子，掰开鸡的尖嘴巴，往里灌水。事毕，才踱到挂号室，付款，取药，然后跟给自己看过病的医生一一招呼，把车推出来时，冲阿德摇摇手，走了。

而她们，闪进了右侧的诊室。她们进来时不像是看病，倒像探病，一身花衣服，而且花得很彻底，甚至有时会花得一模一样，并迅速在同一个价格上绽开满意的笑容。她们手里提着七七八八的东西，声音也是七七八八，似乎集市的热闹仍然悬在舌头上。作为一个外乡人，她们的方言有时听不清楚，只感觉她们的叽叽喳喳像池塘里的涟漪，一圈圈往外扩散，那些泛着泡沫的词汇在小小的诊室里荡漾。我和童医生似乎坐在波浪里，全靠一身白大褂系在桌前。但童医生看上去很惬意，看见病人既不问病史，也不做检查，而是先笑嘻嘻地问病人今天市日又买了啥，然后夸病人会买东西，价格实惠。病人听了，似乎觉得自己捡了一个大便宜，语气开始亲切起来，甚至掀开篮子给童医生看自己买的东西，童医生侧过身，极认真地看了看病人的篮子，再次夸病人会买东西。之后，童医生的询问把病人劝进了角色，三言两语就把病史病情问了个明明白白，仿佛是市日里的一杆秤。

我坐在童医生对面，彼此是同事，但在劝病人这件事上，她是我老师。病人一坐到我前面，我根本不会像童医生那样转弯抹角地先跟病人温习市日，而是直截了当地开启病人与医生的模式。

她们的病痛大多是积累起来的，问她们为什么不早点来看，回答几乎是一模一样，等市日时来看，似乎特意来看病觉得是一件很难为情的事。尤其是说到妇科方面的疾病，声音一点点低下去，眼睑也跟着垂下来，像一道窗帘似的，只差“啪嗒”一下。诊室里突然变得很寂静，寂静得过于清晰。

不过，这种尴尬很快因旁边几个人的附和而消退。一个说我也是这样，另一个说我比你还结棍，坐着看病的人不时把脖子拧给站着等看病的人，两人你一句我一句地互相补充。两人的话似乎清理出了一片园地，哪里有犄角旮旯，哪里适合种瓜点豆，我一脚踏进园子时手上该提什么农具，一点不含糊。

当然，她们也不含糊，有时等我给病人做好检查出来时，发现突然少了几个人，原来是跑到院子里做生意去了，她买她的花裤子，她买她的红番茄，然后，两人你提着我的花裤子，我拎着你的红番茄再次进入诊室，脸上荡漾着番茄红。还好，她俩的病情不一样，否则我真怀疑她们刚才把病也交易了。

市日上的事，像边角余料似的被病人带进了医院。有人说今天卖老鼠药的真有意思，带来一只白老鼠，自己坐在摊边上听滩簧，让白老鼠不停地在转盘上奔跑，而老鼠药不叫老鼠药，叫"绵绵绝期二十一"。我问他这是啥意思，卖老鼠药的说是文艺。也不知是文艺，还是混艺，或者是昏艺，我听不清，总之这卖老鼠药的其他没什么特别，就是说起话来眼睛滴溜溜转，跟老鼠精似的。

有人接着说市场的西北角支了一个魔术摊，进出看一次两块钱。有一个女孩长在花瓶里，只有头，没有身子，能跟人说话，但不准走到她跟前，后面有一块黑黑的布遮在那里。

又有人说有一个老头，每次市日摆旧书摊，可等他把书摆好，市日就散了，于是他又把书一本本收起来，几乎没有做过一笔生意，看上去像来晒书的。

我置身在她们的闲谈中，有要没紧地听几句，也不插嘴。但听到卖旧书的老人时，还是忍不住地问，他是卖的，还是租的？说话的人摇摇头，然后一屁股坐到童医生那儿，似乎把老人旧书摊这件事压了下去。

虽然，市日是医院看病最忙的时间，但病人看病的时间都不长，大多病人出去时手里只不过多了一张方子，有的甚至方子都没有。童医生见到熟人，如果是一般性的妇科疾病，就给她们倒些高锰酸钾粉，病人问她怎么用，她就说一脸盆的水，往里撒上一些些，跟平时炒菜放盐差不多量。

童医生的医嘱，我活学活用，有时借盐，有时像芝麻，病人一听就明白。如果用克的剂量，估计病人听了跟刚才那个老鼠药的药名一样无法理解。“绵绵绝期二十一”，无非是套用了老鼠怀孕二十一天就生产这个道理。不过，我开处方的时候还是遵行教科书上的用法。

医院到了十点半后，重新空荡荡的，却留下了一堆堆的花花绿绿，上面弥漫着经过肠胃的气味，已经分不清是鸡屎盖着鸭屎，还是鸭屎压着鹅屎，唯一可以辨别的是羊粪，院长戏称是“六味地黄丸”。

阿德站在院子里“咳咳咳”。不一会儿，大家从科室里出来，脖子上挂着听诊器，而手里提着扫帚、冲水器，听从阿德的指挥，开始清扫院子，仿佛走的是客人。

暗房

粉刷到了手术室的窗口，不知道为什么，雪白戛然而止，像是突然暴露了墙壁的秘密一样，砖块脱落，墙面腐坏，一蓬杂草坐在砖缝里，抱着身子懒洋洋地左右摇晃。墙上还有一棵爬山虎，它卧在那里，似乎一动不动，雨过后，墙淌下红色的液体，像是它在潸然泪下。

墙角还有一株楝树，我看见它时，它已长成了歪脖子，一簇簇白中带紫的花，却很精神，枝伸向哪里，花跟着去哪里。它的花香，我始终确认不了，而它的花期却很漫长，似乎它一直在努力着花事，有时楝树果都结出一串串了，枝下还有花在摇曳。只是，别人是落红，到了它这儿是落白，白色的花瓣隔一夜掉一圈，到了九月，它才肯歇下来。它让我想起我外婆她们，每一个老人差不多隔三岔五地孕育，我小外婆四十七岁还生下了一个女孩，而且刚开始根本不知道，以为到绝经年龄，似乎松了口气，总算把女人前世的债还清了，谁知肚子鼓了起来，凭借生育的经验，晓得自己又怀上了。

有时，风从墙上跑过，楝树叶抱在一起，扇出一个个动作，仿佛在模仿人的表情，只是，我无法确认它是在哭泣，还是在微笑。

有时，太阳打在上面，像一块巨大的伤疤，原本红色的砖头，此刻以绝对的暗红镶嵌在雪白里。我背对着它，感觉到脊梁上慢慢渗出凉意，似乎那是我的伤痕，酸麻与疼痛顺着脊柱钻入我的周身，常常让我不得不放慢手术的操作。

童医生说，那片墙外只有一棵桃树，一个柴蓬基，可能还有数只鸡，再过去是几户人家，之外，就什么也没有了。

那堵墙，就这样被童医生说成那片墙，仿佛墙是她笔下开出去的药。

可墙堵在我的心里，连同窗外的那块瘢痕似的墙面。

我听到过墙外的声音，走过去与走过来，走近与走远。偶尔还有人的争执，似乎为一只鸡的丢失，为一只猫的偷吃，语言粗糙而刻薄，有时甚至持续很久。间或还有鸡啼狗吠，像是铺排着浓重的生活。

一样浓重的还有手术室里的气息。

我曾经在手术室里养过吊兰，是从防疫科张医生那里剪来的。她那盆吊兰已养了七年，每次给吊兰注射各种防疫针，有时是过期的，有时是给儿童注射后留在针管里的那一点点。不知是防疫针的缘故，还是张医生伺候吊兰有方，或者是吊兰质地粗野，总之张医生的那盆吊兰长得极其葳蕤，层层叠叠，前看是一丛，侧看是一蓬，远看是一棵。我见了忍不住赞美了一番，张医生马上手持剪刀，咔嚓，又咔嚓，给我剪了五六枝。

可吊兰养着养着，开始蔫了，叶子往下耷拉，根部的叶子慢慢发黄，仿佛随时准备香消玉殒。我赶紧把吊兰搬到花坛，晒了一个星期的太阳后，吊兰似乎含到一口真气，叶子转绿，挺直。我又把吊兰捧到手术室。

不久，吊兰又重蹈覆辙，开始蔫头蔫脑的了。

我再次把吊兰移到花坛。之后，它就一直笑眯眯地长在那里。

其实，不仅仅吊兰，我如果整天待在里面，估计也会黄皮寡瘦。

推门进去，一股异味迫不及待地袭来，就像暗疾潜行，或者是重金属、朽木头、烂布条，以及馊臭的米饭，被煮成一锅。我真的无法选择一个相对合适的词来定义，只感觉一阵阵带着酸腐与败坏的潮热，夺门而奔，仿佛它在里面关的时间太久，充满了戾气，而我正好撞了上去。

于是我进去后迫不及待地开窗。拔出插销，“咔嗒”，像是打了一个嗝，如果下过雨，听起来像是叹了一口气。

然后，两扇木格窗在摇摇晃晃中往外展开。

一缕清新的空气顺着窗口飘进来，房间里的气息慢慢淡下去。只是，有些东西却怎么也不会消失。她们的呻吟，她们的疼痛，在这个房间里开始，而我不能保证这里又将是她们创伤的终结。

童医生说这房间很“岁气”。她推门进去先“咳咳”几声，一边用手在鼻子旁扇风。说这话时，她的咳嗽还没结束，听起来仿佛她的话是靠咳出来的。她又说，这个死阿德，扫地从来不扫这间。咳咳。

确实，清洁工阿德的扫帚从不伸到这里，连门诊室也只是象征性地划拉几下，如果手术室里有声响，他则闭上眼睛，还抬起头，扫帚变得胡乱，过后，他逃也似的跑了，后面拖着扫帚。

童医生看到脏污，或闻到异味，她都说“岁气”。我刚开始以为“岁气”跟门卫老伯的三话四话一样是口头禅，后来才明白她把“秽”念成了“岁”。

我自作主张地修改了童医生的“岁气”，叫“碎气”，被吸碎的血块，被撕碎似的疼痛，还有碎裂样的不舍与无奈，在这个隔着厚厚窗帘的暗房里候场、出场。

一张黄色的卡，一次不得不中止的怀孕，还有一段早已准备好的絮絮叨叨。她们说给自己听，也说给陪她们来的妇女主任听。妇女主任站在她们的立场上附和、安慰，然后又抽身到角色，大道理摆一摆。童医生插几句，也是道理上的话。

她，产后怕影响哺乳，没有采用服药避孕，而是选择节育环。才一年，发现意外怀孕。她来医院前已经担惊受怕了一个星期，隔壁的嫂子说，这个手术弄不好会倒血，前屋的阿姐说，流产一次，人老十年。还有自己的小姨、小姑，她们收集了一大堆别人的疼痛，转述给她听，听得她整夜整夜睡不好觉，早上起来梳头发，掉下来的头发不是一根根的，而是一缕缕的。不得已，她自己跑到妇女主任家里，让妇女主任替她拿个主意。妇女主任二话不说，揣上黄卡，立马陪她到医院，见我一个人在，妇女主任不住地夸我医技高超，手术做得很漂亮，大家反映都很好。妇女主任和我并不是很熟，或许她真陪别人来过，或许她只是把原来准备给童医生的那些好话转送给了我。

她，半年前刚刚放了环，这个月却停经了。一查，早孕试验阳性。她脸色很难看，对着化验单不知所措。同样不知所措的还有我，因为她的环是我放的。我俩都默不作声，她出神地盯着墙上的一张宣传画，上面写着“只生一个好”，一个胖乎乎的女孩被妈妈抱在怀里，亮晶晶地笑着。我有些走神，想象着这件事对我带来的影响，也顺带回忆给她放环时的情景，但细节无论如何已经想不起来。如果她怪罪于我，也合情合理。虽然大家都晓得没有哪种避孕方法是百分之百，可间隔时间这么短，不得不让人怀疑做手术的医技水平。后来，她说她下次再来做手术，我不由得松了口气，但过后情绪很低落，愧疚与怅然像长了羽毛，在心底里扑扇。

……

没有卡的她们，一次次徘徊在走廊里，样子慌张而单薄，神情惶恐、不安，像是一头受惊的小鹿，张皇不知所措。偶尔也有人认出她，别人的招呼，惊惹了她们内心的惊恐，她们得编织一个谎言去应付别人撞上来的目光，待熟人离去，她们才把自己慢慢挪进诊室。

爱情的结晶，只是书面上的字眼。在乡下，未婚已孕与伤风败俗似乎仅仅隔着一层纸。只是，这张纸并非是女孩子能守护的，尤其是青春的激情与爱情被荷尔蒙绑架时，前面的沟壑，只能由女孩子独自去面对。假如，爱情戛然而止，女孩子一个人还要花多年的时间去冲淡“同居”与“未婚已孕”这样的词汇。小镇对开放与解放的解读再怎么深度，也无法在这个问题上做到放下，贞操与声誉，就像一条美丽的丝巾，扎紧了，就变成勒脖子的索套。

于是，她和她成了我的病人。

真的，我很难把她们叫作病人。她们健健康康，毫无任何病症，相反孕育的力量影响着她们的身体，使她们的子宫更柔软，乳房更饱满，甚至她们的气息都有淡淡的香甜味，可一旦终止妊娠，她们身上的气味会慢慢重起来，像一棵慢慢枯萎中的大白菜。

她们看你的目光羞怯、忐忑。你问什么，她答什么，眼睛低垂着，两只手要么绞着，要么摆放在膝盖上。那神情仿佛她在对答案，而标准却掌握在你手里。

我插上电座，拿手术包，取碘酒棉球……

因为寂静，金属叩击声放大了几倍，在雪白的房间里回来荡去，仿佛落下了一把细针。

她们仰面躺在手术床上的时候，一定看到了窗帘上有个豁口，似乎衔了一口阳光，正朝病人坏笑。她们问我，会不会被外面的人看到。她们的声音听上去像是站立着的。

我说，外面没有人。偏偏一只公鸡高亢地啼了起来，而且还有拐弯抹角的意思，“喔喔”结束时变成了“哟哟”，也可能是“呵呵”。

我起身把窗帘扯了扯，窗帘勉强靠拢。

手术还没有开始，她们的听觉与视觉特别灵敏。

一团团沾着血迹的棉球与纱布被丢进了垃圾桶，嗡嗡的机器声与克制的哀痛声，像一块粗布在房间里抖动起来。雪白的灯光下，我的叮嘱看似宽阔地穿过黑暗，实则虚弱地瘫进她们的汗水与痛楚。

术后，一瓶冒着泡沫的粉红色液体被我倒进水槽里，哗哗的水声与哗啦啦的金属器械声一起混合。她在床上蜷曲着身子，而我的心也仅仅舒展了一半。每次做手术，我都有种焦虑感，就怕手术不顺利，担心教科书上所写的并发症如同意外一样突然降临。所以，有时我的态度不太好，特别是她们因疼痛而扭动身子时，不得不提高声音来制止，听上去跟呵斥并无二致，往往隔了一段时间，愧疚才覆盖住焦虑。

童医生说的那棵桃树，是仓屋一位姓李人家的，每年开出层层叠叠的花，与别的桃花不同的是，它开得早，谢得晚，尤其是清明节前后，花开得极其妖艳，仿佛那不是桃花，而是樱花，每天粉嘟嘟压着枝枝叶叶。

桃树有多大，我并不晓得，但从搁在墙头上的桃枝来看，似乎很老了，连枝上都长了瘤，但看上去总觉得很年轻，而且结果子也很殷勤，花期过后，小桃子一球一球的。

那天并不是牛医生值班，但她来了，并拧亮了手术间的灯。晚间的手术，一个月当中总会有几例，都是熟人托过来的。尤其是找牛医生的，非亲即故。手术很快，待病人离开手术室后，牛医生随手拉灭了灯，忽然，她发现墙头上趴着一个人，黑乎乎的，她甚至感觉到这个人正冲自己龇牙咧嘴。牛医生瞬间被惊恐击中，几乎失声叫出来。

自牛医生受惊吓后，我看桃花，总会联想到被倒掉的泡沫，它们与水一起渗进了土壤，在那里触摸到了桃树的根须，然后一点点挤进桃的世界，像画工一样慢慢修改着桃花的颜色。

选自《上海文学》2019年第9期

评鉴与感悟

乡村诊所的日常，她写得温情。看似微不足道的生活，却有一个又一个闪亮的细节支撑。甚至那些简省的叙述里，还有一些跳脱的幽默。那是属于她的村野记忆，病人也像客人。安静的文字底下，时时能听见作家撒落的一把细针。

人在文字的背后

/碎碎

一

一个久未联系的朋友给我打电话，说莉莉你知道吗？那个楚，他被抓起来了。

怎么会？我下巴都惊掉了。前两天还看过楚发的朋友圈，一周前还收到过他发给我的分享链接，一个月前看过他发来的和亲友聚会的照片。照片上的他神采奕奕，脸上的两只酒窝盛满他招牌式的阳光灿烂的笑。一个活得灵慧通透的人，他怎么会出事？

网上新闻都登出来了，你可以查。他在我们老家的那个县里当过县长，所以我一直对他印象很深的。朋友说。

我们在电话最后，好像都是想抒下情的，发发官场险恶、人生的事真是想不到、你多保重之类的感慨，但是那些话在嗓子眼里打转、回旋，终没有说出。说那些好像太轻了，而且俗滥，有点无力。我们各自消化着那些意思，在间或的停顿里感受着彼此都能感受的那些欲言又止。

挂了电话，朋友把关于他最新消息的截图发了过来：涉嫌严重违纪违法接受纪律审查和监察调查。这句话后面，是对他的履历介绍：副厅级、省管干部、在职研究生学历。某年某月任某职。从市政府史志办编辑、市委办公室干事、组织部副科级组织员，到市某局局长、副县长、县委常委，再到市政府副秘书长、市接待办主任、某县县长、市开发区党工委书记、管委会主任。一个长长的阶梯式上升，一份骄人的履历。

二

楚是我的一个作者。

和他的关系，很远，又很近，很亲，亦很疏。和他的交集很少，但是感觉，他是可以和你分享心灵秘密的那种。

和他的主要往来在于，四年前编过他的一本诗集。个人出诗集，几乎都是自费出版。他这本也不例外，何况他写的主要是古体诗。他是一个知名的作家朋友秋介绍过来的，秋和他是关系很近的多年朋友。

这种自费书，且是古体诗集，我几乎从来没编过，因为卖不了，实在意思不大。但是秋也是我的作者，她专门找到我，是想为她这位朋友找一个她知根知底的编辑，把朋友的书出好，所以特地拜托我，也向楚隆重推荐了我。我不好辜负这份托付，就应下了。

说起来，和楚前后只见过两面。

第一次是秋召集的，在东区一个闹中取静、环境很好的茶馆，一个周六的下午。那天有六七个人，除了楚是新面孔，别的都是老朋友了。大家喝酒，谈笑，你一言我一语的很热闹——那种看起来很热乎，但是并不会深入地聊起什么的泡沫般的热闹。

秋向大家介绍他，说他原来在X县当县长，现在是N市开发区的一把手。N市是距离郑州两百公里的一个地级市。我的座位正好挨着楚，所以便和他多聊了两句。一说起来，我们竟然还是老乡。老乡见老乡，心里不由得就对他平添了几分亲切和认可。

生就的剑眉隆鼻，使楚看上去一脸英气。他的面色黧黑。但是他的黑不是粗糙、疏陋的那种，而是散发着多年优质生活熏养之后的润朗，黑得精致、黑得亮泽。那种精致的质感，从他没有褶皱、放着光芒的脸上透出来，从他身上质地优良的外套和衬衣散发出来，从他闪亮熨帖、一丝不乱的发丝里跳出来，丝丝缕缕地注释着他的生活质量。

他的眼睛细长，看人很聚神，和人对视时眼珠转动缓慢，这使他显得笃定。他脸上那种不动声色、似乎懂得一切的微笑，也能让人觉出他的气场。

对我们来说，他的身份有些特别。我们这几个人早就熟稔了，又都是做文字工作的人，在一起的说话风格是用词招摇。几杯酒下来，大家便没轻没重，在言语里有走向放肆与无忌的态势。只有楚始终端然，坐在那里不怎么说话，可能和饭桌上就他一个来自异地有关。他沉静地看着我们笑闹，像一个宽厚的家长看着调皮的孩子们。无论大家怎么对他打趣，甚至“挑衅滋事”，他都始终不愠不火，表现出处事周全的谨重与自持。

中途我接到一个电话，走出房间。电话结束时正好遇到他从房间出来，他说有点事要先离开了。一定是借口。我们站在那里又说了几句。他说话微笑时眉眼是弯的，是那种善于笑和乐于笑的表情。充分地笑起来时，脸上就浮现出两只大酒窝，这种表情让他显得很温和。

他的率先离开，好像并没有让饭桌上少点什么。但是邻座空了，让我感到身边的一小片缺失。我记住了他的样子，那种在酒桌上大家都处于一片闹哄哄、低烧之际，他还保持住的一个人的节制。

三

我辨认一个人的方式很简单，看眼神。

有心理学家研究表明，当人说谎话时，眼球会先向上、再向右转动；而在回忆一件事说真话时，眼球则会向上、向左转。

与有的人交流，目光交会之时，如果他的眼神闪烁不定，似有一些无法面对或不愿面对的东西，我便无法对其建立起信任感。比如我注意到，在电视上，面对记者采访或摄像镜头的一些官员，眼神闪烁，总会不由自主地滑向别处，我便无法相信他心口如一。

我是相信，一个人眼神的清亮，昭示的是他内心的澄明；一个人内心浑浊，自然也会眼神浑浊。有时候，刹那间眼神的交会，也会透露这个人前世今生的讯息。一个人的眼神总会曝光他的内心。这种以貌取人的判定近乎武断，却屡试不爽。

楚的眼神，给人的感觉是沉敛安适。我甚至无法把他那种眼神与他行政官员的身份联系起来。因为见多了那些眼神混沌、面目模糊，只有职务而无自我的人。

楚的眼神没有闪烁没有飘忽。就是对人平视的，可以一视见底的干净，有一种诗书浸染的沉着，这让他身上有一种不言自明的亲和力与穿透力。

四

后来收到他的书稿。

作为书稿主体部分的古体诗有三百多首，他的古文功底之深令人吃惊。书稿后一部分是十几篇散文，他也写得文字讲究，逻辑分明，有观点有见识，对身边的人与事，对娱乐影视与流行歌曲的体味洞察，也时时让人眼前一亮，某种程度上改写了我对官场中人的认识。他并不是铁板一块，不是只有官场与职务、会议和讲话、自我空洞的那种人，而是有自己的生活和趣味，有内心的柔软和湿度，骨子里还有文艺情怀的人，差不多是一个藏身官场的诗人、作家了。

比如他的《苦乐人生》："人生无几何，如寄天地间。/心有千载忧，身无半日闲。/苦因稻粱谋，乐由情爱癫。/成败贵适意，东鲁我与点。"他的诗作可以让人感受到他与那片土地同频的体温与心跳，比如"淮汝润且泽，叔度德而贤"；他渴望建功立业、一展宏图的拳拳之心，"立马昆仑意纵横，大江淘尽逞英雄"；他与朋友之间的高山流水惺惺相惜，"但得躯首酬故知，悠悠南山脉脉水"；他对亲人的深情，"情重言语轻，意深落笔难"；他感知自然万物的意趣，"芦花已飞尽，梅萼初香凝"；他偶尔也会陷入的虚无，以及战胜这种虚无的旷达，"亲历皆成昨，倾城了无痕"，"人生香且甜，心平遂可达"……我发现诗集里最频繁出现的一个字是"旱"，有近二十处之多，"节后懒于新春计，只问旱苗何得雨"，"冬去玉龙飞他家，山川失色旱未涯"……那些诗后面显示的写作时间是他在任县长期间。一枝一叶总关情，那些频繁出现的"旱"字打动了我。

诗的写作年份跨越得比较长，从中可以指认出他的工作履历和一些重要人生经历。看完书稿我好奇地在网上搜索他，发现他的人生非常正点非常酣畅：年少得志，襟抱早开，早早就肩负重要职务。不过对于一个诗人，或者说喜欢舞文弄墨的人来说，很难说这是幸事还是不幸，因为"文章憎命达"。

不过我在他的书稿中并没有感受到他的文字焦虑。他似乎很好地兼顾了政务与诗情的喷发，让它们并行不悖。“世界上有两种文章：一为笔墨文章，是要写在纸上的；一为天下文章，那是大丈夫学得文武艺，货与帝王家，男儿本自重横行，要纵横四海建功立业治国平天下。这篇文章是写在坚实的大地上的。文章千古事。两种文章哪一种写好了，都能够走进历史。笔墨文章以血泪写者为美，天下文章以生命写者为佳。”

这是他的原话。有这样的认识高度，令人感佩。显然，在诗之外，在社会化工作之中，他同样能安放自己。

他在一篇文章里称自己的诗为自由古体诗，这个命名很精当。古体诗，在于它的形式；自由，则是它的精神。他没有为了平仄对仗韵律而对自己的精神表达削足适履，他不在意古体诗那些陈旧的艺术规范，不回避俗字俚语，以自己的书写为古体诗建立新风格，为书写生活和感受寻找自己的情感出口。这应该是对古体诗的发扬光大。他的诗是典型的文人诗，诗里丰赡的用典与意象，显示了他丰厚的文史积淀与人文底蕴。有些诗句对读者来说也意味着不小的挑战，没有一定的文史背景是无法很好解读的。

在书稿最后的一篇文章里，他这样写道：

> 我之所以是我，是因为有古体诗喂养。
>
> 我的自由古体诗用来记录我心灵的欢愉和忧伤，记录不该忘记的那些人、那些事，那些于我个人十分重要的日子。现在，读自己的诗，闭上眼睛，我马上能再现当时的情景。每一首诗都是我生命中凝练出的珍珠，读它们，就好像触摸到了我有质感的过去。即使昨日重现的是痛苦，也已沉淀为美好的怀恋。我希望你能够读出其中的甜味。

这种化苦为甘，希望有人能“读出其中的甜味”的心意，让我觉出了苏东坡式的况味，也是我想拥有的人生态度，我喜欢那种境界。

在书稿的编校过程中，他有些诗词中用到的典故我能识别，有些需要上网查才能获知出处。有几处我看不出来是什么意思，怕文字表达有误，拍下照片发过去问他，他对我一一解释那些语词的由来、出处。经他说明，我暗暗惭愧，为自己的疏浅而汗颜。

最后的书名也是他自己定的，表现了他怀念古典的情怀。总之，在自费出版的书里，他这本书稿质量是相当高的了。书中有段话我觉得很好，后来把它提出来放在封底了：

我写这些诗，常常是因为孤独。柏拉图说："当我孤独的时候，我爱神话。"我认为诗和神话很近。我写这些诗，是因为我渴求宁静。这些诗是我的镇静剂。它让我超越自我，超越时空，超越庸碌和繁杂，与我仰慕的先贤对话，营造出属于自己的自由王国，获得心灵的宁静、平衡、愉悦和尊严。我也因此获得了智慧人生。

五

"我之所以是我，是因为有古体诗喂养。"

这像是他的内心宣言，一个人的自我界定，也是他的文化自信。我相信他是有自己的精神故乡和内心花园的人。这多么好。

秋为他的书写了一篇很用心的序，里面有一段话也很是触动我：我在N市挂职当副县长的时候，有很多寒冷的夜晚，楚都要组织一帮朋友陪我在街头四面透风的破棚子里，吃烤黑鱼吃芝麻叶面条。我把那看作是工作之余、写作之后的休息，话语多是头上一句脚上一句，没有中心。不过，在那看似轻松的解脱里，滋生着一种内生的秩序和紧张，在信马由缰的闲聊中，某些人物正在成长，某些事件正在发生——我后来的好几篇小说都是源自那些水银泻地般的闪光……

破棚子，吃烤鱼，这样的生活细节让我感觉无比亲切，我好像亲历了他们在破棚子里的寒彻与热烈。序里还写到一位他们共同熟悉的省领导，与他们赋诗、和诗。

有这个序已经很好了，但是楚央我再给他写个跋。这要求挺奇怪的。以他的身份，或者依照常规，他完全可以找个更有影响、更有身份地位的人来写。我一个无名编辑，写出来又有什么分量呢？何况对于古体诗，我没任何发言权。

但是他坚持请我来写。我只能把这当作是一种看重与信赖。勉为其难地，我认真打捞了自己内心对他这个人和他文字的感受，用一个周日的时间写了。在跋的最后，我说：

诗是他内心的火，是他感受世界的方式，他始终能诗化地面对世界，因为他信奉切·格瓦拉说过的话：“人不可因为时代的艰辛而失去心中的柔情。”浸淫官场多年，却不曾丧失诗人的情怀与风骨，文字里还有着不曾变节的血性与率真，这是他身上最闪亮最可贵的地方。

我相信，对于一个饱含诗情的人来说，他的执政风格一定会有更多的人文关怀，他的管理一定浸透着更多的人性化。因为他能捕捉和感受更深刻更细微的幸福，也能体察更多的忧患与酸辛。而这，会给予他更多的动力，指引他把那片土地建设得更好。这或许是文学，是诗，之于他的神圣意义。所以他所书写的诗篇，在诗里，也在诗外。

这是我对他的真实感受，也是他那些诗文所引发的我的真实想象。我相信他会是这样的。跋写好之后发给他，问他有无意见。他看后十分赞赏，说非常感动和温暖，很有知音之感。那些文字让他感觉，我们是可以彼此信赖和懂得的人。他一个字都没有让我改动。

到封面设计时，美编做了几种方案，我发给他看，让他选一种。他回复说：一切你来定，我相信你。

他选择放手，既是对自己的解放，也是对对方全然的信赖。我想这是他身为领导已久的领导艺术。对编辑来说，这样的作者最省心了。当然，他越是这样，我越会感觉需要用心把他的书做好。

书稿付印时是在暑期，正赶上印厂有大批量的教材教辅印刷任务，因为要教材教辅优先，所以别的书的印刷周期都大大延长了。他简单地问过我两回何时能见书，有一次发短信，只含蓄地问：成书，大约在冬季？

我频频催促印厂，印厂跟我说了两次出厂时间，我转告他，但印厂都失言了，书还是没按说定的时间印出来，弄得我也很尴尬。告知他，因为别人对我的失信，造成我继而对他的失信，连锁反应。对于这种中国式国情，他表现的是理解包容，没有抱怨一句。

在这期间，他时不时地会把他写的古体诗用短信发来。他在出差、出国途中的内心感触，对某些人事的感慨，某些心灵轨迹，都被他繁衍成诗。很多诗句，都能见出他的情怀、心性、格局，他的内心风景。我猜他可能发给了多位朋友，我大概是他的理想读者之一。

偶尔，我也会就他那些诗作中的某一字词发表不同看法，他或者温和反击，或者不以为意，表现出对自己文字的坚定与自信。这种“文化自信”倒是可爱。写作的人，对自己的文字都会敝帚自珍。他那些五言七言诗作，无疑都经过了他的精心锤炼，自有讲究。后来我便习惯了只欣赏领略，不指手画脚。

书终于印出来了，他第一时间亲自去印厂把书拉走。秋跟我说，楚对书非常满意，非常感谢她给他推荐的编辑。

想到一再拖延的出书时间，我有点惭愧。但是，我也尽力了。

六

那年年底，他来郑州开省人大会，在一个下午，我们又见了一面。

都是不自由的人。这次相见，距他从出书后就说要见我的计划，已过去好几个月了。

我开车去他住的酒店接他。他没有选择坐在副驾驶座，而是坐在后排，传说中最安全的那个座位。他比我想象的更审慎。

那天雾霾很重。我带他到东区很幽静的一个茶馆。要了一份普洱，我们在低回的古筝音乐中闲淡。话题好像涉及工作、心情、业余生活、时间分配。

记得他提到他血糖有点高，接近糖尿病的边缘，所以很多饮食需要注意。这是一个并不轻松的话题，但是他的口气轻淡，好像一切皆不足为虑的样子。

他的黑色皮肤，他的夹克样式的薄棉衣，他整个人的样子和气质，包括身份，让我感觉和我已故的父亲有些相像。我不由地和他说起父亲，也在家乡的那个小城做过父母官，五十多岁时得了糖尿病，六十四岁时正该颐养天年时就走了，倒是我的大伯，一个一字不识、一直生活在乡下种地的农民，现在七十多岁了还很健康地活着，过得逍遥。如果父亲不是官员，可能现在也还健在。说到他诗集里频繁出现的“旱”字，我说我能对那些牵动感同身受。我和他说到我十六七岁时的一个暑假，下了整整一个月的大雨没消停，父亲主管防汛工作，半夜三更时，装在我房间的电话经常惊魂夺魄地响起，我在黑暗中被惊醒，听到父亲疾步走过来接电话，和对方讨论防汛细节。那真是一个忧心忡忡、备受煎熬的夏天。

我们谈到那些，一些共同的命运感好像把我们拉近了。

我们的聊天还是有很多停下来的空隙，可能因为没有多少人生交集。很多事无法深说，也不想浅说。它们稍一被触及，便被搁浅，悬空，犹如一股青烟在眼前飘起，抓不住，但是彼此都能感知。好在，停顿也会有意味。

他说他不久前去香港出差，给我带了个礼物。我想他这么做，是为表达我给他写跋的一个正式的谢意，也是他一直说需要见我的原因。虽然于我，完全不需要这样。那个礼物出自香港一家名店，有点贵重，但完全不是我所需要的。我有点吃力地表达了我不需要这样的意思。但是显然，我的拒收会让他显得没面子，也会让他感觉无以回报，有亏欠人情之感。几番推辞之后，我只好收下了。

聊了大概有一小时，到了我该离开的时间，我得接孩子去了。坐在茶馆里的闲适，于我是很久都没有过的奢侈。临走前我要买单，他说不必，他一个人再坐一会儿。我便毫无心理负担地任他买了。

那件贵重却对我没什么用处的礼物，我一直想把它转送出去。好像送出去，心里便感觉轻松了，也会让这个礼物发挥它的作用。我对一个关系很好的女友说了这事，告诉她，如果她需要送礼，就把这个礼物拿去用。朋友笑说好，但她也一直未用。那个礼物，便一直待在书柜里一个可能永远也不会被触碰的角落。

七

有天晚上他给我发短信，在短信里我们聊了一会，我知道他又来郑州了。那天深夜我独自在家，所以我第一次主动地给他打了一个电话，好像是需要尽点地主之谊。电话里我们表现奔放、随意。都聊了些什么，现在我一句也记不起来了。但是肯定，涉及了一些心灵的秘密，情绪的幽微。我们乒乒乓乓地打趣，说笑，夜色里的气息慢慢热烈。

他说这两天要去异地看望一个朋友，因为朋友的升迁调动。这让我感觉，大家都在生活的奔波之中。不是为这奔波，就是为那奔波。我们都没有说起要见面的事。见面，并不是必需的。

他依旧会隔三岔五地发信息给我，有些是诗，有些是段子，有些是隐约的心绪流露。后来有了微信，就更方便了。他第一个微信名是“灌河少年江湖老”。灌河，是他的生命出处。灌河少年，有点不忘初心的意思。他给我发过不少他在异地出差时的照片。他在海南、在惠州、在深圳、在美国、在澳门、在黄山、在高尔夫球场、在某工地开工现场、在某会议主席台。照片上的他几乎都是带着酒窝的笑脸，写着乾坤朗朗日月昭昭式的爽净。一连发几条信息的时候，我猜是他在开会无聊时的举动。我有时会及时回复，有时过几小时甚至第二天才回，有时压根儿不回，因为感觉都是可回应也可不作回应的信息。

我不想被那些无须回应的信息干扰，便在微信上把他设置为“免打扰”。这样他发来的信息提示不会即时响起，只有在我翻看手机时有个提示信息的小红点。我偶尔也会在无聊的时候，转发些我感觉好玩的东西。有些是心灵鸡汤，有些是励志语录，有些是段子，有些是冷笑话。我们像是彼此的情绪交换站。

有一次，我在某次会议中收到他发来的诗，便把会议现场拍照发给他，会场上有两个人是他熟悉的。他回复：还是那些人，还是那些话，说来说去没意思。

看得真透。这话让我暗暗发笑。有多少事情，多少忙碌，不是这样呢？

偶尔也会互相使坏。比如有一天晚上他发给我一个链接，内容是预测郑州未来最具商业价值和上升潜质的二十四块地盘。临睡前我翻手机时看到，便回道：你要送我哪一块？

他回：送你全世界。

有过那么几回，他和我的交流带着一些轻暧昧、浅暧昧，属于成年男女之间的彼此熟稔、擦边打火。于他这样的男人，对对方释放暧昧，大概意味着对对方的一点适意的恭维，或礼貌性的兴趣，不需要认真。那种暧昧像是一种不浓密也不寡淡的友谊，一种内心趣味的分享，一种平淡生活的调剂，一种交情的表达，一种彼此懂得的窸窣心动。无伤大雅，无须深究。

一个周末的黄昏，我在赴朋友聚会饭局的路上，途经一块长长的青草地，忽然想给他打个电话。鼓起很大勇气才拨过去，但是，没人接。

很好。这个未接的电话，竟让我松了一口气。我并不知道自己要说什么。

第二天和几个同学一起坐车去异地参加毕业二十周年的同学会，在高速路上接到他的电话。他解释说昨天在办公室值班，一晚上都在处理什么事，解释完了问我：怎么了，昨天打电话你想说什么？

我狠狠地说不行了，已经时过境迁了，你没有机会知道了。

他哈哈地笑起来，好像蛮高兴有机会被我这么捉弄一下。

还有一次，在一个星期天上午，我带孩子上完钢琴课出来，路过一家面包店时接到他的电话。他好像也是自称在办公室值班。通电话时孩子闹着要给他买面包吃，我没同意，孩子一直在一边哼唧。我跟他解释是怎么回事，他说，要一个面包有什么，就买给他吃好了。

我说这不早不晚的，现在买了他中午又不好好吃饭了，到下午又闹了。我这一套完全是小时候妈妈对待我们的方式，我希望能以理性镇压住孩子。

他在电话里和我交流教育孩子的心得看法。大意是，不用和孩子在无足轻重的小事上较劲。多吃一块面包，多玩一会游戏，不如爽快答应他了。在这样的小事上消耗斗志和精力，可能得不偿失。抓大放小，才能把精力留在有建设性的事情上。最后他说，如果我们现在教育不了孩子，等孩子走向社会，会有社会教育他的。

他不经意间说出的那些，让我感到了他内心的宽度，看待问题的高度。放下电话，我感觉孩子原来和我哼唧的那些，没那么让人烦恼了。

八

有天早上在上班路上的公交车上，看到他发来的信息：白衬衣蓝裤子，今天我有个大活动！全市第三季度大项目集中开工的主会场设在开发区。我有五个项目同时开工！市主要领导前来举行开工仪式。

这语气好欢快。随同这条信息发来的还有一张图片，是N市手机报早报新闻图片，他和几位领导模样的人站在开工现场，面对一个戴安全帽的人，显然是在听取工地负责人的汇报。几个领导的站姿一样，都是两手交握，垂在腹部，面带微笑。几乎连微笑的尺寸与幅度都是一样的。也只能保持一致吧！下级向上级看齐，不能有任何差池，这是他的生活领域的生态。

那个图片让我想到，他的人生，他所处的位置，不管外人看起来多么风光，多么权力在握，他所享有的自由度还是有限的。

我看着图片上的那些白衬衣蓝裤子。这仿佛少年般的描述，让我想起一句诗的意境：当时年少春衫薄。他们几个人，一字排开地站在一个城市的晨光中，一切都是那么明亮，工地上应该传来隆隆的机器轰鸣声，一切都是晨曦初现般的生机与希望。

我们偶尔分享的就是这些人生片段，内心碎片。一定有更多，是无法分享或者无须分享的。那些信息，都是有一搭没一搭。可以热络地一天好几条，也可以很冷落地一连数月没一条。都不会让关系更近或者更远，增长或者减弱。节假日从不互相祝福致意，但又随时可以无厘头地打扰与分享，那种淡远又会心的关系，大概可以算是精神上的亲友吧。

就是那种对彼此一无所求，没有利益挂碍的关系。所以它有着矿泉水般的纯净，又带着一点轻淡若无的甜。

记得有一次他跟我说，他现在身上全都是正能量，每天都能心怀平和喜悦。

我相信他的状态，那种历经修炼而来的好心态。但我还是写了首口水诗戏谑地讽刺了这种感觉。诗的标题就叫《正能量》：他说/他每天都活于正能量与喜悦之中/每天都是无尽喜乐/我突然/再也不信任他了//我无法信任一个/没有悲伤的人。

我把这首诗发给他看过，和几首别的口水诗混在一起。他有没有从这首诗中认出自己，我不知道。反正我们都不怕对方打击，也可以在对方面前说话百无禁忌。

他的单位有个网站，他出席各种会议的照片经常出现在首页，我去看过几次。我可以想象他每天需要应对的千头万绪。一个地级市的日新月异，各种工业化进程与现代化改造、拆迁、规划、用地，万丈高楼平地起、下岗工人的工资和养老、农民的用地补偿、社会保障、地头蛇黑社会的勾结造次……都是他需要铲平趟过的荆棘和芒刺。在这样的生活里，还能收获那些沉郁顿挫的诗文，那一定是他生活中的吉光片羽。我想他会在那样的书写沉潜中，找到自己目光的制高点。

他一定会在很多会议里，在各种主席台上，在一些即兴发言中，享受到那种出口成章、引经据典的快意，享受一种文采飞扬、激扬文字的心理优越。这会使他从那些用语庸常、不善用典的领导官员里跳脱出来，如光如电。

九

有天晚上突然收到一个陌生号码的短信，说这是他新手机号，请惠存，感谢各位领导亲友的关照和帮助的云云。显然是条群发信息。

我这才想起，我们失联大概有一年多了。失联的原因是有次我给他发了一个什么，最后一句是问句，需要他作答的，他没有回，我就把他删了。我没有存他发来的那个新号，因为感觉我不会再主动给他打电话了，我们的生活应该不会再有任何交集。不过我还是在一小时后礼貌性地回复了他，他马上重新加了我的微信。他的新微信名不再是“灌河少年”了。从此，我们就躺在对方的朋友圈里。

我朋友圈里有职务的人，名字下面几乎都是一片空白，不发任何朋友圈的。偶尔极为节制地发一条分享链接，就算是有声息的了，难见一个原创文字。唯恐暴露自己的心声，大概是所有官场中人的统一标识。而这个新微信号后面的楚，居然经常发朋友圈，有时还会发原创的大段文字。亮明观点，臧否时事的那种。时常能让人感受到他文字后面的一腔热血，满纸烟岚。有言说的欲望，并且敢于言说，他的状态应该还不错。

十

有一天我在朋友圈里转发介绍我们社出的一套历史小说的公号文章。那套书得过大奖，影响很好。楚很快在下面留言说，想买一套，在哪里能买到。

各大网店都能买到，方便得很。但是我估计他不会，没有注册没绑定银行卡什么的，网购不了。为避免彼此麻烦，我说我送你吧，把地址发来。我就自己在单位买了，快递给了他。

我喜欢朋友之间彼此一无所求的关系，喜欢那种特别干净和坦荡的感觉。

但是，我有过一次向楚开口。唯一的一次，是试探性地问他。不是为自己，是为工作。

单位出了一套大书，定价很高，内容很主旋律，但是部头太大，很难有市场发行，印出来后有了积压。为减少库存，领导要求每人卖出一套。有很多回我都想过问问楚，他应该可以让某个单位买一套书，这对他来说该不是难事。但又觉得这么做有损我们纯正的关系，难以开口。在任务的最后截止日期就要到来之际，在一个冗长的会议上，我想和他说说试试吧，被拒绝也没什么。鼓起勇气给他发了条微信，向他介绍了这套书的情况，最后说，你那边能买就买，不好买也别为难。

他回复说，不想买。

我赶紧回复说，好，别为难。

他没有一口答应下来，让我为自己的贸然开口感觉有点害臊，又为他这样的选择感觉难得和可贵。这说明他是个对自己单位负责任的人。我凭什么，为了自己单位的事，而把负担转嫁于别人单位呢？

被拒绝的悻然感与自嘲的快感在心里交织。除了对他，我对别的所有可能帮忙卖书的人都没再开口。最终，我也没有推销出去那套书。

后来，有一阵我接连发了几次关于一本笺谱日历的广告，他主动联系我，说要买一些发给单位同事。我相信那是他确实喜欢的东西，而且书的品质正合他的心性。很快有他的一个下属联系我买书。

十一

但是现在，他居然，也会，出事了。

他看起来那么明彻，一个身体里住着李白、杜甫，住着王维、苏东坡，住着孔子和老庄，住着王安石、张居正的人，应该样样不缺的人，怎么也会犯低级错误？

坦白说，这个消息，让我对他不是失望，而是惊愕，是深深的意外。难过吗？有一点，但是并不强烈和尖锐。毕竟他并非我的亲人，也没有过深刻的同甘共苦，我们并不交厚。有过一鳞半爪言语字词上的亲密，似乎也随时可以随风飘散。但是，我想象着他那样一个看起来干净明彻的人，多年被诗净化过、排毒过的人被抓进去，我还是会有一种下坠的痛感。我想象着，曾经万人之上，生活于鲜花与掌声之中的他，突然跌落，人生骤然失重。正值盛年，一个人政治生命的完结，可能意味着人生的总体崩塌，一片无法复原的黑暗。他还如何站立起来？

是什么让他走到这一步？是面对诱惑的一念之差，跌入覆水难收的人生黑洞，还是心怀侥幸，被人牵着鼻子走而愈陷愈深积重难返？

上网去搜有关他的消息。一个公众人物，在网上的一切几乎都是透明的。有一个帖子写得很详细：一房地产商为一地产项目的规划审批、土地出让权，向楚和另外一个关键人物各行贿一百万，这块地成功拿下来了；几年后房地产商因为涉黑并涉入一桩命案而被举报上访至国家信访局，一切东窗事发……帖子很长，时间、地点、人物、各种证据和人证、细节样样清楚，不像是假的，而且有可信的大网站转发了。

帖子上显示一百万事件发生的时间，是2014年1月。而他那本书的出版时间，是在2013年10月。

收了这一百万之后，他每个夜晚都能睡安稳吗？他的诗心，依然如故吗？他写的诗，笔力不变吗？

严重违纪违法，这一句新闻爆料只是高度简化的扁平事实，多少复杂的具象被抽空。没有复杂多侧面的维度支撑起来的事实，像一具骷髅，没有血肉，不见心魂。人在选择迈出那一步之前的犹疑挣扎，内心冲撞，人在那前后有过的一万种善与奉献，一念之差的失误与痛心，可法律不考量这些。

想起诗人马新朝的诗《人啊》："人啊，你平静的体内是一个飞沙走石的多事之地//……人啊，即使日常中的一分钟，一小时，或是一天/也都是奇迹，只是微小的沙粒与风的搏斗/不会留下印痕//……只是这些满地的落英和带血的花瓣/被你自己忽略。"

行贿人是个惹不起的地头蛇，楚根本得罪不起也无法得罪，所以只能选择和这样的人"精诚合作"？

那家公司做房地产多年，资历很深，经验丰富，交给其开发可能比交给别的公司开发还牢靠些，所以楚就把自己的权限向他那边偏颇了？

楚收下那笔巨款后本想找到合适的机会把钱再交出去，但是一天天忙碌，什么事也没有，他就心怀侥幸地按住不表了？

……

这都只是我的想象与揣测。

不管是怎样的前因，在铁的事实和冷酷的结果面前都毫无意义，于事无补。但是我还是想象着那些，仿佛那是我与他共存过的一小片世界。那个世界曾经柔软，光亮，温热可触。

他应该只有这个一百万事件，不会再被进一步爆出家有房产几十套，情人二奶多个，贪污腐败数千万吧？那不会是他。那不该是他。他总该是不一样的。我一厢情愿地这么想。

我又翻出他那本诗集，纸的质感与文字的温度还在，他当年的心跳也还在那些字句间跳跃。我想从中感受他的上升与不可能滑落的心迹。

又翻了翻手机，淘汰不用的旧手机上还存有他某天发来的诗《今日随感》，因为觉得好，而一直没有删：“心念风云史/耳飘好了歌/贫贱皆可忍/富贵都成昨/人算不如天/万事藏因果/快哉无恩仇/托体共山阿。”

我在那天回复他的，是网上看到的一段话：“好的人生就是这么回事儿吧，这一边，荷尔蒙、虚荣和欲望，宛如烈火，至死燃烧；那一边，悲悯、善与爱，人格修行，也可以永无止境。”

我把那段话发给他，好像那是我们定然会有的共鸣与境地。

我等待着微信朋友圈里，他的头像哪一天再次闪亮起来。

选自《天涯》2019年第3期

评鉴与感悟

碎碎写得隐忍。说是几段男女泛泛的交往，某些闲聊时刻，也经不住暧昧，让人走神。权欲会怎样考验人的心性？这不是她探究的目的。她努力想象，揣测，其实也是在甄别，试图理解文字背后的那个人。

辑三

“无人共话小川町”

/朱航满

一

周作人在《药味集》的序言中写道：“拙文貌似闲适，往往误人，唯一二旧友知其苦味，废名昔日文中约略说及，近见日本友人议论拙文，谓有时读之颇感苦闷，鄙人甚感其言。”因周氏的集子至今尚无人作注，我辈读来只能知其意味罢了。诸如这里提及的日本友人，则是未能知道其具体高论。但周氏谈及的废名昔日的文章，则是可见后人所编的《废名文集》的，略加翻阅，想来应是废名所作的一篇《关于派别》，其中就有论及周作人文章的高妙之处。废名在这篇文章中将周作人的散文与陶渊明的诗和公安派的小品文进行比较：“文章有三种，一种是陶诗，不隔的，他自己知道；一种如知堂先生的散文，隔的，也自己知道；还有一种如公安派，文采多优，性灵溢露，写时自己未必知道。我们读者如何知之？知之于其笔调。”废名这里所言的这种“隔”，乃是隐约其间的意思，故而我们读周作人的文章，是需要审慎体会这种“隔”的妙处的。废名在文章中还谈论说：“若散文则不然，具散文心性的人，不是从表现自己得快乐，他像一个教育家，循循善诱人，他说这句话并非他自己的意思非这句话不可，虽然这句话也就是他的意思。”

虽然周作人说废名的文章乃是“约略提及”，但在周作人的弟子之中，也算难得的“解人”了，故而周作人也独对废名别有青睐。废名在文章中谈到了周作人文章的“隔”的美学追求，但同时也特别能够理解周作人面对中国社会的“苦闷”处境，故而也才有这样的一番感慨：“我们生在今日之中国，去孔子又三千年矣，社会罪孽太重，于文明人类本有的野蛮而外，还不晓得有许多石头压着我们，道学家、八股思想、家族制度，等等，我们要翻身很得挣扎。名誉、权利、爱情，本身应该是有益的东西，有许多事业应该从这里来发生出来，在中国则是一个变态，几乎这些东西都是坏事的。”这是废名对于周作人作文之“苦”的另一番理解。周作人在序文中写道的“唯一二旧友知其苦味”，则是其在北京“苦雨斋”中孤苦无伴的一种凄凉心境的流露。尽管此时周作人表面上光鲜无比，但友朋的离去和故去，以至于有了一种“弦断无人听”的苦闷，于是也才有了他在序言中的这番牢骚。由此再来读周作人的这册《药味集》，便不能不对其中的几篇怀念故人旧友的文章倍加重视，诸如《关于范爱农》《玄同纪念》和《记蔡孑民先生的事》。

《玄同纪念》一篇，可谓最为动人也。其中简略谈及他与钱玄同的交往，特别写及这位故人离世后，他曾到钱斋进行吊奠，并送去了挽联一副，内容为：“戏语竟成真，何日得见道山记。同游今散尽，无人共话小川町。”此中饱含很多的深情，追记往事，令人低回，但也流露出一种丧失知己的悲怆，可谓是由死者而伤及生者之孤苦处境也，颇有乡人在亲人死去后的哭丧，“你可叫我怎么办呀”？只是周作人写得分外克制。黄裳对于周作人的这篇文章也是极为称道的，一九四二年八月他在《古今》月刊上以“默庵”为笔名，刊发文章《读知堂文偶记》，其中这样写道：“作者曾写纪念旧友的文章不少。有志摩、隅卿、鲁迅、品青、玄同诸人，在我看来，就中以《玄同纪念》一文最为沉痛，这沉痛并不是说在表面上如何如何，只是寂寞地记述彼此的友情，于是就更可以看出知己的可贵来，而那悲哀却是力透纸背的。”一九四六年黄裳还在《大公晚报》上刊发过一篇《更谈周作人》，此时周氏已按罪被捕，黄裳对其的态度也是大加嘲讽，但独对这篇《玄同纪念》，还是多有称赞的：“四年前在《燕京学报》上读到了他的《玄同纪念》，觉得非常好，觉得这是他的文章的巅顶，曾经与一位朋友反复赞叹。”

黄裳对于周作人的文章极为佩服，但对于其落水一事，则是大加嘲弄，十分痛心，其心情可谓十分复杂，很有些“卿本佳人，奈何做贼”的遗憾。在这篇《更谈周作人》中，黄裳谈及周作人对于知己难觅的苦闷心境的刻画，以为达到了极高的水准。周氏在其写给钱玄同的挽联后，曾各写有一段小注，上句为：“前屡传君归道山，曾戏语之日，道山何在，无人能说，君既曾游，大可作记以示来者。君殁之前二日有信来，复信中又复提及，唯寄到时君已不及见矣。”下句为：“余识君在戊申岁，其时尚号德潜，共从太炎先生听讲《说文解字》，每星期日集新小川町民报社。同学中龚宝铨、朱宗莱、家兄树人均先殁，朱希祖、许寿裳现在川陕，留北平者唯余与玄同而已。每来谈常及尔时出民报社之人物，窃有开天遗事之感，今并此绝响矣。”这后一句，可谓道尽了周作人孤苦无伴的凄凉心境。黄裳对于这一句也是倍加称赞：“这是多么沉痛的话，有许多地方，真是不敢回忆，好像是一块脱皮的血肉，用火酒搽上去的那种味道一样。我自己常有这种经验，深切地明白为什么一个人独坐空房会突然跳起来，这种情感的激动盖非假事而是的确的。晋阮籍遭父丧饮酒食肉不辍而一恸辄呕血数升，其不为普通人所了解，岂不是当然的么?”

黄裳后来还曾写过一篇《老虎桥边看“知堂”》，记他访问正羁押在狱中的周作人，其中多有嘲弄之处，可见其“破坏偶像”的快感，但他同时又在文章中写到自己的“不能免俗”，向周作人索要诗句，乃至在文章《更谈周作人》中，更是笔锋一转，谈及自己对于周作人在文章中的弦外之音，也是有一番婉转的暗示：“这一点我很明白了，也能加以欣赏。”《药味集》中的另外两篇关于范爱农和蔡元培的纪念文章，其实也应是大有意味的。蔡元培是周作人的同乡，也是周作人的师辈，对于其多有栽培，可以算作是忘年交了。文章中写其曾作自寿诗打油，不但蔡先生有和诗，且用了真名，蔡先生当时年已古稀，但和诗却是“游戏之中自有谨厚之气”，令其颇多感慨。周作人作自寿诗曾引起一场风波，批判之声不绝于耳，但蔡元培的和诗，自是可令身在旋涡中的周氏感到温暖的。再如《关于范爱农》一篇，表面是纪念故人范爱农，但全篇却是追忆其兄鲁迅与范爱农的交往的，而作此文之时，鲁迅去世已两年矣。联系在《玄同纪念》中，周作人也提及一起在东京听章太炎课程的同学之中，多已离世，可谓“呼朋半为鬼”，其中便列了鲁迅之名，由此或许可以推测，周作人作这篇《关于范爱农》，实际上是借纪念范爱农来怀念鲁迅的。

《药味集》由北平新民印书馆一九四二年三月出版，收文二十一篇，多系一九三七年到一九三九年之间所作。此时的周作人应该算是生活比较平静的，唯有因抗战而起所造成的友朋离散，以及由此而起的对于世事理解的分歧态度，自然会引起他内心的苦闷之感。周作人在北平“苦雨斋”中想念故人，也思念故物。《药味集》中除了三篇关于故人的文章外，尚有多篇读书笔记和关于故乡风俗的文章，特别是《禹迹寺》《卖糖》《撒豆》《上坟船》《缘日》《蚊虫药》《炒栗子》《野草的俗名》等文章，乃是体现了他此一时期的追求。周作人在《缘日》中对于他作此类文章有一个解释：“要了解一国民的文化，特别是外国的，我觉得如单从表面去看，那是无益的事，须得着眼于其情感生活，能够了解几分对于自然与人生的态度，这才可以稍有所得。从前我常想从文学美术去窥见一国的文化大略，结局是徒劳而无功，后始醒悟，自呼愚人不止，懊悔无及，如要卷土重来，非从民俗学入手不可。古今文学美术之菁华，总是一时的少数的表现，持与现实对照，往往不独不能疏通证明，或者反有抵牾亦未可知，如以礼仪风俗为中心，求得其自然与人生观，更进而了解其宗教情绪，那么这便有了六七分光，对于这国的事情可以有懂得的希望了。”

在这些关于故乡风俗的文章中，《炒栗子》最得人们的称赞。这篇文章虽不足两千字，周作人却先后引证了《合肥学舍札记》《画屏斋稿》《陔余丛考》《晒书堂笔录》《东京梦华录》《汴京竹枝词》《嘉泰会稽志》等诸多少人所关注的笔记，而因为其中一则笔记中又摘引了陆放翁的《老学庵笔记》，周作人便不再摘引，另还有一册《紫幢轩集》则是一时没有找见。显然可见的是，这是一篇典型的“文抄公”的随笔文章，全文几乎便是由引证各书的笔记掌故串联起来的，但细细读来，却愈发感到一种趣味和幽情，显示出摘抄者十分深厚的功力和独特的眼光。更令人读之感怀的是，这篇文章中所征引的笔记典故，则很能见出作者的一种凄凉苦闷的心境。诸如他征引《晒书堂笔记》中关于“炒栗子”的一则笔记，先是详写吃栗子和炒栗子的趣味，令人读之神往，随后则又提及一段掌故：“故都李和儿炒栗名闻四方，他人百计效之，终不可及。绍兴中陈福公及钱上阁出使虏庭，至燕山忽有两人持炒栗各十裹来献，三节人亦人得一裹，自赞曰‘李和儿’也，挥涕而去。”此写宋人的江山陷落之痛，却以“炒栗子”来写，可谓高妙矣。周作人对此也作诗一首，其中有：“燕山柳色太凄迷，话到家园一泪垂，长向行人供炒栗，伤心最是李和儿。”

二

《苦口甘口》由上海太平书局一九四四年十月出版，系周作人晚期散文集之一。其中文章多作于一九四三年九月到一九四四年八月，此期间，周作人已被免去了伪政府的职务，虽然又加冕了一些无关紧要的闲职，但显然已身处边缘地位了。此一时期还有一个特点，便是抗日战争已经进入了攻坚阶段，日本在中国战场上节节败退，这些情况对于周作人来说不能不说没有影响。止庵在《苦口甘口》的校订新版前言中认为：“从《苦口甘口》起，周氏进入一个‘总结时期’。”这是一个非常具有眼光的判断，但止庵的依据则是收入《苦口甘口》中的一篇回忆读书生涯的长文《我的杂学》，其实读完这册集子，便不难发现，周氏借助读书这个事情，写了一系列的文章。起初我先是读完《我的杂学》，很不明白周氏何不将这篇长文置于篇首，以示重要，或者在目录中列出其中二十节的小标题，这个做法之前他就多有作为，后来在写作《知堂回想录》时，他便重新拟定了标题。待真正读完全书，发现除此篇之外，其他的一些文章似乎更为重要。

周作人集中谈过草木虫鱼，谈过妇女儿童问题，谈过风俗名物，谈过故人旧籍，但这一次，他集中所谈的则是读书这个事情。这其中有些关于读书的观点，乃是他一以贯之的，但这次，则更为集中，也更为清晰。在文章《苦口甘口》中，周作人对于年轻人欲从事文学而提供了一些自己的意见，其一他认为从事文学先要有兴趣，最好不可将其作为职业来对待；其二则是成为文学家并不容易，而关键则是“先造成个人，能写作有思想的文人，别的一切都是其次”；其三是须略了解中国文学的传统，在他看来：“现在只就中国文学来说，这里边思想的分子很是重要，文学里的东西不外物理人情，假如不是在这里有点理解，下余的只是词句，虽是写得华美，有如一套绣花枕头，外面好看而已。”进而他建议青年人要多读外国的作品，甚至要多读一些外国名家的作品，“因为外国文学作品的好丑我们不能懂得"，他把自己的这些建议称之为"老婆心的废话"。热心青年本希望能够听到他的热情鼓励，但没想到被泼了一盆冷水。周氏认为这些"逆耳"的话，"是不大咽得下去的"，故而他将此称之为"苦口"，意思不外是良药苦口这个俗语。

在《文艺复兴之梦》中，周作人举例了欧洲的文学复兴、日本的明治维新和中国的新文化运动之区别，认为中国的新文化运动之局限在于文艺，"只有若干文人出来嚷嚷，别的各方面没有什么动静，完全是孤立偏枯的状态"，而其原因则是中国接受的影响来自强邻列国，其中不乏文化侵略和"国旗的影子"，而欧洲文艺复兴和日本的明治维新，则是接受"国际公产"的影响，其关键是以人间本位为主，而中国所接受的许多外国思想，本身就处于"混乱时期，思想复杂，各走极端，欲加采择，苦于无所适从"。针对这种状态，周作人在文章中呼吁，"我们希望中国文艺复兴是整个的，就是在学术文艺各方面都有发展，成为一个分工合作，殊途同归的大运动"。对于中国的文化传统，虽然"不易变动"，"但明显的缺点亦不可不力求克服"，而对于外国的文化，周作人建议"应溯流寻源，不仅以现代为足，直寻求其古典的根源而接受之，又不仅以一国为足，多学习数种外国语，适宜的加以采择，务求深广，依存之弊可去矣"。这些言论，不可不说是极为冷静而又深刻的，而他给文化人的建议，也是堪为苦口婆心的。

周作人一生倾心于散文随笔，对于小说除了早年有所涉猎之外，他始终保持有警惕之心。特别是对于中国小说，包括《红楼梦》在内，他多有不以为然之处。《论小说的教育》这篇文章，系他针对吴渔川口述的《庚子西狩丛谈》中论及民智未开，应以改良小说来促进的办法，予以认真的批驳。与《文艺复兴之梦》有所类似之处，周作人先是批评了中国人不能将小说演义与正经历史分开，由此造成很多思想上的混乱。诸如老百姓不读史只读演义，而士人读史却也亦只信演义，"其见识结果与百姓一样，但白读了许多书而已"。故而在文章中，他认为小说并非不可以读，"且并非不可用于教育，只要用得其道，简单地说就是当作小说去看"。而对于读书人来说，"不过在于使士大夫知道正当读书之法，即是史当作史读，小说当作小说看而已，别无其他巧妙"。

周作人对于年轻人的劝告，由此可见他不建议只读文学书，更不建议只读小说，因为这些内容，对于培养一个健全而有思想的人是不大有效的，故而他甚至在文章中建议："须是中学教得好，普通科学皆能活用，尝试即以完备，再予以读书之指导，对于古今传承的话知其取舍，便可成功了。"再如文章《女子与读书》，他评价日本作家谢野晶子的随感集中关于读书的言论，"觉得很可佩服"，随后又大段引用其谈读书的相关议论，与周氏的观点可谓不谋而合，"哲学、心理学、历史、动植物学，这些书可以补这方面所缺的智识，养成缜密的观察与精确的判断力，于今后的妇人至关重要"。"假如一面读着可以磨炼理性，养成深锐的判断力的书籍，再去读软性的文学书，就会觉得普通甜俗的小说有点儿无聊，读不下去了，因此对于有高尚趣味的文学书加以注意，自能养成温雅的情绪。"在《灯下读书论》中，周作人又进而一步，认为在读书有趣和有利的两派之外，他认为"可以说是为自己的教养而读书吧"。这种读书的态度，"既无什么利益，也没有多大的快乐，所得到的只是一点知识，而知识也就是苦，至少知识总是有点苦味的"。

由此来纵观周作人在《苦口甘口》中多篇与读书有关的文章，其核心乃是希望给读书人提供一些真诚的参考，第一是读书应务求深求广，第二是读书要有所采择，第三是读书不应太过功利。这些读书要求和方法的提出，都是他对于建立一个真正的个人的期待。而这些读书的方法，便是他认为的培养和创造人。在《灯下读书论》中，他甚至重提一篇旧文《伟大的捕风》中的观点，以为应不计功利地去读书和追查那些所谓"虚空"的事情的来龙去脉，而这些才是真正的"伟大的捕风"。这样来看，我们就不难理解在《苦口甘口》中，周作人为何并没有太过重视他的那篇长文《我的杂学》。如果上述几篇文章可以称之为他对于读书的观念和思考，那么《我的杂学》则可以看作周氏的一份书单或者现身说法而已。在文章中，他认为这篇长达两万余字的长文，"仿佛招供似的文章"，其目的也无外乎是为了表达自己的一个观点，便也是他曾反复多次唠叨过的："中国现今紧要的事有两件，一是伦理之自然化，二是道义之事功化。前者是根据现代人类的知识调整中国固有的思想，后者是实践自己所有的理想适应中国现在的需要，都是必要的事。"

当然，长文《我的杂学》很好地体现了周作人的这个意图，特别是对于“伦理之自然化”这一点上。在回顾自己大半生的读书生涯中，始终贯穿着自己对于健全人的思想的一种追求，他先后谈及了涉猎中国古典文学、民俗学、医学、佛经、童谣、性学、神话学、人类学、日本书等领域的心得，可谓洋洋大观，但细细读来，中国他最为佩服的却只有王充、李贽、俞正燮三人，并认为他们是“中国思想界之三盏灯火，虽然是辽远微弱，在后人却是贵重的引路的标识”，这是因为“他们未尝不知道多说真话的危险，只因通达物理人情，对于世间许多事情的错误不实看得清楚，忍不住要说，结果是不讨好，却也不在乎，这种爱真理的态度是最可宝贵，学术思想的前进就靠此力量，只可惜在中国历史上不太多见耳”。蔼理斯则是周作人最为佩服的另外一位思想者，他曾多次作文介绍，在《我的杂学》中又予以推介，而他最为佩服的则是蔼理斯的人生观，以为其著作乃是紧密的研究，而蔼理斯的“宽广的眼光”和“深厚的思想”，“实在是极不易再得”，进而他说自己研究中国妇女问题，便是由此而发，这或许正也是他颇为自得的一件“道义之事功化”的例证吧。

三

《知堂回想录》是周作人的最后一部著作。周作人生前对于这部书的出版，看得甚重，但老人生前最终没有见到此书的出版。作为周作人对于一生的回忆，这本书回顾了自己一生中自认为重要的人和事，诸如“北大感旧录”系列，谈的是他在北大任教时的同事；再如“我的工作”系列，则是谈他晚年翻译希腊神话的事情；而最后的“拾遗”系列，其实就是他曾刊载于《古今》杂志上的《我的杂学》系列，乃是回顾他的读书生涯的；再如谈故乡往事、南京求学、日本经历、辛亥革命、五四记忆，等等，都是浓墨重彩，可以看出周作人对于自己一生回顾的取舍所在。但既然谈往事，除了被世人所公认的这些事情，周作人还面临着两个难题，即他与鲁迅关系的破裂和他的出任日伪职务。可以说，这两个难题，不但是一直以来学界所甚为关注的问题，而且也是周氏撰写这本回忆录所面临的难题，这两个难题处理得好不好，直接决定着这本著作的质量和口碑。

关于撰写这册回忆录，乃是周作人应曹聚仁的提议而作，起先是在香港的《今晚报》上连载，但随即终止，后又在香港的《海光文艺》杂志上开始连载，旋即又终止，最终经曹聚仁周旋，得以在新加坡的《南洋商报》上连载十个月而完，并辗转以香港三育图书文具公司的名义出版。周作人最初答应写稿，或许有卖稿谋食的现实因素，但一经动笔，便并不全然如此了。在一九六〇年十二月九日的日记中，周氏写道："拟写《药堂谈往》寄于聚仁，应《新晚报》之招，粗有纲目，拟写至五四为止。"可以看出，周氏最初写这本书，只是打算写到五四为止，而他所面临的这两个难题，则是不涉及的，最后他却是将自己的一生全部写来，而且是娓娓道来。那么，对于这两个难题，周作人的应对态度如何，则也完全呈现了出来，便是此书中谈及的"不辩解"和"不说"。想来在写作这本《知堂回想录》的过程中，周作人也是深思熟虑的，待这两个困难越过去了，一切也就都好办了。

在此书写及与鲁迅的破裂之事时，周作人先是抄了他在一九四〇年五月所写的一篇文章《辩解》。这篇文章写得非常机智，用周作人的话来说，便是"那时只为写一种感想，成功一篇文章，需要些作料，这里边的杨恽嵇康，梭格拉底以及林武师，其实都是宵馔的'垫底'，至于表面的'矅头'，实在只是倪元镇这一点"。由此可见，周作人对于作文章还是清醒的。此处提及的倪元镇，乃是周氏在文章中引《东山谈苑》卷七的一则笔记："倪元镇为张士信所窘辱，绝口不言，或问之，元镇曰，一说便俗。"周作人进而解释说："此所谓俗，本来虽是与雅对立，在这里的意思当稍有不同，略如吾乡方言里的'魇'字吧，勉强用普通话来解说，恐怕只能说不懂事、不漂亮。"周作人的意思其实是说，对于一些需要辩解的事情，即使是按照民间的"说开"了，但是因社会上已经有了定论，这种辩解便是徒劳，且"平常人见了不会得同情，或者反觉可笑亦未可知，所以这种声明也多归无用"。对于这个关于倪云林的笔记，周作人谈过多次。

对于出任日伪的职务，则有《从不说话到说话》一节，也是他的态度的表达。关于出任伪职，他在简要阐述之后，有此议论："不过这些在敌伪时期所做的事，我不想这里来写，因为这些事本是人所共知，若是由我来记述，难免有近似辩解的文句，但是我是主张不辩解主义的，所以觉得不很合适。"接着他在文章中有写及歌德曾把自传名之为《诗与真实》，意思是说有些客观的真实可以通过个人的想象来叙述，从而成为一种艺术品供人鉴赏，但周氏对此是不能同意的。他的意见是和写作《鲁迅的故家》一个样子，“只做事实来报道，没有加入丝毫的虚构，除了因年代久远而生的有些遗忘和脱漏，那是不能免的，若是添加润色则是绝对没有的事”。而他对于文章的态度，“只是同平常写信一样，希望做到琐屑平凡得如面谈罢了。”随后周氏又再次引用了他在前面已经引用过的倪云林的那段笔记，同时又提及自己在敌伪时期曾写过“不少文章”，而且自认为是“多是有积极意义的，虽然我相信教训之无用，文字之无力，但在那时候觉得在水面上也只有这一条稻草可抓了”。

周作人此处谈及的《诗与真》一段，也是非常关键的。试想如果他在这些举世关注的问题上稍有闪失，那么他在其他方面取得成绩的记叙也便是很值得怀疑，更何况他提及在“落水”之后所写的那些自认为有“积极意义的”文章了。由此可见，虽然周氏没有直接来写他在日伪期间的具体经过和相关事情，其实也是没有什么可说的，但他的这个态度乃至声明，真可以说是非常高明的。关于这两个问题，读者最为关心，也可能是读了后最为失望的地方，而我读后，则也是最为佩服的了。止庵在校订《知堂回想录》的前言中说这册回忆录的写作风格：“大致仍旧遵循一已惯常路数，行文风格亦是典型的‘知堂体’，即系‘写话’而非‘作文’，平淡而亲切，态度始终相当克制从容。”诸如谈及他与鲁迅的冲突，乃是“不辩解”，在谈及鲁迅后来对他的诸多关心，则也是表示出一种无可奈何的态度，“我也是痛惜这种断绝，可是有什么办法呢，人总只有人的力量。”周作人的这种态度，可以说是克制，也可以说是一种隐晦的坚决态度，故而又说：“我很自幸能够不俗，对于鲁迅研究供给了两种资料，也可以说对得起他的了。”

不过，在周作人的这本回忆录中，也有两处记叙，在我看来乃是很动情的，没有很好地做到“克制从容”。一处为文章《三一八》中记叙一九二六年三月十八日下午所发生的惨案，周作人深情地回忆了那天他所见到的悲惨情景：“我从东单牌楼往北走，一路上就遇着好些轻伤的人，坐在车上流着血，前往医院里去。第二天真相逐渐明了，那天下着小雪，铁狮子广场上还躺着好些尸体，身上盖着一层薄雪，有朋友目击这惨象的，说起三一八来便不能忘记那个雪景。”这一段描述乃是如纪录片一般，看似凝重但极为抒情，这个闲笔实在是高妙，在周氏的记述中也是不多见的。关于

“三一八事件”，鲁迅曾写过《纪念刘和珍君》，纪念和追悼在这次惨案中牺牲的多位女学生，且已经成了名篇；而周作人写这篇文章，不但要记录他所见到的情景，而且也特别强调当时也曾作过一篇文章《新中国的女子》，且时间比鲁迅要早一天，其中引用了日本的《北京周报》上的报道经过和两则社论，都是赞誉“中国女子的大胆与从容”。这其中的意思，可以说是颇为曲折的。

另一处较为动情之处，乃是在《北大感旧录》系列中，有一篇回忆胡适的文章。在此文中他回忆了自己与胡适的交往之后，又特意在文末补充了一件小事，读来却颇有意味。周氏回忆说他曾翻译过一册《希腊拟曲》，“实在是很严重的工作”，“费力费时光”，最后在胡适的“激励”下，总算是翻译完成，“这是很可喜的”。书稿《希腊拟曲》完成后，交给胡适之主持的文化基金董事会的编译委员会，并且给了他十元一千字的报酬。很多年后，他还感叹说是自己所得的最高价了。这册译稿所得稿费计有四百元，由他在西郊的板井村买了一块坟地，有二亩地的地面，而他只用了其中的三百六十元，便买了下来，可见稿费之高。所购的那块坟地，还包括有坟地后面的三间瓦屋，对此他特别写道：“但是后来没有人住，所以倒塌了；新种的柏树过了三十多年，已经成林了。那里葬着我们的次女若子，侄儿丰二，最后还有先母鲁老太太，也安息在那里，那地方至今还好好的存在，便是我的力气总算不是白花了，这是我觉得深可庆幸的事情。”

关于这个看似闲笔的细节，其实也是大有文章的，至少在我看来应是如此。其时，胡适在大陆可谓臭名昭著，而周氏在听说了胡适之在台湾去世的消息后，便作了这篇感旧文章，不但没有按照流行的语调进行评判，而且多有感念之情；其次则是关于这块坟地的用处，周氏谈及的侄儿丰二和先母鲁老太太，其实乃也暗含世人对于他的批评的不满，因为前者乃是其弟周建人的儿子，而后者则是他们兄弟三人的母亲，但坟地却是早在很多年之前便已经买下来的。周作人的文章往往比较温婉，即使有所意见，也常常表达得比较曲折，后人只能细细读来，才能感受其中的一些微意，这些应该可以看作是一种不辩解的“辩解”。而更为关键的还有一点，周氏写作此文时，已经将近八旬的高龄，可谓已经走到了人生的边缘，他是不会不想到自己身后之事的。然而遗憾的是，周作人死于“文革”开始的一九六七年，不但没有得到安葬，而且连骨灰也都没有保留下来。

我读《知堂回想录》，其实也没有多少新意要来表达。只是最近在旧网上订购了一册湖南人民出版社一九八二年一月出版的《周作人回忆录》，又将此书粗翻了一遍，发觉这本书乃是根据香港三育图书文具公司的版本印刷的，只是将书名改成了《回忆录》。此书附录了一篇曹聚仁的《校读小记》，乃是后来一些版本不曾收录的。曹聚仁对于周作人撰写回忆录居功至伟，但他在这篇《小记》中却写了这样一段话："此稿，正如老人所再三说的，乃是我所建议，却是罗兄所大力成全的，我不敢贸然居功。"这里的"罗兄"，即系著名报人罗孚。恰好手边有罗孚的一册《北京十年》，其中有一辑文章名为"我所知道的周作人"，对于周作人的疑案多有剖析，甚至是辩解，读后大开眼界；但我关注的还是其中一篇《苦雨斋访周作人》，其中写他因喜爱周作人的文章，一九六三年曾在朋友的帮助下访问过一次周作人，并于一年后在其主持的香港左派报纸《新晚报》上连载其回忆录，但仅一个月就终止了，"那是中宣部通知香港的领导，不能继续这样刊登周作人的文章"。

之所以在谈《知堂回想录》后，又提及这个话题，或许可以看出周作人的影响力。虽然表面上人人喊打，但喜爱他的文章者依然很多，诸如罗孚这样做着党的地下工作的文人，却也是深为喜爱的。罗孚虽然没有在他主持的《新晚报》上连载完周作人的回忆录，但他还是保存了一份名为《药堂谈往》的手稿，后来他又将这份手稿捐献给了北京的现代文学馆，可谓又一功勋。周作人对于罗孚或许是有影响的，而且应该还不仅仅只是在文学一事上。罗孚一九四八年入党，在香港工作时还兼为中共情报部门效力，为香港、台湾以及北美文化界的统战工作做了很多事情，但晚年却因故被限制居京长达十一年时间，这其间他化名"史林安"，拥有有限的自由，并在业余写写文章，且结集为一册《北京十年》。对于为何被限制在京十余年时间，罗孚在自己的著述中从未写及，对他的朋友也从未谈及过。这其中自然有某些忌讳和纪律要求的原因，但能够做到一点不谈，乃是非常难的。这种"不说"或者"不辩解"的态度，也不知与周作人的影响有没有关系？

选自《书屋》2019年第2期

周作人的文章，我喜欢。喜欢却也只是在躁动时翻翻，听他谈虫鱼、谈谣俗。人情物理，不独有问题的发现，在朴素通达的文辞里，合情合理，写下建设性意见。也明白，他读了那么多书，经见了那么多人事，文辞背后一定还有我不知道的深意。却也从来没有去深究，只是由着他的文字带我入虚空，好像这种无关功利的阅读，也是人生幸福的一种。这回翻报刊，读到《“无人共话小川町”》，听航满先生娓娓而谈，梳理历史细节，仍是新鲜。又照着文中索引，找来《我的杂学》《玄同纪念》诸篇，看了半上午。这个雨后的秋末，好像因了这番遭遇，竟与往日大不相同。

慎终如始

——《檀弓》试读（一）

/黄德海

1

大学的时候，一个同学的父执大约亲炙过前一辈的读书人，我时常能从他那里听到许多辨不出真假的奇奇怪怪故事。其中一个是这样的，有位初出茅庐的年轻人，此前并无学术准备，偶有机缘遇到了王国维级别的当世绝顶高手，便请求予以指点。高手也不多话，丢过去一本未经标校的《说文解字段注》，让他施以句读，把书翻破再来。求学的这人也是认真，拿到书便反复校读，书脱了线才持之到高手处再问。没想到高手接过后，看也不看，就手又给了他一本同样的书，要求如上。直到他读破了五本《说文解字段注》，高手才许他登堂，此人后来也果然在古文字上卓然成家。

我一时全信了这故事，觉得窥见了某种求学秘笈，就想着怎样如法炮制——踏踏实实读透彻一本古书，即便成不了古文字学家，起码古文这关差不多能过了吧？只是，人哪里会死心塌地呢，难免要避难就易地变通一番。比如我就没有老老实实去图书馆找什么段注《说文》，而是挑了未经标点的影印本《世说新语》，心里想的是，反正是挑本书一门深入，用哪个经典还不都是一样？《世说新语》几乎全是故事，比枯燥的《说文》好玩多了，于是我一边在本子上抄下难句点读，一边被里面的故事吸引。这书我大概读了三遍，没有把书读脱线，也忘了是否对我读古文有什么实质的好处，只觉得这书过瘾有趣，着着实实记着了里面的几个故事——

> 管宁、华歆共园中锄菜。见地有片金，管挥锄与瓦石不异，华捉而掷去之。又尝同席读书，有乘轩服冕过门者，宁读书如故，歆废书出观。宁割席分坐，曰："子非吾友也。"

从记述来看，管宁清高自许，劳作与读书皆能一心，视金子与瓦石无异，轩冕过门不能动其心，比较起来，华歆就显得有点儿三心二意，外界的活动容易扰动内心的平静。不过，我很怀疑，我记住这个故事，恐怕主要是因为倾慕管宁割席时那刚烈的决绝。

> 王子猷居山阴。夜大雪，眠觉，开室，命酌酒。四望皎然，因起彷徨，咏左思《招隐》诗。忽忆戴安道。时戴在剡，即便夜乘小船就之。经宿方至，造门不前而返。人问其故，王曰："吾本乘兴而行，兴尽而返，何必见戴？"

不知道是不是每个处在任性率真期的年轻人，都会为王徽之雪夜访戴的故事心动？反正我在二十多岁时，曾经在晚上乘船浮过大海，在朋友宿舍下的草丛里徘徊良久，复又乘船归去——我那时的心思里，或许恰好装着"乘兴而行，兴尽而返"的念头吧。

> 王蓝田（述）性急。尝食鸡子，以箸刺之，不得，便大怒，举以掷地。鸡子于地圆转未止，仍下地以屐齿蹍之，又不得。瞋甚，复于地取内（纳）口中，啮破即吐之。王右军（羲之）闻而大笑曰："使安期（述父）有此性，犹当无一豪（毫）可论，况蓝田邪？"

虽然被一个鸡蛋引得无名火起有点好笑，但不知是因为文章太好还是喜欢这种不假修饰的性格，当然，更有可能是为个人的躁急性格护短，反正我当时对这个王蓝田颇有好感，倒是对自己可以"东床坦腹"而笑话别人性急的王羲之不免有些腹诽。

不知道是因为魏晋“越名教而任自然”的反礼教风气，还是“非汤武而薄周孔”的激进言论，抑或是“礼岂为我辈设也”的放诞做派，读《世说新语》的时候，你会时不时觉得这是一本年轻的书，人们率性而为，无拘无束，无法无天。可不是吗，要绝交就绝交，要尽兴就尽兴，要发火就发火，还有要给白眼就给白眼（阮籍），要打铁就去打铁（嵇康）……这不正是年轻的标志？那时候岂不是世界年纪还小，还没有后来的老成持重、老气横秋？

其实当然未必，只是我读书的时候年纪太轻，还辨别不出那看起来的任性背后的故事。那个被管宁割席断交的华歆，在《世说新语》里还有别的故事，处处显示出见识不凡。他后来为官清廉，却并不苛严，同时的陈登（就是“元龙高卧”的陈元龙）说他“渊清玉洁，有礼有法”；九品中正制的主要创立人陈群称他“通（通达）而不泰（骄傲），清（清廉）而不介（孤高）”；陈寿在《三国志》里称赞他“清纯德素（德行）”。雪夜乘小舟来去的王徽之咏的左思诗，起首就是“杖策招隐士，荒涂（途，路）横（塞）古今”，看来也不是无缘无故地造门而返，乘兴尽兴间恐怕别有怀抱。便是那个性急的王蓝田，也自有能忍的时候——

> 谢无奕性粗强。以事不相得，自往数（诘责）王蓝田，肆言极骂。王正色面壁，不敢动。半日，谢去。良久，转头问左右小吏曰:“去未?”答云:“已去。”然后复坐。时人叹其性急而能有所容。

王蓝田性急和自制的事，《晋书》放在一起讲，并标示了其间的因果关系：“述……性急为累。尝食鸡子，以箸刺之，不得，便大怒掷地。鸡子圆转不止，便下床以屐齿踏之，又不得。瞋甚，掇内口中，啮破而吐之。既跻重位，每以柔克为用。谢奕性粗，尝忿述，极言骂之。述无所应，面壁而已，居半日，奕去，始复坐。人以此称之。”一个人的时位变了，对自己的要求也逐渐发生了变化，甚至能够在某些特殊情境中适当节制自己性情，是不是非常值得赞许呢？只是，这样读下来，《世说新语》还会是一本年轻的书吗？很难说。那就接着来看另外一则故事——

阮步兵（籍）丧母，裴令公（楷）往吊之。阮方醉，散发坐床，箕踞（轻慢的坐姿）不哭。裴至，下席于地，哭，吊唁毕便去。或（有人）问裴："凡吊，主人哭，客乃为礼。阮既不哭，君何为哭？"裴曰："阮方外之人，故不崇礼制。我辈俗中人，故以仪轨自居。"时人叹为两得其中。

一件事，只跟自己有关，放诞一点大概没什么大问题；如果局限在两个人范围内，任性一些应该也可以容忍；三人为众，越来越多的人与一件事发生关系，比如阮籍遭母丧，有很多的迎来送往，倨傲无礼就显得有点过分——有人问裴楷的话，就是看他对这过分的反应。幸好裴楷为人"清通"（清明通达），才能两得其中，否则说不定就会生出罅隙，在魏晋那种情势下，闹出人命也不算意外。只是，譬喻设想得越多，就越会发现，已经不能再把《世说新语》看作一本年轻的书了，对吧？

至此，那个似乎一直被诸多魏晋名士排斥在外的"礼"，已经悄悄来到了前台。只是，这个来到前台的礼或礼教，在人世和人身上的表现，要比想象复杂得多："魏晋时代所谓崇尚礼教，是用以自利，那崇奉也不过偶然崇奉，如曹操杀孔融，司马懿杀嵇康，都是因为他们和不孝有关，但实在曹操司马懿何尝是著名的孝子，不过将这个名义，加罪于反对自己的人罢了。于是老实人以为如此利用，亵渎了礼教，不平之极，无计可施，继而变成不谈礼教，不信礼教，甚至于反对礼教。但其实不过是态度，至于他们的本心，恐怕倒是相信礼教，当作宝贝，比曹操司马懿们要迂执得多。"

2

"礼教"这个词，似乎人人用得称手，但我在各种书本文章里查来查去，很难找到一个较为中性的说法，不是跟"封建"挂钩就是着急维护，倒是孟德斯鸠在《论法的精神》中谈到中国时，或许是因为有一双陌生的眼睛，说得较为通达："中国的立法者们……把宗教、法律、风俗、礼仪都混合在一起。所有这些东西都是道德。所有这些东西都是品德。这四者的箴规，就是所谓礼教。中国统治者就是因为严格遵守这种礼教而获得了成功。中国人把整个青年时代用在学习这种礼教上，并把整个一生用在实践这种礼教上。文人用之以施教，官吏用之以宣传；生活上的一切细微的行动都包罗在这些礼教之内，所以当人们找到使它们获得严格遵守的方法的时候，中国便治理得很好了。”

我们暂不讨论孟德斯鸠话里包含的卓越洞见和可能误解，只先确认礼教是一整套教化方式——魏晋的老实人表面反对实际相信的，正是这一整套教化——然后注意其中提到的“中国立法者们”。不妨把立法者们恰当地看成那些首要经典的书写者，具体到“礼”，也不妨说是“三礼”（《仪礼》《周礼》《礼记》）的作者。一个拥有经典的共同体必然与自发者不同，此前昏昧的社会被清朗的理性照亮，并因此拥有了传承的可能性：“一个未开化的社会，在其最好状态中是由沿着原初立法者，亦即诸神、诸神之子或诸神的学生传下的古老习惯统治的社会；既然还不存在书写，后来的继承者就不能直接地与原初的立法者相联系；他们无法知道他们的父辈或祖父辈是否偏离了原初立法者的意图，是否用仅仅人为的附加或减少去毁损那些神圣的消息；因此一个未开化的社会不能前后一贯地按其‘最好即最古老’的原则去行为。只有立法者留下的书写才使他们向后代直接说话成为可能。”

如果我们不是天然相信“最古老即最好”，或者“最古老即最合理”，或者相反地，相信“最古老即最坏”或“最古老即最悖理”，就有必要意识到，属于立法的首要经典创制过程中，既有对人各种自然天性的巧妙引导，也必然伴随着对人诸多自发行为的强制纠正，甚至还有部分看起来并不与现今历史事实相合的所谓创制。魏晋时期反礼教的任性，如果只看效果，不过是从立法后走向了立法前，没有什么特别值得推崇的，倒是在趋向任性的过程中表现出的对礼教既反对又信任的态度，显示出对立法的深层认同与浅层厌恶，很好地表明了一批人智识上的优异。如此情势下，要理解或回应首要经典中的问题，就需要尝试着回到立法者当时面对的具体情境，看看他们企图引导、纠正和创制的究竟是什么，才有机会稍微亲近一点那些伟大的心灵。即如这篇文章要讨论的《礼记·檀弓》，开头一节是这样的——

公仪仲子之丧，檀弓免焉。仲子舍其孙而立其子，檀弓曰：“何居？我未之前闻也。”趋而就子服伯子于门右，曰：“仲子舍其孙而立其子，何也？”伯子曰：“仲子亦犹行古之道也。昔者文王舍伯邑考而立武王，（商代）微子舍其孙腯而立衍也；夫仲子亦犹行古之道也。”子游问诸孔子，孔子曰：“否！立孙。”

公仪仲子，春秋时鲁国人，姓公仪，字仲子。檀弓，鲁国之知礼者，公仪仲子的朋友。子服伯子，也是鲁国人。免，音wèn，一种置于头上的丧饰。按说，公仪仲子儿子去世，作为朋友的檀弓不必着免这样的重服，而一个知礼者这样做显然是有意的，所谓“故为非礼，以非仲子也”。檀弓对公仪仲子的非议，是因为他没有传位给嫡孙，而是传了庶子，因此质问他“何居（其，音jī，语助）”，我从前可没听说过这样的事。或许是没有得到答复，檀弓快步走到门右边问子服伯子，公仪仲子这样的传位方式是什么道理？伯子说，仲子也是行的古道啊，从前文王不就是舍弃了长子伯邑考而立了武王，微子不就是舍弃了嫡孙腯而立了弟弟衍。子游听说（看见?）了这事，就去向孔子请教，孔子说，公仪仲子的做法和子服伯子的说法是不对的，应该立嫡孙。

这段文字看起来平平淡淡，不过是几次来回的问答，似乎没什么了不起的微言大义，为什么要置于《檀弓》的头条？这一条的主题是什么呢，立庶子还是嫡孙的问题。这个问题严重吗？如果不怕过甚其词，不用说一家（大夫）一国（诸侯）一天下的继承，恐怕没有一个地方的继承问题不是严重的吧？这也就容易解释，为何不光在《礼记》里，古人在各类经典作品中都会反复提到这个问题了。《公羊传》隐公元年：“立嫡以长不以贤，立（庶）子以贵不以长。”何休《解诂》引而伸之：“嫡子有孙而死，质家亲亲先立弟，文家尊尊先立孙。”《史记·梁孝王世家》褚少孙补中记袁盎语：“殷道亲亲者，立弟。周道尊尊者，立子。周道，太子死，立嫡孙；殷道，太子死，立其弟。”这些引文透露出的一个重要信息，即殷往往是作为周的对立面出现的，两者在继承制上的巨大差别，正是殷为兄终弟及，而周则是父死子继。

《淮南子·慎势》谓“疑生争，争生乱”，因此继承制的确定，如同何休所言，“皆所以防爱争”。继承方式固定下来，使之逐渐在人群中变得天经地义，尽量减少爰争造成的灾难性后果（当然无法完全避免）——即便是现今通行的继承制度，恐怕也正是这一思路的产物吧？只是，前面提到的殷周之间的继承制差别，近代以来既获得了巨大的肯定（以王国维《殷周制度论》为代表），也遭遇了极强的挑战。《殷周制度论》熟悉者众（所谓“周人制度之大异于商者，一曰‘立子立嫡’之制”），不妨就来看对两代差别的质疑：“殷代后期，自小乙迄帝辛，九代之中，七代传子，是已非兄终弟及之制矣。”“传长子之法，即在周初亦并未完全确定实行。则谓殷为兄终弟及，周乃传子，殷周礼制绝对不同，殆非是也。盖宗法之制，在殷代早已见其端绪。历西周数百年，迄战国末年，新儒家兴起之后，始有整齐固定之法则。”

上文质疑殷周继承制差别时举的例子，其中“周初太王舍太伯而立王季”，正是《檀弓》中的“昔者文王舍伯邑考而立武王”。这样看来，上文子服伯子的论据更符合历史事实没错吧？为什么号称“知礼”的檀弓要说自己“未之前闻也”，熟悉礼三代损益的孔子断然说出了“否”呢？如果可以推测，是不是可以说，所谓自周开始成为制度的父死子继制，其实是大立法者截断众流的选择（也就是确认父死子继优于兄终弟及，具体理由可参考王国维《殷周制度论》），并非确定无疑的历史事实？我有点相信这说法不是推测，因为只就《檀弓》来看，就有多处殷周不同的对比（殷人尚白，周人尚赤；殷既封而吊，周反哭而吊；殷朝而殡于祖，周朝而遂葬），联系到其他经书（如《诗》《书》）中类似的对比，恐怕我们不得不承认，所谓自周开始的父死子继制和其他制度，非常可能是经典的创制。此前的殷代因为不存在非常自觉的书写，我们“无法知道他们的父辈或祖父辈是否偏离了原初立法者的意图”，而从经典创造（书写）出来的那一刻起——或者从经典有意选择了某个起始（周）的那一刻起，“立法者留下的书写才使他们向后代直接说话成为可能”，从此我们可以比较后人如何去增加或者减少前人勠力创造的这一切。

只是，无论怎样重大的努力，后来人都会慢慢忘记当时决断的鲜烈，不会体谅当时立法者重大而曲折的心思，只记住一个破败后的印象，进而把后世因这一制度出现的各种问题一股脑堆到他们身上——即便不是谩骂。即如上面提到的父死子继制，现在人们通常会质疑，为什么传位不是照贤明程度或才华来确定，非要按什么嫡庶长幼？乍看之下这质疑似乎是对的，那么我们也不妨问，贤明程度和才华谁来判断？即使现今，有一种制度能保证在位者肯定是贤明吗？如果不能，那是不是可以想想，古人为什么会那样选择？

3

对习言的六经，诗、书、礼、乐、易、春秋（《乐经》本无或久佚），我过去最无感的就是礼，觉得支词碎义，不足为训，因此对诸多赞《礼》的话难免心存怀疑。比如皇甫侃所谓，“六经其教虽异，总以礼为本，故记者录入于礼”，或如黄巩所称，“孔子订五经而约之礼”，抑或如曹元弼所言，“六经同归，其指在礼”，我觉得不过是因为学者对自己专门之学的刻意推崇（谁不觉得自己涉及的题目是最重要的呢？）。现在想来，大约是我忘记了制礼当时的具体形势，忘记了那些具体因应的繁复现实，只纠缠在文字上，便不免如皮锡瑞所云：“古今异制，年代愈渺，则隔阂愈甚。汉人去古未远，疑经尚少。唐宋以后，去古渐远，而疑经更多矣。”

把焦点集中到《檀弓》，差不多可以从这一篇的升沉中，看到经典流传的起伏变化。《礼记》自汉代郑玄注，至唐便升为“经”，宋后更是居于“三礼”之首。也正是在宋代，《檀弓》于经学地位之外，同时成为文章的典范。黄庭坚《与王观复书》云：“往年尝请问东坡先生作文章之法，东坡云：‘但熟读《礼记·檀弓》当得之。’既而取《檀弓》二篇读数百过，然后知后世作文章不及古人之病，如观日月也。”陈骙《文则》更是以其与《左传》相比：“《檀弓》之载事，古简而不疏，旨深而不晦，虽左氏之富艳，敢奋飞于前乎？”洪迈《容斋随笔》则云：“《檀弓》上下篇……文章雄健精工，虽楚、汉间诸人不能及也。”即便不算“莫知所自来”的疑伪谢枋得《批点檀弓》，宋代对《檀弓》的文章之道，已经算得上是推崇备至。

即便是从反对的意见里，也差不多可以看出有宋一代对《檀弓》的揄扬之盛。叶适《习学记言序目》云：“世之学者，于《檀弓》有三好：□（按疑为‘稽’）古明变，推三代有虞，一也；本其义理，与《中庸》《大学》相出入，二也；习于文辞，谓他书笔墨皆不足进，三也。以余考之，则多妄意于古初，肤率于义理，而謇缩于文辞，后有君子，必能辨之。”不过，水心先生期待的“后之君子”似乎并没有出现，对《檀弓》的文章的追摹自明代开始反有变本加厉之势，各种别行的评点本不断问世，举其要者，则有杨慎《檀弓丛训》、陈与郊《檀弓辑注》、林兆珂《檀弓述注》等。这一评点系列（其实还应该加上一个选本系列）层出不穷，至清孙濩孙的《檀弓论文》集其大成，也兜底说了大实话，顺便解释了叶适的期待未能成功的原因：“《檀弓》最利举业……凡制艺（八股）中大小题所有格局法律（格式和规律）无一不备。”学优则仕，读书做官，哪个不是为了穿衣吃饭呢？不过大概需要指出，所谓《檀弓》对举业的好处，并非从里面出题（因篇中多言祭事，不太吉利，故从中出题较少，所谓“《檀弓》、丧礼诸篇，既指为凶事，罕所记省”），主要是为了揣摩文章。

即便不考虑推重背后的实用性，这种拆离或者起码相对忽视《檀弓》的内容，而专门揣摩文章的行为，当然很容易引起反弹，如章学诚就不客气地说：“谢枋得之《檀弓》……岂可复归经部乎？”或如四库馆臣所言，以时文（应试文章）之法点评经书，乃“明末士习，轻佻放诞，至敢于刊削圣经，亦可谓悍然不顾矣”。这一内容和形式的分离，其实就是经与文的分离，最终当然是消解了经的权威性，引发人们对经典的怀疑：“《檀弓》一书非礼之旧文，乃六国时之记载……其污圣之言及自相抵牾者甚多。”“《檀弓》一书专为抵訾孔门而作也……所载之迹无一不与贤人相戾。阳予之名而阴毁其实，其所以丑抵痛訾者，几于无复忌惮。”是这样没错，如果一个记载容易引起怀疑，而被记载的人不能轻易怀疑，那么掉转枪头，指向弱处，自然会先怀疑记载本身。《檀弓》主要记载的是孔子和孔门弟子的言行，在过去时代自然没法轻易质疑，那就只好挑文本的毛病。不妨来看著名的曾子易箦一节——

> 曾子寝疾，病。乐正子春坐于床下，曾元、曾申坐于足，童子隅坐而执烛。童子曰：“华而睆，大夫之箦与？”子春曰：“止！”曾子闻之，瞿然曰：“呼！”曰：“华而睆，大夫之箦与？”曾子曰：“然。斯季孙之赐也，我未之能易也。元，起，易箦。”曾元曰：“夫子之病革矣，不可以变。幸而至于旦，请敬易之。”曾子曰：“尔之爱我也不如彼。君子之爱人也以德，细人之爱人也以姑息。吾何求哉？吾得正而毙焉，

斯已矣。”举扶而易之。反席未安而没。

乐正子春，曾子弟子。曾元、曾申，曾子之子。季孙，鲁国大夫。病，疾甚。华，画，席子上的花纹。睆音huàn，明亮貌。箦，床席。呼，虚惫之声。革，音jí，急也。变，动。曾子重病之时，经童子提醒，换掉了寝卧其上的床席，得正而逝。这一节的含义，自汉至唐似乎没有引起什么怀疑，说的是曾子“病虽困，犹勤于礼”，“不陷于恶，故君子慎终如始”。可自《檀弓》备受推崇的宋代开始，质疑的声音就开始出现，比如朱熹就需要写信向门人解释（需要解释正是因为有疑问）：“季孙之赐，曾子之受，皆为非礼。或者因仍习俗，尝有是事而未能正耳。但及其疾病不可以变之时，一闻人言，而必举扶以易之，则非大贤不能矣。此事切要处，正在此毫厘顷刻之间，固不必以其受之为合礼而可安，亦不必以为与世周旋不得已而受之也。”

不用读全信也可以明白，那怀疑的重点是，为什么曾子要等到临终才换席子，他此前受季氏之赐是否合礼？从朱熹回信的结尾来看，他对自己的解释也不是十拿九稳，否则也不会说什么“鄙见如此，幸复相与考之，再以见喻”。后人大概已经少了朱熹这种“多闻阙疑”的态度，一旦有所怀疑，不免就要发为文字，比如清人邵泰衢在《檀弓疑问》里，就直接表达了自己的不认可态度：“曾子受非分之赐，安于生而不安于死，久僭而安之，至死而正之，谓善其死邪？岂子春、元、申之不及一童子哉？若非童子言，曾子几不得正而毙焉？”夏炘《檀弓辨诬》则直接指为泼曾子的脏水：“《檀弓》记此，阳许曾子之改过，阴诬曾子以僭越也。曾子平日战战兢兢、如临深渊、如履薄冰，岂有卧大夫之箦漫不加察，及童子有言而后起而移之哉？”

对这件事的分析，可以回到争论的焦点，即曾子受箦是不是非礼。元吴澄《礼记纂言》确定为曾子对自身的更高要求，可谓釜底抽薪：“考之于礼，寝簟之制未闻有尊卑贵贱之殊，但贫者质素，富者华美。以季孙之箦赐曾子，自是与曾子平日所用不同，童子见之，以其华睆，必是大夫之家所造作者，故曰‘大夫之箦与’。而曾子然之，谓此乃季孙所赐也。箦之华美与质素，大夫、士通用之，童子非谓此大夫之箦，不是士之箦，但谓此必大夫禄厚家富者之所为尔，其意非欲曾子易之也……而曾子一闻童子之言必欲易之者，盖礼制虽无违戾，然不若终于常时所寝质素者之得其正也。”

其实沿着这个思路，脑洞可以开得再大一点，不怀疑经文，直接把问题推给后来者的错误理解。未能易箦问题，郑玄注云“未之能易，已病（之）故也”，《正义》详解为：“言此未病之时，犹得寝卧。既病之后，当须改正。以已今病，气力虚弱，故时复一时，未能改易。闻童子之言，乃便惊骇。”比较郑注和《正义》可以发现，后者增加了“未病之时，犹得寝卧”，可照郑玄的注释，或者根据原文，意思也可以是曾子病后季氏赐箦不是吗？如果这样理解，那么曾子受箦也在病中，只因病后气力虚弱，没法及时更换，现因童子惊呼起而易箦，不正显示了他有过即改、慎终如始的态度？这不正符合那个《论语》中说出“而今而后，吾知免夫”的曾子形象？

只是，这样的解释未免太巧了，即便说通了所有问题，仍然多有虚浮之气，显得不够稳定，甚至有害心性，所谓“巧曲支离，所以为心术之害甚大”。读来读去，还是朱熹在给同一门人后一封信里的话说得踏实坦荡：“曾子受季孙之赐，无可缘饰。只如此看，多少直截。要之，一等是错了，不若只如此看，犹不失为仁者易辞之过也。”即便曾子有“非礼”之咎，临终时一闻己过即能收慑心神而易箦，不已经足够动人了吗？容纳世间的问题和世人（即便是圣贤）的过错，不正是人世开阔的标志？“我欲载之空言，不如见之于行事之深切著明也”，读《檀弓》，真正吸引我的，恰是这个礼落实时显出的深切著明，并借此体会到由切实而来的开阔。

选自《山花》2019年第3期

评鉴与感悟

《礼记·檀弓》我没读过。有一阵迷钱穆，见他说现代中国人必读九本传统经典，便买来《论语》《孟子》《大学》《中庸》《老子》《庄子》《六祖坛经》《静思录》《传习录》，想着把这几部书读完，是不是也能对不熟知的领域稍有了解。翻了几页，终是没有专注，不知被什么事打断，也早忘了先前愿心。这回读德海先生《慎终如始》，听他谈早年读书之法，莫名亲切。及至讲到“慎终如始”，说的尽管是君子“病虽困，犹勤于礼”，“不陷于恶”，是对待礼的态度，在我读来，却如一记闷棍。慎终如始，岂止习礼之道？过去错过的那么多美好瞬间，不也是因为不懂得慎终如始？

对福柯破坏力的考察

/胡赳赳

启蒙主义以降，百科全书式的学者已经鲜见。福柯或许是最近的一个。他首先拆除的不是“社会的权力”，而是“学院的权力”。事实上这是一座等级森严的堡垒。精英式的学院思维已经不适用于“民主”，“代理人制”控制了“文化资本”。福柯的出现则打破了这种禁锢，他使学科之间的壁垒遭到了瓦解——他不是从意识形态出发，而是从文本和对社会考察的游走出发——我们无法认证他的学问谱系来自某一种专业性的知识，而他正是因为对“谱系”有严重的情结，他不满于现有的思维程式，无论是尼采的超人意志，还是结构主义对他的归类，甚至于对于“现当代的社会主体性是如何形成的”，他想做一周密而微观的考据。这些思想性洞察承接于欧美所在的存在主义式微的背景下，对于两次世界大战、法国大革命和纳粹幽灵的反思，使得福柯对于“权力”有深刻的认识。

“权力”表现在“社会机器”的自动运行上。正如“公司治理”中，所有人服从一种“制度”的安排，“制度”绑架了投资者、CEO和员工。一旦“制度”确立，相当于电脑安装了一个自启动的程序，这个程序越壮观，越不受个体或集体的左右。假如要干预它，就需要一种破坏性。而这种破坏性相当于一个修正或破坏的新的程序，也就是说需要一个新的“制度”对旧有制度进行“规训”。研究“权力运行”的福柯自身构成了一个新的“权力”。

也就是说，他在“全景监狱”（边沁语）的运行中，设置了一个新的对于“全景监狱”的“窥视镜”。他洞见到恐惧和不以人意志为转移的权利运作体系。因此他扩大了考察“边界”，预想了“空间”的立体模式，来看社会学和思想史如何噬吞和挤压人和人之间的权力下限。在监狱、在麻风病院，旧有的权力运作模式从流放、没收、体残发展到人身限制，并且以耗费体力作为惩罚手段，而这是培养团伙作案和加深自我否定刺激的模式。“权力主体者”在“社会主体者”之外，创造了一种心理结构模型：监控、惩罚和适当松懈，与希腊希伯来文明的“牧人—羊群”的体系是一脉相承的。也就是说，从人类思想起源来看，对“权力”的热爱具有普世价值：对君主意志的考察，其中的共性远远大于个性。除非君主将权力粉碎而自我解体，但问题又来了，必有下一种权力运作模式来填补此后的真空。

福柯构建了一种思想权力，问题是谁来填补他留下的“权力真空”呢？他同时在众多领域开动思想机器，其结果是他对现有知识谱系的破坏力是巨大的。他使高等学院教育深刻地认识到，种种对知识谱系的划分，专业性的建构努力，脆弱而不堪一击。福柯是一个病毒，正如格林所言“一个自行发作的病毒的病例”。福柯所做的种种努力，基于对“身体”的敏感和“不适”。由于他的性向需求，有某种社会挫折和“强制性非自由”及“隐秘的快感”，这种快感是“逸出”于社会规范之外的。而对于快感的权力又使他意识到，“快感”是一种人人可以享受和感知的模式。“享乐”和“痛苦”这样一对文学性的冲突同时存在于他的学术生涯中，他的意识既凝视于一般知识分子所关注的重大问题：社会、知识和权力；同时他又游离出来对审美、文学和哲学研判抱有意识沉溺的下沉决心。

因此福柯是罕见的离经叛道者，他向四周放射火力，而这一切基于身体作为感觉器官的发作。

西方理论中种种关于知识收纳功能的“抽屉式”分类都是情非得已的。必须要将对一个思想家的考察纳入某种程式中，如此才有艺术史或思想史。也就是说，福柯必须在一个流派当中，如果无法归类，则言语无从置辞。所以他要么活在存在主义以后，要么是前期结构主义而后期后结构主义。要么他是尼采和康德的继承及反动者，要么他是一个“权力学派”或“谱系学派”。或者，他是法兰克福学派的一个置疑镜像。但是，福柯终其一生全然未曾想到，他是如何在权力运作体系下成为一个偶像式思想家的。

显然，福柯在文本和思想之间形成了一种异端的权力，而这种权力是经院式学界一直批判、打压而未果的。因此，文化权力必须或者说不得不吸收福柯的思想，他最终在法兰西学院中以二十五票当选院士，而反对票则有二十一张。福柯生前的学术抱负并非一帆风顺，而是充满了不理解和排斥。这是权力自身所带的一种免疫机制。从最初的“排异反应”，到社会思想体系对其的完全接纳，并奉为正宗。

福柯的破坏力由此成为一种“修正程序”。他修正了社会运行的某些轨迹。除了增加视野的深入程度之外，还增加了对固有历史走向的反思，他松动了某些刻板的机械性认知，他不仅仅是提供了一种视角，他还贡献了一些可以阐释事物的“概念”——尽管对于“概念”的难以统一已经造成了思想上的混乱，而对于“概念”的“误读”则是第二道混乱的瀑流。

但是，并不能认为福柯是具有绝对性真理的思想家。他不是那种构建体系大厦的思想者，他是那种具有“挖掘”和“洞见”能力的艺术家。越来越多研究者认识到，说福柯是艺术家比说他是思想家更准确。福柯的文本艺术和思维艺术是高超无比的。他在语言、意识、思想领域内具有无比纤细和幽微洞察的能力。当你刚刚认为能抓住一些端倪的时候，他又游向滑行于别处。他对“建构”有一种“穿越”的本领，这是其他学者难以企及的。而这也显示出他的破坏力非凡。他探针式的游走，用微观手术的方式，显露出他科学般的精确的位移。

正是在一种具有非凡哲思的“整体式主体”的把握下，福柯意图将“社会主体”作为“全体”和“自体”进行考察（他称为“全体”与“单一”），而“全自体”（整合心理学家威尔伯语）在福柯的研判之下，权力机制在局部呈现出一种漏洞百出的运行，但在整体上却又是浑然一体的完美演出。个体的“漠然”“无情”对应着全体的“无人负责”。权力和主体之间存在的不是真理，而是一种深深的社会现实问题，没有一个人能宣称或敢于承担历史的纵深走向。无论是在福柯设置的“真理轴心”“权力轴心”还是“道德轴心”，他将自己放置到一个由若干文本并置和叠加的思想史迷宫之中，他必须向他人阐释他的文献价值，而他将此归结于“谱系学”。

他的文献因此呈现出“述”和“作”的两种风貌。在文化符号学中，“述”是神圣作者观（天启），而“作”是所有者作者观（著作人所有权）。他的访谈当然可以归结为“述”。但除此之外，他写作文本中的希腊源流、柏拉图和苏格拉底的典故及神话的梳理放大，亦是“述”的一部分。在“述”之中，一个清晰的福柯隐现其中，文字流畅而优雅，即便在他转述经典作家或同时代大师的评论时，这种风格依然令人激赏，处处能让人联想与本雅明等量齐观。而在“作”的那一部分，福柯有意识地将思辨力发挥到一种常人无法高企的地步，他出入思想者的领地，将日常之物（常常是物的关系）、将抽象的社会变成一种具象之物来考察，这时他不仅扭曲了时间，也扭曲了空间，同时也扭曲了他所谈论的客体，他扭曲了为数不多的康德和尼采。此时他的风格是“抽象表现的”，这倒与同一时期的美术家如出一辙。

而晚年的福柯则意图回归到哲学家的本位。他的智性更多地向先贤大师们的“修身”（单一）出发。他考察的兴趣点不再是社会性的、整体性的进进出出，而是回到“道德”“伦理”这一课题上来。这就是他的“自我技术”——他终于将散落的目光收回，研习“自我成就之道”。他从古希腊的智慧“关注你自己”那里得到了心得。假如说“认识你自己”是目的（效用）的话，“关注你自己”就是方法（功夫）。这与东方理论中的“念起心觉”（释家）、“返观内视”（道家）、“反求诸己”（儒家）如出一辙、同出心源。

至此福柯从一个“坏小子”变成了“修炼者”，但显然他顿悟得太晚。他给思想界留下的庞大遗产复杂而难解。其中所体现的“意识的深邃”常令人有目叹空花的精微之感，而在某些时候他又将文本作为其“语言游戏”的一部分，他自己身陷其中不知所措，他缠绕于自己所书写（自动书写）出来的语言繁殖机制。

他的确具有一种前所未见的“风格”，“他自己生出了自己”（汪民安语）。如果要将风格隐遁、退隐于超然物外，这样要求福柯是显然不可能的。因为他对形式语言、对美学有他近乎苛责的追求。他深知作为一种哲学作品，这种饱含个人意识的信息将会对世界产生怎样的影响。一类走向平实，一类走向玄奥。福柯是属于后者。但这种两分式的思维方式同样满足不了福柯的口味和思想的丰富度，因此，他的文本龙性难驯，他和他的思想注定要成为某种经典和传奇。

如果试图把“福柯”作为一个“主体”来研究，那么究竟什么是福柯呢？“福柯”首先是一种提出问题的方法，在旁人麻木或无动于衷之处，福柯生产出一个问题，这个问题可能并不构成一个问题，或者此诸问题仅仅是一个路标，然而路标的树立给沿途视若无睹的风景带来了“陌生感”。这或许是一种“外星文明”的思维方式，到哪里都感觉到新奇，感觉到问题的出现。正是借由这种“陌生感”，福柯延伸到常人不及之处——他可以探讨那些被人们称之为“约定俗成”的问题。

其次是福柯对“陌生经验”的处理。他的处理方式是诗意的，或者说是艺术的。他任由其灵感的闪耀和跃入。他只需引入他的“凝视”理论即可。因为“凝视”，他发现自己可以写出未知的部分，他的原话是：“我忍不住梦想一种批评，这种批评不会努力去评判，给一部作品、一本书、一个句子、一种思想带来生命。”而“凝视”于他首先不是权力运作，不是凝视与被凝视建构起来的社会关系，凝视是他与“超级写作”之间的“共谋”和“召唤”，是他对周边过于“敏感”而发生的一系列“不适”的回荡。

当然，人们损失了一些福柯。这个损失的福柯是他内心的独白。他始终未曾以“主体”降临的方式来“说真话”，尽管他有为数很多的第一人称作品。但整体而言这种剂量是小的。而且在作品谱系中，研究者极难把握福柯的风格多变——他似乎总是隐藏在词与物背后说话。或许这需要靠一些旁证和补充：假如《福柯反对福柯》这样的纪录片或汪民安式的事后影像追访能够成立的话。

再次，要提到的是：福柯之所以称其为福柯，他之所以被如此“形塑”，他的主体性确立和其文本生产之间的关系如何通过权力运作的方式去在世界范围内发生影响——对此的考察同样涉及“谱系学”，这种“谱系学”可以追踪到福柯是如何“生产（产生）”的，以及福柯是如何“生效”的。

福柯的来源问题有一个简明的答案，他的年谱和生平是很重要的研究资料。如果再加上一个空间轴：他的时代背景和同时代的交往，以及一个时间轴：他受历史上思想家及学说的影响——人们可以得到一个心满意足的福柯形象。然而这样一来，并不能解释福柯的产生。他的叙事方式并不包含在这个系统之内。也就是说，你可以解释一个婴儿的分娩，却未能解释其“变异”的形成。福柯作为一个主体，作为一个现代性之后的“修正程序”，为什么是由他监控着权力的运行？

因此福柯的“生效”是一个正向作用和负向作用“并行而不悖”的问题。福柯的破坏力正在于他把“知识”进行了重新“整合”和“编码”，创造性地发挥了主体性的见解，他据此正在形成（完成）由人及物的“社会塑造”。这种思想性的形塑从学院内部偶像到大众媒体高标，可谓一路披靡。

但作为一个智者，福柯思想的火焰在晚年趋向于平实和回归。他更像是个古典时代的智者形象，他经历过绚烂而有毒、刺激而浓烈的学术爆发期，他变得苏格拉底化或柏拉图化。——哪个阶段才是福柯的主体呢？

现代性以后的路途充满了未知和风险。一方面是技术（包括自我技术）的边界在加速度迭代，另一方面愚蠢的偏见充斥着思想市场：主流正确而陈腐；异见偏诞却令人兴奋。“社会主体”癫狂，而“生命主体”进化得很慢。福柯也不够用了。回视福柯，人们会说当年的异端原来是一个“新古典”主义者。冷战之后，精英主导着正确的价值观，认为自己代表着“主体”和“权利”，于是“主体”变成了福柯并不乐于看到的“既得利益者”。而那些被抛弃的落后国家和落后阶层，似乎堕入了一种任其自生自灭的状态。然而“既失利益者”的“野蛮生长”和“反抗”，不仅使整个欧洲的各个角落里呈现出伊斯兰化的局面，也使得国际价值观的天平开始倾斜：英国脱欧和美国大选使精英们意识到“主体”的失落。

然而，福柯的勇气会一直照亮在那里：如何提出问题，如何用主体性来寻求价值判断，如何将批判变成一种自我技术——当你意识到问题的存在，那已经是一种抗争。

启蒙主义的遗产在西方已经快用完了，但在东方恰恰还在反复争夺之中。这是百年中国的一个大坎陷。启蒙主义必然导致一个精英阶层的崛起，处处可见这个阶层所创造的文明价值和时代成果。

事实上对法西斯主义尚未来得及进行更加深入的批判，福柯就已经遭遇到人生中“主体性的丧失”。他在思想最成熟的时候，他的身体背叛了他。这不仅是欧洲的损失，那么多意识前沿尚待推进的工作，就这样失去了一个最好的捕手。

他的光头形象，他锐利的眼神，还有那种神经质气质的面貌，无一不刻画出此人是一个“刺头”的画像。但这个形象又是光辉的，如同所有闪耀着性灵的思想家一样，他代表着欧洲思想界所能达到的最高水平和最高意识。

福柯严重地俘获了中国学者追求学术时尚的决心。三十年来，关于他的翻译、出版和研究，一直是中国学界和知识界的热门话题。大众媒体用他来分析性和社会学模型，作家用他来装点门面，学生们用他来拿学位。这是中国学界的现状，靠着生吞活剥的晦涩翻译和支离破碎的敲打贩卖，中国用三十年的时间同步了欧美的三百年。

但是中国的“主体”却丢失了。福柯要在中国找一个思想力匹敌的同道，竟变得遥不可及。这也是为什么每每过来人感叹，中国当代的哲学家尚未取得世界范围的影响，中国的思想力对世界的推动靠的还是一个老子。

然而对中国的“主体”性研究可以发现：这种逻辑是难以自洽的。因为中国的“主体”不能用西式的眼光去考量。中国学术的“主体”意识不是测量世界的宽度，而是生命的深度。如果从圣贤的出产率来看，中国不亚于西方的成就，甚至于在伦理学、生命哲学、自我技术等方面，中国的主体并不需要外在或他者的承认。

因此可以和福柯相提并论的思想革新家，并且同样具有破坏力的，从比较哲学的角度来看，中国的新儒家群体当仁不让。时代相近的熊十力无论从思想意识的深入程度上，还是原创能力上，以及文笔的优美和知识的渊博上，都是可以与之坐而论道并不逊色的。

尤其是在福柯的晚年，在他苏格拉底化以后，将“关注你自己”提到了一个无以复加的程度，而这正是“自我技术”中东方智慧与之相通的一块领域，惜乎在这个领域中，福柯尚未来得及有更多精辟的发现和心得，关注外在的社会结构和在各类思想文体中穿行，已经消耗了他绝大部分的人生精力。

福柯作为一个主体，最后行使了破坏他自己的权力。他对快感的运用深有体会，这决定了他选择了“知”与“行”分离、而“知”与“真”合一的道路。欧洲的知识分子从此进入了一个低落的平庸的时代。

——至少他的“风格”是后继无人了。

选自《天涯》2019年第3期

有一阵子贪多求全，想窥见社会学的门径，买了《忧郁的热带》《新教伦理与资本主义精神》《疯癫与文明》之类的书来看，多数也只是记了个书名，倒是米歇尔·福柯对于疯癫的研究看得我无比开心。我读了好几遍的小说，《卡拉马佐夫兄弟》《赫索格》《无望的逃离》，不也都有一个神神道道的主人公？平时爱看的，还是米歇尔·福柯《声名狼藉者的生活》，他对不正常的人的理解，对无名者的关注，仿佛脑中也跟着他的文字涌起了风暴。甚至琢磨能不能用他的方法去解读小说。到底力有未逮，也缺乏专门的训练.所以看到胡赳赳的文章，看他对米歇尔·福柯来去自如的解读，好像一切都变得逐渐清晰起来。

守住日子：读罗森茨维格

/杨无锐

弗朗茨·罗森茨维格（Franz Rosenzweig，1886—1929），20世纪著名犹太思想家、哲学家。著有《黑格尔与国家》《救赎之星》。自1922年起，罗森茨维格罹患疾病瘫痪在床，在病榻上开始与马丁·布伯合作翻译《圣经》。马丁·布伯的代表作《我和你》，在汉语世界有广泛影响。

一

1920年，34岁的弗朗茨·罗森茨维格出版了《黑格尔与国家》。黑格尔是他在弗莱堡读博士时的课题之一。他调阅、追踪了不少第一手文献，包括黑格尔的手稿，甚至从黑格尔的手稿里面发现了属于谢林的思想片段。他曾为这项智力工作激动不已。最后的结论也称得上深刻：黑格尔的国家观念里有一种强烈的反个体的冲动，这个冲动则植根于一种模糊的、僵化的、超人的命运观念；在黑格尔的体系中，“作为命运之展开的历史”和“作为道德之建筑的国家”，被设计出来反对每个个体。

罗森茨维格的导师梅因奈克相当欣赏他在学术上的才华和能力，主动提出给他一个大学讲师的职位。罗森茨维格为此写了一封长信，主题是拒绝。写信的时候，德裔犹太人罗森茨维格已经是一名虔敬的犹太教徒。虔敬的意思是，他严格遵守犹太律法，研习犹太典籍，并且决定致力于为上帝和人——当然，首先是犹太人的救赎服务。为此，他愿意放弃自己的学术前程。

在给导师的信里，罗森茨维格尽量不谈信仰问题，大量的笔墨，用来解释职业激情的转向。他告诉导师，自己曾经是一名学术爱好者，尤其热衷于历史研究。那是一种把零碎信息收集起来，研读、理解，最终赋予它们秩序的智力劳动。一个有天赋的年轻人，可以从这样的劳动里获得智力的、美学的满足。罗森茨维格深知其中滋味。他毫不怀疑，自己拥有这样的天赋，因此配得上这样的满足。可是，他忽然发现，自己可能是用批量制造的满足感掩盖真正的饥渴。从前他相信，顺从天赋是一个人必须遵守的生活律令。顺从天赋，取得成就，从而满足，是一个人所能过上的最好生活。现在他不这么想了。一切都反了过来：他坚信，对个人天赋的服从毫无意义，甚至可以说是自我奴役。有些地方，人没法随身带着天赋抵达。在那里，人该做的，不是寻找个性，而是让自己变成容器，让某些东西注入进来。罗森茨维格觉得此时自己就在那个地方。他不断寻找隐喻，好让导师明白究竟发生了什么。但他知道这未必有效。所以，他也写下了最直白的句子："认识（亦即对于知识的训练有素的、系统化的追求）对我来说已经不再是值得追求的目标。"（《罗森茨维格：生平与思想》，孙增霖译，漓江出版社2017年，第150页。以下简称《生平与思想》）

梅因奈克教授的确不能理解学生的决定。一个有才华的青年，就这么放弃学术上的远大前程，把大好精力投注到所谓宗教事务上去，这很可能是一种虚无感之下的慌乱决定。战败之后，很多德国青年身上都有这种虚无感。从教授那方面看，这是唯一合理的解释。当然，教授错了。

二

罗森茨维格的转变发生于一个瞬间。那是一个漫长的瞬间，可以追溯到1913年。那时的罗森茨维格刚刚得到博士学位。他对黑格尔以及黑格尔所属的哲学传统了解很深，他自己的心智也由这个传统养育。这个传统的标志之一，是一个体系接着一个体系，一个体系替代另一个体系。每个体系都宣称取得了重大进步。而所谓进步，当然是指人对真理的认识更真切了。

除了是一名渊博敏锐的哲学史学者，罗森茨维格还是一名犹太人，生于19世纪末，长于20世纪初的犹太人。这是什么意思呢？什么意思也不是。他写过大量文字，反省现代犹太人的处境。现代犹太人的重点，不在“犹太”而在“现代”。跟地球上所有老大民族一样，犹太人身处一股同化洪流之中，被现代西方世界同化。犹太青年，正在义无反顾地舍弃犹太生活。犹太哲人，则在拼命地论证传统经文与现代观念并不冲突。岂止不冲突，很多第一流的头脑几乎断言：经过提炼的犹太信仰，就等于现代人热爱的民主、自由、平等。

所以，一名现代犹太人，不多不少，正好等于一名现代人。犹太人天然与基督教保持距离。但一名现代犹太人对基督教的淡漠，只是现代心灵对信仰的淡漠，而非犹太教徒对异教信仰的淡漠。他不是不愿相信基督教的上帝，而是无法感知任何上帝。如何称呼上帝，还是次要之事。问题的核心是，一个现代犹太心灵，跟其他现代心灵一样，很难与神圣事物发生关系。越是敏感、真诚的心灵，难度越大。

1913年前后的罗森茨维格，就拥有这样的现代心灵。他所接受的哲学养育，不断向他灌输这样的信念：真理，是一桩认识事业；所谓认识事业无非是说，彼处有一物，人类终有一天能够说明它“是什么”；设若上帝是真理，那么上帝亦是一桩认识事业——彼处有一上帝，人类终有一天能够说明它“是什么”，或者“什么也不是”。依照这种思维，人不可能走向上帝。人越奋力研究上帝，越使自己走向虚无。1913年，哲学史家罗森茨维格发现，自己就是这种思维的造物。他所钻研的黑格尔哲学，要算哲学史上“认识上帝”的一桩伟业，也代表了“认识上帝”的绝路。黑格尔把上帝封印到历史当中，断言认识上帝即是认识历史。结果则是，上帝被简化成不死的拿破仑。简化了上帝，等于抹掉了上帝。和上帝一同被抹掉的，还有必死的拿破仑统治下的每个人。于是，唯一骇然矗立的，只剩下国家。这就是罗森茨维格在《黑格尔与国家》里推演的精神危机。

发现危机，表述危机，反省危机，不等于解决危机。相反，对黑格尔传统的剖析等于对心灵母体的剖析。对于一名哲学史学者而言，这形同精神自尽。一个人，自断双足还想站立，自断头颅还想生存，不只荒谬，而且绝望。

三

1913年的罗森茨维格就经受着荒谬感、绝望感的双重夹击。他也向黑格尔之外、之后的哲学寻求救助，比如叔本华、克尔凯郭尔、尼采。情况并没有变好。越是研读哲学，他越是确信，自己的感觉无误。但这不是什么值得欣慰的事。准确地感知到荒谬与绝望，这有什么可欣慰的呢。

正在此时，罗森茨维格遇见了罗森斯托克。

罗森斯托克是一位博学的朋友，精研哲学、法学、社会学，也是一位虔敬的基督徒。二人在学识和心智上旗鼓相当，唯一的不同是：一个深陷荒谬感、绝望感之中，另一个愿意随时祈祷。对罗森茨维格而言，遇见罗森斯托克，是一件大事。如果这样一位学者和思想家都能够接受宗教，并以之为人生指南，这至少说明，思想和信仰相结合是可能的。罗森茨维格曾经在黑格尔的体系里寻找这种结合，什么都没找到。

有一天，罗森茨维格问："如果所有的答案都无济于事，又该如何？"罗森斯托克说："那时我会走到下一所教堂，跪下，并且尝试着再次祈祷。"对于提问者，这句话比所有关于上帝的思考都有力，比所有在黑格尔和尼采之间的辨析都有力，因为他让他看到的，不是一条严谨的论证，而是一个鲜活的生命。

1913年7月7日的晚上，罗森茨维格决定皈依基督教。他把决定透露给母亲，母子关系一度紧张，毕竟，这是一个犹太家庭。

1913年10月11日，罗森茨维格在柏林参加犹太教的赎罪日祭典，决定保留犹太人身份。从此，他的生活发生转向。他从一名学者（现代学术体系意味的）变为一名学习者。这个现代犹太青年，开始学习做一名犹太人，并向世人讲述这件事意味着什么。

没人知道1913年10月11日那个赎罪日发生了什么，罗森茨维格自己也不曾清楚地说明。多年以后他在一篇随笔里谈论"奇迹"：关于奇迹，没有任何神奇之处，除了它确实来临。

……

每一个奇迹都可以解释——但要等到事后。并不是因为奇迹不是奇迹，而是因为解释只是解释。（《生平与思想》，第367页）

在写给导师的那封信里，他同样拒绝解释和说明，宁愿用一个可能让旁观者感到失望却又安心的表述：1913年，有些事情在我身上发生了，对它们，只能恰当地用“崩溃”来形容。

四

1913年，罗森茨维格已经在黑格尔的政治哲学上花了3年时间。但那本《黑格尔与国家》还是拖到7年之后才出版。出版的时候，他已经不把这本书看得多重要了，因为他已经发现更重要的事。

从1913年到1920年，罗森茨维格的生活主题有三：参加一战，创办教育机构，撰写《救赎之星》。

战争裹挟了每一个德国人，乃至每一个欧洲人，因此无须详述。

推行犹太教育的想法，萌生于战争期间。直至生命终了，罗森茨维格都把这当成头等大事。但要理解此事之重要，还得先了解那本《救赎之星》。

1918年8月22日，在回归巴尔干前线的途中，罗森茨维格开始撰写《救赎之星》。1919年2月，写完。1921年，出版。

后世读者很难给《救赎之星》定位。它既不是宗教之书，也不是哲学之书。不是宗教之书，因为它谈论的既不是犹太教也不是基督教的正统神学。不是哲学之书，因为它既不是像黑格尔那样讲哲学，也不是像20世纪的哲学教授那样搞哲学，尽管它的作者本有可能成为哲学史专家。

罗森茨维格自己还是愿意称此书为哲学书。用他的话说：每个人都应该在自己的人生的某个时刻尝试一下哲学工作，发挥他自身的优势，仔细观察一下四周。但这样的审视不应该局限在自身之内。这本书并不是终极目标，它甚至算不上短期目标。它更应该不断完善自身，或者被类似的东西所超越，它自身必须得到修正。而这样的修正就发生在日常的生活过程中。(《生平与思想》，第26页)

作为哲学作品的《救赎之星》，正是罗森茨维格对生命的修正之书，或者说，一个修正的起点。他希望从这里出发，通往丰盈健壮的“日子”。

五

修正的需求，源于1913年赎罪日的那场“崩溃”。某个瞬间，发生了某些不可言说的事情。相似的事情，罗森茨维格也曾在罗森斯托克身上看到过。正是这些不可言说之事，把他接引到信仰面前。但这并不意味着他必须因此放弃理智。罗森斯托克是博学而谨严的学者，罗森茨维格也是。他不是作为反智者迎接那一瞬间的。比这更重要的是，他从未打算接受那种似是而非的流俗说法：一个人得分别为信仰和理智开立两个账户。正因如此，他在某个瞬间猝然领受了一件事，还得用漫长的时间消化这件事，尤其是让理智消化它。

《救赎之星》之所以被作者视为哲学书，原因就在这里。它的使命，是帮助一位哲学探险家消化一件事，一件世俗意义上的哲学消化不了的事。所以，罗森茨维格把从《救赎之星》里发端的哲学称为“新哲学”“新思维”。

所谓“新”，并无与“旧”分庭抗礼、建立新体系、标划新时代之意。这恰恰是旧哲学常有的冲动。罗森茨维格强调的“新”，无非是指出旧日哲学之路的绝境。

无论是康德、黑格尔，还是堪称现代宗教的实证主义，都把人与上帝的关系视为一桩认识事业。所有认识事业的核心问题，都是“是”：他是谁，他是什么。此种发问还有更深层的假设：一切认识的阿基米德支点，是“我”，我发问，我探索，我知晓，我怀疑，我否定；而所有这些“我”，又被假定为普遍的、抽象的、公式般的东西。

所有受到现代哲学养育的心灵，无不带着这些假设寻求真理。他们坚信有一个公式般的“我”，坚信可以靠这个“我”找到一个公式般的“上帝”，找不到，就否定他。不是只有读过康德、黑格尔的人才受他们的哲学养育。那些继承了他们词语碎片却浑然不觉的人，受到更深的养育，深到忘了源头。此种哲学、此种思维、此种心灵，必然把人引向怀疑和虚无，因为这无非意味着，人们要仅仅依靠理智，觅得一个为理智批准的上帝。等到寻觅失败，他们就把对理智的求全之怒转嫁给上帝。这就好像，人拼命用手把自己提向天空，手失败，人却手指天空，破口大骂。

依凭抽象之自我，寻找抽象之上帝。这是一种现代冲动。这也正是罗森茨维格所指称的“旧哲学”。这种对“抽象”的爱好，像恶魔一样吸引着每个现代心灵，让他们疑虑重重，被怀疑主义和理智上的种种不信任拖累得筋疲力尽。罗森茨维格在自己身上也发现了一个这样的人。

因此，《救赎之星》是一本战争之书。罗森茨维格要为自己而战，为一个筋疲力尽的现代心灵而战。战争的对象，则是诸种把人引向绝望的旧哲学。但是，罗森茨维格的“新哲学”并不声称提供新道路。他的所有努力，只是为“开端”开辟一种可能。长久以来，这个“开端”被诸种旧哲学封堵了。在一篇笔记里，罗森茨维格说，“开端”所需的全部，无非是人的谦逊。而旧哲学向人提供的全部武器，都在封堵这份谦逊。至于“开端”之后的事情，不可以由任何哲学来规划。“规划”这个词，指的是人对制造物的权力。而“开端”所指向的，不是人的造物。

在生命中特别需要哲学的时候，罗森茨维格从一个哲学史学者变成哲学家。但他根本不希望让写在《救赎之星》里的哲学成为哲学史上新的一种。他盼望的，只是通过告别旧哲学，开启一种新生活。旧哲学，训练心灵成为真理的法官。新生活，则要求人成为真理的容器。

1920年，罗森茨维格拒绝了弗莱堡大学的讲师职位。那时，《黑格尔与国家》已经出版，《救赎之星》已经写完。梅因奈克教授在乎的，当然是前者。罗森茨维格自己则忍不住提及后者，他告诉老师：那个撰写了《救赎之星》并在不久之后由法兰克福的考夫曼出版社出版该书的人，跟《黑格尔与国家》的作者完全不同。

导师希望他延续那条由《黑格尔与国家》开启的道路。罗森茨维格则必须听从另一个“开端”的召唤。当然，既然新生活已经开启，所谓的“新哲学”也就不那么重要了：当所有的话都说完，所有的事都做过了之后，新出的书仅仅是——一本书而已。我并未给它添加任何过分的重要性。（《生平与思想》，第152页）

六

罗森茨维格拒绝了大学讲师职位，这意味着他拒绝做一名在讲台上宣讲别人哲学的哲学史家。同样，他终生致力于犹太教育，也不是要向学生宣讲自己的哲学。他从事的犹太教育，跟各色以“犹太”为名的政治运动毫无关联。他所谓的犹太教育，无非是帮助人摆脱“恶魔般的”对抽象的爱好，过上扎实而具体的生活。对一个犹太人而言，那当然优先意味着——犹太人的生活。他始终相信另一位老师瓦尔堡的格言：上帝是具体的。

正是在这个意义上，罗森茨维格的“新哲学”对每个渴望过具体生活的人都有教育意义，不止他的犹太学生。“新哲学”里两个词尤其重要：“和”“时间”。

对于真理，旧哲学热衷于谈论“是”。罗森茨维格说，人与真理的关系，乃是“和”。热衷于谈论“是”的人，相信自己可以发现真理，评断真理，必要的时候制造真理。“和”则意味着，真理是某种从生命的外面涌进来的东西。人不能像拥有一物那样拥有真理，只能在某个瞬间跟真理相遇。人不可能用词语抓住真理的抽象本质，只能在猝然相遇的那一刻决定自己和真理的关系。

诸种旧哲学所导向的对抽象事物的爱好，让人把真理视为“他物”。这只能让他止步于某些低级知识，比如“1+1＝2”，再比如，相对论。罗森茨维格说，相对论并不比个位数的加法高级多少，只要多花一点儿时间和脑力就能明白。可是那个至高的真理，不是什么“他物”。人和真理的关系，只能是一次又一次具体的相遇。

罗森茨维格和他的朋友们共享这一洞见。《救赎之星》出版于1921年。马丁·布伯则在次年出版的书里表述了相似的意思。那本书就名为《我和你》。布伯长罗森茨维格6岁。二人是犹太教育的亲密合作者。罗森茨维格生命的最后几年，和布伯合作，把希伯来文《圣经》译成德语。

在《我和你》里，布伯区分了人与世界的两个原初词：“我和它”“我和你”。前者，表达人与工具化世界的关系。后者，是人与真理的关系。人总是靠着“我和它”掌控世界，也使自己被掌控。人必须依靠“我和你”的相遇重获生机和自由。不去挖掘、掌控、驱使、奴役“它”，人便无法生存。不和“你”相遇，人的生存便堕入虚无。“我和你”的相遇，只能发生于瞬间。若封堵了这个瞬间，天长地久的生存无非意味着天长地久的虚无和奴役。

罗森茨维格和布伯与之战斗的那些旧哲学，正是那些蓄意封堵“我和你”之瞬间的哲学。这样的哲学，把人封堵在宇宙这个漫无边际的牢笼里。

“和”的哲学导向一个更深刻的洞见：上帝与人的关系是直接的，只能是直接的。换句话说，启示和救赎不以间接的方式发生。诸种旧哲学向人们兜售了各色间接救赎：历史、国家、种族。正是各色间接救赎的欺人之谈，导致一些人对另一些人的生活的剥夺，导致大多数人对自己生活的舍弃。正是各色间接救赎的欺人之谈，让“我和你”的相遇蒙受污名，遭受指控，竟至于忙于自证清白。此事之荒唐，一如让两个四目相对意乱情迷的恋人用心理学、社会学、生物学的语汇自证幸福。此事之荒唐更在于，连当事人都渐渐不觉其荒唐。

“我和你”之相遇只能发生于瞬间。因此，那些封堵此一瞬间的哲学势必致力于垄断人的时间。黑格尔的历史哲学、政治哲学，深刻而凶险，因为它让国家、民族、种族成为个人生活的代理人，继而让那些被辩证法规定了的“历史阶段”成为时间的基本单位。于是，那种让“我和你”相遇的瞬间，成了非法之事。这种非法感，不只是政治的、哲学的，而且是弥漫心灵的。它让快要窒息而死的心灵，害怕和逃避性命攸关的瞬间。这是一种现代的罪恶感。黑格尔哲学的众多继承者，无不奋力巩固这一现代罪感。

人和真理只能在“我和你”中相遇，相遇只能发生于瞬间，瞬间只能植根于具体的生活。这就是“新哲学”想要告诉人们的。相反，各色旧哲学则渐渐蜕化彼此交织，终于在20世纪形成一种充斥世界的政治宣传：当今世界上的国家会迫使我们放弃好多值得追求的事物，目的不是为了一个更好的明天，而是为了一个更好的世纪。

七

罗森茨维格的“新哲学”意在让人们重审生活之根基。他和布伯等人一同倡导的犹太教育，则意在帮助学生成全具体生活。哲学是个开端，生活则是道路。只有在扎根的生活里，“我和你”才可能相遇。

就连“生活”这个词也容易成为一个用于抽象讨论的概念。在“自由犹太学社”里，“生活”不是哲学讨论的对象。“生活”首先意味着学习。这些犹太人，愿意学习过一种犹太生活：遵循律法，谨守节日，研读经书，祈祷，以及在这些日子中倾听，奉献。对于犹太人，学习犹太生活，捍卫犹太生活，就是捍卫人的生活。理由很简单，不存在抽象的公式化的人的生活。具体的犹太人，必须领受、领会上帝具体的馈赠。

在犹太学社，罗森茨维格是教育者，也是学习者。对他而言，教育首先意味着学习。三十出头的他，不是犹太事务的专家，而是一个想要回家的人：今天，没有哪一个人没有被异化，或者说，没有哪一个人不在自身之中蕴含着异化的碎片。对我们所有人来说，犹太教、做一个犹太人，再次变成了我们生活的核心……这是一种新型的学习。……这就是说，不是那种犹太事物的专家；或者，如果他恰巧是这样的一个专家，那么他的成功不在于专业能力，而仅仅在于他是一个被异化过的人，就像一个摸索着回家的路人一样。

这位学习者，努力守候犹太人的日子。1920年9月15日，他写信给要来拜访的朋友，给他一份犹太家庭时间表：你什么时候来？一定要保证不能来得太晚。我会给你一张犹太节日的列表——其中所有的节日都很不幸地在这个时间接踵而至——以便你不会在来的时候正好闯进了一个你本来可以避免的节日。……但是除非有绝对的必要，请不要在未经事先通知的情况下突然造访，这对家里的主妇来说太过突然，她必须从周四开始就为安息日做准备——那确实是个累活——因为在安息日期间不能做任何工作。遇有紧急事件可以打破安息日，但它会把安息日弄得零散，而这样的碎片是毫无价值的。某天当我怀念海德堡的列车时所产生的不快并非无的放矢；一个破坏了的安息日是被从根本上摧毁的安息日，无论我自己是否该为之负责。（《生平与思想》，第156页）

一个与神相遇的人，或曰一个“有信仰”的人，是努力捍卫这些日子、认真经验这些日子的人，而不是用某种特殊的语言谈论神的人。正是这些日子，唯有这些日子，以及在这些日子里发生的“相遇”，才能给人的生活提供支点：在此，“有信仰”一词并不意味着某种束缚人的教条，而是有一个能支撑着一个人的全部存在的支点。在这个意义上，异教徒也可以是有信仰的，而极端正统派也可能是无信仰的。（《生平与思想》，第281页）

八

1920年12月，罗森茨维格和新婚妻子搬进舒曼大街10号的阁楼。一年之后，首次注意到身体上某些严重的征兆。1922年2月，他收到医疗检测结果：肌萎缩侧索硬化症伴随进行性延髓瘫痪。8月，书写变得困难，语言逐渐不清。11月，完全丧失写作能力。1923年春，完全丧失语言能力。秋天，四肢完全瘫痪。1929年12月10日，罗森茨维格在阁楼上去世。

瘫痪之后的6年，罗森茨维格与布伯合作，把希伯来文《圣经》译成德语。他还整理出版了《犹大·哈列维选集》，并为哈列维的诗作撰写注释。全部写作都是在夫人的帮助下艰难进行的：除了大量的时间不得不花在穿衣脱衣和吃饭上，一天还剩下几个小时用于工作。1922年12月，他无法再指挥自己的双手，病人不得不开始对他的妻子口述，他发现这样做非常困难。但是这种口述很快也停止了，因为语言器官也逐渐麻痹了。1923年春天，为了促进交流买了一台打字机，这是由通用电气公司订制的特别型号。这台机器的结构是这样的：操作它的人只需要移动一根简单地放在包含着所有字母的圆盘上面的杠杆，直到指针指向了某个想要的字母的同时，单击单个的键，把那个字母打印出来。一开始，罗森茨维格还能自己操作这台机器，但到了后来，他不得不用左手指点字母。病人的胳膊和手是由吊在他附近的一根杆子上的吊索支撑着的。按键由其他人操作，通常是罗森茨维格夫人。最终他口述字母的能力也减弱了，因此人们不得不靠猜测来进行确认……

正是在这段时间，诗人卡尔·沃尔夫斯凯尔登门拜访了罗森茨维格。他回忆，自己见到了一位自由国度的王：无论是谁，只要他跨过了罗森茨维格的门槛，就像进入了一个神奇的世界，就像被某种轻柔而强大的魔法所击中——事实上，他自己也变成了一种有魔力的存在。日常生活的固定不变的、人所共知的形式消失不见，取而代之的则是种种的不可思议。在书桌后面，扶手椅上坐着的，并非是人们在上楼时想象的那个身患疾病、完全无力的、生命力几乎丧失殆尽、安抚和宽慰也无济于事的人；相反，在书桌后面，扶手椅上坐着的弗朗茨·罗森茨维格却活得像一位国王。每当我们的眼光相遇时，彼此之间就有了默契。所有有形的事物，无论是物体还是声音及其回响，都臣服于一种新的秩序，所有这些都在宽松的、无须刻意努力也无须刻意调整的情况下被整合进一种彻底而纯粹的、本真的、在美的光芒照耀下的生存状态中。在此绝不可能有别的情况发生，因为统治着这里的并不是压迫和强制，而是绝对的自由。……一扫而光的不仅是无聊的人类感情，焦虑和不安，得到升华的也不仅仅是所有来自健康人的微不足道的、自我满足的同情心。在这里发生了更多的事情：随着这个人的出现，人自身的幸福确实是在最完全的意义上得到了保证，而且同他的精神完全协调一致。靠近弗朗茨·罗森茨维格，一个人就会找回自我，就会如释重负、不再压抑、一身轻松。无论谁来拜访，他都会引领他进入一场对话，而恰恰是他的倾听本身就是一种雄辩的说明、一种答复、一种召唤、一种肯定、一种指引，更不用说那令人难以忘怀的深沉而温暖的目光。

九

2018年春节前那几天，我第一次听说罗森茨维格，第一次知道他是马丁·布伯的同道。整个春节，我一直读他的书。一本是《救赎之星》，另一本是学生编写的《罗森茨维格：生平与思想》。我抄了很多句子，也想了很多事，好像遇见一位庄严的父辈和兄长。1918年，他动笔写那本《救赎之星》。整整百年之后，我觉得是在跟他对面晤谈。

罗森茨维格生于1896年，比胡适小5岁，比冯友兰小1岁。当他从旧哲学的噩梦中惊醒，以全部生命守护生活的时候，他与之斗争的那些旧哲学正争相以真理之名在汉语世界蔓延。他当然不会知道，他曾描述的那种时间讹诈，将会逐渐垄断汉语心灵，直至今日：当今世界上的国家会迫使我们放弃好多值得追求的事物，目的不是为了一个更好的明天，而是为了一个更好的世纪。

等待更好世纪的汉语心灵，一边糟蹋自己的日子，一边热爱不死的拿破仑，崇拜必死的拿破仑。

选自《作品》2019年第5期

评鉴与感悟

头一回听说罗森茨维格。读了杨无锐的文章，也抄了好些句子："对个人天赋的服从毫无意义，甚至可以说是自我奴役。""他不断寻找隐喻。"关于罗森茨维格的一生，杨无锐笃定，也讲述得清晰。现在，我只是迫不及待，想找来《罗森茨维格：生平与思想》，一窥究竟。

辑四

白鹭书院

/东君

白鹭的白

小时候曾在山间看到一堆无名骸骨。我们好奇，竟将那些骨头当作木棍挥舞，不知道这是亵渎死者。其中一个伙伴忽然发现一具龇牙咧嘴的头骨，就很兴奋地指给我们看。头骨并没有像想象中那样雪白，但被阳光照着，自有一股森森寒气，我们怔忡以对，渐渐觉出一种恐惧。许多年后，我在无意间翻看到日本设计师原研哉的一本书《白》，他解释说："白"这个汉字源于人类头骨的形状。没想到，这么美的一个汉字，竟暗藏着漆黑的死。

我们的古人赋予时间以白马的颜色与形状，它从天地之间的一道缝隙前穿过，奄忽不留，但留下了它的白。这是生命开始之前与终结之后的那种白。是太古之白，也是未知之白。我在河边散步，看见鸟从眼前飞过，也不免有一种诸如白驹过隙、逝者如斯的感觉。为此我写过这样一句诗：一只鸟飞过去了，只留下它的白。

没错，我这里要说的就是白鹭。白鹭的白，使它变得有些飘忽，仿佛有一半属于物质，一半属于精神。其实我要说的也不是"白鹭"本身，而是一座由白墙构成、可以让人置身其间的书院。自从书院以白鹭命名之后，我对白这种颜色似乎也有了不同的感受。每次站在那堵白墙前，我就觉得那样一种白，与简单的生活有关，与内心的安静有关。墙也是有生命的。一堵老墙，一种白灰与黑灰的混合物，在努力抵抗时间的侵蚀。仿佛只要它在此屹立，时间就会绕道而行。墙外的时间一如既往地流动，而墙内的时间却岿然不动。两股相反的力量挤压着一堵老墙，以致它开始变形：一道道裂缝，就是一道道时间的爪痕。

白墙的白不是纯粹的白，它有着被岁月侵蚀过却不假修饰的瑕疵。进驻白鹭书院可楼之初，我曾打算买一桶白漆把墙壁重刷一遍。老宅修复者却告诉我，墙壁虽然不够白，不够洁净，但这是一种自然的颜色，让它旧下去反倒跟整个建筑更相融。尽管如此，我还是觉得那些或大或小的斑块就仿佛不可忽视的错误。有一天，我在一个房间里坐着，一抹阳光忽然溜了进来，在墙上投出一块不规则的光斑，让我顿时改变了对斑驳墙皮的固有看法。

我的一位朋友也是如此。他第一次走进这座老宅时，就问，房子这么旧啊，还能住人？那楼梯这么窄、这么陡，能不能上？楼板这么松脆，会不会开裂？还有，这墙上的斑驳颜色看起来多脏，为什么不用白漆粉刷一下？后来，有一天下午，他来到可楼，适逢下雨。他就坐在檐下，什么都没做，单是听雨。听了一个下午的雨。他就对我说，在可楼听雨还是好的。事情就这么简单，一场雨就改变了他对这座老宅的看法。色彩之美有时不单单是通过视觉来感受的，还可以通过某种声音忽然呈现。比如白色，那么单调的一种颜色，有时会因着同样单调的雨声忽然让人毫无来由地心生欢喜。

于是我想，必须有一面白墙，辟作诗歌墙。做什么用？如果你没什么事，不妨到这里晒太阳或听雨；如果你晒太阳或听雨时忽然想到了什么，不妨记下来；如果它恰好是一节分行的文字，不妨贴在白鹭书院的“诗歌墙”上。墙上有了这样一种称之为诗的文字，它就不是一般意义上的墙了。与某位读者的目光相触的那一刻，它就将变成一堵柔软的墙、可移动的墙、声音的墙、流动的墙。

一个名叫泰那汉的越南诗人写过一首诗，说他在白纸上可以看到漂浮着的云。为什么？他说：没有云就不会有雨，没有雨树木就不会生长，没有树木我们就不能生产纸张。然后他又告诉我们：他在这张白纸上看到了阳光，看到了伐木工人，甚至看到了伐木工人每天所吃的面包和他身边的父母。同样的，我们也可以在这些白墙上看到阳光、砌砖的工匠、砖窑工地上一双沾满泥土的手。一个身着长衫的先生站在一堵刚刚粉刷一新的白墙前。他也许会想，一百年后，还会有人像他这样站在这里。他的影子投在一面墙上，就像某个夜晚，一根树枝的影子投在白鹭书院门口的墙上。

在这面被时间侵蚀的墙上，白，不是一种空白。原研哉在那本《白》的书中说：白同时是“全色”与“无色”。这一悖论，道出了白之为白的妙义。与之相反的则是诗人兰波说过的一句话：要么全有，要么全无。这两句话或许正代表东方人与西方人的一种思想。在此，我们无须借助一种高深的逻辑辩论法来评定哪种说法更好。原研哉的话更近于东方的禅意，我无法以文字去索解，但我以为，当我们把眼前的事物归之于“白”，所谓的“全有”与“全无”或许就在其中了。日本人崇尚一种简素精神，故而对白色情有独钟。另一位日本学者松冈正刚在一部《山水思想》的书中谈到了“和之白”，且举两句诗阐明自己的美学观点。前一句是汉诗：“庐州月色随潮满，葱岭云肤与雪连”；后一句是和歌：“白发苍苍的年纪，月夜里拨雪折梅也是一件索然无味的事情”。前面那句汉诗不着一个“白”字，但月色与潮、云肤与雪，显然隐藏着与“白”有关的内容；后面那句和歌提到了发、肤、雪、梅，显然也是与“白”有关。两首诗中这一妙不可言的“白”，将造物之美与人的身体发肤之美由表面的相映转化为深层的勾连。我们如果照此解读一首诗，恐怕还是流于肤浅的。可是，愚钝如我，无法从更深的层面去理解这个长于我们的生命而未知究竟的“白”。松冈正刚把两首诗做了比较之后认为：那首和歌的最后有“无常”和“白”，而中国人大多数没有像日本人一样拥有“无常”的观念，所以也没有把这种无常理解成“白”。

的确，我看到“白”，往往不会想到生命的“无常”。这跟我生活在基督教家庭，缺少这种佛教的无常观大概没什么关系。在我的意识中，白色对应的是寂静，杂色对应的是喧嚣。坐在白鹭书院，面对一堵白墙，我感受到的是闹中之静。这种静，谈不上是一种虚静的精神状态，但置身其间，有时会让自己的内心突然变成一个腾空的房间。

白鹭的鹭

总觉得鹰是属于北方的，而白鹭是属于南方的。我是南方人，自然喜欢这种与水相亲的鸟。一条河在流，一群鸟在飞。亘古如斯。有一阵子，我每天清晨都要从河边经过——这里以前是清流之川而现在却是一派浊流——时常可见白鹭的身影，忽上忽下，时远时近，看起来比风中飘浮的羽毛更轻灵。大女儿在上学的路上曾指着白鹭问我，它们为什么整天都在河面飞来飞去？我说，它们不为什么而飞。多年后，小女儿也问过我同样的问题。白鹭还是白鹭，河流还是河流。这条河流上空多一只白鹭或少一只白鹭，对我们来说并不重要。不远处就是高楼、商铺和菜市场，充斥着讨价还价的声音，呈现的是沿河一带非诗意的一面。对于一只白鹭来说，这一切也可以忽略。河里的鱼不会仰视我们，天上的鸟不会俯视我们。只有我们既可以俯视鱼又可以仰视鸟，于是，我们就理所当然地认为鱼与鸟的视线是可以与我们的视线彼此交集的。而事实上，鱼与鸟从来就没打算关注过我们。它们只愿意活在自己的世界。一只鸟不知道鱼在水中有多快乐，一尾鱼同样不知道鸟在空中是怎样一种逍遥。但白鹭知道鱼之乐，也知道鸟之逍遥。在水天之间，它是自由的。当它在水草与树丛间栖息，或是让双脚沉浸在水中，看上去多么像一个远离尘嚣、耽于梦想的人；当它借助上升的气流做各种滑翔动作时，天地与之久久周旋。白鹭在天上飞，而我在地上走着。有那么一瞬间，我是多么渴望自己变成一只白鹭，甚至想象它就是另外一个我，突然从空中探出头来，朝现世微微投下一瞥。

在我读过的文章中，有两只夜鸟，曾让我暗暗吃惊。

一只是苏东坡在《后赤壁赋》中所描述的夜鸟：“时夜将半，四顾寂寥。适有孤鹤，横江东来。翅如车轮，玄裳缟衣，戛然长鸣，掠余舟而西也。”这一段描述，让我们在千年以后依稀可以看到，滚滚江流之上，鸟的飞逝，沉沉黑夜的杳然自失。鹤的出现使东坡先生的文章有了外在的飞动之致与内在的超拔之气。我一度疑心那只鹤是东坡先生在黑夜里虚拟出来的，及至读到他写的《为杨道士书帖》才知道，他那晚是确曾与杨道士同时看到了一只白鸟自江南来，从头顶掠过，东坡先生不知其为何鸟，就在赋中姑且称之为鹤。一只鹤在夜空中划出那一道弧线的同时，也给那个十月之望的现实与梦境划出了一道边界。

我要说的另一只鸟，是鲁迅在《秋夜》中所描述的夜鸟：“哇的一声，夜游的恶鸟飞过了。”我不知道鲁迅所描述的“夜游的恶鸟”到底是什么鸟，但我感觉，它应该是一只类如乌鸦之类的给人带来不祥之感的鸟。夜游的恶鸟给黑夜带来了另一种黑。鲁迅没有描述它的外形，但我们却可以听声辨形。这只鸟让我想到鲁迅的另一部作品《药》中的一段描述：“两人站在枯草丛里，仰面看那只乌鸦；那乌鸦也在笔直的树枝间，缩着头，铁铸一般站着。”在小说的结尾处那只乌鸦又出现了：“他们走不上二三十步远，忽听得背后‘哑’的一声大叫；两个人都竦然地回过头，只见那乌鸦张开两翅，一挫身，直向着远处的天空，箭也似的飞去了。”因此，我总感觉《秋夜》中的那只“夜游的恶鸟”就是从《药》里面飞出来的乌鸦。哇的一声，与哑的一声，听来都是凄厉的。

可以想象，白鹤与乌鸦，一白一黑，怎样呈现于浩淼的空间，又是怎样消逝于浩淼的时间。我后来提到鸟，脑子里通常就会浮现这两只鸟的影子，耳畔似乎还能听到白鹤的戛然长鸣与乌鸦所发出的哇的一声。

我甚至可以断定，东坡先生在那个十月十五日夜晚所看到的那只白鸟是白鹤而不是白鹭，因为我曾认真观察过这两种飞鸟的形态。较之于鹭，鹤的体型更大一些，翅膀也更长阔（即所谓“翅如车轮”）；鹤鸣于野，声音嘹亮（即所谓“戛然长鸣”），而白鹭总是惯于沉默，极少发声。此外，鹤飞翔时，双腿微曲，头部高昂，仿佛要飞向更远的地方，而白鹭恰好相反，它飞翔时总是低头缩颈，伸直双腿，尤其喜欢贴着水面滑翔。

也曾想过以白鹤为书院命名，但本城已有一座名气很大的白鹤寺（且在辛亥革命时期办过僧民学校），因此就不作考虑。后来选择“白鹭”，也是与白鹤有那么一点关联。白鹭作为一种意象比起白鹤，没有那么仙气，那么高冷。在我眼中，白鹭既是理想主义者，又是现实主义者。一方面它可以接地气，可以合群，另一方面它的羽毛可以分泌出一种洁身粉，能让它始终保持着一种入水不濡、出泥不染的青劲之姿。囿于现实的我或许无法以白鹭自比，但这并不妨碍我借白鹭之身寄寓一种对自由的向往。

我与白鹭再度结缘，还要从摄影作品说起。摄影家叶朝晖在白鹭书院跟我闲聊时，瞥见门口“白鹭”二字，就告诉我，他这些年来外出拍自然风光，有意无意地拍了几百张白鹭的照片。因为白鹭，我们就有了更多的可以聊的话题。闲谈间他随手把手机里收藏的几幅白鹭图片翻找出来给我看。之后，我又去他家中，饱览电脑文件夹里的上百幅白鹭图。从体态纤瘦、蓑羽飘拂的小白鹭，到挂在渔网上枯骨毕露的大白鹭，似乎都有一段故事可以讲述。在摄影家的镜头下，那些白鹭跟人一样，也有生离死别、爱恨嗔痴。但我也看到，那么多工业时代的白鹭，依然保持着农耕时代的野逸气息。这些摄影作品中最吸引我的，是一张构图简单的白鹭图：两块圆头圆脑的礁石占据了画面的三分之二，其中一块礁石上立着三只白鹭，互相顾盼，仿佛在交谈。我说不出这张照片好在哪里，但它确实让我发了一阵子呆。我后来在这张照片上题了一行字：发呆的石头发呆的鸟碰上了发呆的人。

以“白鹭”之名，我们创办了书院；同样是以“白鹭”之名，我与小说家大蛰、诗人觉晓一道策划了一场“白鹭的声音”摄影作品展。我们都觉得光有摄影略嫌单调，于是又请诗人写同题诗、画家作画、书法家题款。这里面，有诗，有书，有画，有摄影，有人与人、人与物之间的美好相遇。艺术展览意味着白鹭是可“观”的；配上诗，再辅之以朗诵，伴之以古琴，则意味着白鹭是可“听”的。我们要呈现的，是既可以“观”，又可以“听”的白鹭。

我曾策划过一场以“山水的声音”命名的跨界活动，“白鹭的声音”正是延续这样一种声音。无论是山水的声音，还是白鹭的声音，都是我们内心的声音。如前所述，生物学意义上的白鹭通常是沉默的。我这里要说的“白鹭的声音”，就是那个内心深处的“我”代替白鹭发出的声音——每一个诗人或艺术家都是一只白鹭，不同的白，不同的鹭，就此发出了不同的声音。

书院的书

梅雨季节过后，觉晓告诉我，书院里的书受了潮，书架上长出了白斑，有一幅字画也布满了一片霉斑。我出差回来，发现书已下架，书架上的白斑也清除过了。至于那幅字画在短短两个月内竟爬满了霉斑，已无修复的可能。当天下午，我跟大蛰一道重新搬书上架。到了晚上，我闲着没事，又独自一人回到书院清理书籍。清理的间歇，手臂微酸，便坐下，看了一会儿书。那晚下着雨（可楼的雨水量仿佛比别处更多一些）。天潮地湿，在老房子里尤其能感受到那种南方的无所不在的潮气。

面前是一排顶天立地的书架：简单，质朴，有着钢铁的坚硬和木头的柔和。新书上架不久，居然也散发着一股从时间里透出的旧气味。不过，一本旧书放在这里也不会让人觉得有多旧，因为房子比书更旧。房子本身就是一本旧书，被无数双手触摸过，也被虫子蛀过。在这里，墙就是一本旧书的内页部分。墙上的斑点、裂缝、蚊子血、灰尘、剥落的砺灰以及那些无法被白漆遮盖的涂鸦，就是这本书的全部内容，它已经在这里搁置了一百多年，已经发黄、变脆，浸透了阳光的枯索气息、雨的土腥味以及风吹过后留下的涩味。

书之于书院，正如灯之于黑暗的房间。书是用文字点燃的灯。灯只能照到一个房间，书却可以照到更深远的地方。远至千里之外，深及一个人内心的某个角落。书也是连接古今的秘密通道——经由这条通道，我可以认识更多的古人，在他们中间找到同类。“与古为徒”这句话说的大概就是这意思了。

书架里摆着两本《林启亨集》《林大椿集》。高阳林氏父子的名字，并排立着，粗宋体，黑色，仿佛两个黑衣人正在檐下避雨。这个雨夜，我忽然想读点古书了。早年读过一本志书，知道父子俩曾在两百年前执教于梅溪书院。书中还附有梅溪书院的建筑结构图。藏书楼筑在中轴线上（显然是为了体现藏书在“三大事业”中的主体地位），两旁则是讲堂、学库、学舍、账房、厨房……让人恍惚看到了那些泛黄的线装书、惜字炉、文房四宝、隐几而读的生员、竹影般散乱的文稿、生死文字间的老书虫、寂寞中点燃的一盏灯……

说起来，废书院已有一百多年历史了。一百多年是巨大的覆盖，黑瓦覆盖着白墙，黑土覆盖着白骨，黑字覆盖着白纸，风声雨声覆盖着读书声，二十世纪初被西风吹散的黄花落叶尽在无穷的覆盖中。我曾来到暮气沉沉的山间寻访古代书院的遗址，却发现，有名的书院只留下一个名，无名的书院只留下一堵断壁。这便是当年某某书院的遗址了。夹石夹土的山，半生半死的树，一幅阴湿湿的中国水墨画。静静地伫立在那儿，感觉自己的双足与古人仅隔一层黄土，就像现在，手捧一本清人的诗文集，感觉手指与古人仅隔一层薄纸，亲切而又遥远。

一纸之隔，就是两百多年。那一刻我忽然想到身为高阳林氏后人的大蛰兄，他跟我一道创办白鹭书院时，是否也有先人的一份执念掺和其中？读着林氏父子的诗文集，便有一张深潜在时间里面的脸渐渐浮现。那张我也说不清楚的、古代读书人的脸，与大蛰的脸竟莫名其妙地叠加在一起。在这雨夜，它愈加清晰起来。林氏父子都是喜欢读史的，他们时常到各地搜访野史、地方志，每每挟书归来，就在灯下把久觅方得之书细嗅轻摩一番；读到会意处，就用朱墨圈点，或是在空白的地方写上几笔。林大椿把自己的书房命名为菜香书室，像是故意要把书香冲淡一下，得一分俗味。据说他藏书逾万册，偶尔有读书人登门造访，也不吝出示好书，仿佛自家的鸡黍之香让邻家闻到了，也就索性隔篱招饮。可以想象，二三素心人在有月的夜晚闲坐聊天的情形。还可以想象：一个像今夜一样有雨的夜晚，主人在窗前灯下独坐，旁有红泥小火炉，温有一壶黄酒。在长时间的阅读之后，他手释一卷，默数远处的敲梆声，继而又闻温酒时的嗞嗞声和外边檐雨溜圆的絮语。酒热雨疏之际，他也许会想，自己念过无数遍的诗作是否会在几百年后被另一个人默念。这位菜香室主人在一首题为《雨夜》的诗中说自己在小楼听雨，竟听到了“渔阳鼙鼓动地来，惊破霓裳羽衣曲”。今人想象古人，跟古人想象更古之人，似乎也没有什么区分。读到那样一首写夜雨的诗，竟感觉从两百年前抽取的一根雨丝已悄然安插在今夜的雨中了。

我与一座楼的主人相隔一百多年，我与一首诗的作者相隔两百多年，这么一想，就仿佛把自己一下子推远了。独坐古宅，或是读古人的书，就是以一种远眺的方式反观自身。在此坐久了，有一种与墙与书渐渐相融的感觉。外面正下着雨。感觉雨也是这座楼的一部分（如果今晚碰巧有月光，也会觉得月光是楼的一部分）。我尤其喜欢在这样一种徐疾有致的雨声中坐着。它应和的是许多年前的一场雨。那时候，是否也有一个人像我一样坐在这里听雨、看书？听着看着，看着听着，书上的文字是否就开始流动了？焦桐琴馆搬到书院隔壁之后，就给雨夜添了更多的韵致。让人无端觉得雨声是凭借一双看不见的妙手弹奏出来的。这室外的雨声，仿佛可以转换成室内的琴声，然后再度转换成无声的文字，散入书中，直至无从觅寻。

翻了几页《林大椿集》，再翻几页《林启亨集》。然后，合上。把书插回书架。那些在纸上构筑家园的人，再度变成了夹在纸里的扁平的亡灵。书在架上，默默地注视着、等待着一双随时捧起或放下一本书的手。

书院的院

曾去过一座保留完整、古风尚存的书院。那是一座佝偻着腰的谦卑的木楼，楼板脆薄得仿佛快要脱线的旧书，被几根生锈的铁钉执拗地咬合着。一楼的陈列柜是装有玻璃拉门和铝材滑道的那种，几本诗文集是烫金或加膜的那种。二楼摆放着旧桌椅，是一种做出来的旧相，仅仅用于装点门面而已。另一个房间里，是一排书橱，没有书，就这么漠然地立着，茫然地空着。就像一个人有耳朵但没有听觉，有眼睛但没有视觉。那时我就觉得，这座老宅原本是有灵魂的。但读书声消失了，灯熄灭了之后，它的灵魂也就没了。楼是空的，院子是空的。后来的人用再多的东西去填充，它还是空的。

但可楼是有灵魂的，可楼里面的白鹭书院也是有灵魂的。用“不知转入此中来”这句诗来形容白鹭书院与可楼之间的缘分，是再恰当不过了。一年前，我与觉晓、大蛰、漱砚闲聊，想办个书院之类的什么。书院名字都有了，场所却迟迟没有找到。我去宋湖里坊、晨沐路、井树创意园转了一圈，都不太合意。那天下午，我就从井树步行穿过一条老街，经过洪宅、经过徐树声宅、经过东云路，快到桃园书院时，我忽然又踅回了，像录像倒带那样，我“倒”进了中和巷17号。因为我还记得在更早以前，我是来过可楼的，那时的可楼不叫可楼，而是叫徐宅。那一回，我见到了被人戏称为“古建筑保护特工队队长”的虞海泽（圈子里的人大都称他虞队），并且得知这座老宅的整个修复工作都是由他主持的。看到断壁残垣、塌陷的屋檐，我几乎不敢相信，这样的老宅居然也可以修复。但虞队告诉我，如果修复进程顺利，不出一年，老宅便可恢复原貌。屈指一算，正好一年。我带着好奇心第二次走进这座老宅时，发现这里已经没有先前的荒芜景致了。虞队不在，只有几个工人在室内做一些零敲碎打的活儿，我登上那架曲折幽暗的木质楼梯时，忽然看到二楼的墙上有一个镂空的“東”字，就情不自禁地掏出手机，给虞队打了一个电话。于是，白鹭书院与可楼的缘分就这样注定了。

与白鹭书院同时进驻这里的，还有咖啡馆、画室、摄影工作室、印染作坊、琴馆。经历一百多年的风吹雨打，建筑中精巧与鲜丽的那一部分已渐渐消失，代之以古拙与平淡。罗马柱、天窗、花墙、门环、栏杆，都仿佛是时间的一部分，而现在，它们跟那些现代化的冷铸件、暖色电灯以及各种轻质物体融混在一起。一座院子，一栋楼，虽说是木石结构，但它是有灵魂的。不是说，它空着，就是死的；有人住着，它就活了。人去楼空，也不是后来者点一盏灯它就能复活了。它的复活，乃是有赖于一颗心。房屋的建造者与修复者站在时间的两端，彼此可以相接的，正是这样一颗心。如果说，旧主人的心是卯，那么，修复者的心就是榫，"咔嚓"一下，卯榫契合，这座院子就复活了。

书院，顾名思义，应该是有书有院的——有书可以充实头脑、有院可以歇脚的书院才是书院的样子。在这里，院子（俗称道坦）就是建筑的一部分，它容纳了建筑本身无法容纳的东西。它一度是粮食局家属的公共庭院，天晴的时候有人支起竹桁晒衣被，雨天的时候有人把洋铅桶放在阶前承接雨水；也不乏一些人在这里莳花种草、下棋打牌、聊天纳凉。有了这样一块不大不小的道坦，人们的会面空间就大了，会面时间也就多了。人在道坦里，就是在天地之间，没有主客之分，谈话也就更自在了。在某种意义上，道坦既是公共空间，又是虚空之所。它由墙的实体与道坦的虚体构成，它的"无"容纳了它的"有"，带来的是一种封闭的敞开；也可以说，它是由墙的"白"与道坦的"空"构成，按照原研哉的说法："白"不是"无颜色"，"空"也不是"什么都没有"，它是一种"过渡状态"，"等待着终将去填充它的内容"。那些曾经占有过某一部分空间的事物消失于原本的空无之后，现在又有新的事物填补它的空无。借这道坦一角，我们做了一场接一场活动：道古、唱词、弹琴、朗诵、放老电影，等等。

丁酉腊月，白鹭书院做了一场中小学生冬令营活动。我让学员们做一篇同题作文：庭院里有什么。庭院里有什么？一个女孩子说，庭院里有两盆金钱草，我想用它买下整个春天。还有一个男孩说，庭院里有两个水缸，我却不知道它用来做什么。我跟那个男孩说，你就写这水缸吧。他惊讶地问，这小小的水缸还有什么可写的？我说，这么小的水缸里就有很多东西可写，你仔细看看，它里面有些什么？他的回答是：几撮狐尾草、几朵睡莲，还有就是游来游去的鱼。我说，你再朝里面看，还看到了什么？他说，我看到了楼的倒影，还有蓝天和白云。说到这里，他的眉毛微微上扬，因为那时恰好有一只鸟飞过。我说，你再看，还发现了什么？男孩坐在水缸边，似看非看。他的面孔被倒映在水缸中的蓝色天空浸染得略有些忧郁。他沉默了许久，忽然微笑着对我说，我还看到了自己的脸。他终于发现，平常最熟悉的事物也是最容易被自己忽略的。男孩站起来的时候，在纸上写下了这样一句话：水缸里有一个完整的世界。水缸固然是水缸，但它进入那个男孩的视野之后，一个物质世界就变成了一个精神化的存在。

这里有一些类似水缸一样古老的物事。它们可以储存时间、储存故事、储存笑与泪。有看得见的，也有看不见的。如果说，我们平常所住的房间，储存的是现在的时间，那么，这里储存的恐怕还有过去的时间。每次打开那个陈旧的空间，总感觉过去的时间会呼啸而来，绝尘而去。道坦、水缸、空房间，是我喜欢的三样物事：坐在道坦里，我只要抬头就能看到天空的四个角；透过水缸，我就能看到一个“完整的世界”；站在一个狭小的房间里，我只要打开一扇窗就能与一座山、一座城迎面相遇。

透过其中一扇窗子，我能看到两样突兀的东西。一样是停泊在对面临时停车场的挖掘机——这足以吞噬一座旧城的二十一世纪的巨兽——铁臂所及之处，庐舍为墟，一片狼藉，跟可楼仅隔一条马路的徐次琴宅（包括一座女子书院）已夷为平地。随后进入视野的是打桩机，砰砰声频频传来，隐约可以感受到楼板的震动，进而让人对墙上的裂缝引发一丝忧虑。我所说的另一样东西就是窗口所含的远山。其实不是远山，而是山顶那座古塔。古塔的建造时间显然要比可楼更久远，它在一千年前的那个点上俯瞰这座城市，有着一种君临一切的气度。每每在暮色中长时间地注视它，我心中就有一种奇妙的感觉滋生：古塔的影子会落在这座老宅的道坦中央，就仿佛一轮明月倒映在万古寒潭。

中国古代建筑，跟诗歌一样，向来是讲究形式的。栋：屋之正中；宇：屋之四垂。栋宇的格局，对应的正是中国人的家族伦理观念。然而，这座老宅采用的是中西结合的建筑风格，中堂轩敞，没有像通常所见的中堂那样，摆放家先神位。可以看得出，主人有意弱化建筑的伦理功能，强化它的审美功能。这就像作诗，为了求得文字之美，可以离方遁圆，把自律诗变成自由诗，自成意度。站在道坦里，能看到中堂。有人把一张旧桌摆在正中的位置。我没去考证，这张金丝楠木八仙桌究竟有多少个年头了。它的古旧与庄重可以让人心中凭空生出一分稳静。每天午后，会有一道阳光照亮桌子的四条腿，那一刻，仿佛整座房屋和外面的天空，皆可赖以支撑。

选自《江南》2019年第1期

评鉴与感悟

东君大概是在谈论哲学，关于生死，关于建筑，关于万物。他在冥想，也在凝神观看。也曾翻过约翰·伯格的《观看之道》，他的话也像是在谈玄，不过还是记住了几句说法，大概是我们的观看，我们的辨认，我们的说法，既同当今格格不入，又使过去模糊不清。东君对白鹭书院的观看，自有一股笃定神气。比如，面对一堵白墙，他能读懂墙的生命，“每次站在那堵白墙前，我就觉得那样一种白，与简单的生活有关，与内心的安静有关”。他也能从孩子的眼里，看见水缸就是一个完整的世界。窗含山野，白鹭低回，万物进入他的视野，化作了精神存在，有了历史，有了光。

梦　见

/周晓枫

孤旅

人是一棵树，梦里的落叶铺满夜晚。梦境，是仅容一人通行的天堂或地狱，没有能够邀约的同盟者。即使亲密无间的爱侣，也必须接受同床异梦的命运；他们之间，可以分享财富、高潮和泪水，但不能分享梦境。

由于我不写日记，每每陷入混沌，那些真实的发生恍如梦境，几近无痕；而我记录梦境，它们像雕镂在黑夜上的光，更像是确凿的经历。如果说现实是肉体所经历的一切，那梦境就是灵魂所经历的——是你的灵魂在说话，在暗示。假设现实生活愉快，梦境容易明亮；现实沉重，也会在梦境里留下压痕。梦是现实的拓片。白昼的人物，能越过踏板，纵身跃入夜晚的梦境，但你无法从琳琅梦境里，成功盗取任何一样物品。

我所见过的最美的景致、最动人的面目和体魄，是在梦里。我梦见，皮肤闪耀金棕色光芒的年轻河神，站在黄昏河里，他两臂平伸，抱着我走向波光潋滟的落日深处。交混着羞怯的快感如此强烈，近似愿意赴死的晕厥。此种美妙，是否只是因为入睡前喝了一杯葡萄酒的缘故——就像给梦境里的花园灌溉。

通常情况下，我在梦里也不放松，自律而缺少放纵，甚至也讲信用。比如梦见路过一个花园，我偷吃了架上的葡萄。我一直想着，第二天要还钱。整个晚上我不断提醒自己，直到醒来——自律和自责，贯穿了整个梦境。我在梦里也有纪律。有段时间吃药，医嘱禁服豆类，我在梦里吃了作坊里的豆子，意识到失误之后，我在梦里慌忙吐出虚幻的豆子。我的梦，没有摘掉拴在现实上的勾环。

如果我做了宴饮的梦，进食过多，早晨起床，我的体重通常真的会增加一些斤两。如果打了一夜的架，我在梦里挥舞太久的兵器，醒来会累。

我的梦不仅有颜色，还有味道。我梦到厨房里，汁水收到正好的蘑菇，在舌蕾上散开美味。我也梦到动物园的狮虎山，体味浓烈的杀戮者刚刚排出发情期腥臊的尿液。我的梦里有暖香，也有微咸的盐味；有情欲的享乐，也有身体的痛感。我曾梦见门闩坏了，正在检查，有人试图闯入。我翻转房门，把他挤出去。但两条胳膊从门边伸出来，是男人的手臂。他紧紧攥住，几乎掐断我的手腕……我被疼醒了。

我怕噩梦。我小时候做噩梦，大了也做——噩梦变得更可怕了，就像长大的男孩承担起了更沉的担子。噩梦就像无法驯服的恶龙，炫耀它蓄意的狰狞与夸张性的暴力。据说苗族有种结香树，又被称为做梦树。如果你做了一个噩梦，只要将红绳系在这棵树上，打个结，你就再也不会做这个噩梦了。这个说法有意思啊，梦成了一个危险的宠物，它变坏了，变得可以咬人，可以让人疯狂……可只要被魔咒和法力系住，再怎么吠叫，它也挣不脱绳扣。

朋友给我讲做梦树的故事时，我们正在参观苗族习俗展。一个巨人般的捉梦师从天而降，悬空，在展厅里。捉梦师的头颅和身体都是用绳扣编织的，我像怔住似的，目不转睛，盯着他空洞的眼眶和飘飘荡荡的身体……等我回头，迎面遇上参观者之中，一个流鼻血的小男孩。

法师所拥有的是梦的实现能力。写作者是文字的法师，他的能量，决定着梦游的里程……

那么，开始吧。

狂欢节

这是狂欢节的游行队伍。最引人注目的魔术师遍身金漆，就像那些在广场上收费照相的造型者。最为美妙的是他携带的一对金鸟，金鸟吃虫子，虫子也是金的，蠕动着，消失在鸟喙之中。

魔术师就像童年《蓝精灵》动画片里的格格巫，戴着中世纪僧侣末端略尖的兜帽，他的眼睛藏在兜帽的阴影里，看不见，只露出一小片弦月状的下巴。这个格格巫在我背后捂住了我的脸，当他移开手掌，我在咒语之下变成蛤蟆模样，肥硕丑陋，在周围嘲讽的目光和笑声里我羞惭低头，看到了自己宽阔的腰腹。

为了遮盖难堪，我要求看魔术师施法的手，他拒绝了。

恼怒，使我变成巨型的蛤蟆。当我放大自己的形象以及其中羞耻的时候，我发现魔术师变得身形矮小。作为巨人的我，一把抓过魔术师的手，看到滑稽的萎缩了的小手心，以及鸟类指骨般瘦而弯曲的六指。我看到魔术师的爪尖：小匕首的形状，更像从某种啮齿动物那里卸下来的牙齿。

科技

背景，就像是在戏剧舞台，有着红丝绒般的质地和追光的灯。

这是一个最短的科技梦。

我梦见，一个公司的高管要去另一个公司的展位上偷窃展品——令人不解，他这么做的价值和意义。后来，我获得了梦里的解释：他们自己的公司并没有真正生产出那个号称已经大规模投入制造的产品，那只是噱头，用于做广告、拉投资。所以，为了通过即将到来的检验，他们不得不铤而走险，李代桃僵。

而那个所谓的展品，算我一个小小的科技猜想吧。我梦见，每个人的信息被纹在眉毛里，走到哪里，都不用带身份证、医疗资料和钱包。眉毛深处，隐藏着每个人独特的二维码。

银鱼

我惊讶地看到自己的手臂是半透明的，像清洁工戴着及肘的橡胶手套那样。在这层胶质的皮肤之下，全是一两公分的小银鱼，密集地挤聚着，游动在我的皮肤之下、肌肉之上……那中间有薄薄的水层，银鱼抽搐、扭动并尝试游开的时候，我感觉到表皮下清晰的可以忍受的刺痛。就这样形成一副自身的盔甲。

过了一会儿，我不断地撕下自己这层胶质的皮，像是裹了面糊的银鱼层放到油锅里，香气四溢。好吃，我边炸边吃，以此缓解手臂的不适。我就这么吃着自己，消化自己，以期恢复常态。

摩天轮

一个特别行动小组，可能与暗杀有关，正进入一个无法携带手表的巨型游乐场。这里，所有计时器都被取消了，游乐的孩子因为遗忘，将在此荒废一生的时间。

行动小组必须在不同地点，按时间秩序展开连续行动，才能在多米诺骨牌的效用之下完成终极任务。追踪者尾随而至，谁也猜不出行动小组解决时间的办法。

他们有秘密的时钟。就是那个摩天轮。行动小组熟记了每个轮子的色泽和时序，以摩天轮的轿厢抵达１２点方向作为行动的计时器。

行动小组成员分布在游乐园各个角落，无法辨别。他们不动声色，摩天轮的巨大时钟在转动。

绣鱼

我梦见一条绣在鞋上的鱼。

从它的鱼眼观察，世界不同。

星期一它觉得自己的主人真秀气啊，鼻孔和针尖一样大；星期二它觉得自己的主人真难看，鼻孔就像西服扣子那么大。

星期天，鞋子破了，鱼的眼睛瞎了。

嫌疑人

我们是幼儿园的稚童，被关在教室进行智力测试，在数个嫌疑人中选择到底谁才是火灾的制造者。

老师没有说完全部备选答案，我就抢答，答案为Ａ：牛。

因为我勘测牛行进的路线以及离火炉的距离，它摇动尾巴时正好可以扫过炉子，并且在尾巴尖的毛丛里，有不易察觉的轻微烧痕。

老师说我的答案是错的，标准回答是Ｂ：一个纯粹抽象的公式。

这个老师在梦里没有性别角色，只是个中性面貌、声音倾向于女性的老师，我轻易辨认出这位老师给予别人教训时不由自主上扬的语调。她教给我们这个纯数学的公式，说只要掌握它，无须参考名单，就可以推导出谁是纵火犯。

我对此存疑，并且提出理由。一是按照新的游戏规则，在老师没有给出全部备选答案的情况下抢答无效；二是即使公式成立，也不能彻底否定牛作为纵火犯的可能性。我雄辩，并得意于她不能辩驳，周围的听众似乎已被我说服。

老师回避了问题。她不动声色地递过来一盘凉拌黄瓜。我被她的技艺惊住了，噤口，因为摆盘是如此不同，她把腌渍后卷片的黄瓜，像杂技团叠椅子那些一片接着一片摞起来。黄瓜片摞成巍峨的塔，就是不倒，始终维持着命悬一线的高度。

她意味深长地说："总有人比你更有能力。"

巫毒娃娃

1900年的悲剧发生之后，巫毒娃娃的故事渐渐在世间消失了。

某夜，王室钥匙被秘密地从某个忠心耿耿却醉倒在地的男仆那里偷走。窃取的目的，不为金银财宝，只为巫毒娃娃。一百年来，始终并且唯有被这个即将荣升管家的男仆秘藏着。

传言巫毒娃娃是一套，有人说是四个，有人说有五个。据说，它可以令人发上一笔巨大的横财，但几乎没有人知道，怎么利用它发财。

我最好的朋友东震得到了一个，他出示给我。

巫毒娃娃本身只是一个拇指大的小木头桩，雕刻并不精致，甚至简单到简陋。身体和面目的轮廓都不清晰，只是经过打磨，比较光润。东震拿着的时候，我觉得他只是多了一截手指似的。

这个小木柱，人们竞相争夺，高额重金地争，不惜倾家荡产甚至相互伤害，乃至谋杀。真正的秘密是，巫毒娃娃本身，其实毫无价值——它的价值，全部体现在抢夺过程中逐渐上升的巨额成本。就是为了这么一个纯粹被传言包装的东西，百年前上演过惨重的悲剧。随后是历史证据被毁，民间禁谈，那么沉痛的灾难被遗忘了。而被遗忘之后，所有不幸将会重现。

那个男仆只是看守者，他并不知情；最后一个知道真相的胆小的老人，死了——似乎没有什么再能约束巫毒娃娃的力量。然而，我们突然得知秘密。知道了秘密，就等于破解，现在，沉寂了一个世纪的咒语被瓦解了。巫毒娃娃面目不详的五官，暴露出来。

做过这个有关巫毒娃娃的梦之后的半个月，我读了一本书：《你就这样失去了她》。在第27页的注解上，我看到确有巫毒之说，这是流行于西非和加勒比海地区的一种糅合祖先崇拜、万物有灵论和通灵术的原始宗教。

造型者

我酝酿的，是一个邪恶的梦。

像被巨幅放大的钥匙扣，那是两个男女的性别代表符号，远看像是汉字里的“古”和“早”。恐怖的是，它们是由人体组成的，都是肚子上的皮被直接缝到脸上，省却了胸腔的位置。而脸上，已经被磨平了五官，似乎平坦的腹部又和脸部融合在一起了。

据说他们的行为出于自愿。捐尸者生前早已签署捐献志愿书，并且决心如此之大，他们需要连续认定三年，申请才可能被接纳。“为了艺术。”他们说，如此这已成为简洁的遗言。

尸体的造型艺术家的确有着别样的处理，他拥有令人震撼的表现力，以及防腐技术的独家配方。这位艺术家在广告里这样说：“你想成为艺术品吗？终生籍籍无名，但你可以在死后享有令人战栗的尊敬。”

姐夫

我在东南亚雨林生活，我的男人常年作为游击队员在外奔波。现在，姐夫回来了。

习惯暴力的人，在家里也维持着他的暴力。姐夫把我的下巴粗糙地缝合成纠结的一团，皮肉都向左歪斜；在我的脖子部位，一根毛衣棒针那样粗细的铁签子斜斜穿过喉咙——这也是拜姐夫所赐。我不能动，一动就疼，而且必须少说话，否则漏风不说，穿喉的伤口也容易感染。

我乞求两个好心人帮我取出了签针，但那种持续的痛感，似乎还保留在气管里。我一直觉得姐夫对我很好，他对我偏宠，介绍新朋友给我。即使他让我别上一根作为刑具的针，我这种不讲理的盲目信任仍然持续着。

没想到，当姐夫发现签针不见了，大怒不已。他不断殴打我，直到我不能忍受，开始反抗和逃跑。

在最后一次的逃离中，我用事先布置好的武器杀死了暴君——姐夫被他自己掷出却反弹的投弹烧成火球。看着这团被火摧毁的躯体，我将笑对自己注定悲惨的余生。

光

这是个极短的梦，只有一个镜头：从远处照过来一支手电筒。我向它走去。我感觉光的深处还有光。

……

那个梦如此之短，就像一根掉下来的睫毛。

宠物

我在梦里养了一只小狗。

隔一段时间，就会梦到同一只狗。我的宠物每隔几个月就会来看我。它的样子一直没有变化，倾斜下降的椭圆眼圈。每隔一段时间，它就来看我，就像黄昏才溜回来的家猫。

门闩

我习惯裸睡。正准备入睡，我发现门闩松动，前去检查，它坏了。

房间临街，我突然觉得这里如此陌生，我看到五斗橱上有自己的全家福照片，才确认这是自己的家。但方位和摆设都让我毫无记忆。我觉得不安全，就紧紧盯着门闩，并提醒自己：不能入睡，不能入睡。每十分钟，我就让自己格外警醒一下，以免被困意征服。

我就这样睁大眼睛，和自己整整僵持了一夜。

……

直到早晨醒来，我明白，自己是在整个梦境里都坚持不睡。这是一个空心的夜晚。

水晶石

我来到旅游纪念品商店。看到一件无比精美的饰物：石头里镶嵌一块剔透水晶，水晶里有一条帆船。奇异之外在于，水晶石精确呈现这个石湾区的地貌，石头轮廓与这里的礁岩一致，水晶与清湛的海水一致，尤其是石头与水晶之间的衔接，就是湾区那完美的海岸线——严丝合缝，我没见过比这精湛的工艺，两种坚硬的矿物质之间，连一个水分子都无法渗透。

后来，我猜那所谓的水晶，可能是一种玻璃，当它液化的时候，被灌注进石头凹陷的模槽之中。即便如此，复杂的石质沿槽打磨得光洁而严谨，依然是不可思议的手艺。

是在最后醒来的瞬间，我突然明白，两种材质都是假的，既非真正的石头，也非真正的水晶，它们都曾是液体，可以完成轻易的塑形和复制。

这暗示了我们认识的局限。我们判断事物时，总以一个潜在不动的坐标法则来参照和判断——这个法则，石头般坚硬结实，看似是最值得信赖的固体。可惜，它并非那么不可动摇。我们所目睹的奇迹，可能不过是凡物，是一种建立在不结实之上的自以为是。

贺词

银光闪耀的海面。

我们在船上捕鱼，却无斩获。

后来我才被告知，撒网之前，应该先给鱼祝贺生日。

豹

因为灾难般的大火，一只通灵的豹子获得了更高的魔法。

如果豹子用尾巴连续画出两个“Z”，青草就会在这个字形上复生，仿若从未被烧毁。饥饿的鹿会来觅食。其实这片魔法的草场，莫如说是豹子为自己铺开的餐桌；当它的齿咬住一头鹿的咽喉，草丛就会随即消失。所以，鹿必须尽快在短暂的食草时间里找到好运气的位置——不要成为豹子一顿冒着血热的晚餐。

豹子既是鹿的恩人，也是鹿的仇人……它既是赐予者又是掠夺者。

人鱼

我注意到她的容貌，她脸上的不安大于美。她踩着一个个安装在地上的彩色灯泡向前。走过的路都黑了，奇怪，她的脚没有受伤，灭掉的灯泡却在黑暗里流出一道血痕。

闺蜜

我和闺蜜从旅居地共同踏上返乡征程，分别坐在两个男孩的摩托车后面。刚一踏上征程，我们途中去了一趟厕所，就走散了。

我在当时并未意识到这可能是被蓄意安排的。别人的通讯正常，只有我的手机信号被屏蔽。我隐约意识到危险，并尝试在小巷中逃脱。几次穿梭，我都无法突破对方的包围。一切，都是因为摩托车男孩起意抢劫，并做出了阴谋的布局。当与摩托车男孩狭路相逢，我假装已与家里联系，并通知若干亲友，他们都知道我是由摩托车男孩运载着；一旦出事，摩托车男孩必难逃干系。我明显感到，摩托车男孩放弃了原计划，准备把我送回家乡。

就在回程过程中，一个拉丁样貌的异域面孔盯上了我。即使我防范在先，把双肩背包放在身前，这个抢包贼用力拉扯——争夺中，包里的大量美元一下子撒了出来。摩托车男孩原来已经放弃了抢夺计划，但巨款在眼前飞扬，他改变了主意，重新动了邪念。从他眼中，我看到了不祥的杀机。回乡太远，无望，我反向逃往近在咫尺的旅居地。

回到旅居地的宿舍，我顺着窗帘向下看，观察是否安全。旁边站着返乡中走散的闺蜜，她质问我，为何当初会和摩托车男孩一起走？摩托车男孩三次弑父，并最终得逞。我忘记了闺蜜曾和我一起出发；当我坐在男孩的摩托车后时，闺蜜和我说说笑笑，从未提及危险；我也没有怀疑，为何她会重新出现在旅居地，按行程她应该已经回到家乡。闺蜜说，她必须打电话联系当地政要，才能铲除一系列恶行。

随后我看到了警察，对村里所谓的刁民进行棍压法，镇压了所谓的流氓村。我跑到村里的餐馆，追问当初情况。这才恍然大悟，原来闺蜜出卖了我，她才是幕后的操纵者。谜底揭开，我因此被囚，就在这个旅居之地。

漫长的幽禁中，我全身长出又长又白的覆丝，已成怪物。

终于我被放出去，遇到摩托车男孩和他的父亲，证明那个弑父的传言是假的。当年村里是因为我才遭到镇压，父子俩未忘此事，终于等到复仇的一天，前来捉我。然而，父子两人是畏惧的，他们害怕我用自己身体上有毒的丝网黏拉他们。我知道，我能自救，不过是在自毁中的自救……网丝用尽，我也将耗尽自己的元气。

梦境最后，我的体积在缩小，像游魂，飞越那个原本只是路过、却成为阻隔的曾经村庄，看到低矮丛生的灌丛，上面是蜻蜓，下面是蜻蜓尚处于童年期的稚虫，它们通透轻盈，之间只有半米的高度……我看到它们的前世和今生，看到那些我们宁死也无法抵达的自由。置身这个玻璃鱼缸大小的地方，我就像一只力气用尽的森林蜘蛛，从蜻蜓的高度摔到稚虫的高度，摔落到草梗之间，疲惫而释然。

这时传来妈妈奇怪的话外音：“我以你为骄傲。”

精灵

我梦见，那些精灵有着透明的翅膀和彩虹色的牙齿。牙齿一碰食物就会雾化，所以，精灵们虽然能赐予他人美食，自己的肠胃却永远在饥饿中。

游戏

我梦见，自己变成了电子游戏中的超级玛丽，必须不断克服迎面而来的各种障碍——尤其那些浮木，会带来的致命撞击。我一次次跳跃，一次次闪避……我逐渐摆脱恐惧，进入真正的游戏心态。

浮木不知道什么时候变成了横棍，最后变得像火柴棍那么小——我耐心地，把它们摆成牡丹园里的一朵花。

巨蟒

最初我看到是树，枝叶脱尽，已经像是旅游区那种装饰性的水泥假木。突然，我听到巨响，“咔嗒咔嗒”的，像是履带在最大的枝丫前磨砺。我感觉周围的人们都惊慌起来，我这才看清，那条像是金属履带的东西，原来是条卷挂在上面的巨蟒。

说话间，它已经滑下树干。我正犹豫往哪里跑，巨蟒已向人群扑来，比远观时大多了，大得像条龙，从铜褐色变成了惨白色，瞬间就到眼前。我不在靶心，但偏离得非常有限，眼见它要吞噬右侧的几人……我几乎没有分辨出它的斜倾角度，瞬间，我腰部以下的腿已被衔到半空，我的上半身，在它的嘴里。

什么也看不见，我的头脸和上半身埋在它的厚舌与上腭之间，太阳穴的压痛来自它的腮颊或其他……并没有什么异臭，我只是感到暖热中逐渐的窒息。思维清醒，原来这就是我的倒计时，我的最后一分钟，我此生最强烈的好奇心得到了清晰的答案。我一点也没有挣扎，似乎挣扎就要面对改变，而无论何种改变，我都将看到巨蟒的脸，这是无论如何我都没有勇气面对的。这时来临的死，如同安慰和拯救。

我就那么守株待兔一样等待着死亡，等待着自己成为那只兔子……直至，在读秒的放弃挣扎的平静与恐怖中醒来。

电影

我在梦中看了一个大约十分钟的电影开场。它完全以电影的画面和节奏来呈现，讲述一个能力出众的流亡女性如何在英国家庭中当保姆的故事。也许与我刚刚读过《温柔之歌》有关。

一开始是远距离广角拉开的大场景。奴隶般备选的劳动力们挤挤挨挨，数量惊人。有人在叫喊着征丁——突然，一个女性站起来，大声以牛津腔的英语回应。语音之完美，使她从卑微者中脱颖而出。

然后的镜头，是谋得职位的她，在乡村别墅门外抽烟。树影斑驳，印在她那张包含着丰富内容的沉默的脸上。她吹散嘴里和指尖的烟味，转身消失在门里。

门外铃响，有人前来应聘工作。大门没有打开，传来里面的声音："不，我们已经有了一个完美工作者。"

镜头转入家里的情景。的确，一个能干的说牛津腔的女仆，娴熟地打理所有事情。

喜欢橄榄球的男主人，沉浸于电视比赛。他和女主人一样，并不关心襁褓里的新生儿。

过了一会儿，女仆观察到男女主人意欲亲密，他们之间久已没有这样的时刻了。男主人表面是要亲密，其实是以亲密作掩护，去翻找女人钱包。男女主人之间的对话里，夹杂着温存与调侃。窗外的女仆似乎想倾听，犹豫之后，她又把窗帘拉上了。

亲近中，男女主人没有注意，新生儿摔落地上。

他们以为孩子死了，沉浸在错愕和悲痛里。过了很长时间，才发现孩子一息尚存。于是，夫妻抱起新生儿前往医院急救。女主人刷卡刷不出来，反问男人；男人开始还否认，但后来承认，他没钱了。

关键时刻，女仆挺身而出。她拿出关乎身家性命的全部积蓄。只是由于她不具备公民资格，刷卡无效，但可以去银行现场办理。

两个女人在工商银行，女仆要把卡里的钱转刷给女主人，但排队漫长，令人急迫而无望。两人转到中国银行，女主人说，没关系，这样折换的现金还会多一些。

现金拿出来了，但刚才在银行桌上的职业经理却不见了，不知去了哪里。

女仆在医院的说话声音很大，她明显变得自信了——后面跟着被她捉拿归案、想偷走款额的银行职员。而男女主人表情木然，听着女仆的讲演，他们脸上一点没有笑意，不知是因为尊严受挫，还是因为孩子已经病危……

梦境具有的特殊质感和叙述节奏，情节不断翻转，衔接既意外又流畅——我在梦境里觉得电影出色，受到艺术感染的同时，心里赞美电影品质。

其实，就是这么一个十分钟的片子，记录出来平淡无奇，可我作为梦中的观众，看得津津有味。等醒了，我才发现是个梦。我所疯狂夸奖的那个电影，原来自己才是编导……我在醒着的时候，从未这么自恋。

礼物

那个男孩有女童般的刘海齐帘，样貌清秀。他穿有隐隐缎光的绿色夹克——比草绿色要深，比墨绿色要浅，一种介于橄榄与荷叶之间的绿色。正值暑假，男童的眼睛亮晶晶的。

我送他礼物，看起来像一团棉花做成的云朵——这是最新生产的云奶棉花糖，口感醇厚。因为限量供应，很难购买。我也是花费了很多关系和气力，才得到这样珍贵的一朵。男孩安静，但他的确因为这份礼物感到快乐。

“你要听话啊。知道我为什么送给你吗？”我蹲下来跟小男孩交流，“因为你的快乐，被你爸爸视为世间最珍贵的礼物。”我停顿了一下，说：“今天，是你爸爸生日。”

梦中的我，完全不清楚自己和孩子父亲的关系。等我醒来，依旧恍惚。那么，我是用一团云奶棉花糖，送出了我心目中最大的生日礼物吗？

情人

我们两家是世交，燃燃和我是从小一起玩大的女伴。后来，我们上了同一所工读学校。

某夜，我得到消息：有个坏人要来害死燃燃。燃燃的妈妈抱着女儿哭。我说：“不用怕，我来保护燃燃，我有办法。”

我从透露情报的叔叔那里拿到一把弹簧刀，把它藏在一个工具箱上面。然后，我回家去取证件，准备回来帮助燃燃连夜逃走。

等我回来，燃燃已经遇害。此前没有来得及与我见面，燃燃不知道，有一把放在附近的刀具可以用来保护自己。

杀害燃燃的男人，极其英俊，他伪造了一个似乎毫无破绽的现场，说是无意间导致燃燃死亡——他竟然由此逍遥，逃脱了法律制裁。

多年之后，我和这个男人有床笫之欢。他依然拥有美貌，岁月无痕，他没有遭受任何惩罚；而且，他极富性爱技巧，连亲吻都令人心醉神迷。肉体交缠之后，这个曾经的凶手出门去打篮球，挥手向依然赖在床上的我告别。

他在上篮动作之后，一个在篮筐里旋转的球突然砸向他，有着奇怪的超乎寻常的重量。男人迟疑而迷惑地发现，自己被砸中了颈后的要害部位，即将死去。他这才发现，场地外，站着身穿运动夹克冷笑的我，根本不像他以为的正穿着吊带躺在床上。

我告诉这个男人，当年正是他，害死我的朋友——假借的是物理之力而非人力。那么，这是我精心策划的多年之后的复仇——他同样将被意外物件砸中，是物理意义的死，没有人需要对此事负责任。以其人之道还治其人之身，我以同样的办法，报复了他。

男人到现在才意识到，刚才陪他打球的人，都是行尸走肉，看似有恍惚笑容其实都是有表情障碍的僵尸。是的，他将死去，无人承担后果。

这是双重的雪耻。

无人知晓，当年我之所以没有及时返回实施营救，是因为，我与某人沉迷欢情——这种不合时宜的亲密，延误我去救助自己最好的朋友。我追悔的方式并非从此清心寡欲，而是相反。害了彼此的撩人床技，并未阻止我的计划和进程。我恰恰利用特殊的肉体纠缠，从而步骤准确地完成索命。我洗刷了冤屈：从朋友的命，到我的性。

假期

天堂里的游泳池，里面灌满橙汁，过度丰盛的赐予令人不适。

我震惊地看到一个玩旋转木马的魔鬼，他说他来这里度个周末假期。

他的睫毛特别长，能在上面烫出一个大卷花儿。

魔鬼

我梦见自己是魔鬼。

我的身体以腰部为基线，完全对称。往好里说，是个临水照花人；往坏里说，就像扑克牌上的鬼或者老K那样有着两个方向的生长。并且，我戴着扑克鬼的尖帽——尽管我力图掩饰身份，想说自己仅仅是个巫师，但越来越难以控制的外形还是出卖了我。

由于自厌，我决意放弃，我长成了唯一想去自杀的魔鬼。我看到自己的胳膊黑且虬结，逐渐变成参天巨树，枝条幽暗，雾气昭彰。

正在这时，有什么飞行物“啪”的一下，打在我的左颊。凭那短暂一击，魔鬼的直觉足以让我判断出那是一只飞鼠。

果然，这个小家伙被攥在我的手里，并不咬我，它开始是乖巧的，后来才急于逃脱。飞鼠用两只前爪撑住我的虎口，眼睛晶亮而绝望。我不忍看它慌张，就把小飞鼠放到大树的高枝上，它马上躲进一个凹陷之中。

我欣慰，但退后一看，我发现在这个凹洞的上端，有只吃虫的鸟，羽色艳异。我担心飞鼠被吃掉，用手推挤，让飞鼠从隐身处里出来，从正在进食的鸟喙旁边飞走。不知道为什么，我既高兴又伤感地叹气。

此时我突然惊觉，自己不正是那棵小鼠隐身其中的树吗？我放飞鼠的位置，是在那么高的树冠——原来，我不是飞得那么高，我只是从我自己身上放飞了那只小兽。我当时并未注意，现在再看自己：树叶婆娑，全是绿意。

选自《雨花》2019年第4期

评鉴与感悟

是梦境吗？每一笔都在造像，好像真实发生。那些天马行空的翻转，必定是有所寓指。像小说？还是戏剧？或者诗歌？抑或哲学？厘清归类，好像并无意义。那些被多数人遗忘或者说丢失的夜晚，发生了多少奇迹。忘掉平庸的日常，形同教条的逻辑吧，这一刻属于捉梦师，只是耐心等待，看他如何在漆黑的底色里，率性演绎。

星辰之眼

/闫文盛

寒风之勘察

日子仍在继续。我们经历的是四十年如一日的“寒风之勘察”。多少苏醒者自备容颜，与漫漫古道声气同求，同“寒暑降”。似乎每一个日子仍是“命运的赐予”。人生没有转圜，只有容颜见老，只有拾天荒的孤客在悬崖边陡立。只有日子仍在继续，其余的一切都是空白……记忆盛大、辉煌，除了空白没有任何替代。知道是一片片寒风吹刮，冬日严酷的司法神巡游东海而归……我们见祂的法身，冷风冷面如凌峰高垂蔽地，从此见祂的法身：日子仍在继续。我们在此天地间体味入骨的寒风，以身勘察为记，心有虚空而渺……小日子无音讯，不需有任何具体而微的印痕，只要记得时间继续，冬日寒风瓢泼，人生忽忽如寄……我们已经在这天地间身侍四十个寒暑?!

澄明的幽秘

那些声音，我称之为“澄明的幽秘”，如果我不把它们及时地记下就永远地流失掉了——我将它们称之为“澄明的幽秘”；我记录下的是它们的承载，我必须再次对它们做出确认，以使我的记录更加接近事物含混的本质；它们一直在滑行，向下摔落，伴随着阳光上升，也伴随着人的死生。“澄明的幽秘”，是一个阳光缓缓上升的过程，丝丝凉意，对应着时间在静谧中（偶尔有小小的噪音）的展开。对应着各种纷杂（出走的纷杂）的展开。对应着日记写作者自我慰藉（使自己不降下去）的小小奇迹。对应着十九年的四季更替（在省城），欲望的胴体（生命力的呈现）。对应着一把梳子（树木浓密的叶），一大片曾经滞留过我们呼吸的原始森林（新鲜至极的呼吸，一种面向过往的原始森林）。对应着“澄明的幽秘”：短暂，迅忽，怅然，明暗相间的“澄明的幽秘”（何故如此的……幽秘）？

最后之人

本来，激情可以随处被掩饰起来，也可以随处滋生，但我们只是一种臃肿的黑熊、精瘦的石猴、战斗的田鼠。总之，我们是局外的、无关的。我们看不到任何聆听中的声音，也无从描述。我们结营缓行，制造我们的壁垒。我们的言语森严，秩序全无。我们是自身的反对。停顿。有许多回声，但无关聆听。我们只在遥远的区域结庐，但是那些泥泞封堵了我们返回的道路，我们可以变成没有激情的人，我们可以生活在我们反对的生活中。我们爱我们的陌生，砍伐我们的树木，疼惜我们的敌人。总之，我们是唯一的，广博的疼痛。我们对自己的辨析，便是对自己的消解。我们对自己的扩张，便是对自己的囚缚。我们既区别于万物，但又区别于本体。我们是自己的复数，但也是最后的，孤立自己的人。

夜里，温度渐渐降下

夜里，温度渐渐降下，像命运（星辰和荒野）降临人世。这是我“深感孤寒”之夜。我似有太多“深感孤寒”（一种写作的“深感孤寒”）之夜。夜里，温度渐渐降下……这缓慢的重复也不尽然就写尽了人世无常的命运（星辰和荒野）。这缓慢的降临也不尽然就写尽了冬日之寒赐予（截断和加强了）我们的感官。这缓慢的降临：这夜色，冬日，无尽的火（冰穗子）的缓慢降临！

阅读的修辞学

我想读的书是无穷无尽的，简直越来越多，所以，如今我只能从零开始假设，在此基础上开列我的阅读纲要，将最重要的十部书（十个人）拎出来，然后读完它（用五年，十年？但是总要读完它，这是我的基础营养）。这其中，为了弥补和放大我的无知（知道有哪些书是我无暇读、读不尽的），我才会穿插读一些其他书：我会读到五十本、五百本吗？五千本？但它们远没有我所认为的“十部书”重要！就像全世界的转动（星辰自转）都远远比不上我今天是否下楼去拜会“我的土地”（大地上的漫游）重要。因此，我是与这十部书（十个人）共处一世的。我只是需要更多的书签来切分它们罢了……

幽灵

我和我内心的幽灵迄今陌不相识；我和他真正的相识还要等到许久以后，也许等到那个时候，他已经不再是黑暗处境中的幽灵；这是一个代表愚昧和无所措的词语，我不必爱它：这个词语？但我会一直想象这样的场景：我的内心里肯定驻扎了一个幽灵，他啃食我在地球空间里的各种环游，但是太小了——我说的是，我必须认为他对我的啃食太小了，我没有任何理由激发他，夸大他啃食我的激情；事情非常明白：机翼已经掠过大地，那携带着我们旅行者意旨的淳朴的爱已经掠过大地；天穹迫在眉睫，降得很低：幽灵伴随着那秘密的旅行掠过大地！我迄今不知他的真正面像，我不知道在他的内部是否还有幽灵滋生？已经有太多这样怀疑的时辰但仍然不够，我迄今不知我们与幽灵之间是否共有一条沟壑还是彼此相隔。我们与那真正影响我们的事物推杯换盏，未名所以？也许幽灵是我们共处的土地，突兀的发声？也许我们就是幽灵，与真正甘甜、怡人的景物大异其趣……你懂得幽灵之预，你一定懂得幽灵之预，所以请带他离开我们旅行，所以请带我们旅行，所以请相信幽灵黑暗、甘甜的属性：他是最寂静风景中最浓烈的墨汁。他是最懂得预言和说服的匠师！他是最懂得隐匿和存在的匠师——

灵魂即景

我暂时不写小说并非仅仅因为我不想写，并非仅仅因为我找不到写作时的独立性，并非因为我阅读小说的失败以及我在体验一种需要写小说的动力时所感到的遗憾和不足，并非仅仅因为时间的不充分，并非因为我没有找到那种死亡一般的宁静的冥思状态，并非因为任何一个小说家的不存在。我暂时不写小说的更为有力的一个验证或许是我已经在走向它的途中。我没有写，但不意味着我没有阅读。我没有阅读，但不意味着我没有生活。我们对自身密布的怀疑也正在日复一日地吞噬我们。我不写小说，并非仅仅因为它作为一种文体的不存在和我的误解。但我一直在培植一种花卉，它跨越了河流，正在成为一种新的章鱼，正在成为灵魂即景的一刻，正在成为一种新的渊薮。我通过暂时的不写而无比地接近了它们。

诅咒宇宙，以及一颗沉闷的灵魂

我与你有过好多次深夜密谈。有时，窗户外边，阴雨森森。因为睡得太晚，你的眼皮沉重。我们已经有过好多次深夜密谈。在一些无事生非的夜晚，我制造了并拥有我们的秘密星空。我等候这一日已经太久。我已无心守候。在更无望的时间内部，我定然已经无救。我不知道自己的依赖性和不知悔改始于何时，我只是无心做一个良善之人、麻木之人、枯涩之人。我并非喜欢暗夜沉沉，我并非喜欢睡意和骚动。我并非喜欢我们目前的一切，但基于一种生活的本真，我同样拒绝雷声和那种激烈的变奏。是啊，在这样沉闷的岁月里，我已经过得太久了。有时是一种非要做点什么的愿望迫使我采取行动，沿着楼道，我们的世界在缓缓上升。在它漆黑如墨的子夜，我看着自己的血液流动，我的感受与你不同，我们并不是始终步调一致。很多时候，我们争吵的缘由就来自于这种分歧、罪恶和宽恕。我已经用尽自己的心力在书写我、我们。我已经用尽心力，但只要睡过一个整夜，生活重又诞生无数可能。在我迄今活过的有限的三十多年中，我经常处于绝望和忧愁的双重围困。在我迄今的所有收获中，我经常觉得是夜晚催生了我的爱恨。我失去了安宁的日子已经难以计数，我经常思维混沌，不知所归。有时，是一次无可遏止的激情让我沿着记忆回溯，那些被遗散的旧物质看起来如此陌生。我沿着自己的路途奔波、后退，看着田野里的杂草变成自己生命的一部分。我埋伏于这样的田野，夜晚像无数人在诞生、降落、被埋没。我觉得那些辞别我的辞藻根本就不存在，我觉得自己的叙说无力、慌张，如同四散的尘埃。在那些夜晚，我与你有过好多次密谈。

我想看到你的心，其实我已无比熟悉。我想看到你，我们的一生，像如此这般，其实本无秘密。我们的梦境并不同步。我们的爱恨并不存在。我曾经寄希望于在不同的区域获得爱情，但现在，随着时光流逝，这种信念也已逐步淡去了。我继续耕作，像勤恳的老牛一般，在怅惘的夜晚，回顾自己的一生而无悲哀。那些不存在的荣光使我深觉尴尬和虚妄，那些流利的箭镞如同已经逝去的年代。我捕捉它们，并无法自控地与你交谈，在那些夜晚，你睡思昏沉。你慢慢老了。我觉得我们平静的生活至此已经走到了最古老时光的深处。我再无发现其他任何新事物的可能。我觉得疲惫的夜晚，整个世界并不存在。在如此之多的焦灼和期待已经过去之后，我们的世界并不存在。我经常孤寂地守候在这里。你睡着了，整个宇宙的雨水彷徨而四顾。我的心中经常积蓄的恣肆汪洋也被冲决堤防。我需要找到一个新角度来完成我们神秘的初衷。但夜晚如此深沉，我不知何物在子夜初生。我们总是贪婪，我们总想拥有。你似睡非睡，似懂非懂。我们总在啃噬、咀嚼，牙齿尖利，如同雌雄双兽。在整个夜晚，我们总在忏悔。在整个室内、野外，究竟是何人、何物存在？

命运就是这样

对于这个世界，每个人都是以自我独特的方向予以追认和呈现的，最多加几幅从他人那里盗来的插图：不盗图和没有独特性的人似乎是没有的，即便久远的从前有过，我们的视野中也早已看不到其真正源头。这样既娴熟又生涩的呈现和刻意的追认，构成了我们脚下固化的岩石，丛林中一点点地往前延展的小路，几束热烈盛放的花和它们很快迎来的衰败之感：命运就是这样。对于这个世界，每个人都从不同的方向进入，以不能完全重合的力各自逸出，使自我的所在（世界）慢慢散场，最终获得的也并非与世界（任何他人）的任何合力。想到在人群中时和自觉不能从众时同样使人悲伤，但是命运就是这样。对于这个世界，我们来时和去时都会意识到“不可复制”的新鲜如初，麻木疲倦，肆无忌惮，静谧无可观（一种僵直的生活法，一种生存恶，一种机械魔法）。要深情地对待这个世界吗？不，深情只是一种“机械魔法”，一种自我的不开明和彻底固化！

将直觉予以提炼

将直觉予以提炼，像是痛风的轻微延续，它既宁静又彷徨，既短暂易逝又铭心刻骨，既是苦楚又不无恬畅，它是一颗慈悲心的演绎化，也是一场被磨蚀的心灵自证之旅。相信直觉犹如相信上帝（无我，无人间，无一切物），但悲欣自在，并不会有半点意外。

主观主义书写

主观主义书写所“攀比”的，并非是谁更直接和更靠近自我。尽管从表面上看，它似乎暗含这样的绳墨——但我一向以为，这样在表达方向上的“直接”讨巧并不值得遵循，真正值得遵循的是感觉的第一性和唯一性，也可以视之为梦幻的真实性。因为梦幻的真实性不可作伪，它是真实的潜意识，既内在又深远。第一性和唯一性并非是“直接”的同义语，它只是在转换的臂助方面，取材更为谨严罢了。换句话说，它拒绝了表达的无效性，使每一步都走得坚如磐石。当然，“靠近自我”更是可以被反对的，除非“自我”引申的是“整个人类”（一个虚妄和不可及的概念），因此，它更适于被视作一个表达框架。一般来说，主观主义的有限性会在一种表达的深度和自如而散乱的感觉面前展开，但它却对于进入世界提供一扇不需假借（无物、无执念、无宇宙）的抵达之门。它或许是我们借以区分感觉存在与否的一个标准，所判别的主题是“我们写作是否蕴蓄最基本的自我激情”。它关切的是现在，承担的是扬弃（所谓思想的负重中，自有梦境残余的炉灰），觉悟的是灵魂的所历（不可人云亦云），落地的是唯“我”、非“我”，一切“我”（无小世界，无我）之所见（感觉，意念与辨识的糅合）。

收回泥土

我开始时是河，后来是河，临终时是河，生前是河，后世是河。仅仅如此还不够，我在流经的河道里种下玫瑰、动物的肢体、小心翼翼的丛林。但仅仅如此还不够，我在河水中种下泥土、流动的宴席、完整的故事和写书人的内心。我在他们的内心种下鬼魂。那魔鬼的笑声就来自泥土深处集体的呓语。但仅仅如此还不够，还不够，我想收回泥土，装满历史和故事书。我想在书中藏进幽灵们的笑声。魔鬼和幽灵都是自己人。我想收回泥土，因为世事沧桑，从此无人受雇。

有时能感觉到大地在沉睡

有时能感觉到大地在沉睡。万物都缩小了，蜷曲在她柔软的腹部。一些梦幻，流溢着彩色的光。有时却是黑色的泥潭，我们的双脚要越过行走的栅栏……但这是艰难的。同样是一些梦幻，在阻挡着我们。在很长的时间里，试试离开那些懵懂之地：困倦，狂躁的语言，混乱的内心的旅程……但所有的这一切，都是艰难的：

“M将她的右手放到我的肩头，并为此付出她想象中的重。”

某些事物耽于内心的纠察，会变而成另外的原声。种种转换并无迹可循，我们只能去借助一架木制阶梯，攀到那些虚妄的顶峰，看到山川和我们的命脉。在各类生成中，有时还会看到沟壑，曲折蜿蜒、臃肿、顾盼，使我们毕生难忘。我们所记忆的山风凛冽和整个世界的极限，大抵便是这样的。

“时间将她断裂的句子放到我们的肩头，从此，种种人为的残缺便为我们所共有。”

有时能感觉到大地在震颤。我们所经历的各类战争置换了部分铁器之用，使那些简单的物开启了生与死的加速。我有时会站在那些随后而来的遗迹上，将双手作为桩子支撑未来的一生。我或许并无任何疼痛。万物都在缩小，沉入梦境的庄园，混乱的泥潭，一次又一次的软绵绵的动物的躯体的内部。

“我将我的双手按上你的肩头，并借此来想象你可能承受的思维中的重。”

孤独症

是的，我们都患孤独症，地球上七十多亿人，我们从内里掘出它的根，我们须记得这是一个常识，我们原是宇宙里一个个互不关属的小小个人，我们在彼此的交集中强行赋予它一种热热闹闹的悬疑，等候我们找到类属，从而成为一个个呼风唤雨、呼朋引类的小小大人。

但是，孤独症孕育着我们人生的雾数。我们无法知晓苍天到底有多老，而白云般的人生何故类转蓬。我们不是我们识别的面孔，我们根本看不透光阴如何形成间隙，而厚重的群蚁，它们大似我们的前身。我看到它们所肩负的物，就像看到我们沉睡的魂，我们以缓慢的运行抵达了一颗自在的星球。

我们是生活在这个家园里？它的圆形是一个遮蔽。这次我们是站在月球上看地球这颗水星星。你听听那些无处不在的低语。在暗夜里，总有鼠类唧唧而鸣，而大的火焰也无法被放得更大了。站在永恒的角度看去，每一个被浇灌的花圃都茂盛得衰败而峥嵘。

是的，我们都患孤独症。这是一种潜在的音符。你不喜欢它吗？善哉，善哉。而更多的人不能失去这种所爱。孤独是种赤诚的意志力，它支付着我们从无到有所有的诞生。各种反诘中的诗意也因此而生。我们总是力求摆脱这一切，然而，托你的洪福，我们终究不能。孤独也是一种良性肿瘤，你放心，只有它才可能渡我们到河对岸的彼处。

我盗取名马

我盗取名马，在那些暗夜里，只有它们能不发一声，缄默而高傲地穿过沼泽。我不存在，但马却是具体的，带着汗血气味的名马，它们不仅比时间具体，比山岳具体，而且比一曲歌谣具体。我曾经在虚空中长途驱驰三千里，去追逐、猎取一匹名马。我带着佣人的头颅、国王的圣殿、高脚杯的模型、魔鬼人的心机，去追逐一匹名马。沼泽上空，不只是鹰在疾飞、翼龙在奔，而且还有一些魔鬼人的鬼魂刺破了空气。我能听到空气中抖动的疾风。在我的不存在的坐骑上面，云集了皇帝的羽毛，三万里江山图幅，美人的旗袍和一个侏儒的咆哮。在整个人类存在的末世，山峰平寂，树木枯索，寒冷的事物一层一层地沿河盘剥。所有人的愤怒、墓地，魔鬼都已经被荡平了。所有的尘灰结网成阵，但是真没有意义啊……我去盗取名马，路过我不存在的冢骨上面。我去盗取一种可以驮着我以光束回退的马，退回到母腹、祖先、原始人、细胞核、星球大裂变的原点，退回到原本不存在的时间的暗部，退回到无马、无我存在的时代里。我从云层中看不到地面的灰尘，看不到笼中的浓雾，看不到飞行和鹰影，一切都是空谈中的斗士，实心年馍中的虚幻种子。我把我们人类的五官留在原本不存在的空气中，马声嘶嘶，低于应命而生而亡的蜘蛛。它们在忙忙碌碌地遮蔽着江山。三万里图幅覆盖了我们的墓地沟壑，我无视着浴室中的我、喰种的我、草木的我。我乐得勾画一切虚幻的我。我本来无视我。那名马本来未知之我。

选自《青年作家》2019年第9期

评鉴与感悟

文盛兄的文章符合我对散文的古典想象，言出有据，不落空谈。他当然也追求诗意，不过也常设定为自身的困惑，天马行空的想象也不全是虚幻，他有他的实际考量。这些随想式的篇章，很容易联想到史铁生的《病隙碎笔》，甚至是尼采《查拉图斯特拉如是说》，米沃什《被禁锢的头脑》。文盛兄也在某些篇章中表达了他对尼采、对佩索阿、对卡夫卡的敬意。他是有话要说的。很多时候，看到他热烈的叙述，恨不得要摆脱自身的囚笼。涌动的想法就是他逃离的道路。他用庞大的文字抵抗虚无。因为书写，他找到了自由。

我与你终有一会

/帕蒂古丽

辨认

列车到了天水站，上来一群甘肃张家川口音的男女，各个年龄段的声音挤占了车厢，像是一车厢的亲人大聚会。久不闻母亲乡音的耳朵仔细辨认着，我依次听到了太外公粗声大气的喊叫、催促声，外婆沙哑的嚷嚷声，姨姨轻细甜脆的应承里，夹杂着舅舅处在变声期的嗡嗡声。一团吵闹中，我听到了一两声尴尬的咳嗽、清嗓子的声音，那动静像是我闷声不响的外公。

在他们中间，我突然听到自己小时候的声音，表妹的声音急急地插进来，像在跟我争什么东西。我叫了起来："妈妈，妈妈！"我听到了母亲压低嗓音哄我睡觉的声音，我的心口像喝了口热茶一样，忽地暖了一下。接着，腌咸菜的气味、橘子的气味、脚汗味交织着扑过来，我睁开眼睛从列车中铺往下看，一群男女有的坐着脱鞋子，有的在整理东西，一伙孩子在一旁抢橘子吃。

口音也会成为一种抚慰，对于我这样的人，坐上天水的火车是多么明智的行为，那感觉仿佛一不小心，就能遇见我少女时的妈妈。回到六十年前，我十五岁的妈妈，扒上一列天水到新疆的火车仓皇地奔逃，奔向道路尽头将要孕育的我。

我多么希望失踪二十五年的母亲，在道路的尽头等我与她相会。

一个女人在耳语，像母亲在自言自语，嘘嘘嘘。又像母亲在给弟弟妹妹把尿时，不自觉地发出模拟小孩子尿尿的声音。我太熟悉贯穿母亲后半生的嘘嘘声，精神分裂后母亲什么都糊涂了，唯有给孩子把尿时，依然本能地发出这个声音。其余时间，她几乎都是用嘀嘀咕咕的自说自话打发掉了。

对面下铺的那个女人，张家川口音的耳语，酷似我的母亲，我闭上眼睛听着：

嚯嚓（喝茶）。菲普啤（睡不着）。且来（起来）。哔儿（被子）。搓哈（坐下）。胃头（外头）。一剪剪儿（一点点儿）。

女人新染烫的卷发枯焦，脸色苍黄，吊眉细眼凸颧骨，棱角分明的嘴唇时不时紧抿，让人觉得她心里藏着的秘密，一不小心启开嘴唇就会飞出去。她的口音和那抿紧嘴唇的样子吸引着我，像是母亲的魂附在她身上。她越是用力抿紧，我就越是想用目光去启开它。她蹙了蹙眉，眼睛也抿成两条缝，想要把我的目光拒在外面。

记忆中我从来不曾这么长久注视过母亲的睡容。我像是补救一样贪婪地注视着对面下铺女人的睡容。她睡觉的脸比醒着的时候柔和了些，也年轻好看了些。她的被子高高隆起，仿佛母亲怀孕的身子盖在被子下面。

母亲在我们几个孩子婴儿时，都这么目不转睛注视过我们的睡脸，用父亲的话说，恨不得把眼珠子挖出来镶嵌在我们脸上。她的眼珠子到现在还镶嵌在我的脸上，就像此刻，我的眼珠子被一个与生我时的母亲年龄相差不多的女子牢牢吸住。

我红衣红裤的母亲，戴着金项链、翠玉镯，躺在我对面下铺，她将赤裸的脖子和手脚搁在被子外面，像放在一堆雪上。清冷的秋雨敲打着车窗，我想替熟睡的母亲拉一拉“哔儿”。

大概我的意念到达了她，她猛然睁开眼睛，光滑的脸蛋上一个麻点都没有，既熟悉又陌生。母亲脸上出水痘留下的麻点治愈了？还是她还没有到出水痘的那个时期？或者这一次她躲过了那场水痘。恍惚间，列车剧烈地震了一下。车厢里，叫卖“新疆甘草杏”的声音由远而近，我看见她咽了口涎水，那样子像极了怀孕时“害口”（孕妇害喜后偏食）嗜酸的母亲，我真想买一袋给她。

她趴在雪白的下铺吃"新疆甘草杏"，小鼻头微微皱起，眉心里拧出一个"川"字，眼睛下面两道卧蚕鼓出下弦小月牙。我酸得替她流涎水。她吃完侧了身子，用小手指剔了剔牙缝，然后满足地舔舐着嘴唇，这个动作分明是我母亲的。

那女人一副慵懒困倦的样子，仿佛我产后的母亲，她闭上眼睛，一只手垫在侧脸上，一侧的金耳钉一闪一闪。母亲喜欢金银耳环、耳钉，总是把父亲抽完莫合烟的锡纸叠成耳环、耳钉装在衣服口袋里，想起来就拿出来欣赏，在耳朵上比画，可她一辈子没有戴过任何耳环和耳钉，也没有戴过项链和手镯。白色的"哔儿"簇拥着，依次是戴着金项链的脖子，起伏的胸，环着翠玉镯子的右手腕，赤裸的双足，我满意地看着那金子的成色，那些首饰仿佛都是我买给母亲，戴在母亲身上。这个张家川女人替母亲戴上了这些金首饰，我的心在想象的补偿中，得到了从未有过的满足。

我的母亲睡了，睡在雪白的产床上。她生了七个儿女，从没有睡过一次产床。大梁坡那张土炕，那张沾满血迹、汗渍和油迹的羊毛毡子，那些洗不掉尿迹和母亲经血的被子、褥子，堆在我记忆里那么多年，终于有一张窄窄的、产床一样雪白的铺位，在想象中弥补了那缺憾。

我的母亲睡了，割麦子回来，放下镰刀，我刚刚吮吸过她那温热的乳房，她将半个胸脯袒露在"哔儿胃头"。我浇水回来的母亲睡了，将小腿上的红秋裤裤管高高卷起，她赤足蹬开白布"哔儿"，像蹬开一窝暖洋洋的雪。

我怕白雪覆盖她的身子，覆盖她袒露的红衣红裤。她在尽情袒露新婚那一晚，对我父亲袒露的姿容和装束。像当年父亲对她的缱绻一样，我不舍地注视着她，贪婪着雪浪里翻滚的那一抹猩红。

列车剧烈地摇晃着轰隆隆地驶进隧道，天光暗去，母亲也暗下去。头发披散在白色的枕头上，像无数黑色的蛇朝着无数个方向爬行。她额头的发际线像远山黑下来，鼻头是一座小小的坟墓，埋着乡音的嘴唇抿紧后暗下去，眼窝暗下去，脸黑下来，进入阴影里。她不在了，白色的"哔儿"堆着，高高隆起，像坟墓上堆着雪。

翻寻

自从二十五年前的那个冬天，我将精神错乱的母亲从身边弄丢，把那个最初孕育过我的子宫弄丢，把哺育过我的乳房弄丢，从此我就成了再也回不了家的孩子，我后来的人生一直处于不断翻寻旧日记忆的状态。

命中注定，我只会在这个叫李豆娃的张家川女人子宫里着床？命中注定她生了我以后就要精神分裂？命中注定她要在我长大成人后失踪？如果我的诞生，意味着她的疯癫，是不是可以把连接不幸的这段链条砍断。如果她的逃往新疆后最终结果是失踪，母亲可不可以停留在桃园。忍受饥荒和忍受疯癫，到底哪个更难忍受，生命到底在哪里出了错，才不可抑止地导致后来的悲剧。

父亲过世，将精神分裂的母亲丢给了我，母亲的命运就是被我丢掉，我的命运就是不停地找寻丢失的母亲。在天命之年，去这个女人的家乡翻找旧账，也是我的命中注定。我无法从命运链条某一个磨损的豁口脱开去，我无法不成为她的孩子，我们可以对命运做无数个假设，而结局早已被注定。我们与此生该遇见的人，终有一会，正如同我们与生命中那些躲避不掉的灾难，终有一会。

顺着母亲走过的路来到张家川，我似乎闻到了母亲身体的气息。我能感觉到母亲还在这里，十五六岁的样子，就像我的女儿。我真想把十五六岁的母亲，从张家川木河乡的桃园村带出去，一路护送到新疆老沙湾的大梁坡。这一次我想做一回她的母亲，改写她的命运，不让胆怯的她陷入饥饿和恐惧。

站在桃园太外公家旧院的土打墙边，我看见了前山的杨槐，后山的银杏，这些母亲少女时代看惯的物事。桃园山崖上矮小的土房子、旧窑洞，饥荒年月，亲人们三次出逃的山路弯弯曲曲，如同永远无法填饱的辘辘饥肠。杨槐树的花，母亲小时候一定吃过，若在六七月份来，我可以替她吃。

当年，太外公牵着骡子黑夜逃离，外公背着馍馍褡裢相跟。外婆带着母亲和姨姨们奋力扒上天水开往新疆的火车……六十年后的我，还在替母亲捏一把汗。倒过去看这场奔逃，似乎母亲那时的一切，皆为着遇到我父亲和我后来的诞生。我似乎看到那列搬弄李家几代人命运的火车上，饥饿的母亲恐惧惊慌的眼神背后，对生存的乞求。

那年月，父亲从拥挤着逃荒者的列车上，选择任何一个扒上火车逃命的女人，都可能成为我的母亲。父亲迎娶的偏偏是这个叫李豆娃的麻脸的女子，他一生都填不饱她那遭遇过饥荒年月的胃。她的口头语永远是把这个吃了，把那个吃了。她只是为了吃上这个，吃上那个才逃到新疆。那年月，一个人只为一口吃食、一个肚皮，竟要背负那么多灾难。

到了张家川，胃似乎自动定向，在寻找熟悉的记忆。我在炒面片里，翻找着老豆腐和酸菜，感觉不像是在吃饭，倒像是在翻找饥荒年月有关食物的记忆。蘸着老蜂蜜吃荞麦圈、玉米馒头时，胃表现出极度的快感，也许基因里就熟悉那种味道，我的胃里仿佛长出了外婆和母亲的胃，我是在替前面几代人吃。

走在桃园的山崖小道上，觉得那是母亲的脚步在移动。以致我错觉时间地点倒错到新疆老沙湾的头沟村，太外公和外公外婆在从桃园迁徙到那里，一直生活到老。桃园在我眼里变得丝毫也不生疏，回到桃园就像我小时候寒暑假来到外婆家一样。

在桃园，我离老人们口传的那些历史那么近，每一个人都似曾相识，我理直气壮地对他们说："我是李福奎的重外孙女。你们认识我太外公、外公、外婆和我妈吧！"八十岁的人说认识，七十岁的说见过，六十岁的说知道，村里只有一家姓李的，经常听大人说起。他们说到太外公的骡子，带着铃铛，佩着大红花，如何气派。连我母亲脸上的麻点，他们都放在记忆里，等着我来认领。

就在桃园村的土坡下面，小时候跟我三姨玩耍的伙伴跟我念叨着母亲的小名，母亲那时是个安静害羞胆怯的女孩，旧时的女子都不爱抛头露面，农忙时下地，农闲时在家里绣花做女红。认识我母亲的老两口说："丫头，你坐炕的姿势像地道的桃园人，跟你母亲当年一模一样。"这动作是母亲传给了我，我小时候看惯了母亲坐在炕上的样子，到了她的老家，下意识地用了她的坐姿，总感觉这样的坐法才与桃园的炕头相配。

村人不断的讲述，让过世的亲人们复活。

我想象着在太外公的号令下，我的外公，这个太外公捡来的汉族孩子，每天不厌其烦地帮太外公套车、卸车，牵骡子、备马。外公每天满面灰土从外面回来，把骡子拴在靠黄土崖下的木桩子上，给它们饮水添草料。精明的小脚外婆小心翼翼地给公婆端上滚烫的罐罐茶，大户人家的女子，向来知道如何察言观色。秋天的清早，太外公家门口的墙上挂着长长的红辣椒串，上面结着一层薄薄的霜，像撒了细砂糖，墙根晾着刚收的玉米棒子，场院里堆着麦秸垛子，圆圆的像一座座茅草屋。外婆开始在厨房切新鲜的土豆，大姨忙着扫炕、擦桌子，三姨和四姨在收拾院子，小姨在一旁追一只鹅叼走的毽子。我未来的母亲对着镜子，梳好两根长长的黑辫子，朝这边看过来，她目光很惊奇，我感觉她在与我默默对视，她似乎看到了站在六十年时光背后的我。

命案

这里是亲人的故土，历史翻过去的桃园的那些页码，我都想重新翻过来再读一遍。我试图寻找太外公家族的坟地，有人说很早的坟地在高处，我爬到窑洞顶端的土崖上，百年过去，即便这里曾经埋过亲人，现在也只见荒草，不见坟堆了。在坟地里，我想找寻一个谜底：那个被太外公失手打死的佣人，埋在了哪里。

我一遍又一遍踏进太外公家荒废的院子里（据说，这个院子后来的主人，几年前去了新疆）。在桃园好些人家的院子，挺立着各个年代的房屋，从一百年前的，一直到几年前的，就连早年在崖壁上挖的窑洞，都加入新旧房屋的大聚会。房子，一个家族几代人的历史，全部摆放在院子里，这种景观在桃园这么理所当然，像是专门在等我来，把百年桃园的断垣残壁、旧貌新颜一起看个遍。

我在杂草丛生的废墟上来来回回地看，我想知道，当年那个外公卧室的位置……那里是我母亲出生的大炕，卧室的地上曾经挖过一个长方形的大坑，放过佣人的尸体……

那是发生在太外公旧院的一桩命案，是太外公和外公外婆生前向我们隐藏起来的、发生在这个家族里很重要的一桩命案。它直接导致了李家在桃园的败落，它导致李家为了赔付掏空了家底，在饥荒中撑不下去，一家三代人全部逃往新疆。

我来桃园想发现亲人们有意向我隐瞒的家族秘密，直觉告诉我，这些秘密或许与母亲的精神有关联。我试图找寻母亲出生的那个卧室的位置，我不断想象卧室地面当中，那个被妥家的亲属挖出来的大坑，里面搁置过被太外公打伤后上吊死去的佣人妥老实的遗体。

当年太外公家发生过的那个命案，外公、外婆、母亲都是知情人，不知是因为亏欠，还是恐惧，对妥老实之死，他们都心照不宣地对后辈们守口如瓶。直到外公、外婆殁了以后，大姨姨在冬夜的炕头上，才对我说出了这个埋葬在李家三代人内心可怕的秘密。

在桃园村土崖上，面对马家塬遗址深深的黄土大坑，我如临深渊，不敢多看，它让我无端地将它与家族的那件命案联系在一起。

对于别人，马家塬意味着从古墓葬群挖掘出来，陈列在博物馆的珍稀文物，意味着横亘在桃园村头顶上，一个个墓葬坑里战国时期的豪华马车，意味着那些西戎贵族女子的陪葬品金银玛瑙首饰，马家塬墓葬对于我，是太外公家附近一个暗藏在地下千百年不为人知的邻居。

西戎贵族们把地上富丽堂皇的生活转移到了地下，太外公一家在他们的头顶过着殷实的日子，贵族们从来没有嫉妒过，太外公对地下的金银宝藏也一无所知，我的祖辈几代人白天在那么大一个古墓葬群旁来回踱步，晚上隔着厚厚的土头枕古墓里豪华的棺材和陪葬品安然入睡，日子在浑然不觉中过去，阴阳两厢像住楼上楼下，相安无事。古墓里被他们震落的灰尘，在安宁的岁月一层层堆积。然而，灾难也就在这样的安宁之中突如其来，佣人妥老实的死，改变了桃园李家的命运。

桃园村的老人们向我述说了六十多年前的那一幕：雨后山路泥泞，佣人妥老实吆着骡子车去山下拉水，待回到半山崖上的太外公家，车上一木桶水在颠簸中洒得剩下一半。脾气暴躁的太外公用舀水的木头马勺向妥老实劈头砸去。暴怒的太外公不听妥老实辩解，委屈的妥老实捂着流血的头，躲进牲口棚里，盛怒不消之下，把自己受伤的头颅吊到了木梁上……

妥老实的家人从酸刺湾赶来，在外公、外婆卧房当中挖了一个长方形大坑，亡人被安放在坑里，上面盖了几把新打完场的麦草……双方僵持不下，说不清亡人到底是被打到头部以后当场毙命，还是挨打之后气不过悬梁自尽。人亡了总要赔偿，妥家牵走了太外公驮货的十几匹骡子，将李家家产洗劫一空，扬言要李家搬出去，将房产变卖了抵命。

为保住房子，太外公逃出去，找衙门想把官司打赢，李家所有人被妥家用家伙逼着守埋体，不得离开屋子半步。太外公不回来，他们就不埋人。

大姨和几个妹妹（包括后来成为我母亲的那个胆小的小女孩，当时她还不满十岁），吓得躲在对面的屋里，埋体在炎热中散发的异味和死亡的恐惧一起在李家院里蔓延。

在古墓旁安然地结婚、生孩子的李家几代人，被一个亡人的埋体折磨得魂魄不宁。大概那时的怕是双重的，看似怕面前的死人，其实是亡人背后那些因人命来索钱的活人。太外公找来了法医尸检，确认妥老实是头部受伤后，自尽而亡，李家老小这才保住了赖以安身的房子。

走过桃园好多人家，门上都吊着生锈的大铁锁，村里人都说这家人去新疆了，那家人去新疆了，去新疆的故事还在桃园继续，不过已经没有那么悲凉了。现在去新疆的桃园人，有的是打工，有的是移民，不再是逃荒。半个世纪以来，新疆与张家川桃园的缘结得够深，当年太外公将一家三代全都迁到了老沙湾的头沟村，旧院子后来由太外公的姐姐卖给了他人。太外公弥留之际，在头沟的家里念叨桃园，蜡黄的脸上老泪纵横，浑浊的眸子里映着昔日的桃园，现在想来，是不是也印着妥老实的那桩血案。

妥老实埋体被放置在外婆卧房的那半个月，血肉之躯已经变成了长满蛆虫。不知道法医何以能鉴定出他自杀和他杀，据说是从亡人颈部发现了绳子勒出的血痕。在揭开的谜底前，我还是疑惑重重，想找到妥老实的亲人问个究竟。

我猜测，母亲小时候目见了那一场血案，也曾经守过放置在卧室正中大土坑里血迹斑斑的埋体，她最初的神经也许就是被那一场恐惧损坏的。用我大姨的话说，是那个亡人附了魂在她身上，他含着冤屈，一直不肯饶恕李家的人，以致李家每一代中都有一个人患上精神分裂和自闭症。我做着各种假设：如果没有这场血案，也许母亲就不会疯癫大半生，她的最终命运就不会是失踪。大姨觉得，李家一定是因为这桩血案受到了妥家的诅咒，如果求得妥家的宽恕，让失手误杀者和被杀者在地下实现和解，也许就能够解除母亲和李家后代的病根。然而，这样阴阳两界隐秘的关联，有谁能给我一个澄明的答案。

依照从桃源一户妥家亲戚口中打听到的线索，我固执地找到木禾乡来桃园驻村的马新元用车载着我，翻山越岭，千曲百拐，终于在关山山巅上的酸刺湾，见到了妥老实的侄孙子。被太外公弄出人命的妥家人，至今没有忘记那一段惨痛的记忆，妥老实六十多岁的侄孙对那件事情的始末，尚能说个大概，也都是从上辈口中听来的。对于妥老实到底是挨打后一气之下自缢，还是我太外公失手误杀，他们无从说清。

本来风平浪静中的妥家，因为我的到来，再次掀起浪花。逝者早已化为尘土，我再追究恐怕只让生者不宁。对着妥家后人说出自己是李福奎的重外孙女时很费力，全然没了那份在桃园时的理直气壮。我是一个戴罪的人，来乞求妥家的宽恕，企望生死冤家能在地下实现和解。

我向那个唤妥老实"四爷"的花白胡子的老人，表达了心里的亏欠，并向他打问"四爷"的坟地。到底是淳朴懂礼数的回族人家，他本来称呼我太外公"李麻子"时带着仇意的脸，放得缓和了，一边招呼小孙子带我去家族墓地，一边安顿着妻子做饭，嘱咐我上完坟，转回来吃了饭再走。

妥老实的侄孙和儿子、孙子三代人一起，隆重地送我走过了一段村路。妥老实的侄孙指给我土崖下"四爷"一家的旧院子，从崖上看下去，妥老实三个后人的房子排成一个兴旺的三角。可惜都是空房子，三个后人都去外地打工了。事情过去了六十年，前后三四代人新生，那场悲剧早已被刷洗，院落房舍齐齐整整，看不出任何曾遭遇过不祥的痕迹。

从村里出来，上了一个山坡，又下了一个坡，一块方形的空地厚实地摊开在坡底，连绵的土丘托着妥家亡人睡的这块土。带我来坟地老人的孙子提醒我停下来，不要往里走，他说每逢大尔迪（古尔邦节）、小尔迪（肉孜节），妥家的老少都会来上坟，阿訇让他们跪在庄稼地里，不准进入坟区，怕不小心踩踏了荒草下的坟土。

长满荒草的坟地里，已经看不清哪一座是妥老实的坟堆了，我一下子觉得过去那场悲剧有点不真实，生死恩仇在一大片杂草丛生的坟地面前，忽然变得模糊不清。老人的孙子默然立在一旁，似乎在提醒我过去那段记忆不该被遗忘。

我认为是母亲的灵，将我引到酸刺湾，找到了妥老实的亲人和他的墓，让我代我的家族忏悔，了结这桩隐秘的心愿。我面对整个坟地跪下，祈求妥老实的饶恕，请求他在地下与我的亲人们和解。

荒草中两道车辙穿过墓地，在邻近新翻的黄土边消失。一群麻雀飞起来，向远处散去，一片荒草被我压倒在膝盖下面。我感觉每一棵荒草都是李家的亲人，跟着我一起请求死者的宽恕。

安放

寒夜里独眠，冷了自己生煤炉，吃一碗面来回走五六公里路，宁可冻着饿着，黑暗里做噩梦，也舍不得离开桃园半步，饥饿寒冷和惊惧，我母亲经历过的，我都代想替她经历。我想陪着我的母亲和祖辈们住着，替母亲多看几眼她长大的村庄。

马新元的同窗马宏安从张家川来看我，要拉我走回县城："你在村子里举目无亲。天这么冷，吃住都不方便。"

我心有不甘："村子里都是我的亲人，我不能就这么离开桃园。"

马新元默默在一旁看着我。

我倔强地对抗着要留在桃园，我舍不得离开妈妈出生的那个院子，想离得近一点。这个村庄跟我有着千丝万缕的联系，我在意这土崖上住着的每一个人。在这里我能遇见某个像她的女人从哪个巷子口出来，会在哪一片庄稼地里，迎面碰上像她的女人背着新掰下的苞米回来。说不定迎面过来的哪个老汉，就是当年喜欢过她的小伙子。

"过去都成了虚幻的影子，什么都不在了。"宏安劝我。

肃杀的秋风里我听见村里的每一棵树、每一棵草都在摇晃着枝叶对我抱歉：对不起，你要找的一切都不在了。我决意听从宏安。

宏安说，寻根寻根，根在你心里。

宏安的话，对于我是莫大的安慰，也猛然间击醒了我，根早已无处找寻。

我一路满怀兴奋奔到桃园，甚至在潜意识中构想出道路尽头迎接我的是家族团圆的幻境，就像到小时候常去的头沟村外婆家。我被自己制造的幻境骗到了桃园，我几乎要将自己的虚构当成真实。我无法理解是什么力量在支撑着我，竟然如此异想天开，将原本已明了的真相蒙蔽起来，虚拟出时光倒转后亲人们仍驻留桃园的景象，我竟然幻想二十五年前走失的母亲，回到了少女时代，在桃园等我认领。我相信，母亲就是个影子，也会将我引向我该到访的地方 。

原来，这一切都是在用想象麻醉自己，好让失母之痛得以缓解。

在桃园，一切都不复存在了。太外公不在了，外公不在了，外婆不在了，母亲也不在了。亲人们不在桃园村，也不在头沟村，他们早已不在这个世界上了，我再辛苦地寻觅，也无法为自己复原出过去。如果这是一次寻根之旅，那条我要寻找的根，早在六十年前就被连泥带土从桃园拔出，移植到了新疆，未能落叶归根的前三代人，都已经埋在远隔千里的新疆老沙湾的泥土里。

陪我去过酸刺湾的马新元似乎被我的执拗所动，他或许明白了此刻什么能安慰一个远路里来的人，让她安放那颗寻母不得的心。他说："想母亲的时候，随时回来，打开这里一扇门，这里总有一席之地，安放你的念母之情。"他不知道，这句话在我心里的分量有多重，寒冷中突如其来的温暖让我默然垂泪。我顿时明白，一个找不到妈妈的孩子，最需要的是一个寄托哀思、安顿心灵的地方。

我以为像我这丢了母亲的人，会在桃园遭遇异样的眼光，我以为酸刺湾的妥老实的后人们会赶走我这戴罪之人，从桃园村到酸刺湾，母亲故乡的人们的目光让我倍感内疚。我自知不配住在母亲出生的净土，桃园竟敞开怀抱，那么不假思索地接纳了我。意料之外，寻根桃园村的我，竟在母亲出生之地度过了一段光阴。桃园对于我，究竟埋藏着怎样的玄机，上苍不为我揭开谜底，我根本无从探知其中的奥秘。

自从母亲失踪后，我在内心一直都不愿意承认，她已经不在人世了。我没法承认，她是在清醒的状态下，为了减轻我的负担而出走不归，我一直不愿承认我现在所得的一切，是母亲疼顾我，以她的失踪作为代价换来的。这样的直面，会让我的生不堪其重。她失踪了二十五年，我一直没有为一个生死不明的母亲举行葬礼。她一走了之，似乎什么都不需要了，作为女儿，我终身背负着她的牺牲。我欠着她，欠她一次葬礼，欠一次为她送埋，欠一块她睡的黄土。

这一天，我回到那一间我寄身的斗室，用饮泣的方式，度过了两个小时的聚礼光阴。我在意念里为埋葬了失踪二十五年，生不见人、殁不见埋体的母亲举行了一个精神上的葬礼。我想为她立一块小小的墓碑，上面刻上她的名字和出生日期，而她过世的日子，我会写上今天的这个日子。

眼泪冲洗出的积蓄经年的悲伤，都由桃园的一草一木承接负载了。哭泣声被压低，低到黄土之上，让活人听见，这声音低到黄土之下，树藤的根须颤动泥土，让亡人听见。哭泣声灌满了我的身体，我的五脏六腑呼吸着这声音，血液脉动应声音的高低起落，顺应着祈祷的声音，穿透生与死的界线，去慰藉母亲之灵。

古丽

第一眼看到古丽的时候，我不知道说“找到了自己”更恰当，还是“迷失了自己”更确切。在母亲家乡张家川，遇见嫁给回族男人的维吾尔与哈萨克的混血女子，而且与我同名，这不能不说是我此行的一个奇遇，又像是某种颇具象征意义的隐喻。

古丽在电话里用维吾尔语说，她在关山草原等着我去看她。我有一种奇特的感觉，仿佛我在跟另一个我对话，仿佛另一个我在呼唤我去看她。

她说她在等我的时候，语气里那种不可抗拒的意味，那种我应该去看她、必须去看她的固执，好像前世我与她就有过约定，这一生只是来践约。古丽和关山草原在我意念里立刻有了一种神秘感，我决定翻山越岭去看她。

沿着盘山公路绕了几十道弯，终于见到了古丽，她与我长得很相像。我拥抱了她，内心没有丝毫陌生感，就像拥抱另一个自己。

古丽的丈夫有着关山男人的敦实和憨厚，他是在阿勒泰为古丽家捣酸奶的时候，爱上古丽的。牧场上的爱情就那么简单，我可以想象出那种牛奶一样的纯洁，草原上蓝天白云一样的浪漫，也能猜测到那种巨大文化差异下，两个青年男女之间产生的不可抗拒的吸引力，正是这种吸引力，让古丽超越民族、语言、生活习惯的不同，从阿勒泰远嫁到张家川。

古丽戴着张家川女人的盖头，忙里忙外，别人叫她古丽，我也跟着答应。十几年跟回族媳妇们在一起，现在的古丽浑身都是回族味。她与我一样会讲哈萨克语和维吾尔语，但在平时，她只讲张家川味道的甘肃话。

古丽带着丈夫孩子到娘家阿勒泰，亲戚们说维吾尔语和哈萨克语，丈夫和孩子听不懂。古丽跟丈夫和孩子说张家川话，阿勒泰的亲人们也听不懂。他们各操着两边的语言，平衡着亲情。一回到张家川，古丽的维吾尔语和哈萨克语，像捣酸奶的槌子和袋子，从张家川生活里“退席”。

在这个哈萨克语掺杂维吾尔语的古丽面前，我交替使用纯正的哈萨克语和维吾尔语十分快感，甚至有点卖弄的味道了。发现潜意识里，在古丽那一口地道的张家川话面前，我在用多种语言优势驱赶自己不伦不类、蹩脚的张家川话。

古丽说初来张家川时，不习惯多吃蔬菜少吃肉的日子，觉得丈夫把她当羊喂。在新疆的草原上，羊吃草，人吃羊。古丽跟丈夫回阿勒泰，维吾尔丈人和哈萨克丈母娘见回族女婿来了，一次宰了两只羊，顿顿给女婿煮手抓羊肉。这让回族女婿领教了新疆人吃肉有多厉害。

古丽说要用新疆的礼节招待我。餐桌上我看到的是：奶茶变成了盖碗茶，包尔萨克（哈萨克族的一种油炸食品）变身为油香（回族人的油炸面饼），烤馕被香豆粉花卷儿代替。餐桌上摆满了关山的野菜：乌龙头菜、向日红杆、香椿、蕨菜，还有一盘关山松子，是他们亲手采摘的。好在有古丽特意准备的馓子，让餐桌上多少有了草原民族的味道。煮羊头羊蹄、炒大盘鸡、拉条子和抓饭，是古丽按照草原上的礼节特意准备的，这些饭菜只有新疆的亲友来了才会上桌。

值得欣慰的是，与骑马放牧的“草原古丽”生活相适宜，离古丽家居住的宝坪村不远就是关山草原。似乎古丽在的地方，草原就在。席间，出神地看着跳起哈萨克族舞蹈的古丽，她让我不由得想到两千多年前，曾在这里居住过的草原西戎民族。若以马家塬遗址博物馆见到的西戎民族惊艳的服装头饰，将古丽装扮成环珮叮当的西戎女子，也是极相配的。这样想来，或许古丽到了这里，也不算是背井离乡。人类的迁徙自有轮回，这是她在相隔千年后重返故乡也说不定。

母亲当年若留在张家川，她生的那个我，就应该过着眼前这个古丽现在的生活。在我四处游荡的几十年里，古丽一直替我守护在母亲的故乡。离别时相拥的瞬间，我与古丽变成了一个人，仿佛完成真身与替身的一次合体。这个与我同名的古丽，她替我留在了张家川，我心里对她充满莫名的感激。我会时常问候她，就像问候另一个自己。

选自《大家》2019年第1期

还是大梁坡，还是她隐秘的故乡。因为精神错乱而走失的母亲，张家川过世的亲朋，被太外公失手打死的佣人。桃园的一草一木，怎么寄放肉身？看到关山草原的古丽，恍若看到另一个自己。普通不过的生活，一经帕蒂古丽的打捞，重新叙述，细流暗涌，有了温情，也有善意和悲悯。

辑五

中年幽微

/赵瑜

一

看到一个视力为零的人，在讲解最新的苹果手机的使用方法。

他讲得那么认真。我听到他耳麦里传出来的呼吸声，隔着屏幕，我看到他成长的历史，有摔倒过的疼痛，以及对他来说模糊的时间，还有来自亲人的鼓励。

一个盲人，他的世界多了许多猜测。然而，现在，他和我们每一个人一样，有自己的工作。

他那么努力，像一本书封面上被加粗了的文字。

我看着视频里的这个年轻的盲人，仿佛读懂了一个充满了温暖的故事，突然泪流满面。

二

购买了一个体重秤。

喝一杯水之后，称了一下。知道了水的重量。

又看了一会儿微博，很生气，又去称了一下体重，我在想，生气的重量是多少呢。

没有变化。

原来生气是没有任何重量的。

三

在昆明的时候，觉得富有，因为天空的云彩多，总觉得比起其他地方生活的人来说，多了一些阅读的内容。

看一团乌云的变化，先是浅的，而后变成深褐色，再然后，变得深沉，像沉默了很久的一个电影片断。

我觉得云是有思想的，云朵白的时候，它的思想接近女性，妖娆，妩媚。而云朵变成乌云的时候，我觉得它的思想暧昧，像一个中年男人的寂寞。

这样一想，我更喜欢乌云，我就那样看着它，在天上一点点占有楼阁和柳树，一点点地吞食掉我的下午的幽暗。我觉得，那些云就是我的心事。

四

去取快递。一个老人，在我前面，大概是帮着她的女儿取。她记不住快递单号，打了电话给她的女儿，然后，旁边的一个人看她打电话，就对快递站的服务人员说了自己的号码。于是那服务生向里面走去。结果，等她出来的时候，老人家只记得前两位数字，又忘记了。

我正好记下了她的数字。帮她说了一声。

她感激地看向我，不知道该如何表达。

而我的记忆也正在衰退，我忘记掉很多事情，那些细节鲜活的声音和表情，都被记忆跌落在时间的缝隙里。

我相信我们变老的过程，就是记忆能力下降的过程，而这个过程中，也是我们渐渐缩小欢喜，减少悲伤的过程，是让生命渐渐平静的过程。

五

去看了贾樟柯的电影《江湖儿女》。有一个很有意味的细节，值得叙述。赵涛饰演的巧巧出狱后，去找她的男人斌斌。哪知在船上，钱包被偷。到了奉节，找到她的男人之后，才发现，男人有了新欢。巧巧自尊心强，没有了钱，却也不向斌斌说，便去骗人。巧巧找了一个饭店，专挑包厢里的男人，她叫那个看着像是召集大家聚餐的男人，对他说了两句话，一句是，我是她姐姐。第二句是，她流产了，你还不知道吧。结果第一次找的男人不对，人家在外面没有惹过女人，失败了。巧巧就又找到一个，张译，她对他说，我是她姐姐，她流产了，你知道吗？张译一下愣住了，很难过，给了她一沓钱。

这一幕很有讽刺意味。看的时候，你既不觉得骗人的巧巧可恶，也不觉得那个婚外情的张译可恶。而事实上，他们都在道德的外面行走。骗人的巧巧编了一个故事，可是，这个故事何尝不是她的悲欢过往呢。而在婚姻之外又沾染了女人的张译，只是听说自己的女人流产了，便慌了神，不再仔细问询巧巧更多的事情，这说明，他也是在意那个女人的。

感情有时候就是这样不可言说，甚至充满了丑陋。然而，它却是真挚且动人的。

六

夜深时听了一首老旧的曲子，《台北的机场》，我特别喜欢这首曲子的开头部分的音乐。很有世俗的气息。一段关于男女情感失意的对白。这些仿佛并不是我关注的，我发现，我竟然特别喜欢听拨电话和挂电话的声音。

有多久没有听到这种座机的声音了，仿佛拨号的声音便是一段旧时光。

拨出的号码是时光的密码，挂断的声音像是合上抽屉。除了喜欢电话拨号键的声音外，我还喜欢听口琴的声音、大提琴的声音、古琴的声音，以及深夜下雨时从雨声里穿越而来的鸟鸣声。

这些声音都和孤独有关，它们干净，留恋尘世间的屋檐或者饮食男女，总之，这些声音从生活的边角划过，又不沾染生活的热烈。

拨打电话时，要认真地看着那个号码盘，按错了一个数字，便通往另外一个人，这充满了比喻。这和琴弦弹奏出来的孤独感一样，错一个声调，那空空的虚无感便飘远了，有了喜悦。

我不喜欢在音乐里展示欢快，所以，像唢呐，或者鼓乐，我都听不入耳。

生活中的喜悦多是年幼无知，我不想在音乐里重逢那样的自己。我喜欢偏僻独处的自己，在一段关门和开门声中，在一段雨水湿透了行人的声音里，我安静地听着，很怕一瞬间走神，那声音便消失无踪。声音没有了，我的世界便空了。我便成了我自己的陌生人。

七

接了一个电话，听朋友抱怨一个人不守承诺。

朋友说，我原来很喜欢她，也支持过她的很多事情。然而，这一次她的不守承诺，让我一下子将之前的喜欢都抹掉了。

朋友说话的时候，我在我的头脑里画画，一个人对另一个人的喜欢，应该是甜的，红色的，又或者是春天般的翠绿色。然而，当朋友说到，对方不遵守承诺的时候，我就想，那可能是颜色变了，从萌芽般的翠绿，变成了枯黄，又或者是灰暗的褐色。

我将她的电话从一开始听到最后，那么，我总结出来人与人之间的喜欢与厌弃，不过是内心的颜色变化了。而颜色的变化，和季节有关，和温度有关，也和心事有关。

比如朋友的这次失落，是对方的一次失言让她的某件事情没有了答案。朋友的内心本来是鲜花盛开的夏季，而却遇到了一次大风，将花瓣吹落。

又想，这个世界上所有的事情，所有的暖凉和喜悲，都是色泽的变化，都是内心的累积或清空吧。

朋友在电话里说完了，自己感慨了一句，喜欢的人现在自己不喜欢了，好像丢失了一个钱包一样。

我理解她的怅然，因为，我们的喜欢本来就很珍贵。

八

去一个四川饭馆吃饭，老板却是东北人。

两个吃饭的客人也是东北人，于是老板娘拉家常。只一会儿，女老板便将自己弟弟的职业，自己娘家在哪个地方，他们家住的楼号和楼层，以及家里刚买的一台电视机的价格，全说了出来。

再听下去，是客人说起他们的信仰，然后又是一轮关于隐私的相互搜集。

熟人社会的这种坦荡，有时候，简直是一种真话比赛。还好，只是女人，拉拉家常。如果是男人吹牛，那一会儿准会将他和美国总统一起打球的事情说出来。

有时候想，这样的一种交流习惯到底是如何养成的呢。说到底是一种集体性格，他们缺少自我意识。总觉得把什么事情都说出来，自己便融入别人的话语体系里。

甚至，他们认为这就是真诚。他们对世界的认知大都是错的，然而，这样的人多了，标准便发生了变化。如果在和他们交流的时候，不按照他们这些错误的理论，那么，很多事情，是无法进行下去的。这便是文化的逆反。

九

有一次看湖南卫视一档节目，知道，在拍电影的行当里，有一个职业，叫作拟音师。

也就是说，我们所有在电影里听到的诸多声音，并非真实的同期声。比如，下雨天，一个人在草地上走路的声音，一步两步，竟然是拟音师用两条废胶片，团在一起，摩擦出来的声音。

我看得惊讶，明白了，声音的世界是如此丰富。将两种声音相似的东西找出来，这充满了文学描述感。不论是下雨还是走路，都可以拟音，但是，人的喘息声，却必须是一个真实的人发出喘息的声音。

看到一个人悲伤地给电影中的角色配一段张着嘴巴哭不出来的情绪时，我对那个配音的演员充满了敬意，他需要进入这个剧情里，才能一丝一丝拧进人物的情绪中，那么，声音才会让观众信服。所以，每一个领域，都需要这样专注且投入的人，才会有动人的呈现。

我对声音的关注源自冯大夫。

他是我常去做推拿的一个按摩院的师傅，盲人。大家尊敬他们，一律称他们为大夫，也好，好提醒我们这些做按摩的人，都是肌肉或思想的病人。

冯大夫按摩手法好，需要提前一天预约。中间我在海南工作几年，每一年春节或者国庆节前后回郑州，都会去找他。我只需要咳嗽一声，他便听出我的声音来。会随口问我，现在海南暖和吧。

一个盲人，对世界的认知，只有通过声音和触摸。所以，他的耳朵的分辨能力格外好一些，我并不感到奇怪。然而，让我佩服的是，通过声音，冯大夫能判断出更多的东西来，比如人的性格。

冯大夫比我年纪小一些，说话轻慢，情商比常人要高。这表现在，他和所有人都有话说。他有说话的欲望，且有让你和他对话的能力。

因为他对声音的储存比我们普通人要多，普通人眼中的色泽，在冯大夫这里就是声调。而普通人眼中的动作，在冯大夫这里，就是说话的重音。声音在我们日常的对话里，只有大和小，硬或者软。而在冯大夫这样全盲的人耳朵里，是可以放在水里冷却，或者煮沸。声音是固体的，也有可能是液体的。他们将所有说话的人的声音分成了更为细小的片段，以便于区分我们每一个人。

所以说，每一次约冯大夫，我都会和他说一些话。不只是交流，还想让他储存下我的声音，好让他知道，我对他有着善意。

没有见到作家刘恒老师之前，我并没有意识到，修养是可以用压低声音的方式来表达。

刘恒老师到海南开笔会，冬天，海南气候宜人，他带上夫人，很高兴。说了不少的话。但是，只要他一说话，就会低于所有人。车上正有人兴致勃勃地讨论微博话题。然而，刘恒老师的低声，让我们不得不往他身边靠一些，才好听清他说了什么。

靠近，微笑，说话。这的确是与人交流最为真诚有效的方式。

我出生在河南最为贫穷的乡村，从小接受的教育是驴子的叫声、狗叫声，以及谁家鸡蛋丢了，主妇在街上炫耀骂人技巧的泼辣声。

是的，熟人社会，是不需要隐私的，大门开着，吃饭的时候，每一个都端着碗坐在家门口，谁家家里如果割了肉，或者是炒了一份鸡蛋，恨不能敲着锣让村里每一个都知道，以炫耀他家里日子的丰盛。

在这样语境中长大的我，很难有自我觉醒意识。直到很多年之后的某个机缘，我才意识到，原来，在人多的时候，说话声音降一个八度，那么，这就是所谓的修养。这很难吗？太难了，因为，认知的改变几乎是对个体的审美颠覆。

然而，认识到一件事情的错与对，与做得到距离很远。然而，认识到了，才有可能会做到。

声音不只是歌唱、表达和反对，声音还是将自己全部的认知缩小、降低了，轻浅地传递给别人的一种修养。

至此，我才有了对声音的正确的理解，也从此，我开始努力学会压低声音，或者微笑，沉默，或者尽量多地听别人在说些什么。

我觉得，我远远还没有做到，用声音来影响别人，甚至，还没有学会好好听别人说，但是，还不算晚。

十一

我不喜欢扔东西。

电影票根、车票，以及乘机牌，我都喜欢随手夹在某一本书里。

这样做的好处是，过几年，偶尔翻开某一本书的时候，会看到那张通往某地的票根，或者是某部电影的名字。

会坐在那里，想一下某个相关的友人，或某一段时光。

这些证据随着时间的消逝，会变得格外的珍贵。我们的大多数记忆，都是手中的沙粒，他们无序，且保质期极短。誓言也好，好感也罢，终不过是一段时间的昵称。而多数人的生命缺少这些证据，时光如果没有段落，是直线，是重复，那么，生命便显得格外的短。

有时候想，活着，大概是积攒各种证据的过程。我只希望我的证据中，除了物质的部分，还有思想的片段，就像光，像水，或者像一段深夜时流进梦境的音乐。

十二

看过一期电视节目。一个父亲，他的儿子在集会上丢了。他开始报案，贴寻人启事，在电台电视台做广告。

从孩子丢失的第二天起，他再也没有睡过一个安稳觉。

夜晚的时候，是他最难过的时候。孩子在他身边的每一帧画面，都会反复重现。他数星星，听街道上汽车的刹车声音。他的夜晚变成了声音的博物馆。

在节目中，他比实际年龄要苍老许多，但是，他没有找到他的儿子。

每一次看到有凶杀案，他都会第一时间跑到现场认尸。他对记者说，如果能确认孩子死了，那么，他也会停下来找儿子。可是没有，从来没有任何确切的消息。

他的人生从此失去了其他颜色，就只有灰色。

他没有笑过，平均两天痛哭一次。他的老婆最后和他离了婚。

他每天要做的事情就是给他请的一尊观音烧香，然后就出门去找儿子。他也不知道该去哪里找。但这就是他的生命的全部内容。

那天我看节目的时候，看得泪流满面。

这是爱，我们普通人无法理解这份煎熬。

然而，过后很长时间，我想到这个人的一生，也觉得悲伤。他的一生就这样没有答案了吗?

我有时候想，所谓的爱，也有可能是一种束缚，像宗教一样排他。爱是一种病态的执着。

有时候，我们要学会如何与爱相处，既能完整地表达爱，又可以不让爱成为我们的宗教，绑架我们，并一生束缚在其中。

然而，这话说出容易，要想挣脱，可能太难了。

十三

我痴迷于复杂的东西，但是又不喜欢庄重的东西。

这既矛盾，又有些难以梳理。

我喜欢的事物有：声音好听的女性，木头，火车启动时的声音，人踩在雪地上的声音，细雨，鸟叫声，电话摁键的声音，火车站广场上即将分离的人们，孩子的所有表情，树叶飘落在地上的样子，口红，鸡蛋煎熟时的味道，拥抱，不用相互解释的眼神，地下通道里孤独弹唱的歌手，报刊亭上经常贴出的一些病句，绿灯，秋天，弦乐，黛瓦上的雪，暖和的一切，一场势均力敌的足球赛……

我不喜欢的事物有：性病广告，火车站候车室注意事项通知，某大学学生会群，爱国者砸自己同胞汽车时的表情，乌云，大雨，过期的食物，肉麻的情话，某某某题词，毫无必要的傲慢，相互揪打对方头发的女生，贞洁感强烈的人，强奸犯的逻辑，将权力用到极处的人，饭店里摔碎碗的声音，自尊心极强的人，头皮屑，鼓声，唢呐声，冬天，火锅店出来以后衣服上的味道……

喜好是情绪的一种排泄方式，喜欢什么，会亲近什么。而厌倦什么，便会疏远什么。不好猜测一个人的喜好的来源，但是，一个人的喜好一定会塑造这个人的人际交往，以及性格生成。

那么，喜欢的东西越多，其实，厌倦的东西便会越少。当然，一个人如果没有讨厌的东西，那么，这个人也不会真正喜欢什么。

人的化学成分，就是由他喜好的东西构成。

仔细想了一下，我的主要的化学成分，应该是一支竹笛，人生充满了漏洞，但是，如果合理地吹奏，会动人。

当然，多数人的一生，可能是一只长笛，漏洞更多。这样一想，便觉得，风很重要。而风气，自然更重要。

十四

鸡蛋煮熟的过程，充满了哲学意味。四只鸡蛋，像四个学习舞蹈的孩子，水的温度发生变化后，音乐响起来。然而，总会有一只鸡蛋反应迟缓，无法理解音乐和节奏。也总会有一只鸡蛋，通透，机敏，随着温度的变化，蛋壳有细微的表情变化。还有一只鸡蛋调皮，透过钙质的秘密，吐出一口哈气。噢，是蛋壳在高温下有了细纹，于是，那细密的纹理成为一个出气口。

我从未如此完整地观看一场煮鸡蛋的演出。因为，记忆中，我从未这样煮过鸡蛋吃。煮好了之后，就想，我是不是应该将这四只鸡蛋煮成茶叶蛋，让这几只鸡蛋在水中煮熟，那只不过是普通的职业技术培训。而如果将它们煮成茶叶蛋，相当于打开了它们的人生观，和盐巴、姜片、老抽、普洱茶以及来自新疆的红枣交谈过后，它应该变得温和，克制，甚至更加懂得规则，和文明。

我决定这样做。

还专门咨询了一枚友人，她给出更多的配方。我只能就地取材。

切开姜片时，我想到的是青春期女性的示好，明明喜欢别人，可说出来的话却总是挑剔。想来，这姜片应该是天蝎座。

八角的味道让我想到一种放了一年忘记打开的福建绿茶，低调，自卑。其实，完全可以再喝。像再婚的女人一样，温润，厚朴。所有的调味品中，我最喜欢的就是八角。总觉得，它是富裕人家的孩子，对人世间过于油腻的价值观进行调和。没有它，就像一个社会没有了中产阶级。那么，只剩下穷人和富人赤裸裸的鄙视。

小茴香我喜欢偶尔嚼到它们，麻，是一首乐曲的最高潮的部分。如果我们投入感情来听，会觉得，这是在描述我们的过去。在北方时，小茴香的滋味偏淡，而云南的小茴香颗粒像四川的一样，感情极其丰富，不需要尝试，打开包装一闻，便知道，这样的小茴香是生于“八〇后”和“九〇后”的孩子，他们脑残率极低，对于虚构的历史一点也不相信。闻着这种小茴香的味道，我就想，唉，出生地也是极其重要的教育背景。

茶叶我这里多的是，有数千元一斤的凤凰单枞，还有头春的龙井以及顶好的大红袍。然而，最多的还是普洱。我故意留了半饼冰岛生普在这里，手撕开茶饼的时候，我闻了一下茶叶的味道。想象着它们一片一片吸纳高原上的阳光，被勤劳的茶农一叶一叶摘下，晒干，放在石臼中压制。每一道程序，都有着人和自然的交流。这饼茶叶，入口时甜度颇大，然而，如果浓了，会苦口，而后从舌根处有甜味回过来。是很迷人的一款茶品。

还有从新疆来的大枣几粒，老抽数滴，细盐两勺。

我将刚才煮好的鸡蛋均匀地敲破蛋壳。这层壳在鸡蛋成熟之后，成为包裹着鸡蛋本身的一层自尊心。如果不敲破它，那么，鸡蛋无法吸收更多的观念。就像一个小地方的人，永远满足于他们自身的生存逻辑。要想改变他们，我相信，将他们观念的外壳敲碎，并将他们放入一锅文明的汤里煮了，是一个捷径。

我将四只鸡蛋放入到小锅里。点火。

这真是一个充满比喻的课程。鸡蛋渐渐地被老抽染了颜色，它仿佛懂得了做人就应该打开自己。再然后，茶叶的叶片舒展开来，香气弥漫，这香气分明就是一节关于人生应该如何承受阳光，并释放阳光的过程。意思是说，每一片茶叶的滋味的生成，都和它们之前所承受的阳光和雨有关。没有接受，没有对责任的承担，那么，我们永远无法成长，无法给予别人养分。

现在，姜片在热汤里飘滔，它的黄是一种暴力的激动的演说，它大概正在向鸡蛋灌输一些婚姻之外的交往哲学。我知道，姜片虽然热辣，却又是滋补的。

茶鸡蛋煮熟之后，我开了小火，盖上了锅盖。焖一会儿，再。

焖，把一颗心关在一扇门里，用小火炙烤。这个字里有煎熬的意味。然而，世间所有的美好，大概都需要一场水与火的碰撞。

煮好后，我关上火，打开锅，闻到的是一声尖叫般美味的茶叶蛋。我几乎是冒着敌人的炮火般的热烈，剥开了第一枚茶叶蛋。蛋清外面的酱色纹理像是一纸地图，那纹理指向了我的胃口。我吃了一口，觉得，我回到十岁左右的故乡。又吃了一口，我又回到我的现在。

我被一枚鸡蛋启蒙，我想告诉大家的是，我在吃鸡蛋之前，和之后，是不同的两个人。世间的事，只要用心体悟，大都如此。

选自《散文》2019年第10期

评鉴与感悟

微信朋友圈加了不少人，却也很少打开看。不知怎么就对赵瑜的空间印象深，有时无聊了，还会特意翻翻。喜欢他对时事的评论，有一说一，顺便普及常识和价值，偶尔来了情绪，讲开做人和教养，却也得体，不失分寸。他推荐书，开人脑洞的文章，合他口味的电影。有些书单我见了，也动心，照着买来。《中年幽微》一篇，有对日常的观察，也有自我趣味的暴露。这篇文章，他也有自己的形容，说是偏执，做作，幽暗，微小。这当然是他的谦逊。我喜欢这些日常生活的记录，细节丰富。人情物理的关照，他理解得通透，个人的好恶，也不掩饰。如话家常的叙述底下，他有他的性格，他有他的态度。

江 上

/钱红莉

一

带孩子回了一趟小城芜湖。

妹妹将父母在小城最后一套房子卖掉——这次回去，基本上算无家可归了，暂借于妹妹同学家。小区临江，大约是过去三号码头的位置。无论清晨，抑或日暮，站在阳台，可闻江水气息。

纵然同样的温度，合肥总也显得比芜湖热些。一条大江依城而过，是可以调节空气的，永远那么温润，有灵气。用罢晚餐，去咫尺之隔的江畔散步。碰见卖孔明灯的，孩子们买了三只放，橘红的火焰越飘越高，越来越小，直至不见，所有的残骸都落入漆黑的江水中。

正值汛期，江水浑黄，浊浪滔滔，去得晚了，错过了落日与晚霞。

少年时代，全家迁居芜湖，居在爸爸单位分的坐落于吉和街的一所小房子里，两层木阁楼建筑，前面一溜儿门面房。吃完夜饭，我们喜欢去江边洗碗，拎着篾篮，大大小小的碗碟扎在篮子里。青弋江穿城而过，至西岸尽头，汇入长江。清澈的青弋江水贴着长江南岸低低流淌，水流清澈，与翡翠没有两样。黄昏，大人、孩子一齐在江里戏水，其中一个皮肤白皙的孕妇腆着大肚子，每日准时来游泳。她丈夫坐在岸上，雕塑一样一动不动，她的双腿在江水里伸伸缩缩，白得耀眼。

碗洗完，再也无事可做，就势坐在江堤的台阶观瞻日落。浑圆庞大的橘红色太阳，一点一点沉坠下去，江面波光粼粼，被落日金属的光染红，江对岸的天空铺满玫瑰红霞光，像一整座村庄的所有稻草垛同时被点燃，焰火熊熊……城市的晚霞与乡下的迥然不同。乡下的晚霞，叫火烧天，预示着第二天肯定会热；或者乌云接日，第二天必然有雨……乡下人个个承担了巫师的角色，擅长观云测雨。所有这些，到了城里，早已派不上用场，失落得很，又没有学校可上，一个少年只能长久地滞留江边，以此打发稚嫩生命的空虚、落寞。

落日与晚霞这些自然界中亘古即有的东西，似可暂时慰藉一下少年的孤单。

那年中考，以403分落榜。来到芜湖，当得知楼下一户人家的同龄女孩以278分被芜湖师范学校录取，惊愕不已。在七十年代出生的一拨人身上，体现着一个国家在某一时期政策的荒唐与不公。因人为因素导致的城乡户口巨大差异，乡下初中毕业的孩子极少再能获得继续受教育的机会，无数像我这样成绩中等的孩子唯有默默退守乡下种田，一辈子活在没有出路的哀告绝望中——倘若取消户籍制度，我们拥有公平的竞争机会，众人中不乏潜在的科学家、医生、工程技术人员等社会栋梁，可是，他们的身份注定是农民了。

当年，如若拥有城市户口，以那样的分数，是可以上芜湖最好的高中吧，我的语文成绩全校第二。

提及这些，不过是沉痛，政策在不合理时，对于个体生命的伤害有多大。

一次，与爸爸吵架，无比愤怒道：我要告你，竟让十五岁的我打工……

爸爸怼过来：你好意思吗，连普通高中都考不上，还能怪我吗？

一下愣怔在原地，被耻辱与痛悔双重夹击的我毫无还手之力。

一九八八年，是小虎队流行的年份。那年秋天的每天早晨，我从吉和街去往工厂，总与一群同龄女孩比肩而过，她们恰如一群快乐的鸟儿，一边走一边唱《青苹果乐园》……同是花季，她们去的是敞亮的学校，我去的则是嘈杂凌乱的工厂车间。

世间的不公，早早降临，让一个十五岁半的少年无法承受。

二〇一〇年，小虎队重回春晚，《爱》的旋律乍起，迅速将我拉回至一九八八年秋天的场景，眼前一热，流下泪来。

后来，一边工作，一边断断续续上夜高、夜大——对于念书，似乎有着宗教般的热情与执念，犹如追寻一份精神上的依靠，即便风骤雨狂，想不去，也不行。爸爸看在眼里，开始心痛起来，幡然有了懊悔，有一次向妈妈袒露心迹：当初大丫头要是不停地吵，坚决不去工厂，可能也会咬咬牙再去找找人，给她补习一年，你看吧，第二年户口也就办下来了……

乡下孩子早早懂事——当年，觉得他一个人太难了，到处求人，方得以将弟弟妹妹借读于吉和街小学，实属不易。作为家里的老大，怎能再给他额外增添负担？

为了户口的事，爸爸有一回给派出所的干事送礼，无非一些土特产，以及一只老家的土鸡。他回家沮丧地向妈妈抱怨：那人嫌鸡太瘦了……

——好想为爸爸报仇。

他军人出身，一生自尊耿直刚正。中年以后，也总是叹气：为了你们仨，我低声下气求了多少人……

为纪念这得之不易的“芜湖户口”，纵然移居合肥多年，也不愿将户口自芜湖迁出——这小小的城市户口，曾经搭进去一个父亲多少尊严？

一路行来，惊心动魄，如今不必再提。

那时的江边特别凉快，可一直坐至日暮，忽地想起什么似的，一个激灵，迅速把一篮碗筷送回家，再扛一个拖把出来，在江水里上下捣捣，大力往水泥石阶上掼，一派空荡荡的回声，响彻久远。家里木地板刷着红漆，快被我拖至发白，已然看得见木质纹理。若是趁势跳一跳，所有家具都会剧烈晃动……

二

爸爸常年工作于江上。每次，但凡他休假，必带回一些江鲜，圆滚滚肉艿艿的鸡腿鱼，刚从冰柜取出，鱼身的冰冻尚未融尽。他常年跑上海、九江、汉口航线，余暇得逛当地菜市，顺便买些江鲜，冻藏于他们船上厨房的冰柜里，等休假回来给我们姐弟仨打牙祭。平素，妈妈不舍得买这些奢侈的鱼鲜，我们一日三餐差不多都是蔬菜，炒豆干算是荤菜了。那时买豆干，凭票供应，爸爸想方设法不知从哪里搞到的，印得密密麻麻，四四方方，邮票一般大小，撕几张票，买几块豆干。票用完，若再买豆干，花的钱就会多些。豆干清炒辣椒，也蛮好吃。

那日临回合肥的黄昏，妹妹叫先去楼下饭店点菜。第一眼，竟看见了刀鱼，一尺来长，炸好了的，摆在篾制的镂空竹盘里，佐以糖醋烩烩即可。下意识咽了咽口水，到底没有点，太贵，吃不下嘴。这家饭店的冷藏柜里，陈列着各类江鲜，鲳鱼、鳊鱼、鸡腿鱼、江鳗、江丫等，每一条都极新鲜，考虑刺多，三个孩子无福消受，遂作罢。把菜点好的空隙，饭店后厨从外面又进来一条江鲳，刚刚打上来的，活蹦乱跳的，称一下，五斤四两，巨大椭圆的鱼鳞银光闪闪。这样的江鲳适合清蒸，连鱼鳞一起。早年吃过，鱼鳞入嘴，绵糯，细嚼之，滑口，润喉，值得一吃再吃。

江鲜，应是最有品格的。江流湍急，游弋其间的鱼类整日与水搏击，肉质紧实，无论清蒸、红烧，抑或汆汤，都是一绝。

好多年没吃江鲜了。去年初秋，在安庆吃过一回江丫，其鲜美，至今存于味蕾之上，好生回味。

点了一道肉丸青菜汤——不知如何赞美江南人的精细吃法。那样子的鸡毛菜，我在合肥十四年，没有遇见过一棵。小而嫩，入嘴微甜。这种鸡毛菜，只有芜湖、南京一带的江南人，才晓得吃。早年，在小城吃麻辣烫时，必点鸡毛菜。一份一元钱，老板用拇指、食指、中指合拢，捻一扭儿下到高汤里，立即捞起，盖在碗尖上，端给你。几筷子吃尽，不过瘾，再烫一份……这些都是美好记忆。当日天热，身体疲乏，也没有骑车去冰冻街寻访“明明麻辣烫”了。

曾经，在与冰冻街一墙之隔的铁佛花园工作过两三年，几乎每日光顾“明明麻辣烫”。有一年春节回小城，年二十九下午，特意骑车去那里吃一碗麻辣烫，简直是一种凭吊，记忆里的味道永垂不朽。

赶回芜湖，夜里九点多了，在妹妹怂恿下，我们去双桐巷，只为喝一杯赤豆酒酿——醇正的赤豆，软糯甜腻，慢慢滑过喉咙；酒酿发酵得刚刚好，不酸，微甜，特别亮喉。味蕾的记忆力相当倔强，即便暌隔十来年，也会昨日重现迅速复苏。倘若是一边吃麻辣烫，一边喝一杯冰镇赤豆酒酿，滋味慨当如何？不禁要背诵曹孟德的《观沧海》了。

双桐巷旁边的和平大戏院不见了，唯有青弋江畔的新百大厦尚在。这眼前的建筑也不知翻修了多少遍，唯有赤豆酒酿的滋味永恒不灭。我们去得晚了，老奶奶牛肉面馆已歇业关门。当年，她家的牛肉面辣得登峰造极——我独喜欢门口小炉子里焖煮的卤干。

芜湖卤干子，实乃一绝，咬一口，汁液淋漓，泡泡软软，吸饱了汤汁，筷子夹起颤巍巍的——世间怎么会有如此可口的食物？普通的一块块白干子，改成花刀，入油锅炸至金黄，捞起，放入调好的汤汁中焖煮，越煮越入味。要一碗牛肉面，两块卤干，一顿早餐，铁饱。铁饱这个词，属芜湖方言，大约是胃饱胀得太坚硬了，再也不能吃别的了。夜深，当我们经过新芜路，忽然想起“老凌鸽子汤”，也不知可还在了。

路过安徽师范大学，隔壁的南方书店犹在，汪应泽老师的萃文书店，不见踪影……如今的梦里，依然频繁出没于小城书店。或者，正在奋力考试……铃声已响，卷面上尚有大半未答题，无比绝望……这样的梦魇追随许多年——给一个人造成的阴影太深了，永无修复的可能。

曾在小城各家书店流连了又流连，任多少光阴倏忽而去？唯有一塘镜湖水明了。

古诗云：

携手上河梁，游子暮何之。
徘徊蹊路侧，悢悢不得辞。

一路行来，似乎不曾有过哪怕一刻的扬眉时刻，谈何携手？

三

中午，去美食街，充了两百元的卡。一律熟悉的各色小吃，一路走过，如若故人重逢，简直要落泪。徘徊了又徘徊，最后，要了一碗牛肚炒面，配一碗老鸭汤。妹妹给孩子们点了牛肉炒饭，她自己要了渣肉蒸饭配赤豆酒酿。老鸭汤火候掌握得好，汤汁清澈，碧湾湾的。江南人永远那么精致——把鸭汤烧滚，下一块豆腐皮，下一点粉丝，最后再另给一袋小米锅巴，反复叮咛：不要一起放进去啊，要随放随吃。我点点头，都离开了，老板娘还不忘添一句：一块块地泡着吃啊。端一碗老鸭汤慢慢走，旁边的餐桌旁，有人正饕餮凉拌面，比粉丝还要细的面，春风拂面的样子，亮汪汪的，被人麻利地嘬着，一半在嘴里，一半拖在碗里——人间至乐图，莫非如此。

有点后悔点了炒面，应该吃凉拌面，典型的吃着碗里看着锅里。除了炒面、凉拌面，还有炒面皮、炒年糕、灌汤臭豆腐、小笼包、虾籽面、烧饼、混沌、肉丁烧卖……太多的小吃，可一星期不重样。

临离开美食街，忽然看见藕稀饭，明明吃饱了，还是条件反射买了一碗。回妹妹同学家吃起来，藕块略硬，颇挂喉。要等到秋风起了，寒霜降了，江南的藕才可口，煮出铁锈红色，软糯芬芳，糯米粥煮得发亮，上面飘着厚厚一层粥油。寒冬的时候，坐在街头，喝一碗，可暖一下午，也暖了一辈子。

对于芜湖的感情，大抵都藏在这些小吃里了。

后来，我们搬居绿影小区。附近胜利渠菜市旁边有一个老人熬的藕稀饭，乃芜湖一绝。老人的音容笑貌，至今犹记，一条白围裙洗得清白丝丝的，白得耀眼。她矮小的个子，喜欢戴一顶白帽子，照样洗得白白净净的。她家的藕、稀饭，皆单煮。藕焖在柴火灶上的铜锅里，拿一根长叉从幽深的锅里叉一节，放砧板上，三下五除二切片，再剁剁碎，一碗粳米粥盛好，把藕碎盖在粥上，挖一勺白砂糖，端给你。藕粒入嘴即化，无可比拟。渐渐地，她不大出来了，许是年岁大了，改由儿子接班出摊。他皮肤黝黑，聋哑，我们每次要什么，均打手势。寒冬，坐在小竹椅上喝粥，看着这个男人的背影，一种莫名的情绪渐渐围拢来，具体说不清，五味杂陈——他这一辈子怕是不大顺遂如意吧，眼里多是悲苦。我可以懂得他，体恤他，多去吃一些他煮的粥……

芜湖还有一道早点——菜薹面，颇受青睐。外地人不明就里，可能会忽略这道阳春面。腌菜薹，是新鲜的花蕾未绽的油菜薹的前生，怕也只有这边的水土，才能长得出如此可口的油菜薹吧。

四

吉和街不复旧年模样，所有的木阁楼全部消逝了，代之以四十多层的楼宇，站在每一层楼的阳台上，似可望见滚滚长江。

吃早点时，一直打听，早年间，吉和街那家著名锅贴饺的去处，早已不知所踪，唯有天主教堂犹在，雁青色的细砖外围，哥特式尖顶，高高耸立于吉和街。弟弟妹妹上学的吉和街小学也不见了。

早年，天主教堂的大铁门始终敞开着，我们喜欢去那里玩耍。牧师或清扫落叶，或在那里练琴。有时，他实在受不了我们的喧哗，轻悄悄走过来，以商量的语气请我们离开……少年纵然经世少，但心底也起涟漪——这世上竟有如此温柔敦厚之人？即便一身藏青寡色打扮，也掩不了眉宇之间的英气。后来，外国电影里，也常见类似气质的牧师——世间所有的喧嚣逐一经过牧师的淘洗，渐渐变得沉寂低垂了。

每一个黄昏，在华侨皮鞋厂下班以后，家里小阁楼实在闷热，搬一只椅子，搁在楼下湿荫荫的地上，看书——这本书或可是叔本华、尼采，或可是陀思妥耶夫斯基的《白痴》，后者是用一首短诗的稿酬换来的。一个少年性子里无告的安详与忍耐，或许是教堂日复一日的钟声所培养的吧。

二十世纪九十年代初，一切都是缓慢的。甚至，连日头落山都比乡下缓慢一些，每天的时间仿佛多出一大截子——再也无须放牛割草，盛夏没有了双抢，割稻，收稻，晒稻……

下班回家，吃下晚饭，太阳尚老高地挂在天上，穿过一条青石板小巷，到了江边——我把一生中的落日余晖都提前看完了。

“孤帆远影碧空尽，唯见长江天际流”——倘若一个人未曾去过长江边，他或许不能懂得这句诗的深义。有些诗，单单依靠想象力是抵达不了内核的。你必须亲临现场，方可懂得一二。

江上，舟来船往，汽笛声声；入夜，航标灯忽明忽暗，星辰一样闪烁。没有多少瞌睡，总爱于江边逗留。我们家在二号码头附近，铁质栈桥倾斜地伸向江中，铁腥气在夜里散发得更加浓郁，鲁莽地钻入鼻腔，掺杂着江水的气息，醇厚而浓酽。江水哗哗，一波一波涌向水泥石阶，复而退后，循环往复，像极了平庸又琐碎的日子。月光洒在江上，江水澄亮，似碎钻、纯银，一齐倾倒于江中。那样的月夜，坐在江边，置身失真的美里，却写不出一首诗来——好急啊。生命里横亘无数失语时刻，急也急不来的，唯有回忆。

九十年代初的场景，如今重新复活，逐一来到目前，一辈子历历在啊。

五

早晨，去江边洗衣，驳船靠岸。工人们往岸上扛陶罐，走在临时搭的木挑上，有人不小心脚下一滑，一个踉跄，陶罐重重摔在地上，碎了，散了一地涪陵榨菜，腌得橙黄，清香扑鼻，囫囵囵的，一只只，散得到处都是……有老人觉得可惜，去捡。那时没有高铁，长途汽车也极少，运输基本靠水路，吉和街国营副食品商店里的糖蒜啊，榨菜啊，萝卜啊，都是驳船慢慢运过来的。

盛夏，我们在石阶上勤勤恳恳洗衣服，眼看远方一艘大轮犁着白浪逶迤而来，赶紧抱起一团湿衣，跳到高处的台阶躲浪……目送大轮远离，仿佛驾鹤西去，心下不免惆怅——什么时候，我也可以坐一次大轮，从上海去武汉玩一玩呢。那么豪华的白色巨轮，怕是可以装下几千人吧。

每次，妈妈吩咐回老家，只有小轮可坐。比起大轮来，小轮可就差多了。开得慢极，差不多早晨出发，黄昏才可到达池州对面的桂家坝码头，坐十五公里的蹦蹦车，再走上四五公里羊肠小道，方可到达钱家祖村。

刚来芜湖的最初几年，常常被妈妈差遣着走水路回乡下。在船舷边，吹着江风，观瞻沿岸风景，江畔寥落的芦苇湿地间，偶有白鹭飞起……慢慢地，荻港到了，铜陵到了，大通到了，然后就是终点站桂家坝码头。

冬日，风大，不去长江边洗衣了，改往青弋江。青弋江流经芜湖这一段，江道变窄，加上冬季枯水期，青弋江的水位落得很低很低，这样，寒风就刮不进来了。比起夏天，江水更加清澈。为了方便驳船靠岸卸货，他们会在江边扎一排木挑，以粗草绳捆绑之，牢固而耐用。这样的木挑非常适合浣洗之用。

洗衣这件事，是从小就有的爱好。一年四季无论寒暑，就爱洗衣服，差不多七八岁的时候，便热爱了。逐渐到后来，与其说是热爱洗衣，不如说更爱长久地待在江上，顾漫无言地——棒槌声声，沉浸于寒冷中浑然不觉，这也是消耗生命的一种方式吧，不然，那么多的空闲，如何打发呢？洗完一铁桶衣服，拎着它慢慢走在铺满青石条的巷子里回家，浑身发热——总是利用不停歇的体力活，试图去填满生命里出现的大片空洞，仿佛热血犹在，漂泊而失根的小小生命，一步一步有了方向。

在合肥这些年，总是不适，可也到底说不好，究竟怎么了。等到一次次回到小城，方才恍然，合肥这座城市唯一的遗憾是缺少水系，干涩而无灵性。许多年以后，借一次出差的机会，我们开车来到宣城，那种水田漠漠的温润感刹那间击中了我，直想大哭。原来，待在合肥这么多年的暗哑感，终于找到了原因。

整个皖南均是水田漠漠的气象，灵性的，鲜亮的，温润的。合肥地处中原地带，不太适宜江南人的饮食起居。可不是吗？自离开芜湖以后，笔下生涩渐多，文字的灵性几乎荡然无存。

一方水土一方人。

渐渐地，我们姐弟仨都大了。爸爸单位重新分了一套单元房，自此，搬离吉和街。但，这一段生活是永难磨灭的。

还是想回到芜湖。至少，每一个早晨，江边散步以后，拐去菜市，可以拎几条江鲜回来。

六

在芜湖当日，早早醒来，踱步江边，众人或快走，或慢跑，或闲步遛狗……江中运沙的驳船鳞次栉比。一位老者以简易丝网，正在水流湍急的江边捕鱼，方才六点钟，已网上一两斤小鲳鱼，微型制氧机在铁桶的水里制造出无数咕噜噜的小泡儿。那些小鱼与老家小河里的模样近似，翘嘴鲳的一种。望着这些鱼儿，心底有什么东西仿佛又一次复活了。

远处的江上，汽笛声声，滔滔黄浪奔流不息……

江边久望，白雾茫茫，多年前的那个少年似乎重新回来，这条中国的大江曾经给过她多少慰藉，深深印刻于脑海，永生不灭。

比起大海，还是热爱中国的江河，它们有好听的名字——青弋江、新安江、钱塘江、楠溪江、富春江、浦阳江……

爸爸大半生奔波于江上，临退休前那几年，争取到出海名额，跑韩国、香港航线。大海颠簸，夜里睡觉，他都要下意识抓紧船帮……得以慢慢将我们姐弟仨抚养成人。如今，他老了，妹妹在江边买了一幢房子，希望他们将弟弟家孩子带大，再回江边安度晚年——他一生颠簸于江海之上，老了，应居到江畔，方顺心些。我们姐弟仨各自离开，弟弟妹妹分别定居北京、成都，唯有我，到底走不出皖地，即便心怀梦想，那又怎样？

夜里，开车穿行于高速，往合肥方向赶，电台不知怎么了，一直播放老歌，主持人或许困了，每一首歌之间也不愿串一串。一首一首，江水一样流淌……最后一首是《几度夕阳红》，潘越云唱："青山依旧在，几度夕阳红……"杨慎的词吧。那一刻，忽然懂了，于心底激荡了又激荡……

一句古词，我要历经三十年的风霜，方可懂得。人生种种，莫过如此。

选自《星火》2019年第1期

评鉴与感悟

读钱红莉的散文，就像看从前的山水画。山水画的好坏，我并不懂得，遇见了，却总能从洇染的底色里，走一截子神，好像有这气息的熏陶，能把自己从躁动的当下暂时抽离。她到底不是在画，一笔一字，都具象，三几句，就是一段清明的细节。《江上》一篇，写父亲的尊严与挫败，写自我的努力和成长，偶有愤激的情绪，她也写得隐忍，节制，小城的风物，时代的镜像，都在她如话家常的文字里。

个人史

/连亭

1

我没有确切的生日，由于多种原因，它变得模糊不清。它可能是1989年的某一天，或是1990年的某一天，甚至是1992年的某一天。至于户口本上的日期，那是亲戚背叛的结果。

1999年以前，我没有户口。我的父母是农民，为了生个儿子，把我寄养在外祖父家，把二妹交给大伯照顾，把三妹秘密送人。1998年春天，我弟弟出生，我母亲终于接受计生政策倡导的结扎手术，结束东躲西藏的日子。1998年秋，在村委任职的亲戚对计生人员说："他们家有个女养在那边河，是超生户。"然后，我父亲被迫四处借钱上交超生罚款。这一年的冬天，我的名字得以出现在户口簿上，父亲在出生日期那一栏里，填写1989年12月5日。此后这个日期成了我的法定出生日期，在诸如身份证之类的地方标志着我。

这个日期是暧昧不清的，它存有拉开我和妹妹、弟弟出生时间间隔的嫌疑。在那样的年代，故意填写早两三年的日期是常有的事，这可以减少超生惩罚。我的父母，对我的出生年月闭口不谈，问及他们，均是闪烁其词，刻意回避。长大后，为了确认出生年份，我去医院做过骨骼鉴定，检测结果是1993年。然而，这极有可能是误差。

我成了一个生日不明的人。一个无法确定的日子，偶然给生命赋予神秘的情调。正好像我的开始起于一个超大模糊的影子，在我还未觉醒之前，谁也无法确定我的存在。它间接地使我得到不同寻常的体验，并使我的生命改变。我无法看清它，别人也不能。除了一个空旷的码头，几道土灰色的砖墙，摇荡不已的船只，流淌不息的河水，谁也说不清我的童年。它述说着开端之谜，以及一个长度不明的人生。它向我述说这个，正如我向世人述说的那样。

在南方的码头上，在那最初的阳光和风雨中，一切都处在模糊的水雾中。我的故事发生在指定不明的年岁里，在时代呼啸而过的世纪之交，一些历史的注释注定要遗漏。那个不知何时到来的我，为了一个不明所以的原因，在一个古老而偏僻的码头开始了并不传奇的人生。我从码头呼啦啦地跑过，走向通往大海的河水，被送往不可捉摸的世界，淹没于拥挤而喧嚣的城市生活。不论多少年后，都要回到一个类似集市的码头，寻找她来到世上的使命。在那里，风似乎是最具仪式感的东西，给她带来一些凌乱和沧桑。她将走向一些秘密的核心，而我将会在时空之外逐渐产生一种错觉。为此，我们经常迷路。在那些斑驳的砖墙和搁浅的船只上，时间正在逝去，从码头出发的人，或抵达码头的人，完成了一生的旅行。

我也许可以从哲学或者宗教当中，找到生命的初始密码。我并不认为这有多么不可能。维吉尔在《圣经》中找到罗马的影子，但丁有贝阿特丽采的指引，阿莱夫将博尔赫斯领向文学的终极。在哲学的思想或宗教的心绪中，也许我能获得造物者的启示。

这是一个美丽而危险的念头，一度让我在生与死的思索中发现自己游离于世界的心绪。我并不是一个健全的人，却由于乡下医疗条件的简陋，阴差阳错地来到这个世界，没有因为孕检查出畸形而被放弃。我在生的光辉里，看到一艘搁浅的船只，它在水中摇动的声响，如此缓慢又如此回荡不已。我感觉到了声音与钟声的相似，我甚至觉得残损的船体像一本打开的哲学书。我在医疗匮乏的年代幸存下来，这和经历风浪而残留的船只，何其相似！

我仔细观察风浪在船体上留下的划痕和纹路。

那些灰黑色的伤痕，是多年前石头撞击留下的痕迹。伤痕表面涂过一层蜡，阳光将蜡烤干，污渍停留在上边，就像岁月没调匀的墨水，让我看到船只乘风破浪的倩影。

那些黄褐色的斑痕，是船桨擦碰留下的。这是前进的代价，每冲过一个滩头，它们就经历一些震荡。它们熟悉流水的旋涡，一些凹纹宛若谛听水声的耳朵。

那些浅白色的细纹，是陇头流水抚摸出的花瓣。这些花瓣雕刻着船只休息的岁月，在安静的梦里变幻成晚霞。

有一天，船只梦见自己变回了一棵树，一棵生长在森林的美丽的树。风吹树叶时，发出一种从来没有过的音乐，然后大海出现在树的眼前。

这是我在码头想象的旅程。一个女孩想象船只穿越河流的旅程。她觉得自己就是这艘船。然后，河流连接起她的起点和终点，就像时间串起她的出生和死亡。只是它的源头藏着迷途，如果说死亡是被迫消失，是无可奈何的凋谢，那么出生不明就像是高级隐匿。我既害怕这个日期一直不明下去，更害怕它突然明晰，使我在战栗中窥见初始的光芒。

其实我愿意享受现在的状态，我已经适应这样的事实。即使我没能真正地接受它，我也已经喜爱它。

渐渐地，我发现在我之外，生日不明的事物还有很多，它们带来来历不明的生活、来历不明的欢愉与疼痛。它们在岁月斑驳的屏风上，述说着来历不明的故事，迎送着去向不明的身影。

2

一个人会多次使用的日期，居然是一个无法确定的时间，这会给人造成什么样的尴尬？它躲在暗处窥伺我生活的全部，而我却对它一无所知，任由它戏弄我的人生，这是多么荒唐的安排。

在上学接受文明教育前，没有人在乎我以及我的出生。那时，我只是一个手指沾满泥巴又瘦又黑的野丫头，根本不必在乎自己打哪里来，走过了多少岁月。到了1995年，突然不一样了，出生日期变得重要起来。

1995年9月，舅舅在多次说我“太野了”之后，决定把我送进学校管教，并在陇村小学交了费。他从学校回家时，我正在桃树下玩小石头，他走过来叮嘱我，上学一定要说是1989年12月出生的。然后，他看着我站在桃树下练习自我介绍。

正当我练习得天衣无缝时，被告知入学注册失败。学校说，这孩子没有户口，看上去也没到入学年龄。对此，父亲想出了妙招，我第一次感到他是聪明的。

父亲站在并非他家乡的土地上，操着异乡的口音，和舅舅密谋拿下校长。他向人借来一辆自行车，骑到镇上给我买了语文书、算术书、品德书、练字本、笔、橡皮擦、削笔刀、铅笔盒。他把椅子搬到院子让我当书桌，命令我坐在矮凳上学习。

我在荒僻的乡村装模作样地表演学习，舅舅把校长引到院门前，观看被他拒绝的女孩勤学苦读。第二年他给这个女孩办了入学手续。

我学会“夜来风雨声，花落知多少”这首诗时，校长突然被革职。有人说是因为喝酒误事，有人说是因为他徇私舞弊。

新上任的校长，是别村来的，他虽然没有开除我，但要收很多的钱，叫“片外费”。

父亲把骄傲嚼碎吞进冰凉的肚子里，三番五次去求新校长少收点钱，校长铁面无私地不予理会。父亲只好让我辗转到别的地方上学。

在新学校，我从不提父母，家长那一栏一直是空白的。有人向我问起他们，我都会飞快地掩饰过去，尽力岔开话题，生怕暴露他们的行踪。在我弟弟出生之前，他们鬼鬼祟祟地隐匿在石洞里，躲避计生的抓捕，虔诚地进行传宗接代的任务。

除了一些重大的必须他们出面的事情，父母很少有暇顾及我。新学校非常偏僻，只有几间瓦屋做教室，每个年级的学生不多，只有十几个。我混在这些参差不齐的野孩子当中，不再被问及年龄。

城里的年轻人来支教是山村小学的大事。二十岁出头的男老师，穿着白衬衫、西裤，戴一副斯文的眼镜，胸前口袋别着一支钢笔。穿连衣裙的女老师，肤白貌美，嗓音清甜，教我们唱好听的歌儿。我们哼着不着调的歌儿跟在他们后面，欣喜如同参加盛大的典礼。这些人来一段时间就走了，并且再也没来过。

有一个老师，是外地来的，只是他来得太久了，人们都忘记他是外地的了。他来的时候，可能是上世纪六十年代，也可能是七十年代，总之人们记不清了，而他自己经常短暂性地失忆，也记不清了。他也成了一个生日不明的人。

他已经不教书了，但我的老师曾是他的学生。学校要按工龄给老师发工资，他支支吾吾地说不清开始工作的年份。早年的档案早已荡然无存，想弄清此事的统计员也无计可施。

那就按1972年算吧，统计员说。他的脸抽动了一下，似乎想说什么，又咽了回去。凭直觉，我感觉他遮盖了什么隐情，是他不愿提及的历史。

他住在学校旁边的一间瓦屋里，门口正好对着河。屋前屋后绿茵茵的，有一棵高大的枇杷树、一棵桃树和一棵石榴树。瓦屋在树荫下看上去很低矮，好像一个人在里边站直了都觉得困难。

我老师经常去看他，有时会带上我同去。在美丽的果树下，他们会说起一些我不太听得懂的话。我也不太爱听，一门心思地吃刚摘的果，等他们重新变回沉默寡言的人时，我已经狼吞虎咽地吃了好几个。

他的树开花时，他喜欢站在树下看蜜蜂，一看就是一整天。他说："它们若是在地球上消失，人类就活不过四年。"

他问我："你喜欢蜜蜂吗？"我说："它们会蜇人。"他温和地笑了笑，轻轻地摇头。

他有时会说起以前的事，但说得不多。他会暂时性失忆，尤其是癫痫发作之后。

我老师说，他年轻时受过很重的伤，被他最喜欢的学生打的。我很惊愕。

我老师还说，他是个饱学之士，方圆百里之内最有学问的人。

"学生为什么打他？"我问道。

"有时人会在不自知的情况下犯错，等事后才会后悔。你答应我，要做一个三思而后行的人，做一个对得起良心的人。"我老师看着我的眼睛说。

他说这话时有点想哭。我问："你为啥哭？"

"孩子，等你长大了就会明白啦。我知道，你是个聪明的好孩子。"他笑了笑。

"师爷为什么不回他的家乡去呢？"我问我的老师。

"我也一直在想这个问题。也许，他没有家人了吧，因为从来没听说过。"

我很喜欢师爷的树。一天我问他："这些树是谁种的？"

他说："很久以前，一个姑娘种的。她是我见过的最美的人。"

我又问："她现在在哪里呢？"

他说："在天堂里，很多年前她就去那里了。"

我抬头看了看天，又低头看了看他，觉得他有点苍老。

我觉得他一天天衰老下去，尤其是秋冬时这种感觉更明显。一天，我又跟随老师去瓦屋看望他，发现他躺在小床上，看上去虚弱、苍老，浑身散发一股怪味，让人不能久留。

站在树下看着东流而去的河水时，老师喃喃地说："他的日子不多了。以前，他可是一个风度翩翩的人啊！"听了这话，我的心好像被蜜蜂蜇了一下，敏锐地感觉到了什么，但又说不清。

死神降临了，在树叶落满庭院的时候。我老师在瓦屋门前大哭了一场。

多年后，我回去看我的老师，发现瓦屋的位置盖了新的教室，那几棵可爱的树也不见了，好像这个世界从来没有过一个喜欢看蜜蜂的师爷。我的老师，脸上爬满皱纹，头上顶着白霜。

3

当我在师爷的树下感觉到一些事情之后，我变得多愁善感，看见什么都想哭。

一个人在孩童时期看见死亡，将会需要多少阳光，才能感觉到温暖？

阳光是缓慢地来到我的生活的，在那之前，我几次差点死去。

我的祖父，从南疆保卫战的战场回来后，被查出感染肺结核。他在等死的那十多年里，安心地在祖上留下的老宅过日子，与全家人分灶而食，精心地打理他在香槟玻璃瓶里养小鱼的爱好。他是家里唯一的闲人，这得益于被称作富贵病的肺病。我一岁多时，忙于农活的父母，把我暂时交给这个闲人照看。

这个"富贵闲人"，知道如何在战场厮杀，却不知道任何病理常识。他炒菜时把我背在身上，他喂鱼时把我背在身上，他的汗液与我的汗液混在一起，他为自己准备的食物也喂进我嘴里。农忙结束后，父亲发现我的脸因为咳嗽变得红扑扑的。肺结核病毒悄悄地捕捉襁褓中的我，在我还未尽享人世时差点要了我的命。

我记不清医生什么时候把我治好的，也记不清残缺的器官是如何消灭病毒的，只记得五六岁时我还会因为那场病而习惯性地咳嗽。

有一天，我和父亲从小诊所出来（诊所和我家老宅隔着一片稻田），走在初夏的田埂上，清风吹得田禾海浪般翻腾，稻花在阳光中散发迷人的清香，我的心脾感受到了，我的肺也感受到了。肺亢奋地咳嗽起来，这似乎一直是我用以表达快乐的乐曲。

父亲突然回过头来，皱着眉头对我说，你再咳就会死。

死亡的恐惧瞬间震慑住了我。咳嗽卡在半路而中断，另一阵快要奔涌而出的咳嗽也被我拼命压住。从那天开始，咳嗽渐渐式微，我的肺在胸透图中也被定义为健康。

我没有死于那场病，但祖父在我止住咳嗽的那年死了。他死的时候，肺已被啃噬得稀巴烂，虽然他还是一米八的汉子。

我有一个外号叫螳螂。同伴以此命名我，是取其形似。瘦削，露骨，青黄。如果你见过螳螂抱着草叶在风中晃荡的样子，你就能想象出年少时我在码头行走的模样。

我的肺已经好了，体质仍然太弱，时常感冒。从两岁开始就照顾我的外婆，恨不得把我浸到药罐里，让颜色各异的药水重塑我的骨骼、血肉，变幻出一个健康美丽的少女。

我吃过很多种药，麻木到感觉不出黄连的苦。也许我早就变成一种药了，因而我对药物不以为意，漫不经心地吞下，觉得它们只是偶然路过我的身体。我们之间存在着不明所以的排斥，因而我常常把它们吐出来，让它们回到本该属于它们的泥土里。

外婆没有因为我的排斥而放弃，相反，她对药有着非凡的执着。她总是对我说："这是你的药。"以此来让我明白，这些药属于我，我不应该拒绝它们进入体内。

在外婆的循循善诱下，我练习与药和谐共处。我每天变换各种表情，以便增添喝药的新鲜感，或皱眉，或咧嘴，或叹气，或号叫，或嬉笑，或耍赖，把药灌进嘴里，一边感受它们在肠胃四处游击，一边和外婆一起祈祷病菌随着药物不知所终。

寻医问药，练习喝药，一度成了我和外婆之间的必备节目。她一次次地拖曳我去寻访医生。关于这些药物是否真有奇效，她不事先考证，只是执着地让我喝下它们，再仔细地观察结果。

有些药毫无作用，我厌烦、生气，她说试过总比没试好。有些药产生过短暂的效用，这时她便欣慰地让我坚持喝，并把稍有起色的成效夸大后渲染给我母亲听。我很抱歉我没在那些药中彻底强壮起来。

那些年，家人一直以为我只是因为祖父导致的那场病而体弱。多年后我才在一次体检中，得知自己“左肾缺如”，胚胎时期受致畸因素影响而导致。医生说，我很难或者不会有孩子，这对一个女人来说是残酷的。

我打电话将此事告诉母亲，我希望她能对我说点什么。我需要安慰，甚至有发泄的冲动。我提醒母亲回忆她怀我时有何不当行为，我引领她搜索可怜的微乎其微的迹象。我想知道她为什么被感染致畸因素，一个人遭遇不幸不会是无缘无故的。年代久远的不明原因在我的基因里埋下伏笔，我想知道这个伏笔是什么，埋得有多深。

母亲什么也没说。隔着话筒，我能感觉到她忍而未发的情绪。我挂了电话，从医院出来，找到一处墙根，困倦而茫然地看着我的身体。人永远都不知道生活中的细微的事件到底意味着什么，当知道的时候，一切都为时已晚。我不能回到二十几年前的某一天，去阻止母亲不要靠近危险的兔子。我不能，所以我成了今天这副样子。

我感觉码头的风，又一次吹向我。而我自己已变成一艘搁浅的船只，并且支离破碎。

4

如果不是多番求职受挫的话，我会以为文凭已经让我拥有一把金钥匙。我几乎忽略了斑驳的码头沉疴以及病弱的躯体打在我形象上的烙印。

2016年，落叶纷飞的城市，似乎正呈现复杂、崩塌、支离破碎的趋势，躁动不安而又变幻无常。全球股市风云变幻，经济进入了冬天，接着楼市突然疯长，房租上蹿……从宿舍窄小的窗户，可以窥见雨后春笋般升起的高楼，钢筋骨架直插云霄，天空被烟雾熏染……

一整代人陷入焦虑，社会频现读书无用论，每年有两百万毕业生找不到工作。在冷雨大风断断续续的日子，打开手机可见有人从高楼一跃而下的消息……

那些日子，父亲走在乡间小路的形象一次次浮现在我脑海。清晨中的小草以露珠接纳他持续的咳嗽和吐痰，像是某种契约或是标记。

他和第一缕阳光一同踏进工地，在干活前，把工地的每个角落查看一个遍。等工友陆续到来时，他就扯着嗓子分工，叫喊声和咳嗽声充斥整个工地。

同时，工地外低矮的稻田垂下了头颅，毫无意义的碎石堆在荒山下等待工人运走。几个村庄镶嵌在荒山的罅隙中，房子依山盘旋。上了年纪的或正在老去的人，从斑驳的木门中走出来，捡拾堆放在墙角的柴垛，不久屋顶上方飘起了炊烟。

一想起炊烟我就流泪。在世间生存，叫尝尽人间烟火。离开人世，叫化作一缕轻烟。城市的天空没有烟火，只有像抹布似的一层灰黄覆盖，擦拭着我和父亲在城市短暂的相处时间。

我找工作的时候，父亲想到我所在的城市打工。他要供十八岁的弟弟上大学，家乡没有生钱的路子，他以为我毕业有出息了，就来投靠我。

他看见我的出租屋，显露出迟疑和惊讶的神色。这是芜杂的城中村，没有繁华的迹象，拥挤的自建居民楼缩在菜市旁边，攀爬昏暗、陡峭的八层楼梯，才到达我那二十平方米却隔为一室一厅的出租房。

出租屋没有空调，只有一张床一张椅子一个风扇，客厅散乱地堆放着我的书，薄薄的墙和玻璃隔不断公路上尖利的车声。

我想给他买个三百元的折叠床，他坚持打地铺，最后只买了一张竹席铺在客厅。带他熟悉如何坐公交、地铁、认路之后，我再也无暇顾及他。

每天早上，出门后我们各奔东西，晚上回家他给我煮挂面。有时他会因为迷路给我打电话，我则声嘶力竭地在电话一端指挥他。在城里他好像我的兵，我让他往左他绝不敢往右，再也不是那个在田地里乐呵呵地吆喝水牛干活的农夫。

我一门心思地找工作，赶着一场又一场的招聘会。奔走的路上，风总是很凉，行道树的枯叶扑簌簌地降落。我的目光始终绕不开这些落叶，它们像无家可归的孩子，在风中乱窜。它们落到地面，经受一些杂乱的踩踏后，很快被扫进垃圾桶。

晚上父亲偶尔会在出租屋问我找工作的情况，我只有“挺好”两个字可以回答。他听了也不再问什么。大概过了一个月，他跟我说要回去了。这句话省去了他一个月的艰辛和复杂心绪，但我知道他求职的困难和屈辱甚于我千百倍。

我执意在他回乡之前，带他出去玩一趟。走在路上，看见挂在高楼墙壁外的装修工，他会露出歆羡，看见在街角挥动扫把的清洁工，他也会露出歆羡。他年近半百了，装修公司不要他。他是个连路都认不得的乡下人，街道清洁工也不要他。他已经认命自己不属于城市了，但他藏不住歆羡。

我让他在外滩上和东方明珠一起拍照。他拘谨地站着，苍老土气的样子，在璀璨灯火的映衬下特别突兀，但他还是努力地笑着，尽力模仿许文强的样子，想要把一生的美好都定格在按快门的瞬间。照片出来后，他皱着眉头端详很久，最后还是乐呵呵地笑着说：“上海滩就是不一样。”

我跟他说弟弟的学费不必担心，可以申请国家助学贷款，生活费暂时由我来补贴，等他在家里找到活干后，一切又可以回到从前了。他表示同意，终于买了车票。

我目送他进站，极力地想追寻他的身影，但他很快被来来往往的旅客淹没。他没能融入浩荡的农民工队伍，却被淹没在失意的回乡人里，他心里是怎么想的呢？回乡后，他在乡亲的羡慕中把上海描述得跟电视剧《上海滩》一样，说起我也只说好的一面。

后来我终于考了一家事业单位的第一名。入职体检时，我因查出“左肾缺如”而进了医院。医生告诉我，畸形发育加上过度劳累，我的腹部已经发炎，必须手术排出瘀血。

在医院，我告诉自己不要为风起云涌而害怕。但我还是哭了，哭声压抑在剧烈抖动的肩膀下，泪水挂满我埋在胸前的脸。

刚回家的父亲，又带着母亲到医院照顾我。在等待手术时，母亲给我讲兔子。她那么喜爱兔子，在怀我三个月时，她养了几只可爱的兔子。在四月，这几只兔子全死了。艾略特说的没错，四月是残忍的季节。我母亲在多年前的四月为兔子落泪，现在她在陌生的城市为我哭泣。

和我同住一个病房的，是一个侏儒症女人，脖子斜向一边生长，三十一岁。她住院是因为写博士论文累病了，必须做一个解除脊椎压迫神经的手术。

她的样子，很容易让人产生同情，但与她交谈时，绝没有怜悯她的余地，相反，我时常惊骇、感叹、敬佩。我比她高，比她好看，可我却没她乐观坚强。

她有时昏迷，有时清醒。清醒时，她怂恿我和她一起唱《荣耀》:“成长于苍茫茫的异乡，回首依然望见故乡月亮。黑夜给了我黑色眼睛，我却用它去寻找光明……”她的声音滑稽极了，面部因为唱歌鼓胀得很好笑，我却忍不住热泪盈眶……

她看出我时常心事重重，和家人话也不多，就以过来人的口气对我说，和你妈妈多说说话吧，以后你会知道说话的好处的。

终于，我在医院和母亲第一次达成真正的和解。我试着去听她讲家中的茶树，那是她嫁给父亲那年种的。她说，要是嫁不出去，大不了像茶树一样待在家里。我笑了。不是笑自己的命运，而是笑母亲将我比成她嫁给父亲时种的茶树。

从医院出来后，我继续奔走在求职的路上，一旦有落脚之地，就像一棵树一样挺立着、战斗着，任凭风吹雨打，我也张开双臂，想象它们是一把伞。

而后，我遇到了我的爱人。他包容我的一切缺陷，忠实地担任着我的人生伴侣，不是作为戏剧主角或者一个故事而存在，而是作为我身旁的一棵树而存在。以后的人生，不知将有什么痛苦等待我，但我不再是独自一个人面对。

5

我们有了一点积蓄，存在银行里，就像把沙子装在竹篮里，一点点地下漏、变少。而如雨后春笋般建起的房子，价格却在嘹亮地飞升。这让刚在城市打拼几年的我们很恐慌。

房东以房价上涨为由，想抛开合同涨房租，我们没同意。吵了一架后，我们被赶出了出租屋，签了一年的房租合同在雨水里无力地失掉笔迹。

这坚定了我们买房的决心。经过多方考察，发现我们不符合所在城市的限购令。朋友说，可以采取曲线救国的策略，先在能买的城市买房，等交满五年社保符合购买规定后，再把房子卖掉在这里买。房价在涨，不会亏的。

于是，我们凑了首付，在故乡的一个小城市买了房子。我们花光了积蓄，并欠银行几十万元。每月，我们要交付四千元的按揭，交三十年。同时，我们并没能住进去，而是飘在大城市里，每个月要交一千多元的房租。

我们规划了以房子为背景的幸福生活，深信只要辛苦几年，就能过上安稳的日子，在城市扎下根来。之后，我们发现恐慌并未消失，除了担心房价下跌，还担心购房政策频繁改变。

这个异地的房子，是我们应对通货膨胀的无奈之举。而我们却被房子和贷款利息套住了。我们低估了房价失控的车轮。它不只是疯长，它像沼泽一样可怕。每天，我们像从房子里弹出来的蝗虫，乱七八糟地在城市乱窜，只是为了虚幻的“下半辈子的辛苦能减轻一分”。

生活变得紧张单调、沉闷无聊。有一段时间，我患了严重的失眠症，消瘦不少。挤在人堆里上班和下班，不仅身体不适应，精神也不适应。曾经亮堂的心，有什么东西似乎枯萎了。

我成了城市中一个魂不守舍的人，随波逐流地过着似是而非的生活，仿佛在那，但又不在那。一天加完班坐夜车回家，看着车流人流在路上像过江之鲫般涌动，我难过得想哭。

我是活生生的人，为什么要为那些冰冷的砖头而卖命地工作？

我在乎的不是房子，为什么却被裹在时代潮流中而陷入恐慌？

在这个尘世芸芸众生过着绝望的生活，试图以华丽的衣裳掩盖灵魂的空虚，以宽大的房子安放躁动的躯壳。可依然还有那么多庸常的灵魂，在重重负累下行将窒息。

我想起奈保尔笔下的毕司沃斯先生，为一套并不十分坚固的房子，泯灭理想，负债累累，耗尽一生，最后如同落叶般枯死。

我想起这一生我最想要的生活，是在一张安静的书桌上，写一首能使冷酷者落泪、绝望者微笑的诗。

我没有批判世俗生活的意思。没有谁能规定人该怎么活。挣钱和写诗，没有高尚与低俗之分。我只是在寻找适合自己的世界。房子是居所，也可能是牢笼，将更广阔的天地隔绝在方寸之外。

我凝视红尘中那个似是而非的自己，撕破她在职场中冲锋陷阵的面具，扒掉她修身的职业套装、高跟鞋，翻出她那颗隐没在虚伪下的热烈、多情、敏感的心。

我看清了既脆弱又强大、既无畏又婉转、既容易快乐又容易流泪的自己。

与其花生命中最宝贵的一部分时间来赚钱，为了在苍老褪色的时间享受一部分可疑的自由，不如简简单单一辈子。在不安、忙乱、琐碎中浮浮沉沉，死的时候才发现好像没活过，多冤啊！

我已经死过几回了，何必害怕因为没有房子而生无保障、老无所依？

义无反顾地卖掉房子，辞去强撑硬扛的身份，卸下虚张声势的武装，从此天地任逍遥。

我在心里呼喊得豪壮，行动时却谨小慎微。我还是怕啊，在瞬息万变的时代面前，谁不怕呢？

我遇到了华姐，于是有了行动的勇气。我们在一场文学笔会上相识，出乎意料地相见恨晚。她出身于一个书香世家，祖父和父亲都蒙受过“文革”的劫难。她说她是在父亲的音乐声中长大的。

她父亲是一个大学音乐教授，前几年因病去世，未到耳顺之年。对于一个有才华的人，这样的生命太短暂了。父亲的死对她打击很大。死亡把时间斩断在一个人面前，迫使人改变，这是最具有生命逻辑的事情。

三十八岁，没有能结婚的人，就不再结婚了。东莞的房子卖掉，把钱投入个人图书室的建设。辞去忙碌的工作，专注地投入喜爱的事业：旅行，写书。

这种生活是我向往的，一直存在于我心里，华姐却把它变成了现实。

她说，旅行前，从不刻意准备，只把必备的东西塞进拉杆箱，就关门而去。在每一个城市都停留不长，只要觉得已经写出想要的东西就离开。

每到一个城市，就随意乱走，沿途的一切，无论是破旧或是繁华，都有等待发现的美。即使是随意路过的行人，树下乘凉的老人，施工的嘈杂工地，长满野草的荒地，午夜路边调情的男女，铺满落叶的安静角落……

我被她描述的世界深深打动。她活得多么富足啊！

我恳请她让我随行一次，她欣然答应。

我跟着她，蹦蹦跳跳，一路狂奔，兴致勃勃，不知疲累，跑上汽车，跳上火车，从这个城市到那个城市，一切从来都无须预约，每一天都是从头开始。

旅馆的窗户、楼台、鸽子、街道、行人，唤起了或者造成了这个世界的另外一些细节。无论是繁花绿树，还是人间灯火，都会在某一瞬间把人深深打动。

来来往往的人，不知道他们是谁，为什么出现在这里，下一刻又在何方。我捕捉我们相遇的这一刻。这一刻是什么，无法完全懂得，我只是抓住了某一种可能，并且一旦抓住，就会被其中庞大的情绪所占据，然后背负起向我走来的似是而非的故事。

我深知这不过是我臆测的故事而已，但这又有什么关系？我所走过的路，宛如一小段模糊的旋律，我无法记住全部的曲调。我所能做的，是尽可能地辨认这些旋律，并记录下来。

我不断发现身边存在的一个平凡但精彩的世界。平凡的笑与泪，或是撬动整个世界的杠杆。凡人的哀与乐，谱写着生活的本相。“理想”在平凡的人间不可避免地遭遇凄凉，却始终支撑着人生的意趣。

我想，人生就是这样的，无论多么卑微、困顿，我们总能生发出一些光。因为这些光，我们所进行的一切，就不是毫无意义的。

我终于走出房子的阴影。这个阴影还在人间蔓延，笼罩在城市的上空，但我已从蝗虫蜕变成飞鸟。只要地球还在转动，就没有哪一片乌云，能困住飞鸟的翅膀。

6

我时常回望过去。在码头的风中看到家族深深浅浅的影子，它从明朝初年开始扎根在黔江流域，建立生养我的木石宅院。我的先辈在这里暗中编织了我的今天。

我看见我的曾祖父，这个清末时期出生的大家族的长子，自小便在战争岁月中，为整个家族的希望而读书、娶妻、生子，在颠沛流离的逃难中生病，然后死去，再也没有机会实现早年因为家庭而暂且搁置的理想。曾祖父的一生与战争纠缠，他守候的家门前，走过太平天国的长毛军，走过北伐的黄埔军，接着是军阀之间的割据，然后是日军的轰炸……广西解放后，他失业了，苦心经营多年的私塾被学校代替。他回到老宅里，没几年就病死了。

我看见我的祖父，他在日军的狂轰滥炸中诞生，并见证了日军的败退、国民党的撤退。南疆保卫战时，他已是一个有年头的老兵了，作为后勤兵他随部队前往越南，回来时肺部已被感染，一米八几的魁梧身材，与疾病抗争十多年后，倒在故土上。他的身后，是独自操持家庭的祖母，一个将对丈夫的思念和女人的柔弱隐藏在谷物中的女人。

我看见我的父亲。他成长于百业待兴、负重前行的历史时期，在“文革”中度过童年，在改革开放和计划生育的浪潮中娶妻生子，延续家族的血脉。为了他的四个不能团圆的孩子，把理想深埋心底，深埋在他与母亲的爱情里……

我看见个人始终和时代纠缠，犹如时代河床的一粒沙石。在与时代一同蹒跚学步时，我的先辈们失去一些，得到一些。他们的经历早已为我的人生塑形，成为我身上不可磨灭的烙印。如果没有战争，就没有贫穷；没有贫穷，就不会有艰难的生活；没有艰难的生活，就不会有我今天的模样……谁知道呢？历史以什么样的方式塑造人的命运，谁说得清？

我看见我的先辈在时代的洪流中无可奈何地被生活牵着走，很少有机会选择，只能任劳任怨地把传统和责任进行到底。

然后，我看见我心里的这块地，还执拗地长着一棵叫理想的树。

我所经历的苦难变成了个人的复合历史。这个历史，帮助我明白自己是一个什么样的人。

我既简单又复杂的背景，对应着我生日不明的出世，存在着一个模糊的时代轮廓。我的开端，源自先辈的历史；我的现在，某种程度上塑造着未来。我的写作是这一切的总和。它们向我展示，生命是最具神秘性的，是融合悲伤、荣耀的旅程。我作为这个旅程的信徒，虔诚地书写自己的历史，在敬重与缅怀中，发现哲理与本真。

病患仍然时常席卷我。那些缓慢到来的阳光却把生日不明的我，历练成一个百折不挠的战士，随时应对不期而至的战争。

无论身处何地，我都无法忘怀承载我童年的类似集市的码头，它是我第一次思考生命的地方，它是我人生一场最巨大的仪式的发生地。我驾着残破的船只起航，寻找我的意义，然后阳光缓慢地进入我的生命。

我带着码头的照片，一天天地行走在探索人生之谜的路上。出发，冒险，感受，抵达，把生活的体验带到书桌前，岁月流逝，我成长了，我发生了改变，我的生活也发生了改变。

我回顾过去，重建自己的世界地图，忽而发现这是一份我所经历的时代的档案，尽管它暧昧不清而又微不足道，我也依旧珍惜那些若有若无却终将降临的阳光。

选自《广西文学》2019年第7期

评鉴与感悟

生日竟然模糊，还没有户口，无法上学的尴尬，背后似乎都指向一个时代的荒唐：计划生育。亲戚的背叛，父母的卑微，她敢于直视。即便写到病痛，背入房贷的折磨，她也没有简单地控诉。生活到底并不凉薄，过往的遭遇没有击溃她，反倒以更为丰厚的形式滋养了她。在她自己丈量的版图里，曾经的历史早已建档，她看到了属于她的那束光。《个人史》一篇写得有力。

红　儿

/曾建梅

1

“红儿”是她的小名。

记忆中的红儿姐姐，就是一朵炸开的山茶花。而我，就像是一朵小毛球，每天就这么拖着长鼻涕跟在她的屁股后面，红儿姐姐红儿姐姐地叫着，她心情好的时候搭理一下我，大多数时候只能自己玩。最开心的是坐在她家院门前的洗衣板上跟她翻毛线。那时候毛衣都是手织的，每一家主妇柜子里都藏着几卷彩色的毛线。从中抽出一根，剪一尺多长，两头打个结，两个手掌撑起来，左右手之间手指穿来绕去可以翻出不同的图案：降落伞、火车、楼梯……红儿姐姐比我大好几岁，大孩子向来是不屑跟小小孩儿玩的，除非没有伴，实在无聊的时候，她会耐着性子陪我翻一会儿毛线，把她刚从学校学会的新花样教给我，两三遍我不会，她就生气把毛线扔了，不顾我哭着喊着求她，再教我一盘嘛，红儿姐姐。

小时候有很长一段时间住在她家。外公外婆，舅舅舅妈，表姐表哥，还有未出嫁的六姨，一大家子，拖上我这个小油瓶。父亲早逝，母亲要去磁砖厂上班挣工钱。我没有人带，寄养在外公外婆家。脏兮兮的小孩儿，夏天常常是光着上身只穿个裤衩，为了不长虱子，头发总是剃成男孩儿一样的板寸。红儿姐姐不一样，她是舅舅舅妈的掌上明珠，我们家族的大小姐。

她天生一副好嗓子，收音机里的歌，她听两遍就会唱了。从小又会打扮，上中学时就穿着大红的长裙子、戴上硕大的耳环招摇过市。犹记得她夏天穿一双夹脚拖鞋，脚指甲都涂成猩红猩红的，在那个一切都是黑白色的年代，仿佛引燃炮竹的火星子。

追求他的男孩子很多，十三四岁就在学校谈起恋爱，为了让她安心学习，换了好几所学校。舅舅、舅妈提起她是又恼又疼，但那种恨恨的嗔骂当中又有种掩藏不住的得意，“红儿这个疯婆子，长大了咋得了哦”。

2

有那么几天不见她出门去疯了，一个人躲房间里捣鼓录音机。我扒在门缝上看一眼，被她狠狠呵斥。原来是文化馆举办青年歌手大赛，红儿姐姐不知哪里得了消息，把自己唱的歌录下来，寄了磁带去参赛。虽然没有获得名次，但明星梦从此在她心里种下了。

看她学业上无指望，舅舅托关系让她进了当时县里效益最好的玻璃厂。重活累活她干不了，便被安排负责文艺宣传，这倒是正对她的脾气。厂里搞什么晚会，她总是最活跃的那一个。有一年国庆节跟着她去厂里看演出，纷乱的人群当中，她帮我找个位置坐下，便风风火火地跑走了。一会儿幕布拉开，是她穿着长长的旗袍，光芒四射地站在舞台中央。那场晚会她既是主持人又是歌手，一些革命歌曲也被她唱得风情万种。

九十年代初，小县城里突然开起了好多的歌厅舞厅，满大街的人似乎都从睡梦中醒过来似的，陷入一种集体兴奋和狂欢当中。在这种潮流面前，爱唱爱跳的红儿姐姐当然是最踊跃的那一拨，她要辞掉国营厂的工作跟朋友合伙开歌厅。舅舅、舅妈当然不同意，好不容易得来的铁饭碗就这么被她抛弃了，但她哪里会听——总不可能跟你们一样，一辈子就老死在厂里嘛！——一句话气得舅妈咬紧了牙齿，扬起的手差一点要打下去。

那时候电视里正热播着各种的港台剧，什么《我本善良》《笑看风云》，还有一群美女主演的《我和春天有个约会》，每看一部我都把女主角想象成是红儿姐姐，感觉她的生活比电视里还要精彩。

歌厅没开多久，她跟着一帮朋友去了成都。此后的好几年时间，她没有给家里来一个电话，就像人间蒸发了一般。我那时候已上中学，被沉闷的学业压得透不过气的时候，就幻想着她有一天出现在我们校门口，头一偏说，“走，姐带你去外面玩”。

果然有一天，她突然回到老家，穿着最时髦的长呢大衣，戴着夸张的红色假发，像当时电视里才能见到的港星降临。舅妈一边骂，疯婆子，你还晓得回来呀，一边却高兴得快要哭出来。

她这一副做派让舅舅舅妈总是念叨，你穿成这样像什么样子哦。她晚上便不在家里住，而是住到县城的招待所里。晚上去KTV玩，也偷偷把我带着。那是我第一次走进“那种地方”，灯光忽明忽暗地闪着，我头昏脑涨，心跳得咚咚响，挨在她身边不知道该站还是坐。她看我紧张局促的样子，和她的同伴们哈哈大笑，说以后要多跟我出来接触社会，省得变成书呆子。她跟我说，这回回老家是回来要办签证的，她准备去日本发展了。原来在消失的几年里，她跟着一个民间的演出团体从成都到了福建。那是我此前听都没听过的地方，据说城市就在大海边，海对面就是台湾，有课本中的“日月潭”。她先是在一间叫作“台湾饭店”的夜总会里当驻唱歌手，说有时候唱一首歌就可以挣两百块。一位日本客人很欣赏她，要带她去当专业歌手……她坐在招待所的床上一边抽烟，一边跟我讲这些，头半仰着，眼睛里闪烁着波光。

后来不知什么原因没去成日本，但并不妨碍她在家乡成为一个传奇。她从小的明星梦似乎已经很接近了，在亲戚与邻里的传说当中，她唱歌的舞台上空飘着钞票，伸手一抓就是一大把。

3

再后来，她打电话回来说要结婚了，是在唱歌的饭店认识的一个理发师，比她小两三岁，但长得很帅，她电话里特别强调，你姐夫帅得很哦，人家都说他像《天地豪情》里罗嘉良！舅舅、舅妈对这个女儿不时做出的出格举动早已习以为常，但总想着有一天她会回到老家，找个归宿，心就安分下来。哪里想到她一下子就把终身托付给了一个他们见都没见过的异乡的男人，而且福州离老家那么远，一千多公里啊，这对于没有出过县城的舅舅舅妈来说简直就是天涯海角，为了表示他们的不满，他们拒绝参加红儿姐姐的婚礼，让家里的亲戚也都不准去。

红儿姐姐又从我们的生活中消失了，好几年没她的消息。

突然有一天，接到她的电话，说她在成都，带着女儿回来看外公外婆。我当时在成都上学，得知她回来，当然要去看她。她就住在车站旁的一家酒店里，我敲门时她刚洗过头发，正用毛巾使劲儿地擦拭头上的水滴，没有浓艳的妆容，脚上穿着拖鞋，原本高挑的个子一下子变得小小的。女儿坐在床铺上呀呀呀地叫着，我惊觉她已经是一个妇人了。

我问她怎么突然一个人带着女儿回来了，也没提前说一声。她支支吾吾，直到后来她的老公电话打来，二人在电话里不断拉扯。原来红儿姐姐用自己的积蓄资助那个长得很帅的男人盘下了一间小小的店铺，同时她也把自己变成了男人背后的女人。除了负责给店里员工们买菜做饭，还要兼收银、打扫，忙不过来的时候也要帮客人洗头，卷发。即便这样，她也甘之如饴，但使她不能忍受的是，那个很帅的男人，总时不时地和店里的小妹暧昧一下……

4

真正走进她的生活是我在成都结束了一段莫名的恋情后，以及换了诸多工作都不满意，我在电话里跟她抱怨。她说，要不你来我这边吧，你来了，我们可以一起出去找工作。

从成都到福州，当我坐了四十几个小时的慢火车走出站台时，她和一众人群挤在那个接站的地方。我没有认出她，直到她用我熟悉的烟嗓大声喊着我的名字。我永远记得她穿一件黑色的鸡心领毛衣，牛仔裤、平底鞋，难得一见的宽和温暖。出租车载着我们在狭窄而拥挤的小巷道里绕来绕去，最后在一栋很旧的居民楼里停下来，她指了指那间晾满了毛巾和一节一节腊肠的阳台说，喏，那就是我们住的地方。

在她家借住的这些日子，我目睹了她如何把自己变成彻头彻尾的家庭主妇。她每天睡到九点、十点起床，穿着睡衣到楼下的生鲜超市买回一大包的肉和菜，老公店里十来号人的餐食，她一个人包办。为了方便，她就把菜啊、肉啊，通通堆到地板上，一边抽烟一边收拾。两三岁的女儿就坐在不远的地板上玩耍看电视，有时候嚷嚷要拉屎拉尿了，她就从厕所里拿出儿童用的坐便器，把女儿提起来往上一放，回过头接着再收拾手上的活计。等到忙完这些，员工们回来吃饭了，她便往那个洗脚店里搬回来的旧沙发上一躺，一动不动地看她的电视剧。

对于这日复一日的生活，红儿姐姐也感到厌倦，她说，我不想在家里给他们当煮饭婆了，我跟着你一起去外面找点事做吧。但说归说，她仍旧每日买菜、煮饭、洗碗、看电视……“你姐夫说我没用，出去找不到工作的，没上过大学，不会电脑，又不会开车，难不成还要跑去夜总会唱歌？这年龄唱是唱不了了，只能去当妈咪！”说完她自己放声大笑起来。然后指着我说：“倒是你，你不要像我一样，你是我们家读书读得最多的，你该找个像样的工作。”

为了把我包装成她心目中女白领的形象，她领着我去附近的商场买衣服。距离她家一两公里的商贸城是她经常去逛的地方，那是便宜的、款式新颖的女装批发市场，她会为了十块二十块的差价拉着我看了一家又一家，不停地跟老板还价。有时候试完了没买，老板脸色就很难看，在我们身后碎碎念叨，买不起就不要试！我很不服气，要去跟老板吵架。她拉着我赶紧走，说算了，算了。

美发店生意时好时坏，最困难的时候，红儿姐姐把结婚时买的戒指、耳环、项链都拿去卖了交房租，甚至找以前唱歌时认识的朋友借高利贷周转。这样的日子持续好几年，终于阴差阳错，因为早年在城郊首付的一套房子一直无钱装修，房价大涨之后转手赚了几十万。

我在找到一份稳定的工作之后搬离了与她们合租的房子。偶尔她会打电话给我，叫我去吃饭。她和老公总喜欢叫上一大拨邻居、朋友到家里吃吃喝喝，这时候她大秀厨艺，口水鸡、酸菜鱼、回锅肉、毛血旺……多年来在厨房练就的川菜手艺为她找回自信。她招呼应对，谈笑风生，维护着一个客厅女主人的主角光环。可在那些热闹与喧腾过后，常常只剩她一个人面对满屋子的杯盘狼藉。我站起来要收拾，她懒懒地坐着，把烟灰弹在吃剩的菜碟子里，有些呆滞地看着我说，慌啥子，我还没吃呢。于是我坐下来，陪她一起挑几片剩菜吃。

这样的聚会我越来越少参与，同在一个城市，我们之间见面也越来越少了。

后来她老公将卖房赚来的钱投到股市，一开始似乎赚了百万，索性把理发店的生意转让了，全身心地投入这个钱生钱的游戏当中。红儿姐姐也终于从厨房的油烟中解放出来，不用每天煮十几个人的饭了，那段时间她迷上了网络，天天在网吧待到十一二点。之后的事便是大家都熟知的，一场至今都没能回暖的“史诗级”的股灾席卷而来，吞噬了好多人的发财梦。他们所有的钱也打了水漂，还欠下大堆银子。曾经一起吃饭喝酒的朋友，都不见了，两人的婚姻也耗到了尽头，生活又退回到刚开始的样子。红儿姐姐跟一个网上认识的男人继续漂泊，有时候在大山里帮工程队煮饭，有时候又在沿海的酒店里当服务员，但她在朋友圈里永远晒出活色生香的样子。

5

我常常想起小时候在红儿姐姐家过暑假，她家有喝不完的汽水，橙色的、绿色的，各种口味，装在细腰的玻璃瓶里，一整箱一整箱堆在墙角，那是舅舅工厂里发放的消暑福利。我曾无数次眼巴巴地望着，觉得长大后理想生活不过可以畅饮这些有颜色的汽水。红儿姐姐总是随手抽出一支，咬开瓶盖儿，喝两口就放一边。那些燥热的傍晚，她总爱坐在门口的洗衣板上唱歌，一首接一首，像开一场个人演唱会，“是否，这次你将真的离开我”“走吧，走吧，人总要学着自己长大……”那时候她正拥有明晃晃的青春，却总喜欢唱一些哀伤的歌，故意将哭腔拖得长长的，仿佛历经沧桑。现在去KTV，她仍然爱点一些闽南语的老歌，那些充满了负气与怨怼的苦情歌，她唱起来别有一番意味。她偶尔还会说起年轻时在酒吧里驻唱的事，讲某个可怜又好色的老头子被她们用胶带绑在椅子上，搜光了口袋里的钞票拿去买酒喝，她每次说起来嘎嘎大笑，笑得仰过头去，又忽然止住，仿佛想起了什么似的，叹一口气。

选自《福建文学》2019年第11期

倘若没有足够的考察，他人的生活仍是主观想象。事实上，要在三五千字的篇幅里讲清人的命运遭际，谈何容易？但还是能从作者足够克制的笔触上，感受到她不断接近一个人的努力。

辑六

宽堂先生

/王祥夫

冯先生常用的堂号有两个，“宽堂”与“瓜饭楼”。

第一次去冯先生家，天已向晚，下着雨，及至从劲松桥赶到通州芳草园，雨转大，雨落在伞上一时是金鼓齐鸣，天上却没有一个雷。那天先是给冯先生的夫人夏老师通了话，夏老师的声音真是很好听，不像是七十多岁的声音，是青天白日清澈明净。

因为下雨，也没带什么见面礼，就那么湿漉漉一脚跨进了冯先生的家。那天冯先生送我三本他的随笔集，竟没有一本是谈《红楼梦》的，我送先生一本中青社版的《杂七杂八》，里面有我自己的钢笔插图。冯先生送我三本书中的《逝川集》是我十四五岁就已经读过了的，封面是白石老人的山水，是清波远帆。这本书是“文革”前出版。我对冯先生说我有这本书，是从图书馆偷的。冯先生一时笑哈哈，连说：“窃书不算偷的，窃书不算偷的。”倒像是在鼓励我。

这几天给《滇池》文学月刊写《宽堂先生》，不免让人又伤感起来，是茶也不是酒也不是，出去看阳台上的浓胭脂般的鸡冠花也一时像是没了颜色。冯先生离世不觉已近三载，音容笑颜呵呵哈哈犹在眼前耳际。闭着眼想想，就好像又看到他走到院子门口亲自来迎，院子里花开得正好，是一片红，只让人觉得热滋滋的。那两只藏獒是不停地叫，且在篱笆里奔突不停。冯先生说他这两只藏獒是最好的品种，但直到后来也没见这兄弟俩长到有多大，但凶可是真凶，每次都像是要从竹篱笆上跳过来，我便贼样碎了步子缩了身子紧走紧走，且贴在冯先生的右边，让冯先生挡着，冯先生脚步慢，还没进家，我早一步窜进家里。

就这两条藏獒，是该叫它不叫，不该叫它倒吼吼吼吼。那天夜里冯先生家里突然进了小偷，好像是冯先生还不在家，只夏老师在，还有那个小楷写得很好的小保姆。小偷是从屋顶天花板空投样进来，万幸没出什么事也没丢什么像样东西，小偷懂文化的毕竟少。而那两只藏獒却不知为什么禁了声，大气都没出，真是养兵千日，用得时候连一时半刻都没有。再到后来，这两条藏獒不见了，先是一只，后来是另一只，都不知去了什么地方。冯先生很爱这两条藏獒，有两次，绑架般把冯先生给拉到通州馆子里去吃饭，也只能就近在通州找家饭店，吃完饭冯先生总不忘吩咐一句，把剩下的饭菜打打包，原是要带回去给那平时吼吼吼吼到了正经时候一声都不肯吭的兄弟两个吃。

有一阵子，我的堂号叫作“三名堂”，原因是家里养了一只很漂亮的京巴小狗和一只暹罗猫，狗是名狗猫是名猫，再加上我。我对冯先生说起此事，说，所谓“三名堂”，是名狗名猫名人，我排第三。冯先生好笑了一气。我遂对冯先生说您何不养一只小猫。冯先生却说，画牡丹的时候牡丹下边再加一只小猫构图蛮好。我和冯先生有时候说话就是这样前后不接文不对题。再一次，我找到一本齐白石年谱，先去古旧书店乱转然后去了冯先生家，手里拿着这么一本年谱，自然就说到年谱上，我对冯先生说，您的年谱以后我可以帮着来修，冯先生忽然就不高兴了，说我是不修年谱的，又说，不行。至今，我也不知冯先生那天为什么会突然就不高兴起来。再一次，我戴着一个白地青的翡翠指环玩儿，那时候我真是喜欢白地青的翡翠小物件，白地青的翡翠极雅，是不水不透，正好和现在人们对翡翠的又要水又要透相反，是白地上飘一丝绿，要是满绿就不好看了，那绿只要一点或一丝，这样的男式翡翠我有好几个，分别可以戴在中指无名指和小指上，我是喜欢那颜色，我总是在家里带着玩来玩去，那天我戴在手上没摘就去了冯先生家。冯先生好像对这种小事情从来都不看不说，而我却不知为什么偏要对他说。我对冯先生说这种白地青翡翠真漂亮，您看这一点点绿。冯先生却脱口就说，不好，又不是遗老遗少青红帮！现在想想，也真是好玩。我便嘴硬，说，青红帮应该戴大金戒指才对嘛。冯先生不再理我，忙着去看那张我带过去的六尺整张《重修镇城碑记》大拓片，用个放大镜，终于找到了曹雪芹上祖曹振彦的名字，兴奋地说，这下是铁定了，这不是三韩吗？冯先生又从大书房里边的小间取出一个半人高长方的镜框要我看，镜框里是那个引起过大争议的“曹公讳霑墓”刻石拓片，是朱砂拓，裱好装在框子里。冯先生要我看，一边说，这还会有错吗？这还会有错吗？关于这块曹公的墓志刻石，我不敢说对也不敢说不对，只好支吾。

冯先生爱花爱草，所以院子里总是有花，但我只记住那一株院子东北角的蜡梅，比我高不了多少。因为冯先生要我去看它一看，我便去看它一看，也没有花，只有叶子，半黄半绿，倒不如竹篱笆上的牵牛花好看，朵朵蓝紫让人眼亮。还有，冯先生在院子里的东边挖个池塘，因为地方不大，也不可能挖多大，却挖得太深，人若掉下去，笃定是上不来，我看了那池塘就忍不住坏笑。冯先生说你笑什么？我说冯老师你要掉下去可怎么办？冯先生就也笑，对我说有人掉下去还是狗掉下去上不来的事，这事记不太清了，到了后来，那池塘又被填了填，复不再是个深坑，像是种了荷花在里边，又像是没种，这种事我总是记不清。后来，我还问夏老师，我说池子挖那么深做什么？是不是冯先生想在里边养鱼？冯先生是南方人，喜欢吃鱼是笃定的，买一些活鱼放在池子里养着，想吃的时候也方便。夏老师摆着手说，不会不会，又指指自己的喉咙，说，我不给他多吃鱼，人上岁数，怕他被鱼刺卡着。夏老师叫冯先生从来都是两个字“先生”，比较陌生的客人来，夏老师会在先生前边再加一个字“冯先生”。

冯先生喜爱山子与供石，且气派是极大，进别人家的院子，院子只是院子，而唯有进冯先生的院子是要让人起一番山林之思的。一进院门就是那么老大一块两人高的白太湖，再往里，临小客厅的窗子又是那么一大块，也是白太湖，有一人半高。上边均被冯先生题了字，填了青绿，煞是醒眼醒目，只是忘了上边题的是什么字。冯先生既喜欢供石与山子，案上亦是左一块右一块，但大多没有好座子，极普通的那种方木，且又不上漆，白乎乎就那么豁然大气地摆着。山子的座我以为苏州的做工最好，每次去冯先生那里，我还在心里想，如果方便，为冯先生的山子配几个好座倒是个正经。但细一想，这是件大麻烦事，是把山子寄到苏州还是请苏州的工人过来吃住全包地在这里做？这都是不大可能的事，及至到了后来我买山子，即使山子再好，如果没有座我便死心，再好也不让自己心动。有几次看到好山子动了心，和曹永这厮商量，一说，他马上反对，说找那麻烦做什么，别给自己找麻烦！想想也是。曹永知道我喜欢山子，千里迢迢把一个贵州山子背到我家，我把它放在那里左看右看，洞是洞，皴是皴，座子是座子，四面都好。

现在，每想到冯先生，每想到他那个院子，每想到他那个家，是什么都好，七七八八每样东西都好玩好看。每次想到冯先生，又总是会想起他的一迎一送。因他不良于行，总是不要他多送，回头看，他还站在那里招手，宽堂先生有拐杖，却没怎么见他拄过。我对冯先生说我要给您找支好杖，冯先生说你哪有什么好杖？我说我们那边五台山上有六道木。冯先生说这个他知道，我便想考他一考，我说您知道六道木还有个正经名字叫什么？冯先生只把身子往后一仰，微微一笑，说，这个嘛，杨五郎的降龙木嘛。我当下服气。我还想再考他一考，我说那么枸杞如果做杖又是什么杖？这下冯先生可真是不知道了，我一时得意，且喝水，且停下偏不说。那叫什么？冯先生憋不住了，问我。我便笑，这才对冯先生说，枸杞做杖就是有名的西王母杖嘛，那天夏老师也在一起坐着说话，我当下有心要给冯先生找一枝降龙木杖，给夏老师找一枝西王母杖，但直到现在都没办到。我那天还说，冯先生您拄降龙木杖夏老师拄西王母杖。冯先生就又笑了，说那就不能叫作降龙杖了，只能叫作穆天子杖。

“莫填子。”冯先生说。

冯先生到老口音还是没有改过来。穆天子被他一念便是“莫填子”。冯先生很少说玩笑话，这算一次。夏老师在一旁一边摆手一边笑着说，先生从来都不拄杖的，上楼下楼都不成问题。

夏老师站起来，去给冯先生的茶杯里续水，到沙发后边大案旁边的饮水机旁，“咕咚、咕咚，咕咚”。我不敢劳动夏老师，自己端了杯也去“咕咚、咕咚、咕咚”。太阳从南窗静静照进来，沙发后边的大案上端端一大块白，真是好太阳，续了水，转过身来，西墙上是画家谭凤环的一幅仕女画。我说，陈老莲。冯先生说，小谭画得好。这堵墙上有一阵子还挂一幅冯先生的梅花，是横幅，是老干新枝穿插有致朵朵花开淡墨痕，我回去亦细心仿了一幅，现在仍挂在我的卧室里，亦是朵朵花开淡墨痕。

每次见冯先生，总不谈《红楼梦》，要谈，也只谈过一两次。说到《红楼梦》，我最烦参加“《红楼梦》学会”的会，会上的人个个都以为自己是什么专家，一旦发言讲起《红楼梦》，就是洗过脚的水再洗脏袜子，让人真是不能喜欢，只好带一盒清凉油不停往脑门上抹，直把眼睛抹到睁不开。我生性怕开会，就是神仙坐在台上讲升天大法我也坐不住。或者就溜出去，看院子里的花草，一枝一叶亦能看老半天，像在读圣贤文章。

每次见冯先生，是只说书画与古董，冯先生的家里，七七八八到处是古董。我对冯先生说，这里千万别地震，若一地震，哈哈哈哈！我就大笑。冯先生写字作画的大案后边就是大书架，整整一堵墙的大书架，架上一半是书一半是古董，真真假假满坑满谷。宽堂先生写字作画的大案之右，亦是大书架，架上一半是书一半是古董，亦是真真假假琳琳琅琅。我对冯先生说，冯老师。我只叫他冯老师，因为有一次他说，叫冯老不过是个尊称，叫老师还是离得近一些。我知道他是不服老，便只叫他老师。我对他说，啊，千万可别地震，如果地震，哈哈哈哈，我得把您从七七八八的古董里给刨出来。

那一次，老先生拿出一块瓦当，反过来调过去地看半天，还用手指弹一下，然后递给我，说，这个给你。我拿在手里坐出租车从通州回北京的家，及至下车才忽然想起少了什么，怎么手中空空？冯先生给我的瓦当早已丢在了出租车里，一时怅然。

冯先生随我去山西大同北边的永固陵，永固陵下边有清泉一脉叫作“万泉河”，及至汤汤流去，便汇入古平城东边的那条御河，御河过去宽且深，行得大船。京剧《南天门》讲的故事就发生在这里，晋剧《走雪山》原是《南天门》里的一折，说的就是义仆老曹夫背着小姐走雪山过这条河的事，是一生一旦，唱念做都很吃力的一出戏。古平城就是现在的大同，城东的御河边上多出土辽代风字澄泥砚，其坚如铁，击之做金石声。我亦给冯先生找到一方，一巴掌大小，虽稍微有点残，冯先生却喜之无尽，放在手里用放大镜看，说，一看就是真品，一看就是真品。此澄泥砚砚背有拓打出的小字两行：“西京东关小刘砚瓦。”冯先生生性喜动，总是喜欢东走西走，我陪冯先生顺着这条河去永固陵，永固陵是北魏的皇陵，冯太后就葬在上边。山虽不高，也须爬上爬下，冯先生是深一脚浅一脚，我只怕他摔倒。那天偏又跟了一位印度的女朋友，而她偏又把照相机的皮壳子不小心丢在了山上，照相机的皮壳子又算什么，陵墓四周荒草离离，我不帮她找，也没办法帮她找，且只管冯先生高兴。我扛着很大很重的一块墓砖下山，冯先生一边走一边说怎么用这样的古砖做砚，是用醋先泡还是先用小米汤泡，好像还说一共还要在米汤里煮几次。于今已经全部忘掉，只记得冯先生真是兴冲冲，上山下山全然和年轻人一样，手中只拄一枝零时找来的树枝做杖。

冯先生写字，一般用小笔，常用的那个砚上盖了一块玻璃。我问冯先生为什么盖玻璃？冯先生说这样里边的墨就不容易干。我现在的砚上边也盖着一块玻璃，墨真还不那么容易干。冯先生案上有一小钵，里边全是朱砂，我后来亦用一带盖瓷盒储朱砂，平时用水养着它不让它干。

冯先生送我一支笔，纯羊毫，紫色笔杆，上边刻着“启老教正莱州李兆志制九八三”，是启功先生送冯先生的，冯先生用了多长时间我不得而知，我拿回来却是一直不停地用，画牡丹是它，给山水染色也是它，画花卉的叶子是它，写字也是它，这支笔可真是好用，世间好用之物往往会早早坏掉，一如好人的其寿不长。及至冯先生离世，我忽然悲从中来，忽然一时醒悟，从此，这支笔我不再用，放在那里不去动它，有时会拿在手里看一下，会忽然觉得自己整个人都变得很清冷，再没一点喜气。人生在世，如花在野，朋友论交，美人誓盟，随你有多少喜欢与惆怅，原来竟是白驹过隙！

那天，我让冯先生给我题个堂号，那一阵子我的堂号是“黍庵”，第二天恰是冯先生的画展开幕，在五四大街一号的中国美术馆。冯先生的画展真是隆重到像是天上响大雷，一时惊到多少人。到了会场，冯先生手里便是一个牛皮纸袋，他交给我，我背着人打开，是冯先生题的“黍庵”二字，虽是侧锋，下笔真是凶悍。后来搬新家，我要在玄关处做一玻璃屏，屏上就要用冯先生给我题的这个堂号，玻璃屏做好，冯先生给我的那幅字倒不知去向。

那次冯先生的画展，真是去了太多的人，开幕式是在五四大街中国美术馆一进门的大厅处，一时是群贤毕至，一时是人挤人，一时是没地方站，一时是记者们蹲蹲站站。我只站定在后边，看冯先生慢慢往前走，看他慢慢坐下，坐下后，他掉过头往后边看，我只当他是在看我。冯先生那次画展的大幅山水是整张八尺，我请人给我和冯先生在那张大幅画下拍一张合影。那幅画是戴本孝的笔意。我初时并不知道戴本孝。冯先生喜欢戴本孝，对我说，你仿仿戴本孝。我当即说，谁是戴本孝。我真是知识浅薄。

冯先生送我的字多多，现在楼下客厅饭厅之间挂一幅："'红楼抄罢雨如丝，正是春归花落时，千古文章多血泪，伤心最此断肠辞。'祥夫先生两正。"下钤两印，印文分别是"冯其庸""宽堂八十后作"。冯先生为人真是好，尊敬每一个人，他落款的"祥夫先生两正"，"祥夫"两字必高一格。楼上一上楼往右拐的地方又挂一幅四尺对开横幅，是冯先生写他自己的三首诗，每首诗后边都有小字跋，后边题："祥夫道友哂正，丙戌白露宽堂冯其庸八十又四书"。"祥夫"二字又照例是必高一格。这真是先生之风，山高水长。冯先生还送我四尺整张洒金宣"长沟流月去无声"，现在德州五境山房，还有一幅是冯先生去莫斯科鉴定《红楼梦》版本回来写的诗，是六尺横对开，写得真是精彩，现在贵阳师竹堂处宝藏。

有一阵子，我整天用赤亭纸画牡丹，赤亭纸微黄，作牡丹用白粉有古意，我带一纸牡丹去冯先生那里请冯先生题。冯先生看上边的闲章，问我是什么字，我说是"好色之徒"，冯先生便马上不高兴，把笔只往案上一掷，说，章怎么可以这样乱盖？我忽然慌乱，不敢再说什么。下次去，又带了一张赤亭纸牡丹，这回没盖那个章，冯先生给题了字，我却偏偏又忘了拿，画至今一直在冯先生那里，直到现在，也不知冯先生是题了一首诗在上边还是题了什么在上边。只是那枚闲章从此不再用，被朋友拿去把玩。

再一次去，我给冯先生带了一品北魏大莲花铺首，孔雀蓝锈，大碗口那么大，可真是晃人眼。这样的莲花大铺首，我收藏到两个，一个送冯先生，一个送了发小怀一。后来才知道鄙乡博物馆也从民间收到一个，开价六万。冯先生是法眼，看了那莲花铺首便大欢喜，竟动用起案上的放大镜看。后来几次去，只见那莲花大铺首端端放在冯先生大画案后边的书架之上，宝蓝色也真是有一种说不出的富贵气。

冯先生写字作画，如果需要坐，便坐在他大画案后边的那把大交椅上。

画案上，时时有南瓜出现，还有绿萝。

那次，冯先生来山西大同，在宾馆吃过晚饭忽然说要去我家，我一时慌了手脚，想想家里也没收拾过，到处是狗毛，老婆还在海南。但冯先生说要去，便是天神下降，也不管那许多，便径直坐了小车回去。一开门，小狗便自然要叫四五分钟，它也不多叫，但也不会少叫，像是我小时候的玩具上了发条，到时候就停。

冯先生落座，小狗停了叫，一切安顿好，又不知该给冯先生喝什么茶，也不知送他什么东西才好，我把冯先生送我的紫砂壶拿出来给他泡茶，意思是让他知道他送我的东西还在，那把壶是周桂珍制壶冯先生在上边题字，像是做了一批，那时已是个宝，到了现在笃定更是个宝，只是酒后，一时手松被朋友袖了去。现在想想，迟早是要用画再把它换回来。

冯先生来家那天，家里的米兰也真是争气，一时怒放，满屋花香，米兰的香到底太烈，让人有点受不了，冯先生便说哪里桂花在开。我便笑起来，说院子里有一株。冯先生说，咦，北方有桂花吗？我便笑。此时邻居的千金在弹琵琶，噼里啪啦，声声利落好听。

冯先生坐在我家客厅里，屋子里便是亮的，感觉角角落落都亮。我拿几件东西让他看，波斯琉璃器虹彩烁烁他偏不看，一眼看定了那个宣德炉，回头要让跟他来的小任掏银子，说要买。我忙说，我再玩玩，我再玩玩。冯先生说他有好几个炉都没这个好。那天，冯先生看我客厅那一尊一米多高的唐代佛造像眼又一亮，这尊佛像面目虽已风化模糊，但风韵极是好。我便把这尊佛像执意要送冯先生，两个人费了牛大力气把佛像放到车上，我们又回来坐，冯先生又把玩那个宣德炉，说，都没这个好，都没这个好。冯先生说好，我便更加舍不得，只一声不吭。忽然在心里觉得自己真也是小气。便兀自跟自己生气。

冯先生的发型，怎么说呢，哈哈哈哈，是标准的领袖式，但亦是让人不讨厌，让人喜欢。那次他突然来了兴致，因为我在他那里看到一块长方形的古砖，砖是古琴式，我是越看越喜欢，喜欢就想要，但又说不出口。冯先生就说那我不妨带你去潘家园去找找，可能还有。冯先生带我去潘家园，就像大人带了小孩，是节日样的样样都新奇，就差往手里塞糖果。那次去潘家园真是有很好听的故事，东西却没买到什么，我只送了冯先生一对一尺高的铁狮子。回到他家后喝酒，是小茅台，冯先生家的小餐厅餐桌后边的半堵墙都是酒，那半堵墙打了架子，架子上都是小木格子，每个木格子里正好放一瓶酒。虽然是小茅台，一边喝一边却不知道是什么滋味，和冯先生一起吃饭喝酒，往往是，酒与菜一时都像是没了滋味，滋味全在于看他听他，现在想想，这便是冯先生的魅力，可以使酒菜一时都没了滋味，而冯先生在那一刻便是无上的好酒好菜。冯先生那时候已经不怎么能喝，因为喝酒，差点出大事。

那次是在无锡开国际《红楼梦》研讨会，开场便吃了一次《红楼梦》宴，一样一样的菜都照着《红楼梦》里的菜式来，一来一去都是巴掌心大的碟，让人好不耐烦，只觉没滋没味。第二天，我们刚刚坐下吃饭，因为开会，又是二十多桌的人在那里吃。我忽然又接到了一个朋友的电话，他在电话里有点兴奋，说，祝贺你，你获鲁奖了。我一时发蒙，晕也不是，慌也不是，站起来不是，坐下来也不是，先愣头愣脑灌了自己一大杯酒，一时间跌跌撞撞。忽然就想过去对冯先生说这事，便兴冲冲端了杯过去，冯先生坐在最前边中间那桌，我鱼样穿来穿去过去，把这话俯耳告诉冯先生，冯先生亦马上兴奋起来，连连说："祝贺祝贺。"并且要喝酒了，他手边原来就有一杯酒，他那时已经不怎么喝酒，酒放在那里只是个样子，谁过来敬他他只在嘴边一端。冯先生的好，就好在到老还像顽童，是人来疯，是高兴就喝。他也真是高兴，却并没站起，坐着只一转身酒已在嘴边，说："祝贺你。"只一仰头，一杯酒一下干掉，紧接着，便猛地咳嗽起来，被酒呛了，呛在气管里，是大咳不止，举座皆惊，后来想起，我倒要在心里怪他，那天若要出了事，我便是罪人。紧接着，一大堆人过来，冯先生马上被这一大堆人拥走送去医院。

最后一次去看冯先生，冯先生已经下不了楼，只在二楼小客厅大沙发上倚坐，其实是躺，腿上搭着一条毛毯。原是不打算去了，怕扰了冯先生的休息，冯先生却专门让人打来电话，说在等着。上了楼，看到冯先生那样子，便觉自己整个人都不好了，一时不知说什么好，至今也想不起到底说了些什么，好像是想让冯先生给我的恭王府个展题个展标。当时想，毛笔怕是不行了，用钢笔题了放大了做展标还更别致。但及至坐在他对面，忽然再没了这种想法，是舍不得，哪怕他只一动，也舍不得他动，其实用钢笔来写是极方便的，但我就那么坐着，是静坐，心里却有些惶惶然，不知坐了有多久，亦不知说了些什么。然后是，我说，要走了。冯先生一时没说话，只看着我，我忽然想抱抱他，便过去，俯身一抱，却不舍得放开，明白冯先生的手，已经放在我的背上，一下两下三下，一下两下三下地拍。只此一抱，多少白玉迢迢的时光都从身边琳琅消逝，想不到竟是最后一抱，是真正的从此别过。

从冯先生家里出来，一时难过无语，忽然又想起那次与冯先生去潘家园，多热闹，冯先生简直就像是个孩子，我前他后，倒又像是我领了个老小孩。及至到了潘家园，又是他在前边走，我在后边跟，这个摊那个摊地看。冯先生的气派，他那个领袖式的发型，一定是引起了古董贩子的错觉，我跟在后边，便是比较文明一些的那路跟班。不少贩子马上跟上来，而且不止一个，后来我们从潘家园出来，我们的车在前边走，四五辆车在后边紧跟，甩都甩不脱。冯先生倒安慰我，说你别怕，再要是这样，我马上就给我的学生打个电话。我小声问冯先生，您的学生是做什么的？冯先生说是天安门派出所的。我便笑，想问问冯先生学生的职务，亦不敢问，相信冯先生在北京的学生多，冯先生在人民大学教书，是桃李处处栽。我的朋友绍武就是冯先生的学生，几次说起冯先生，绍武总是很尊敬地说，冯先生是我老师。

那天从潘家园出来，像是在拍警匪片，我们的车开得快，后边的车却也紧追不放，而且不止一辆。即至快到通州，后边的车方才散了。即至回到冯先生的家，夏老师已经把饭菜做好，凉盘加热盘，七七八八，我们便喝酒。我和冯先生坐对面，我举杯和冯先生碰杯，心里知道对面此人几百年也许不会再出一个，虽然天地生人无尽。冯先生在我对面，虽只觉他是个普通人。一旦离开才知道这人其实便是天人，所以事事皆止于敬。

冯先生离世近三年，现在想想，竟想起唐人的那句诗：望望不见君，连山起烟雾。只当他是又去了什么地方，也许是又去西域重走了一遭。忽然又想起在冯先生家看画，冯先生从西域回来画了好大一批画，都是三原色直接上到纸上，大红大绿大黄大蓝，赫赫烈烈，艺术上的霸悍之气让人不得不在心里点一下赞。他把这些画拿出来让我看，我当时便愕然，我的面前，冯先生，虽然已经八十多，但感觉他才十八，这便是冯先生。

冯先生的堂号，多用的有两个，一个是“宽堂”，冯先生当年住宽街，房子十分逼仄，而冯先生却把它叫作“宽堂”。另一个是“瓜饭楼”，这个堂号真是质朴大气，一瓜一饭后面再加一个楼字。关于这个堂号，冯先生在随笔里多次写到，冯先生从小家贫，总是吃了上顿没下顿，以瓜代饭，岁月迢迢。去冯先生那里，好多次，画案上都放着一两个其大无比的南瓜，颜色也好，朱红灰绿。

冯先生现在已经去了另一个世界，要想去看他也只能在清明时节，古诗云，清明时节雨纷纷，雨纷纷不雨纷纷先且不去说它，我想去看冯先生也简单，不必鲜花香烛，只需抱一颗硕大的瓜去，把瓜往那里一放，轻轻说一声：

冯先生，我来了……

选自《滇池》2019年第1期

评鉴与感悟

几段交游，祥夫先生简直不像是在写，完全是由着性子泼墨。尽管内里也蕴藏着情感的热烈，铺排的文字并不过度。寻常的细节，他有的是本事挖掘，不吝惜笔墨。宽堂先生的举止形容，渐次生动。字字句句，都在讲述他怎样心怀敬意，找到同道的欢喜。我们见到的却是他的性情，他的趣味，他对美的认识。人情物理，都化在一篇汉语文章里。

认真的无厘头

/周克希

《爱丽丝漫游奇境记》是本很有名的书。一个多世纪以来，这本小说一版再版，长销不衰。为它画过插图的画家早已超过一百人，它的风靡程度由此可见一斑。

这部作品的主干，是作者卡罗尔（道奇森的笔名）即兴编讲的一个童话故事。三十岁的道奇森是牛津大学的数学讲师，一天下午他和学院院长的三个女儿一起泛舟野餐。三个女孩嚷着要听故事（以前道奇森也常给她们讲故事——他们是邻居），他想了一个新奇的开头，让主人公爱丽丝跳进一个兔子洞，但随后故事怎么继续下去，他压根儿就没想好，只能现编现讲。

看来，这位腼腆而有些口吃的数学讲师，是很有机智的。现编现讲的故事，既有信手拈来的身边事，也有即兴发挥的小段子。当时澳大利亚和新西兰先后发现金矿、引发全球淘金热是个热门话题，于是，他脑洞大开，让爱丽丝在不断下落时，担心自己会穿过地心到达“对跖”（她读了别字，念成“对拓”）的澳大利亚或新西兰。随后，她喝了药水，一下子变得很小很小，遇见了老鼠和好些小动物。这时道奇森趁老鼠给大家讲故事的机会，用“tale”和“tail”的谐音玩了个文字游戏——想必这个“段子”在道奇森心中早已有之，这时即兴抖搂一下，叫人忍俊不禁。

而用得较多的段子，是所谓的“parody”（戏仿），也就是模仿有名的诗作或歌词写的打油诗或滑稽歌词。那些被戏仿的诗作或歌词，在卡罗尔的那个时代大都是家喻户晓的。但在当今的英国，据研究者说，它们早已无人知晓了。例如，假海龟唱的那首歌，在最初的手稿里是一首黑人歌谣的戏仿。道奇森在1862年7月3日（即泛舟即兴讲故事的前一天）的日记中写道，听见三姐妹因下雨无法外出，在家里很起劲地唱一首黑人歌谣Sally come up! Sally go down! 于是，在《爱丽丝》的初稿中——很可能在小船上讲故事时就是这样的——假海龟唱道：Salmon come up! Salmon go down! 对三姐妹来说，昨天大唱特唱的歌谣，今天竟然编进了故事，那当然有趣极了！

主人公的原型，是三姐妹中的爱丽丝。她在回忆文章中写道："那天道奇森先生讲的故事特别出色，所以第二天我就缠住他，要他把这个故事写下来给我。这可是我第一次提出这样的要求。"道奇森事后则这么说："于是，为了让一个我心爱的女孩高兴——我想，这是唯一的原因——我用工整的字体把这个故事写了下来。"

但是，从泛舟讲故事，到道奇森把手抄本的《爱丽丝地下奇遇记》——正式出版时才改名为《爱丽丝漫游奇境记》——作为圣诞礼物送给爱丽丝，中间隔了两年半之久。我们有理由猜想，道奇森为了添加那一半多的内容，是冥思苦想、反复推敲的。比如说，假海龟唱的那首歌谣，后来换用了另一首戏仿"你能走得快点吗？"……这两年半中，发生了一件让道奇森沮丧的事情：爱丽丝的母亲曾阻止他去做客，并将他写给爱丽丝的信全部销毁。但道奇森还是为"一个心爱的女孩"写完了这部童话故事。可以想见，他是凭着"认真的无厘头"精神，写出一个又一个"好玩"的段子来的。

卷首诗相当于作者序。其中的内容是真实的记录。三姐妹在小船上要作者讲故事："老二声气很柔和，她想听'有点无厘头的故事！'（There will be nonsense in it!）"老二，就是爱丽丝。这里，"nonsense"是个关键词。如果简单地把它看作"胡言乱语"，那就一切都完了。

其实，生活中也好，作品中也好，有时会有这样的情况：不必有意义，只要有意思就行；甚至不必有意思，只要有意味就行。而有一种无意义却有意味的东西，就是所谓的"无厘头"。《爱丽丝漫游奇境记》中的"nonsense"译成"无厘头"，想必要比译成"胡言乱语"有意味得多。

既然是无厘头，就要可乐、好玩。原文中用"tale"（故事）和"tail"

（尾巴）的谐音玩的文字游戏，可谓浑然天成，确实很可乐、很好玩。但倘若“忠实”地译作：

老鼠说：“我的故事又长又伤感。”

爱丽丝惊讶地看看它的尾巴说：“你的尾巴是很长，但是……”

那实在说不上有什么可乐，于是译者只得加上译注，告诉读者其实原文有多可乐、多好玩。这不叫“译出好玩来”，至多只能叫“注出好玩来”。

当年，赵元任先生尝试过“译出好玩来”的做法：

“我的身世说来可真是又长又苦又委屈呀——”

爱丽丝听了，瞧着那老鼠的尾巴说：“你这尾是曲啊！可是为什么又叫它苦呢！”

他接着在脚注里补充说明，自己是以“委屈”和“尾曲”的谐音来“作相应的文字表达”。赵先生的尝试也许不能算很成功，后来很多名家重译此书，大多绕开了这条译出（而不是注出）好玩来的、难走甚至难免引人侧目的小路。但是这条路，我认为方向是对的，译出好玩来，也就是译出感觉来，如果要说“信”，这才是最要紧的“信”。所以我沿着这条路，尝试了另一种译法：

老鼠说：“我的故事很长，又很伤感，你且听我娓娓道来。”

爱丽丝不明白什么叫“尾尾到来”，看了看老鼠的尾巴（没有两根哎！），心里挺纳闷。

当然，这只是一个例子。贯穿拙译全书的宗旨，就是译出好玩来。换句话说，作者惨淡经营的“无厘头精神”，我要试图把它传达给读者。

道奇森心爱的女孩，全名叫爱丽丝·普莱森斯·利德尔（Alice Pleasance Liddell）。道奇森后来写《爱丽丝镜中奇遇记》时，卷尾诗就是用这21个字母写的“藏头诗”，也就是说，这些字母分别是每个诗行开头的字母。

生活中和故事中的爱丽丝，都是一个可爱的小女孩。翻译中应当考虑到这一点。一个可爱的小女孩，犯点小迷糊，耍点小心眼，你会觉得可乐、好玩。她即使念一两个情有可原的别字，也还是可爱的；但倘若她老犯些莫名其妙的毛病，那就难免要让读者生厌了。

把“故事”听成“尾巴”，对中国读者来说，这真是傻得莫名其妙。而把“娓娓道来”听成“尾尾到来”，虽说可能有些突兀，但似乎还能说得通，一个七岁的小女孩没听懂“娓娓道来”，应该还是情有可原的。

把“对跖”念成“对拓”，这个“梗”也许更为自然一些。跖字不太容易念，一不小心念成拓，还真有这可能。倘若用有些译本上“倒猪世界”“讨厌家伙”之类让人费解的说法来译这个梗，读者恐怕就不会觉得爱丽丝可爱，反而要感到她有点“讨厌”了。

选自《文汇报》2019年9月17日

评鉴与感悟

最初知道周克希，是王安忆谈到《包法利夫人》的译本，说“较为口语的叙述，也使得沉闷的生活状态有了阅读的活泼和风趣”。买来读了，竟像是初读。最近几年，总要看上一遍，就是随便读上几节，也无比踏实，放心。再到后来，竟也把他翻译的书搜罗全了。没看过的居多，但见到他的名字，总是无端信任，好像见到了熟识多年的师友。《爱丽丝漫游奇境记》我只看过电影，这回看他谈翻译，想起那个不断下落的兔子洞，不知怎么想起“好小说都是好神话”之类的句子，又动了要读书的念头。

人物卷子之五

/胡竹峰

1.王力

民国文体家，两个人未曾深入，一个俞平伯，一个王力。此二人后来热衷学术，没能在文章的道路上走远。这是中国学术的幸运，也是中国文章的损失。

文体家多半靠天赋，有前世注定的意思。学问家差不多可以修，有今生努力的味道。文体家是天才，学问家是大才。朱光潜给梁实秋写信说："大作《雅舍小品》对于文学的贡献在翻译莎士比亚之上。"言下之意是说翻译工作别人可以取代，《雅舍小品》则非你莫属。

王力身上有些名士风度，两耳不闻窗外事，对政治不感兴趣。俞平伯童心未泯，给人感觉不够认真。王力正相反，在学问路子上，锱铢必较。俞是出世的，王是入世的。俞平伯活得像个艺术家，王力更像个有社会责任感的人文学者。

王力写过一篇《与青年同志们谈写信》的随笔。文中，感慨相当多的青年人在"读书无用论"的观点下，不懂得认真学习和正确运用语言文字，写信常常闹笑话。后来这篇文章选入教材，我念书时学过。现在想起来，还记得文章写得苦口婆心，一派谆谆教诲。

人的相貌会被身份左右：徐志摩是典型的诗人模样，郁达夫一副小说家派头，齐白石生成一张中国水墨相，梅兰芳则是中国戏曲之脸，于右任有草书风范，晚年李叔同一派高僧气度。徐悲鸿长出了西洋画的味道，尤其年轻时候，有巴黎艺术家风度，穿西服不打领带，结一个黑领花。胡兰成早年有才子相，晚年骨肉棱角淡了，柔了，现出学者风范。

有记者采访王力，说他目光温和，笑容亲切，举止安详，表现出一个渊博的学者的优雅风度。见过王力的照片，有学者气质，总是身着深蓝色中山装，有时候还会在左胸口袋处插一支钢笔。

拙作《衣饭书》前言写过这样一段话：

> 中国文章的羽翼下蜷伏着几只小鸟，一只水墨之鸟，一只青铜器之鸟，一只版画之鸟，一只梅鹤之鸟。不是说没有其他的鸟，只是不在中国文章的羽翼下，它们在草地上散步，它们是浮世绘之鸟，油画之鸟，教堂之鸟，城堡之鸟……王力的散文正是青铜器之鸟，其古意，有旧家具的木纹之美，如今回过头看那本《龙虫并雕斋琐语》，不能说多好，但毕竟是中国文章的产物，亲近之心还是有的。

王力最初的工作是小学教员，一个月拿三五十个铜钱，吃饭都不够。日子虽过得艰难，但王力却表现出极强的能力，学友见他年轻有为，集资送其到上海念大学。一九二六年，考入清华大学，在梁启超、王国维、赵元任门下。赵元任当时在清华讲语言学，王力毕业后留学法国，奠定了终身学术方向。

王力的看家本领是研究文言文，对中国古汉语有独到的领悟能力。他的书法和旧体诗在那一代人中出类拔萃。他所处的年代，中国传统文化被西方侵蚀，他一手好中文就显出古典的魅力。

现在人知道王力，基本是其语言学家的身份，忘了文章好手的面目。

抗战时期，王力为报纸写一点小品文。旧学功底好，又懂外语，下笔成文，自有别人不及处，很受欢迎。文章谈及古今中外，从饮食男女到琴棋书画，从山川草木到花鸟虫鱼，写出了青铜器的古泽与青花瓷的清丽，在古典文化的堂奥间左右逢源，写得干净简洁，飘然出尘，潇洒入世。后来这些文章结集出版，是为《龙虫并雕斋琐语》。因为这本书，文学史谈到白话散文，常常奉王力为一家。

王力以雕龙手雕虫，举重若轻，若良庖烹小鲜。行文幽默，甚或尖刻，不时道苦，近乎赖皮。以古说今，兼之骈文，常有源头之活水。

王力的散文，说好是因为有特色，才气横溢，那些文字在中国古典一脉河水中浸润已久。说可惜是没有继续文章之路，文白交织略嫌拗口，用典太多，没能写出更炉火纯青的作品。

在《龙虫并雕斋琐语》中，王力掉书袋且带学究气。掉书袋和学究气都是作文的忌讳，王力的了不起在于让文章从头到尾贯穿了浓郁的生活气息，让人们在书房美文中品味人间滋味。王力的《龙虫并雕斋琐语》和梁实秋的《雅舍小品》有异曲同工之妙，都是人生百科式的入世之作。

王力能听音辨人。二十世纪八十年代，记者白描去见他，刚落座，王力说："你是苏北人，哪个县我可不知道。"又对同去的郑启泰说："你是客家人。"白描非常诧异。王力笑着说："我是研究语言学的啊。"

王力任岭南大学文学院院长时，梁羽生在岭南大学读书，没有上过他的课，因为性喜文学，常到他家中请教。后来也写文章说："他有一门'绝技'，和新来的学生谈了几分钟，往往就能一口说出那个学生是哪个地方的人。"这样的故事现在人听来，基本都是传奇了。其实这样的传奇不过学术大家的牛刀小试。

王力懂得法文、英文、俄文。他的研究生问："我研究汉语史，你为什么老要我学外文？"王力回道："你要学我拼命学外文。我有成就，就多亏学外文，学多种外文。"不知道这番话对那个学生可有启发。在王力看来，所谓语言学，无非把世界各种语言加以比较，找出它们的共同点和特点。这几乎是常识，但常识里需要一个人太多的付出与尝试。

从王力身上能看到老一辈学者的努力。在清华任教时，学校规定工作五年可以休息一年，王力却利用休假到越南去研究东方语言。他在越南一年研究了越南语、高棉语，并写出专著。一九七〇年，越南的语言代表团来中国，向王力学习写《汉语史》的经验。他们发现王力居然对越南语的历史也很清楚，又请教写越南语史，王力先生只好又讲了一个上午。

王力曾被关进牛棚，按照他的说法是，对牛弹琴可以，但不能研究语言学了。走出牛棚后，不敢公开研究语言学。那时候开门办学之风盛行，王力今天到这里，明天去那里，向工人讲授语言学。讲是讲了，但他们也未必能听懂。王力只好把更多心思放到写书上。写书仿佛地下工作，至亲好友都不让看到。客人敲门，赶快藏起稿纸，陆陆续续，写出《同源字典》《诗经韵读》《楚辞韵读》等著作。王力对夫人说："我写这些书，现在是不会出版的。到了出版的那一天，这些书就成了我的遗嘱了。"心情黯然。这样的叹息，几乎是那一代知识分子共有的情绪。

除了文章与学术之外，王力还翻译了不少法文作品。在不太长的时间里，出版了多部纪德、乔治·桑、左拉、莫洛亚等人的作品，还起意要翻译法国戏剧家莫里哀的全集，邮寄给商务印书馆。可惜这些书稿，战中毁了大半。叶圣陶评价王力的翻译说："信达二字，钧不敢言。雅之一字，实无遗憾。"雅之一字，几乎贯穿了王力一辈子。文章、学术、翻译，均体现了第一流的文字功夫。王力的著作，不仅在学问知识上对人有帮助，文章本身也是很好的汉语教材。

说起王力翻译的中断，有个小插曲。当时按清华大学惯例，专任讲师任职两年升为教授。王力两年专任讲师当下来，接到的聘书仍是"专任讲师"。找系主任朱自清，朱先生笑而不答，王力只得反躬自问。想想自己讲授的专业，再看看这翻译出的一大堆法国文学作品，朱自清觉得他不务正业。此后，王力集中精力发奋研究汉语语法，不久写出一篇《中国文法学初探》的论文，任教第四年，升为教授。

王力治学严谨，有人向他请教明人朱良知《哭海瑞》诗中第二联"龙隐海天云万里，鹤归华表月三更"的隐喻所指，他表示，"我也讲不好"。

王力学术在一九八〇年前一直是显学，家传户诵。由于"附共"，海外出版他的著作和署名，在翻印时都给篡改了。《汉语音韵学》一书就曾改名为《中华音韵学》，著者改为王协，也有改为王子武的。

晚年王力多次说"暮年逢盛世，人生大快意事"之类的话。说还有好多书要写，可以再写一百本书，真想多活几年啊！他写诗自道："漫道古稀加十岁，还将余勇写千篇。"

王力一九〇〇年生于广西博白县岐山坡村，死于一九八六年。熟悉王力的朋友告诉我说，老先生喜欢吃清水煮豆芽，不放盐，蘸一点醋，不像《龙虫并雕斋琐语》的文章。

2.朱自清

读来的印象，朱自清先生好脾气出了名，是个平和的人，故取字“佩弦”，希望像弓弦那样将自己绷紧。《韩非子》上说西门豹性急，故佩韦以自缓。董安于之性缓，故佩弦以自急。韦，皮条也，物性柔韧。弦，绷紧，性刚劲。

当年鲁迅从上海回北平省亲，各大高校闻讯纷纷派人邀请演讲。朱自清以清华大学中文系主任的身份亲自出马，好不容易见到鲁迅，却被拒绝。朱先生不死心，三天后又去一趟，仍然被拒绝。鲁迅与朱自清没有矛盾，只是他对清华没有太多好感。鲁迅倔强，个性崚嶒，做事毫不通融。所以他死之前，遗言是一个也不饶恕。

朱自清给人的感觉是自我要求高，偶尔有呆气。忘了谁的文章中说女儿给朱自清送衣服，他还对女儿说谢谢。吴组缃（吴组缃，二十世纪著名作家，原名吴组襄，字仲华，安徽泾县茂林人）曾写过，有学生电话打到朱家，说有几本书要看但找不到，让朱自清速去图书馆帮找找。学生差遣系主任犹如使唤老妈子，实在太没规矩，也怪朱先生平常脾气太好。

以前没少读朱自清，将其散文当典范，现在读他的东西，看出一些瑕疵，气息还是喜欢的，生活的味道生活的态度颇有意思。近来读书，有个体会，要说好散文，不能一味从散文家中去找。散文家下笔成型，易有匠气。即便一个人篇篇都是好文章，也会因笔调不变而显得无趣。譬如朱自清。

很长时间，朱自清差不多成了散文的代名词。随便找个人，说一个普通散文家的名字给他听，十有八九不知道，朱自清不同，他的名字在今天几乎家喻户晓。

朱自清一八九八生于江苏东海县，原名自华，号秋实，投考北大改名自清。当时家道中落，自清的意思取《楚辞》：“宁廉洁正直以自清乎？”警策自己不要同流合污。

一九二〇年朱自清北大哲学系毕业，教中学教了五六年，一九二五年任清华中文系教授，做过系主任。一九三一年留学英伦，漫游欧陆，次年回国，回清华。抗战爆发随校南迁，任西南联大教授，胜利后回北平清华。

一九四八年病逝。病逝后第二年，因毛泽东一篇文章，朱自清一夜间成了大众偶像，被奉为民族英雄，这股热潮越演越烈。当年读书的时候，教材上选了不少朱自清不少的文章。究竟人家成就有多大？通常听到的是，散文写得好，这种说法显然太民间，朱自清不至于这么简单的。

朱自清做人认真，写文章也认真，唐宋人的典雅多了一点，魏晋明清风流偏淡，中规中矩。有志写文章的人读读他的作品，行文章法历历在目，不像阅读鲁迅、周作人那般神龙见首不见尾。

有人英译朱自清散文，译完一读发现单薄，远不如原文流利。他不服气，改用稍微古奥的英文重译，顿时好多了。明白了朱先生外圆内方，文字尽管浅白，心思却很深沉，译笔只好朝深处经营。朱自清的很多文章，譬如《背影》《祭亡妇》,读来自有一番只可意会不可言传的东西，父亲缓缓离开的背影让后世打量了近百年了。这类文章好在平淡朴实，动人处不在才情而在真情。

有个阶段，朱自清差不多成了民国散文的代言人。很多文章被选入学生课本，喧嚣一时，论者纷纭。这些文章都是朱自清早期之作，辞章华丽清澈。朱自清长在扬州，下笔成文不乏水乡灵气。青年时候朱自清喜欢描绘感官美，《匆匆》《春》《荷塘月色》《桨声灯影里的秦淮河》诸篇，写由物入心的变化与感受。《荷塘月色》中有一段可以论证：

> 叶子出水很高，像亭亭的舞女的裙。层层的叶子中间，零星地点缀着些白花，有袅娜地开着的，有羞涩地打着朵儿的。正如一粒粒的明珠，又如碧天里的星星，又如刚出浴的美人。微风过处，送来缕缕清香，仿佛远处高楼上渺茫的歌声似的。这时候叶子与花也有一丝的颤动，像闪电般，霎时传过荷塘的那边去了。叶子本是肩并肩密密地挨着，这便宛然有了一道凝碧的波痕。

朱自清善用女性意象，这段文字中就有“舞女的裙”“出浴的美人”，洋溢着香草美人的气息，创造出纯洁感性的意境。语言优美，意境清幽，有人情味，也有仙境。在另一名篇《绿》中，结尾更深情地写道：我从此叫你“女儿绿”，好吗？

朱自清与徐志摩一样，字里行间有柔美气。徐志摩的柔美有西方建筑味道，朱自清的柔美偏于中式园林的婉约与含蓄。朱自清的含蓄在他早期散文中体现得淋漓尽致，写月光泻下来，雾浮起在水面上的，梦也是笼着轻纱，极尽风流。即便写心情也是“这几天心里颇不平静”，有点到为止的泄露，还有“热闹的是他们，而我什么也没有”，含蓄地排遣郁闷。

朱自清后来的文章，一洗早年的柔美，变得格外朴素。哪怕是答记者问，也娓娓道来：

> 《标准与尺度》，由上海文光书店印行，不久可以出来。这是复员以来写的一些短文集起来的，其中有杂文、批评、书评等，所说的大概都离不了标准与尺度；书里恰好有一篇《文学的标准与尺度》，因此就取定了书名。从前作文，斟酌字句，写得很慢。这本书里的文章写得比较的随便，比较的快，为的读者容易懂些。

陶渊明任彭泽县令时，送儿子一名长工，附家书：“汝旦夕之费，自给为难，今遣此力，助汝薪水之劳，此亦人子也，可善遇之。”想起朱自清，脑海中不禁忆及这则典故。朱自清和陶渊明一样，善良、体贴、关心平民。

朱自清年轻时，一个他很不喜欢的人向他借钱，借过之后，又不甘心，转而向日记发牢骚，骂那人是下流坯。这种有悖常理的做法却是朱自清的性格，后来成为知名学者后也是如此，有学生请他讲演，并且题目都给拟好了，朱自清不高兴，但每次还是去了。

一九四八年二月，病中的朱自清看到吴景超夫人龚业雅的散文《老境》，萧瑟况味触动他写下了首七律：

> 中年便易伤哀乐，
> 老境何当计短长。
> 衰疾常防儿辈觉，
> 童真岂识我生忙。
> 室人相敬水同味，
> 亲友时看星坠光。

笔妙启予宵不寐，
羡君行健尚南强。

诗中弥漫衰飒之气，传抄到俞平伯、叶圣陶那里，大家都为之“不怡”。朱自清在日记里曾注明“关键在第五句”。第五句是“室人相敬水同味”，夫妻相敬如宾不奇怪，淡漠如水怕不是一种正常状态。朱自清在日记里时有透露，有一条则说，“与竹及两个孩子共进早餐,我为食物冷而不满,竹生气并叮叮当当地摔家什。为此不快,也很伤心”。这是一九四七年四月十七日所记，竹是妻子陈竹隐，她脾气不好，常常不记得朱自清十二指肠严重溃疡不能吃冷食。

朱自清的儿子说，父亲四十多岁以后脾气有些暴躁，小孩子都不敢惹他。一天饭后,有位宁太太来找陈竹隐，两人大谈物价飞涨，朱自清在看报，吵得他无心阅读。恼怒之余，故意怠慢，不同客人谈话。这幕冷战情景在寻常人家的客厅随时上演，也正是人之常情吧。

朱自清去世后，陈竹隐任劳任怨照顾孩子。晚年，默默地整理朱自清文稿与资料。

朱自清死于胃溃疡，有人写文章说，“朱自清一身重病，宁可饿死，不领美国的救济粮”。重病是真的，拒领面粉也是真的，事关气节，说朱先生穷得饿死，这里另有故事。

当年物价飞涨，大米白面贵得惊人。国民党为了照顾大学教授，给他们配发了一个特供证，价钱要比市价低很多。吴晗组织北大清华教授签名抵制内战等民主活动，朱自清积极参加。这回吴晗又组织了一个抵制特供制度，到了朱家，这时朱自清胃病很严重，身体虚弱，只能吃些细粮，吃粗粮则呕吐。吴晗还未说完来意，朱先生随即签字，把那个特供证取出来交了。吴晗找了人签名参加他的活动，很多人家不让其进门，说有孩子，恕不参加。最后签字的有一百多人，只有朱自清饿死了，其他人因为能吃粗粮，活了下来。

胃溃疡对饮食讲究多，稍不注意，就会呕吐，使人大受折磨。翻开朱自清一九四八年的日记，没有看到他为食物短缺而苦恼的记载，相反，多的倒是下面一些文字：“饮藕粉少许，立即呕吐”“饮牛乳，但甚痛苦”“晚食过多”“食欲佳，终因病患而克制”“吃得太饱”。拒绝特供，又不能吃粗粮，饮食得不到保障，朱自清身体每况愈下。

一九四五年夏天，吴祖缃见到四十七岁的朱自清：“霎时间我可愣住了。他忽然变得那样憔悴和萎弱，皮肤苍白松弛，眼睛也失去了光彩，穿着白色的西裤和衬衫，格外显出瘦削劳倦之态。……他的眼睛可怜地眨动着，黑珠作晦暗色，白珠黄黝黝的，眼角的红肉球凸露出来；他在凳上正襟危坐着，一言一动都使人觉得他很吃力。”

朱自清是狷者。《国语》云：“小心狷介，不敢行也。”狷是说性情正直，洁身自好，不与人苟合。国家多难，文士清寒，古今常事。朱自清死后，装殓遗体，找不到一件没有补过的衣服，学生们失声悲哭。此事至今听来，仍觉凄然。

有一年在大学里，我看到一对年迈的夫妻风中相互搀扶，缓缓前行，相视而笑。没有打伞，走着走着就白了头。朱自清先生老了也是那样吧。

3. 叶圣陶

以苏州古镇角直为背景的小说，早先读过清人遽园《负曝闲谈》，后来看到叶圣陶的《多收了三五斗》《倪焕之》。逛了江南几个古镇，角直的烟火气息很真切，可见看见多年前水乡人家的模样。

《多收了三五斗》是小品，《倪焕之》虽是长篇，也是小品，故事的线索简单，倪焕之从吴淞河畔一个小市镇走向大都市上海，最终绝望地毁灭在大革命退潮中。小说算不上好看，其间偶尔夹杂的民俗民情的描写，让人看到当年的生活，看到一九二八年三十几岁叶圣陶的功力。至今还记得描写红烛一节：

> 舱里小桌子上点着一支红烛，风从前头板门缝里钻进来，火焰时时像将落的花瓣一样弹下来，因此烛身积了好些烛泪。红烛的黄光照见舱里的一切。

年轻的叶圣陶，行文造句都那么年轻那么充满活力。更年轻的时候，一九二四年，叶圣陶写过短篇小说《潘先生在难中》，深刻，无奈，那是白话文的《老残游记》。没有声嘶力竭的批判，也没有讽刺，无奈之心跃然纸上，活生生的人情与赤裸裸的世故，难得二十多岁的叶圣陶如此练达如此洞明。

那次去苏州，小说家葛芳带我去角直。角直的名字过去不是读成角直就是读成用直。叶圣陶老先生的墓刚好也在角直，一路看小河、小桥、小亭，看大佛、大庙、大树，也看了陆龟蒙的墓地与叶圣陶先生的墓地。

叶圣陶生前反对修故居、修陵墓，从不把自己当作是什么大人物、大作家，只承认自己是个“写写文章的人”。老派人谦虚，叶圣陶的文章实在是极好的，尤其晚岁随笔，字字如谷穗，字字如豆荚。

写过两条手跋，与叶圣陶有关：

> 叶圣陶晚年貌古，眉长近寸，一脸慈悲。其文风亦如其人。十来岁在旧杂志上读《渝沪通信》，印象颇深，此集几篇抒情文尤为可喜，可圈可点。
>
> （《叶圣陶散文·甲集》）
>
> 甲集乙集名法甚佳。叶圣陶作文有老到的朴素有朴素的老到，如老南瓜粥。老到不难，朴素亦不难。老到的朴素与朴素的老到，大不易也。
>
> （《叶圣陶散文·乙集》）

汪曾祺的《蒲桥集》，文章且不谈，写作观点尤为精到。他说，散文过度抒情，不知节制，容易流于伤感主义——伤感主义是散文（也是一切文学）的大敌。挺大的人，说些小姑娘似的话，何必呢？希望把散文写得平淡一点，自然一点，“家常”一点的，但有时恐怕也不免为赋新词强说愁，感情不那么真实。平淡谈何容易。苏轼说文章要写得“如行云流水，初无定质，但常行于所当行，常止于所不可不止，文理自然，姿态横生”。这行云，这流水，是有文理的，还有姿态。汪先生说，他谈结构的原则是“随便”二字。朋友林斤澜听了抱怨：“我讲了一辈子结构，你却说：随便！”汪先生纠正说法，改为“苦心经营的随便”，林斤澜同意了。

叶圣陶的文章，汪曾祺见了一定喜欢，真真随便到家了，一字一句都是大白话大实话。有年轻人觉得叶圣陶、梁实秋、朱自清、汪曾祺诸前辈的文章选入课本，不过是尊老敬老的礼仪，实在不应该宽容那种废话无聊的作品。年轻人火气大容易激烈，这些前辈笔下有一种大致相同的美学倾向和比较近似的艺术风格，清淡自然、隽永纯净。年轻人求新求变，我尊重他们的说辞。二十年后，再看叶圣陶的文章，说不定也会读出好来。

作文一事，叶圣陶有自己的观点："写成文章，在这间房里念，要让那间房里的人听着，是说话，不是念稿，才算及了格。""你写成文章，给人家看，人家给你删去一两个字，意思没变，就证明你不行。"繁简修改，鲁迅提到的是字句段，叶先生只说字，其中并无高下，殊途同归。

三只牛吃草，一只羊也吃草，一只羊不吃草，它看着花……

民国开明书店的老课本，有趣，有爱，有个性，更有诗意。文字是叶圣陶编的，插图丰子恺画。这样的开蒙读物，如今并不多见了。

那天看到一张便条，规规矩矩的字。想起小时候读叶圣陶、夏丏尊写的《文心》，教小孩子把文章写清通，把字写规矩，将来到社会上即使做一个文员，也可以安身立命。不谈修身不谈文艺，落脚点在安身立命上，这是老派人的恳切。

叶圣陶的毛笔字写得好，规规矩矩，不离法度，有点像钱玄同，但比钱先生富贵，文人气里多一些员外体，那是老人家坐享文化高位的一份尊贵一份自持。钱玄同短短五十二个春秋，英年早逝，笔下湖海风云气还在，没能够养出足够的文气养出足够的学养。叶圣陶一生澹泊，做出版、做编辑、做学问、做官员、做文化，字里字外散发着规整的庭园风味还有庙宇氛围。

晋人写经体数钱玄同写得好，娥媚妍丽，无一丝败笔，确是精品，学生魏建功也忍不住模仿。叶圣陶的字也有写经体、《圣教序》之类打底，大字还有魏碑意趣，更见功夫。偶见叶先生古雅的小篆，苍老的行书，皆引人注目称赞。

《辛亥革命前后日记摘抄》中，不满二十岁的叶圣陶记下为朋友刻印，共同欣赏祝枝山书卷、赵子昂字帖、书写文字赠与友人诸多事项。童子功在此，一手好字没得说。临帖临碑的基本功又扎实又深厚，更难得到头来字外的人生与字里的性情有一个好结局。

叶圣陶书法气象端严拙厚、磊落大方、工稳谨严，既是人格品范亦是笔墨旨趣。在《弘一法师的书法》中，叶圣陶评点弘一法师书法，其中有夫子自道夫子自勉——全幅看，好比一个温良谦恭的君子人。不亢不卑，和颜悦色，在那里从容论道。就一个字看，疏处不嫌其疏，密处不嫌其密，只觉得每一笔都落在最适当的位置上，移动一丝一毫不得。再就一笔一画看，无不使人起充实之感、立体之感，有时候有点儿像小孩子所写那样天真。但是一面是原始的，一面是成熟的，那分别显然可见。总结以上的话，就是所谓蕴藉，毫不矜才使气。功夫在笔墨之外，所以越看越有味。

古语说字如其人，叶圣陶楷书平正而又自然，篆书则圆润中兼有端庄凝重气概，行书又是中年儒士闲步的潇逸，他的字不求取悦于人而自有可悦之处。

读来的印象，叶圣陶待人宽厚，每每客退，必亲身远送，无论怎样说，还是走过三道门，四道台阶，送到大门外才告别鞠躬，口说谢谢，看着来人上路才转身回去。张中行先生回忆，叶圣陶晚年，两次已经不能起床，一些人去问候，他总是举手打拱，不断说谢谢。有一回行翁去看他，叶先生去天坛看月季。第二天叶圣陶回了信，悔恨不该到天坛去看花。看张中行的地址是公寓，以为是旅店一类，想到京城工作这么多年，最后沦为住旅店，叶先生感到很悲伤。

二〇一六年七月六日的晚上，做了一个梦：早晨，幽暗的房子，三人坐一起聊天。叶圣陶先生慢悠悠说着话，九十几岁的老人，身穿夹袄，布扣子扣得紧，头直立着，白色的长眉轻扬。话毕，一起吃饭，叶先生的女儿出去了。请叶圣陶在印有王叔晖《西厢记》插图的笔记本上写字，黑色的钢笔一顿又一顿，颇吃力。

二〇一八年五月九日，又一次梦见叶圣陶，醒后录下备忘：客厅颇敞亮，叶圣陶给我写字。末了，拿出一沓画稿，尺寸统一，皆长幅，水墨荷花莲蓬瓜果蔬菜，仿齐白石、吴昌硕。客选一画别过，叶先生与我席地而坐，论画谈价。

我没见过叶圣陶，不知道为什么会做这样两个梦。这是一个安详的梦、欢喜的梦。

一九八八年二月十六，叶圣陶逝世，那天是旧历丁卯年除夕，正是万家欢乐团圆的时节。在热闹而响亮的鞭炮声里辞别人间，死于安乐，叶先生好福气。

选自《红豆》2019年第5期

评鉴与感悟

没料到写起人物评论来，胡竹峰下笔也不一样。他自有他的性情，下笔成文，总有他的调子。论人说文，若没有充分的材料，往往有失偏颇。读胡竹峰的文章，好像也不会顾忌那么多。跟着他的烂漫文字，只管读就是了。也是读了，才意识到，一位位民国先贤，仍是豪壮，各有气派，便也起了冲动，想去找来他们的书重温。倒也不全是为了检验，看他的评判有无道理，就是想着，隔了百八十年，沉潜下来，读他们的文章，聆听他们的思想。

你从草原来

/艾平

我住的小区，在城市的尽头，往西就没有建筑了。在密集的高楼丛林里，由于前后楼房的阻挡，大多数人家的视野，拘于小区的庭院之内。小区里有什么看头呢，无非千篇一律的花木、来来去去的私家车、一些简单的健身器而已。我这座楼的东、南、北方向，就是这个景象。呼伦贝尔冷，一梯两户的房子，总是东边的抢手，我没有得到。不料这恰恰是长生天的眷顾，我因此拥有了一扇西窗，就在我书房的阳台上。倚窗望去，视线穿过簇新的外环公路，就是茫茫的呼伦贝尔大草原。有时大野芳菲，有时千里冰封，可以看到白云的影子、骏马的长鬃 、蔚蓝色的雪旋风、明亮的湖水、移动在车上的草垛，蒙古包的炊烟、骑手的剪影和看不到边界的远方。

我有一扇窗，面向大草原，在城市时代，可谓奢侈。

卖牛奶的乌云

你瞧，当我从书桌上抬起头，就看见她已经从草原上来了。她在楼下的小区门口卖牛奶。一辆红色的三轮摩托车，罩着帆布遮光篷，车上装了四个奶桶。她四十左右的年龄，脸褐红，细长的眼睛在阳光里半眯着，身穿一件墨绿色的旧蒙古袍，坐在后车檐上招呼着顾客。她的裙袂前有一个纸壳箱，摆放着全麦列巴和洁白的奶干、奶豆腐、西米单（注：稀奶油），一看就是手工制作的。有一男一女两个小孩在她的前后嬉闹着，不断黏缠着她。可能她舍不得给孩子们吃那些用于出售的奶食品，给他们一人买了一个棒棒糖，现下棒棒糖已经被吸吮成了薄薄的玻璃片，孩子们举起那玻璃片对着太阳照着晃着，忍不住地又放进嘴里接着吸吮。她似乎想说，慢点吃，一天就一块啊，可她顾不上说，她忙得抬不起头来。她左手拿着一个套着塑料袋的漏斗，右手用提斗往里面注入牛奶，还要不时腾出手去收钱，她只能头也不回地喊一声——吁……吁……，像是在吆喝两匹小马驹。当她从奶桶上抬起头来的时候，我们看到的是一直存在的微笑，而不是那种为了生意堆出来的笑。她挺忙挺累，但她的微笑不曾消退，仿佛这微笑就是她的长相，就是她的神色，所以，她给人的感觉总是心情很好。

关于牛奶，我可谓经验丰富。如果说我是喝牛奶长大的，那是其一；说我研究着呼伦贝尔的牛奶走过大半辈子，成了一个土专家，也不为过。只要几滴呼伦贝尔牛奶落在我的舌尖上，我就可以告诉你，这是什么牛出的奶。圈养牛出的奶，有种牛粪牛尿的膻骚味，因为其吃喝拉撒都在同一个很小的区域内；在草原上自由徜徉的牛出的奶，微甜，有花香草香气；吃玉米秸的牛出的奶，像是淀粉泡了冷水，清沥寡淡；打了抗生素的牛出奶比平日少，回味的时候有点苦；机器挤出来的牛奶，和人工挤出来的牛奶也十分不同，一个发涩，一个油润；刚下过犊的蒙古黄牛出的奶，浓郁醇香，属上上品；引进了贝加尔牛和西门塔尔血统的黑白花牛，奶量大，营养含量也还不错…… 总之，我们呼伦贝尔草原，有大片天然优良草场，牧民延续传统的散养方式，所以半个世纪以来，牛奶基本没有品质问题。只有我这类轴人，才能挖掘出这么多的说道。

她上午十点左右开始卖牛奶，到下午三四点才能卖完，有的时候牛奶卖不完，要天擦黑才能回家。中午的时候，顾客少，会有一段空闲，她便打一饭盒牛奶，让她的孩子送到小饭馆烧开，打开纸壳箱里的塑料袋，抓出一小把奶干泡在孩子们的奶里，然后拿出个布里亚特面包，娘仨儿守在一起慢慢吃起来。她们吃得香甜，让我看得也香甜。这时候，她会用母语和孩子们说半天话，说着说着，娘仨儿就咯咯地笑一阵，笑够了，她们的午餐便结束了。可是对来买牛奶的顾客，她说话往往很简短，想来是觉得自己讲汉话不流畅，有一点不好意思。不过，她脸上的微笑已经替她说了话。爱笑的女人有好命，爱笑的额吉（注：母亲）心里能装得下一千匹马的马群。她就是卖牛奶的乌云挂，从她身上泡泡袖的旧袍子看得出，她是一位布里亚特蒙古族妇女，一个肩扛生活重担的母亲。

我们小区的门口，原有好几份卖牛奶的，我一般两天打一次牛奶，每次一斤。由于忙三迭四，从不挑剔，往往是赶上谁的算谁的，打了就走。自从乌云挂出现，我就改了习惯，每天特地下楼，打上一斤她的牛奶。

一来二去，我和乌云挂就熟悉了起来。便小心翼翼地问："为啥比别人家的牛奶贵五毛钱?"

她指指奶桶说："里面有爱呀。买吧。"

奶桶里的奶汁上面浮着一层黏稠的油脂，犹如一块蜂蜜色的绸缎，褶皱间光泽盈盈，香气隐隐。果然是好奶子，让我突然有了一种捧起来咕咚咕咚喝一气的冲动。久违的记忆冒出来了，小时候放学回到家，跑得满身是汗，姥姥就会递过一碗井水拔的奶子，有时是甜的，有时是酸的，一仰脖子一碗奶进肚，全身的血管被凝结，瞬间又簌簌地融化开，满身都是脂肪的芬芳，像是一片浸透了春雨的草原，那种快感是语言难以描写的；常年和俄罗斯人打交道的父亲，闲下来会把生奶子直接和红茶勾兑，再加一勺古巴糖，哄得我们乐翻天。那时候全然不担心什么病毒细菌，也不知道什么防腐剂黏稠剂之类，只管享受那份香甜。曾几何时，牛奶被装进纸盒，装进锡纸袋，用几十种标注给予解构，成了生物蛋白和化学名词以及十几道工序的代言体，让我完全陌生，乃至难以置信。

牛奶里面有爱，什么意思呢?

乌云挂微笑着，用手拍拍自己的乳房，露出几分害羞。

我问，是不是可以放心给婴儿吃的意思?

她摇摇头。

见我满脸不解，她站起身，走过去，拉过来一个在玩耍的孩子，搂在自己的乳胸处，轻轻撞了几下。

我立时就明白了。她说的是"撞奶"。

母牛产犊后，乳房膨大，但是奶水却不一定丰涌，这时候要小牛犊上去吸吮，母牛便会分泌一种幸福的多巴胺，使自己如醉如痴，甘于奉献，因而乳腺畅通，奶水自然就又多又好，小牛犊吃不了那么多，牧民顺势挤出来留用。到了小牛犊学会吃草，就不给它吃奶了，但是牧民挤奶的时候，要先把小牛犊抱到母亲乳房下，让它吸吮几口，等于打开了母牛乳腺的开关，奶水因而流畅丰盈。如此这般，正如乌云挂所说，母牛的母爱都在奶汁里了。如果没有小牛犊撞奶，这时候挤奶就不大容易了，甚至有的奶牛还会“回奶”，乳房渐渐萎缩，奶量大减。现在一些奶牛饲养场，引进了电动挤奶机，看似一片机械化作业，既卫生又高速，可是母牛哺乳的其乐融融消失了，母牛的乳头被冰冷的机器箍紧拽痛，情绪愤懑，却无力反抗，像人类一样，坏情绪导致分泌不良激素，乳汁里没有爱了。

乌云挂告诉我，别人家贩牛奶，在家里等着养牛户送货，她家是每天早晨上养牛户家去收奶，看着小牛犊撞奶，看着嫂子们挤奶，收来的奶就是比别人家的好，有爱。

我说，那你得多辛苦啊?

乌云挂说，早点起来就行了，收的是几个邻居家的奶。

我知道，草原牧户之间一般都有草场隔着，他们所说的邻居，最低有三四里地的距离。乌云挂起早贪黑的，多挣五毛钱，实在是理所应当。

就在她站起来的时候，我看到了她全身的样子，方明白她为何总是坐在车檐上给顾客打奶。她是个小儿麻痹患者，走路拖着一条腿，身子向一侧倾斜着，很是艰难。看得出她有些疲惫，身子在宽大的蒙古袍下沉重地移动着。

这样的身体状况，你何必如此要强?

乌云挂家有两千多亩草场，养着二百只羊，她的丈夫在草场上放羊，她就做起了牛奶的生意。她指着两个孩子说，不行啊，老大上学要花钱，这个小的也要上幼儿园，需要交托费了，怎么办，我们又不愿意超载。

超载的意思就是在有限的草场上，牧养超量的牲畜，以求利益最大化，其结果是牲畜啃光草根，导致沙化。草场一旦沙化，就是倒掉的多米诺骨牌，沙化面积会不停蔓延，恢复起来可不是一年两年的事儿，正经的牧民是不会超载放牧的。

天开始渐短，冷雨绵绵的日子到了。孩子们上学的上学，上幼儿园的上幼儿园，乌云挂一个人缩坐在车篷里打着奶。她告诉我，她丈夫过两天打完了秋草，就可以每天送她接她了。我买光她最后的五斤牛奶，在周边的朋友群里发了一条微信，推荐乌云挂“有爱的牛奶”，呼吁大家多买一些，让她每天早点回家。

没想到的是，我回家一煮这五斤牛奶，发现奶汁出现了蛋白质和水分的分解，就是说，这奶子酸了。我赶紧用一块纱布，澄清其中水分，将剩下的奶酪部分压实，晾干，做成了喷香的奶豆腐，我没有把这事告诉乌云挂，第二天就出差了。

我回来的时候，已是清雪飘飘。我倚窗而望，楼下没有乌云挂的红色三轮摩托，空旷的草原变成了一层白纱，没有她远来的身影，也没有她归去的车辙。我心里有几分空落，便也不想着打牛奶这事儿了。几天后一个早上，我打开窗子换空气，一下子看到了乌云挂的那辆红色三轮摩托车，只是卖牛奶的人不是乌云挂，是她的丈夫。不一会儿，就听到他远远地叫我：“那个姐——四楼的那个姐——”。

乌云挂的丈夫看着要比乌云挂年轻些，白种人一般的肤色，金色的头发自来卷儿，眼睛是湖蓝色的，使人想起贝加尔湖畔的绿野长风，布里亚特蒙古人曾经在那里游牧数代，于一百年前回归呼伦贝尔。他的靴子上沾满了雪地的泥泞，身上散发着秋草的气味，手里拎着一袋鲜牛奶，那神情，是要完成一件大事的郑重。

他说乌云挂那一天晚上烫奶桶的时候，发现了酸味，后来把所有打牛奶的人都找到，做了退换，只有我最晚出现。乌云挂不知道我的名字，但记住了我的窗子。

“乌云挂呢？她怎么没来？”

“她呀，嘿嘿……生了。”

“什么？”

“生了呀，是个小子。”他腼腆地搓着手上的奶渍。

居然，居然……我一点而没发现，想想，原来她宽松的蒙古包下，遮掩着一个幸福的秘密。

我知道必须收下这袋子五斤偏多的鲜奶，这是一种尊重。

乌云挂的丈夫好像长长地出了一口气，总算了却一件心事。

我问：“你出来卖牛奶，谁照顾乌云挂呀？”

他回答：“大的。她放学回来烧茶。”

我担心地问："大的也还是二年级的孩子啊，她能行吗？"

他回答："告诉她怎么做，还行。"

我想象着草原上那个刚建好的牧民定居房里的情形，想象着那个二年级的小姑娘，苹果脸，水晶一样的眼睛，她推开门，庄重地举着一只铜勺，把奶汁扬向蓝天……回头间，看见睡在摇篮里的弟弟醒了，而极度劳累的额吉刚刚睡着……

无边的草原，在轻轻呼吸。

塞吉雅和她的百岁额吉

仲夏之夜，雨过天晴，万籁俱静。我敞开窗户，放丝丝缕缕的凉意进来，放星月的光芒进来，慢慢进入文学的空间。

突然窗外传来一串咯咯的笑声："哎哟，我怕，哥哥，老公，你慢点……"接着是电动车"突突地"颠过坑洼的声音。

有意思，蒙古话里面加了一句汉语流行词——"老公"。原来"哥哥"，叫的是自己的丈夫。如今草原上的姑娘，已是风情万种，草原上的小伙子，再也不是进了蒙古包把马鞍子一安置，只管喝酒吃肉的那一款了，他们懂得女人是男人掌心的红珊瑚，越抚慰越美好。

果然那老公说："别怕，我来，我来……"

我想他们来自草原，以草原的博大，足以让世界上所有的声音变小，小到成为一缕若有若无的云。放歌纵酒，无拘无束，草原人的快乐是天经地义的，不会打扰任何人。而在此刻，他们忘了那些在水泥抽屉里或睡或醒的人们，也是很自然的事情。

我俯身在窗台上，轻轻地咳嗽了一声。小区恢复了安静，我想他们是推着车，悄悄走出去的。

深秋的时候我去了南方，回来已经是春风徐徐，绿野葳蕤了。原本没有住满的小区，热闹了不少。

我在窗前一看，北楼一层的一个阳台下有了生机勃勃的景象。那窗子上，挂出了一串毛茸茸的羊耳朵，看着是从今年的新羊羔耳朵上剪下来的耳记。在草原上，每一家的羊耳记形状都不一样，即使各家的羊混了群，一看羊耳朵的缺口，也可以很方便地辨认清楚。羊耳记也是丰收的象征，进了蒙古包，一看哈栅（注：蒙古包的木围墙）上挂的羊耳记有多少，就知道这家的家境了。过年了，老额吉会摘下那串羊耳记，到风里抖一抖灰尘，再重新挂好，象征吉祥洁净。

过了两天，这家的窗子上，又挂出了一串嘎拉哈。嘎拉哈就是羊后腿的膝盖骨，此乃天成之物，精巧圆润，串成一串，像硕大的砗磲项链，好不漂亮。嘎拉哈是用来“欻”的，这个“欻”是个象声词，把一袋子嘎拉哈哗啦哗啦倒在毡子上，抓一把轻轻撒出去，从中找对儿，或谋求朝上一面的相同，来定输赢，这就叫“欻”。蒙古包里的孩子们一代一代地“欻”下去，创造出多种嘎拉哈游戏模式。游牧时代，积攒嘎拉哈，是草原母亲的一桩大事。女儿出嫁时，母亲会给女儿准备好一口袋嘎拉哈，剔干净上面的筋头，涂上各种鲜艳的颜色。女儿随夫家逐水草游牧，路途迢迢，命运多舛，不知道这辈子还能不能和母家重逢，当女儿想念母亲的时候，就打开嘎拉哈口袋开欻，欻着欻着，进入了游戏，就忘了想家了。

由于生活的改善，近年来很多牧民在城里买了房子，或方便孩子进城上学，或者方便老人就医。他们带来了羊耳记，带来了嘎拉哈。

我还真没猜错。这家的额吉是个老寿星，快一百岁了。她看上去并不像有如此高龄，虽然走路有点左右摇晃，但是身子还硬朗，那紫铜色一样的脸上，眼睛明亮，笑的时候皱纹舒展，绽放出乳汁色。她拄着拐杖，出来晒太阳。晒太阳的时候她不坐，只是向着草原的方向久久地站着，无疑她想念草原，想念那种开阔的生活和清新的空气。她隔几天就要换一件蒙古袍，宝蓝色的、枣红色的、墨绿色的，有好几件，都是簇新的。或许她太寂寞了，晒太阳就成了她每天的重要仪式。我发现，老额吉的蒙古袍扣子是老的，有银子錾花的，有老玛瑙珠子的，也有牛骨头刻出来的，和她饱经沧桑的脸很搭。草原上来的百岁老额吉，把自己活成了神仙，她身上的每一个细节都是千古之谜。

一群大尾巴的喜鹊从天而降，围着老额吉的靴子蹁跹起落。五只不同品种的流浪狗，仿佛约好了似的，一起出现在老额吉的周围，它们瘪着脏兮兮的肚子，蹲坐在老额吉的脚下，像守规矩的小学生，静静的，不敢索要食物。草原老人历经沧桑，大自然的精华便留在了他们的生命里，这些聪明的小动物应该早有感应。

阳光中，只剩下喜鹊羽毛上的一丝风。

额吉巍峨，一动不动，眼睛里是亘古的光泽。

那个曾在我窗下走过的爱笑女人悄然出现。

她并非我想象的那般摇曳多姿，身上看不出有什么矫娇之气。她已经五十多岁了，矮而瘦，满头花白，在阳光中，像是头上插着许多银麦芒，一闪一闪的。她穿着一件看不出花色的旧衬衫，弯着腰，低着头，忙忙碌碌的，好像一天到晚从不休息。只要我往窗前一望，准能看到她的身影——把牛肉切成条状，然后撒上盐，一条条挂在铁丝架子上晾着；把毛呢的蒙古袍在通风处吹过，一遍遍地敲打浮尘…… 洗菜，做饭，整理房前屋后的杂物……她的主要任务是照顾老额吉的生活，余下时间便在小区里捡一些可以卖钱的废品。她从不和外人搭讪，没有人知道她说话的声音，原是那么如莺如磬。她是老额吉的儿媳，后来我知道她的名字叫赛吉雅，好缘分的意思。

赛吉雅的一天是这样开始的——开窗子，扶着老额吉在窗前站一会，然后照顾老额吉喝茶吃早饭。这时候喜鹊和流浪狗准时现身，她出门，把装着剩饭等食物的盆子放在地上，由着喜鹊和狗去争抢。这群喜鹊原来在她家蒙古包附近觅食，额吉搬进城了，它们就跟着额吉的味儿来了，而流浪狗是跟着喜鹊来的，来了就不走了。

在这个小区刚交工的时候，赛吉雅偶然发现，很多装修废品可以卖钱，于是每天早上让她丈夫开着三轮摩托把她送到这里，晚上将她和一车收获一并拉回去。她家不远，住在我西窗外的草原上。由于当年她遭遇车祸急需钱，便把自家的草场长租出去了，提前用完了租金。现在，她丈夫给贩羊的老板打工，抓羊、运羊、杀羊，她干一些零活挣钱。家里有老人，还有一个读高中的儿子需要供养，生活不算富裕。她在我们这个小区出入的时间长了，发现有水有电有暖气的一个小单元，月租八百元，他们夫妻使使劲儿还付得起，便带着辛苦了一辈子的老额吉住了进来，一想到这个冬天老额吉的腰腿不会那么痛了，当儿女的他们心里很安慰。

赛吉雅捡废品的时候，总是带着扫帚和撮子。她收起了纸壳子塑料之类，还要一个个打开居民扔出的垃圾袋，挑出袋里的干巴馒头、没吃干净的罐头、肉骨头之类，洗干净了喂喜鹊和狗。她翻完塑料袋，会随手将落在地上的零碎垃圾扫起来，重新装好，放入垃圾桶，将周围收拾得干干净净。生活垃圾，又脏又臭，她埋头挑拣着，用的是淘金般的聚精会神。我在楼上看着，不由心生敬意。我坐在温暖舒适的书房里，一个字一个字地写着，仅仅是要向世界述说一点美，写呀改呀，动辄五遍八遍，用的是心。同是用了心的劳动，埋头在垃圾袋里的赛吉雅更是难能可贵。

我翻遍家里的每一个角落，清理出一大堆可回收废品，送到赛吉雅跟前。赛吉雅高兴了，但她并不看我，低着头告诉我，这些东西值好几天的房租呢。这时候，我离她很近，突然发现，她出过车祸，一半脸被撞碎了，眼眶没了，那脸的样子叫人心痛。

她忽然意识到了什么，转过头去，好像做错了什么事。我赶紧定定神，伸手去帮她解几个没有翻过的塑料袋，她拦我，推让中的那一刻，我们开始彼此直视，直至都不再回避，就这样成了朋友。

赛吉雅告诉我一个秘密，她和丈夫正在攒钱，再攒三五年把这房子给老额吉买下来，住自己的房子，老额吉就会舒心，就会像草原一样长生不老。

下雪了，老额吉一百岁了。

我邀请了摄影家协会的朋友给老额吉拍生日照，时间约好在早七点半，晚上四点半。上午给老额吉拍全身照，将西面的茫茫草原作为背景收入画面；下午拍人像，利用落日前柔和的自然光，彰显草原母亲的气质。我嘱咐赛吉雅让老额吉事前养息好精神，还要给她准备好服饰，梳理好辫子，唯独没有想到对室外环境提什么要求。

这可倒好，第二天早上，我推开窗子一看，哎呀，整个世界王炸！赛吉雅家阳台下的雪地上，一片五红大绿，人造的春天业已完工。赛吉雅平日捡垃圾的时候，积攒下了很多废塑料花，如今被洗得干干净净，一股脑地插在了白雪中——牡丹、玫瑰、郁金香、夹竹桃，还有七扭八歪的干枝梅，你别说，远远看去，还真是姹紫嫣红，叫人眼前一亮。

人的思维，有时貌似突兀，却无不带着以往的经验，如果说草原在赛吉雅的血液里，那么城市则在她的梦想里。虽然她的城市梦还没有走出这个小区，但是已经让她不同以往。你看，她说话变成了低低私语，笑起来把声音含在嘴里，只有自己可以听到，她脱下了那件旧衬衫，换上了金光闪闪的弹力丝裙，她看见了花坛里那些伪装者一般娇艳的假花，便觉得发现了城市的审美范本，于是欣喜地收获了未经甄别的经验，试图替代以往的某些记忆。她还不知道，现代城市种种的艳丽，正意味着自己熟知的自然之美渐渐远去。她仿佛在一条没有终点的跑道上竭力追逐着前方，必将历经迷失，以波折的方式抵达失去的原乡。

拍照十分顺利，老额吉身穿枣红色的蒙古袍，站在雪地上，麦穗般的长辫盘在头顶，耳朵上是一对硕大的老蜜蜡耳坠，胸前带着一串旧绿松石项链。她面带微笑，雍容大方。那些不会凋谢的花朵盛开在她周边，流浪狗们一抖精神，穿梭于花间，叽叽喳喳的喜鹊被这热闹吓怕了，高高地盘旋在额吉的肩头，朝晖用金手指抹亮一切，大雪无垠，天人合一。

当下午的拍照结束，老额吉叫住了摄影师，然后向围观的人群里挥手，她的意思是等一等，她要和儿媳妇来一张合影。赛吉雅呢？我发现她一直躲在一个男人的背后，那是个头发斑白，目光炯炯的小老头，应该就是赛吉雅的“哥哥”或“老公”。

眼见得赛吉雅赶紧把头埋在丈夫身上。她不愿意让人看她受伤的脸。

老额吉走过来了，看着她拖着沉重的双腿，尽量快走的样子，就知道她心里多想要这张合影。她背向围观者，然后，轻轻地捧起儿媳妇的脸，吻她的额头……相机的镜头看不到赛吉雅伤痕累累的容颜，却看到了亘古而来的人间至爱。一个百岁母亲的智慧，就像草原的晨雾，无声地滋润大地。

赛吉雅小鸟依人一般，轻轻地笑了。

没有人发现这一细节后面的隐秘。

天鹅湖畔的那顺乌日图

他叫那顺乌日图，是一个音乐制作人，也是一个电视片导演。他的作品经常出现在电视银屏上，也常常在网络上走红。每次见到他，都是在文学艺术界的活动或聚会上，他总是显得很帅气，很精神，也很文艺。他和许多牧区来的文艺青年一样，穿着考究的蒙古袍——精纺深色毛呢料子，加银色织锦绲边，配一双软皮深棕色短毛靴子，与众不同的是，他胸前的吊坠，不是流行的银包狼牙，也不是炫人眼目的老蜜蜡或者老松石，而是一幅镶嵌在水晶外壳里的小照片。

我在草原深处的天鹅湖畔偶遇那顺乌日图，一时没有认出来他。只见他满脸早春的霜雪，骑在马上，穿着翻毛皮大氅，手上带着羊羔皮马蹄袖，帽子上的红缨穗在风中飘扬，和一个常见的牧人没有什么两样。是他胸前的吊坠让我认出了他。

那顺乌日图从草原到都市，又从都市回到草原，无论遇到什么事情，不论外面的世界有多少掌声和鲜花，他始终佩戴着父母留给他的遗物，就是他胸前吊坠里镶嵌的这张照片。照片由一个常年行走于草原的摄影家拍摄，看起来十分奇异。

你看——阿妈和阿爸站在湖里，湖水几乎漫过他们的脖颈，他们二人共同抱着一只大天鹅，面带笑容。那天鹅毫不惊慌，像一个非常有安全感的幼儿，昂首直面着苍穹。清澈的湖水被天空染蓝，成群的天鹅在阿爸和阿妈身后游动，仿佛一朵朵白云飘动在水面上。阿妈在水里逐个亲吻过那些刚出壳的天鹅雏鸟，最后抱起了这只天鹅王。所有的天鹅都很温顺，仿佛懂得这是一次永恒的纪念。

没有人说得清呼伦贝尔草原上有多少个湖泊。要是雨水好，草原上的水泡子，就像当年成吉思汗从这里娶走孛儿帖时撒下的珠宝那么多。四月，万物仍在酣睡，风把天和地搅成一体，太阳就像一个大银盆里的一枚蛋黄，凝固在严寒之中。直到厚厚的白雪被风扫干净，你才会看到那一大片布满冰凌花的墨玉，看到那顺乌日图家蒙古包上的炊烟，看到那顺乌日图的阿爸阿妈走动的身影。这里就是那顺乌日图家的牧场，这个湖那时候叫冰湖。

一年到头，那顺乌日图的阿妈期待季节轮回。她在冬盼春，在夏盼秋，等天鹅归来，送天鹅远行。哪怕在暴风雪即将来临的黄昏，她推开蒙古包门的第一个动作，也是一手扶着门框，艰难地直起身子，用另一只手将马蹄袖扣在口鼻处挡住寒气，向寂静的湖面眺望。

突然，太阳的光晕一抖，一串小号似的鸣唱脱颖而出——“咯——咯喔，咯——咯喔”，那声音嘹亮而有力，一会儿密集，一会儿疏朗，片刻间，就见天鹅群栩栩而落，在湖水和残雪间轻盈舞蹈。阿妈兴高采烈，用一把包浆圆润的铜勺，向天空高高扬洒三勺洁白的牛奶，祝福这些可爱的天鹅。我们家的天鹅回来了！我们家的天鹅回来了——草原上没有别人，只有阿妈长调一般的声音久久回荡。那顺乌日图看见满头的霜雪融化在阿妈的眼睛里，显得亮晶晶的，那是母亲的眼神，像是接回了远嫁的女儿。

那时那顺乌日图还小，记不清是在哪一个夏天，湖边出现一只孤独的天鹅，一个劲儿对着芦苇丛鸣叫，飞起来，又落下，盘旋着不肯离开。阿妈远远地看着，便明白了。她抱着那顺乌日图上了马背，躲到牛粪垛后面望着湖面。果然，另一只天鹅拖着断翅游了过来了，这受伤的天鹅把头无力地倚在等待它已久的伴侣肩上，它们就像阿妈和阿爸在寒冷的打草场上那样彼此依偎着。

草原之夜安详静谧，只有天上的星星滴滴欲坠。

阿妈在朝晖中归来，往这对天鹅跟前的草地上撒了好多黄瓜籽。那顺乌日图的阿妈，草原上的万物之母，她这辈子救过无数生灵，在她的眼睛里，一切会呼吸的生命，不论是一只银鸥，还是一只小豆鼠，都是和牧人手牵手的兄弟姊妹，在生存的道路上，不能没有它们存在。黄瓜籽是来自蒙医的接骨偏方，她每天给天鹅投食两遍，像一个老蒙医那样精心地照料着自己的患者。果然，那只受伤的天鹅很快好了起来。

由于阿妈的宠爱，这对儿天鹅胆子愈发大了。在湖中嬉戏梳妆，在湖畔跳舞觅食，已经不能满足它们儿童般的天性，它们开始出现在那顺乌日图家蒙古包门前，伸长了脖子“咯咯”叫着跟阿妈亲昵，还扇动那巨大的翅膀，把小羊羔吓得乱跑；它们经常肆意地钻到马的肚皮底下乘凉，把马吓得乱跳不说，还抢了小马驹的草籽吃。那顺乌日图们家的豆饼、馒头，甚至舍不得吃的奶豆腐，它们通通都尝过。它们闯进蒙古包，那是见啥吃啥，吃饱了，就到处乱吐乱拉，它们的粪便很稀，有一种呛人的气味，简直无法忍受。有一次这两个调皮鬼闻到炒米的香味，就往铁炉子上扑，要不是阿妈一桶水泼过去，它们早就变成烤鹅了。后来阿妈发话了，她说——就是阿尔山庙的喇嘛爷爷来做客，也要坐在蒙古包的西边，安安稳稳地等着我斟奶茶吧？这是规矩，知道不？

天鹅好像听懂了阿妈的话。从那天起，那顺乌日图每天上学放学路过，湖面上总是静悄悄的，那一对儿天鹅真的消失了，那顺乌日图想它们应该是到西伯利亚寻觅大部队去了。草原上又恢复了以往的样子，空旷无垠，少了一个焦点。

长生天啊——老天爷啊——阿弥陀佛……你看，阿妈也有惊慌的时候，她都不知道怎样把这个消息告诉儿子了。没等那顺乌日图把马拴好，她就把放学的儿子拉到了湖边上。天哪，那顺乌日图也大吃一惊，你说这一对天鹅这么多天干啥去了？它们原来是在芦苇荡里做巢，孵出了一窝小天鹅，三只，浅灰色的，此时就像三团蓬松的羊毛，漂浮在父母的身后，离岸边越来越近了！阿妈爱怜天鹅一家子，将原本要给小马驹小牛犊吃的豆饼，分给了它们一半。那五只天鹅可真能吃，要是没有湖中的小鱼小虾做补充，这个家还喂不起它们呢。

应该是缘分到了。第二年的春末，这对儿记忆清晰的天鹅，为那顺乌日图家的冰湖引来了七对漂亮的天鹅夫妻。它们到了这里，就再也不肯继续长途跋涉，接着往西伯利亚飞了，就像一群没心没肺的小青年，因为贪图着安乐，就把生养自己的故乡给忘了。后来天鹅越来越多，最热闹的时候，那顺乌日图家一平方公里大小的湖面，白花花铺满了一层，数都数不清，冰湖变成了美丽的天鹅湖。

不知啥时候，阿妈的黑发中生出了几缕银色的冰茅，好在她的那匹小青马身子骨硬朗，腿脚也挺好。因为担心盗猎人的夹子和毒药，阿妈每天骑着小青马，绕着湖面巡查，她的手里攥着鞭子，保护着清澈的湖水和美丽的天鹅。草原上渐渐地有了一个传说——阿妈的天鹅湖，是天下最吉祥的地方。

谁也不知道是因为什么，草原遭遇了连年的干旱，阿妈的天鹅湖渐渐缩小，很快变成了一片空旷的洼地，湖面只剩下不足二十米大小，一些顽强的小鱼小虾，一锅粥似的拥挤在里面。看不到天鹅在水中跳舞，只听见天鹅队列路过时惊恐的叫声。每逢五月十三和七月初三吉日，无论下雨还是暴热，阿妈和阿爸都要手捧蓝色的哈达，在宝格达乌拉圣山跟前，为每一个羊羔和天鹅祈祷，盼望草原逢甘霖，盼望草原儿女开笑颜。

那顺乌日图就是在这个时候，有了到远方学艺术的念头，那顺乌日图不是为了逃避草原寂寞艰苦的生活，他是想着如果有一天，当阿妈、阿爸和这锦绣一般的草原，以及阿妈那带包浆的铜勺子、牛皮和鹿筋编的牧羊鞭，随着风远去了，自己要能把它们找回来，让它们像草原上的长调《牧歌》那样，永远活着。阿妈说——去吧，去吧，天鹅飞得再高，影子还在地上，走到哪里都不要忘记，草原是你的家。

转眼就是八年，草原上水草丰美的景象终于再现，阿妈却老了，她坐在湖边的石头上，不说话，久久看着归去来兮的天鹅。横跨天地的彩虹，映照着她种子一般成熟的面容，映照着她眼角的鱼尾纹，映照着她身上的紫色蒙古袍和白头巾，显得分外明艳。阿妈就像是坐在一幅背景深远的画里。

阿爸告诉那顺乌日图，那一年阿妈在湖边捡到了一只受伤的小黄羊，就把它的伤治好，放在羊羔圈里喂养着。小羊羔像一堆一动不动的雪，小黄羊像一块跳来跳去的金子；小羊羔吃饱了慢慢徜徉，小黄羊吃饱了，就要跃出羊圈，刮风似的在草原上跑。正赶上阿妈忙得忘了拴家里那条凶猛的大狗，结果这狗就把小黄羊当成狼崽或者狐狸什么的，几口给咬死了。事情都赶到一块儿了——有一对儿天鹅的蛋，被盗猎人偷了，这对天鹅只好重新下了一窝蛋，当它们的孩子出生的时候，秋天来了，成群的天鹅带着自己的孩子向南飞走了，这对天鹅的孩子却还没有学会飞行。湖面开始结冰了，这一家天鹅，还傻傻地站在带冰碴的草窝里，眼看水面就要给冰封住，那两只小天鹅就要被冻死了。阿妈骑着马蹚冰水去救天鹅，当她终于把小天鹅抱在怀里，她的小青马却显出衰老，抗不住冰冷的湖水，身子一歪，就把阿妈摔在了湖里。阿妈病了一场，从那以后，身体便一天不如一天了……

阿妈走得那样突然，当那顺乌日图赶回家的时候，她已经永远闭上了眼睛。人们撤掉蒙古包的穹顶和围杆，阿妈便安眠在茫茫草原上了，她的身体显得那样弱小，像一个摇篮里的婴儿，草原博大的苍穹犹如母体一般拥抱着她。

那顺乌日图想念阿妈，眷恋着古老的草原，却还是选择了在城市里流浪。那顺乌日图是谁？那顺乌日图的柔软的手还能握住套马杆吗？那顺乌日图细腻的皮肤还能经得住严寒酷暑吗？每当那顺乌日图用一个牧人之子的情怀，在婚礼上唱歌的时候，他十分清醒，知道这其实是一次消费，别人消费着金钱，他在消费着刻骨铭心的气质。于是，那顺乌日图决定回家，回到他生命的源泉之地，以一种崭新的方式，守护绿色的家园。

我突然想起在来的途中，停车在天鹅湖边上看天鹅的时候，身旁突然出现四个骑马的牧民，一直跟随着我们，彬彬有礼，但眼睛里全是警惕。一问那顺乌日图，果然，这是他发起的草原牧民生态保护行动的一个项目，为了让栖息在天鹅湖的鸟类不受伤害，草原上的年轻人像阿妈一样，天天环湖巡视。每当他们骑马的身影走过，湖中飘逸的白天鹅毫不惊慌，兀自梳妆嬉戏，或许在它们的眼睛里，那骑马的人们，是风景的一部分。

选自《草原》2019年第6期

评鉴与感悟

异域总是令人向往。纯净的底色，朴素的原住民，好像他们的言语举止，是消费社会早已丢失的珍贵部分。但我知道，在艾平的笔下，草原就是她的日常，现实与历史，幸福或者苦难，贫乏还是富有，所有的一切，都来自草原的馈赠。

声　明

本套“北岳·中国文学年选系列丛书”收录了2019年度众多优秀文学作品及文化时评类文章。在编选过程中,我们及各选本主编已尽力与大多数作者取得了联系,但仍有部分作者因故未能取得联系。见此声明,烦请来电,以便奉送薄酬及样书。

联系人:王朝军

电　话:0351—5628691